Kathy Reichs

Née à Chicago, Kathy Reichs est anthropologue judiciaire à Montréal et professeur d'anthropologie à l'université de Charlotte, en Caroline du Nord. Elle fait partie des cinquante anthropologues judiciaires certifiés par l'American Board of Forensic Anthropology et collabore fréquemment avec le FBI et le Pentagone. Elle s'impose en France dès son premier roman, *Déjà dead* (1998, récompensé par le prix Ellis), dans lequel apparaît pour la première fois son héroïne Temperance Brennan, également anthropologue judiciaire. Depuis, elle a notamment publié, aux éditions Robert Laffont, *À tombeau ouvert* (2007), *Meurtres au scalpel* (2008), *Meurtres en Acadie* (2009), *Les os du diable* (2010), et son dernier roman, *Autopsies* (2011). *Viral*, publié chez Oh ! Éditions en 2010 est le premier roman d'une nouvelle série, racontant les aventures de Victoria Brennan, la nièce de la célèbre Temperance Brennan.
Kathy Reichs participe aussi à l'écriture du scénario de *Bones*, adaptation des aventures de Temperance Brennan pour la télévision.

Retrouvez l'actualité de Kathy Reichs sur
www.kathyreichs.com

AUTOPSIES

DU MÊME AUTEUR
CHEZ POCKET

DANS LA SÉRIE TEMPERANCE BRENNAN

DÉJÀ DEAD
PASSAGE MORTEL
MORTELLES DÉCISIONS
VOYAGE FATAL
SECRETS D'OUTRE-TOMBE
OS TROUBLES
MEURTRES À LA CARTE
À TOMBEAU OUVERT
MEURTRES AU SCALPEL
MEURTRES EN ACADIE
LES OS DU DIABLE
AUTOPSIES

VIRAL

KATHY REICHS

AUTOPSIES

Traduit par Viviane Mikhalkov

ROBERT LAFFONT

Titre original :
206 BONES

Le papier de cet ouvrage est composé de fibres naturelles, renouvelables, recyclables et fabriquées à partir de bois provenant de forêts plantées et cultivées durablement pour la fabrication du papier.

ISBN : 978-2-266-22010-1

À mes collègues médecins légistes qui ont démontré
leur engagement professionnel
et fait reconnaître leurs aptitudes
en obtenant un certificat d'agrément

Cet examen était extrêmement difficile,
mais nous en sommes venus à bout.
Bravo !

Bureau américain d'anthropologie médicolégale
Bureau américain des sciences criminelles
Bureau américain des médecins légistes
spécialistes en documents
Bureau américain d'ingénierie médicolégale
Bureau américain d'entomologie médicolégale
Bureau américain d'odontologie médicolégale
Bureau américain de psychologie médicolégale
Bureau américain de toxicologie médicolégale
Bureau américain de pathologie médicolégale
Bureau américain de psychiatrie et de neurologie

1.

Froid.

Engourdissement.

Confusion.

J'ai ouvert les yeux.

Un noir total. Une obscurité d'hiver arctique.

Est-ce que j'étais morte ?

Comme mon système limbique me l'ordonnait, j'ai inspiré profondément.

Diverses odeurs enregistrées par mon cerveau.

Moisissure. Terreau. Quelque chose d'organique évoquant la décomposition. Est-ce que c'était ça, l'enfer ? Le tombeau ?

J'ai tendu l'oreille.

Rien. Un silence impénétrable.

Non, en fait. On percevait des bruits. L'air se déplaçant dans mes narines. Le sang bourdonnant à mes oreilles.

Les cadavres ne respirent pas. Les morts n'ont pas le cœur qui bat.

D'autres sensations se sont imposées à moi. Une surface dure sous mon corps. Le côté droit de mon visage qui me brûlait.

J'ai soulevé la tête.

Une bile amère a inondé ma bouche.

J'avais le cou tordu et j'ai fait bouger mes hanches pour soulager la pression.

J'ai ressenti immédiatement une douleur abominable à la jambe gauche.

Un râle a déchiré le silence.

Instinctivement, je me suis recroquevillée, le cœur cognant de grands coups sonores dans ma poitrine.

Figée en position fœtale, je suis restée à écouter le rythme de ma frayeur.

Pour comprendre finalement que ce râle était sorti de moi.

Je sens la douleur. Je réagis. Par conséquent, je suis vivante.

Mais où étais-je ?

Recrachant de la bile, j'ai essayé d'allonger les bras. Sensation de résistance. J'avais les poignets attachés.

J'ai remonté un genou vers ma poitrine, juste pour voir. Mes deux pieds sont venus ensemble en même temps que mes poignets s'abaissaient.

J'ai essayé à nouveau. Plus fort. Cette fois encore, mes neurones ont déclenché une douleur fulgurante dans le haut de ma jambe.

Étouffant un cri, je me suis forcée à mettre de l'ordre dans mes pensées. J'avais été ligotée, les mains et les pieds liés ensemble, et abandonnée à mon sort. Mais où ? Par qui ? Et pourquoi ?

J'ai fouillé ma mémoire à la recherche d'événements récents. Rien. Mon esprit était vide : les souvenirs qui me revenaient semblaient très anciens.

Un pique-nique avec ma fille, Katy. Mais ça, c'était en été, et le froid glacial qui m'entourait prouvait plutôt qu'on était en hiver.

Souvenir de tristesse. Mon dernier adieu à Andrew Ryan. Oui, en octobre. Est-ce que je l'avais revu ensuite ?

Un chandail rouge vif reçu à Noël. Ce Noël-ci ? Aucune idée.

Désorientée, je cherchais à saisir un détail quelconque susceptible de se rapporter à ces derniers jours. Tout se brouillait. Impressions vagues, informes, qui apparaissaient et disparaissaient aussitôt, le tout dans le plus grand désordre. Une silhouette émergeant de l'ombre : un homme, une femme ? Colère, cris. Mais contre quoi, contre qui ?

De la neige fondue. La lumière jouant sur des éclats de verre. La gueule noire et béante d'une porte défoncée. Les martèlements se répercutaient dans tous les vaisseaux dilatés de mon crâne. J'avais beau essayer de toutes mes forces, impossible de susciter le moindre souvenir dans mon esprit à demi conscient.

Aurais-je été droguée ? Matraquée ?

Dans quel état était ma jambe ? Si j'arrivais à me libérer, est-ce que je pourrais marcher ? Ramper ? J'avais les mains complètement engourdies, les doigts incapables de faire quoi que ce soit. J'ai essayé d'écarter les poignets. Pas le plus petit relâchement de mes liens.

Des larmes de frustration m'ont brûlé l'intérieur des paupières.

Ne pas pleurer !

Serrant les dents, j'ai roulé sur le dos. Puis j'ai soulevé les pieds et écarté violemment les chevilles. Un incendie s'est propagé le long de ma jambe gauche.

Et j'ai perdu connaissance.

Je me suis réveillée. Combien de temps plus tard ? Un instant ? Plusieurs heures ? Impossible à dire. J'avais la gorge sèche, les lèvres comme du parchemin. Ma douleur à la jambe n'était plus qu'un élancement sourd.

Malgré un temps d'adaptation, mes pupilles ne distinguaient toujours rien. Autour de moi l'obscurité était totale.

Des questions sont revenues me hanter, les mêmes. Où ? Pourquoi ? Qui ?

Il était clair que j'avais été enlevée. Par un malade mental qui voulait faire de moi sa victime ? Parce que j'étais une menace pour quelqu'un ?

Cette pensée a déclenché mon premier souvenir : une photo d'autopsie. Un cadavre carbonisé et tordu, les mâchoires grandes ouvertes dans un dernier cri d'agonie.

Puis, en ordre kaléidoscopique, une image chassant l'autre : deux morgues différentes ; deux salles d'autopsie ; des plaques portant mon nom sur les portes de deux laboratoires : Temperance Brennan, Anthropologue judiciaire. L'une en anglais, l'autre en français.

Est-ce que j'étais à Charlotte ou à Montréal ? Le froid était bien trop mordant pour que je sois en Caroline du Nord. Même si c'était l'hiver. Est-ce qu'on était en hiver ? Est-ce que j'étais au Québec ?

Est-ce que j'avais été enlevée chez moi ? Dans la rue ? Dans ma voiture ? Devant l'édifice Wilfrid-Derome ? À l'intérieur, dans mon labo ?

Mon ravisseur était-il un prédateur et moi, une victime prise au hasard ? Avais-je au contraire été choisie en raison de ma profession ? Un détenu libéré voulant se venger ? Un théoricien de la conspiration, du même acabit ? Quelle était donc la dernière affaire sur laquelle j'avais travaillé ?

Dieu du ciel, comment pouvait-il faire aussi froid ? ! Aussi noir ! Et pourquoi est-ce que je n'entendais aucun bruit ?

Pourquoi cette odeur, si horriblement familière ?

Comme auparavant, j'ai essayé de dégager mes mains en les tortillant. Mes pieds. En vain. J'étais saucissonnée, incapable de seulement m'asseoir.

— À l'aide ! Je suis enfermée ! Il y a quelqu'un ? Au secours !

J'ai crié et crié. À m'en arracher la gorge.

— Quelqu'un ! S'il vous plaît !

Mes suppliques restaient sans réponse.

Dans un instant, la panique m'aurait submergée.

Non, tu ne mourras pas sans te battre !

Je tremblais de froid et de terreur. Prise du désir hystérique de voir quelque chose, je me suis retournée sur le dos et j'ai commencé à donner des coups de reins tout en tenant mes mains le plus haut possible au-dessus de moi, sans prêter attention à la douleur abominable qui me vrillait la jambe. Une fois. Deux fois. Trois fois. Le bout de mes doigts a frôlé une surface dure, quelque trente centimètres au-dessus de moi.

Une dernière ruade et j'ai établi le contact. Du sédiment est dégringolé dans mes yeux et ma bouche.

Crachotant et battant des paupières, j'ai roulé sur le côté droit et je me suis reculée, en appui sur un bras, pour me pousser en marche arrière à l'aide de mes pieds. Le sol rugueux m'éraflait la peau du coude et des talons. Une de mes chevilles a hurlé de protestation. Je ne l'ai pas écoutée. Il fallait que j'agisse. Il fallait que je m'échappe.

Je n'avais parcouru qu'une très petite distance quand j'ai heurté un mur. Des rectangles entourés de ciment : des briques.

Le cœur battant, j'ai roulé sur l'autre flanc et progressé dans la direction opposée. Là encore, j'ai eu tôt fait de rencontrer un mur.

Une décharge d'adrénaline s'est propagée en moi en même temps qu'une nouvelle vague de terreur venait recouvrir l'ancienne. Des crampes m'ont tordu les boyaux. De longs souffles saccadés ont jailli de mes poumons.

Ma prison ne mesurait pas plus de soixante-quinze centimètres de haut sur deux mètres de large ! Qu'importait sa longueur, ses murs m'étouffaient déjà.

J'ai perdu tout contrôle.

Me contorsionnant pour avancer, j'ai tambouriné les briques de mes poings en hurlant, les joues inondées de larmes. J'ai crié, hurlé, dans l'espoir d'attirer l'attention d'un passant. D'un ouvrier. D'un chien. De n'importe qui.

Les doigts à vif, j'ai continué à tambouriner avec le dos de mes mains. Quand je n'ai plus eu la force de remuer les bras, j'ai pivoté sur moi-même et poursuivi avec mes pieds.

La douleur m'irradiait depuis la cheville. Douleur insupportable. Mes appels à l'aide se sont transformés en gémissements désespérés.

Vaincue, je me suis laissée retomber en arrière, haletant, la sueur dégoulinant sur ma peau glacée.

Toutes sortes de visages ont défilé devant mes yeux. Katy. Ryan. Ma sœur, Harry. Mon chat, Birdie. Peter, mon ex-mari.

Les reverrais-je un jour ?

De grands sanglots ont soulevé ma poitrine.

Peut-être que j'ai perdu connaissance. Peut-être pas. Quoi qu'il en soit, c'est un bruit qui m'a fait reprendre conscience.

Un bruit qui n'était pas issu de moi. Qui n'était pas de mon fait.

Je me suis immobilisée.

Clic. Clic. Clic. Clic. Clic.

Une brèche s'est ouverte dans mon cerveau.

Les souvenirs se sont faufilés dans l'interstice.

2.

Autre temps, autre lieu. Autre coup d'œil à ma montre. Autre soupir aussi. Plus de mouvements de pieds.

J'étais avec Ryan. Au-dessus de nous, une pendule égrenait son tic-tac régulier, indifférente à l'exaspération de mon compagnon. Pendule vieillotte, à aiguilles, et dont la grande signalait le passage des secondes d'un petit bond ponctué d'un déclic.

J'ai promené les yeux sur la salle : mêmes fleurs en plastique ; même reproduction hideuse d'une scène de rue en hiver ; mêmes tasses de café tiède à moitié bues ; même téléphone ; même rétroprojecteur ; même écran ; même pointeur laser. Nulle baguette magique n'avait fait apparaître quoi que ce soit de nouveau depuis mon dernier examen des lieux.

Retour à l'horloge. Un logo identifiait son fabricant comme étant un certain *Enterprise*. Mais peut-être était-ce seulement le nom de ce modèle-là.

Est-ce qu'on baptisait les horloges, autrefois ? Arnie Analog, Reggie Regulator ? Bon, d'accord, j'étais aussi énervée que Ryan. Et je commençais moi aussi à en avoir vraiment ma claque.

Clic. Clic. Clic. Clic. Clic.

À en croire cette vieille Enterprise, il était dix heures

vingt-deux. Vingt-six. Vingt-sept. Vingt-huit. Nous attendions depuis neuf heures du matin.

Ryan a recommencé à tambouriner sur la table. Cela faisait une demi-heure qu'il s'amusait à ça, par intermittence, et son staccato finissait par me taper sur les nerfs.

— Il nous recevra dès qu'il le pourra, ai-je fini par dire.

— C'est lui qui nous a demandé de venir !

— C'est vrai.

— Mais comment est-ce qu'on peut perdre un macchabée dans une morgue ?

— Tu sais bien ce qu'a dit Corcoran : ils ont plus de deux cents cadavres. Ça déborde de partout.

Si je suis impatiente, comme le prétend la rumeur, que dire alors du lieutenant-détective Andrew Ryan, de la section des crimes contre la personne à la Sûreté du Québec ? Chez lui, ça tient du délire. Mais j'avais le mode d'emploi : dans deux minutes, il allait bondir sur ses pieds et arpenter la pièce.

Nous étions enfermés dans une salle de conférences du CCME, le service du médecin légiste du comté de Cook, qui se trouve dans la partie ouest de Chicago. Nous étions arrivés de Montréal par avion à la demande expresse d'un médecin légiste du nom de Christopher Corcoran.

Plus de trois ans auparavant, une certaine Rose Jurmain, originaire de Chicago, avait fait le voyage au Québec pour y admirer la beauté des paysages en automne. Au quatrième jour de son séjour là-bas, cette dame de cinquante-neuf ans avait quitté l'auberge de campagne où elle était descendue pour aller faire une petite marche et elle n'était jamais revenue. Toutes ses affaires étaient restées dans sa chambre. Personne ne l'avait plus jamais revue ni n'avait reçu le moindre signe d'elle.

Trente mois plus tard, des restes avaient été retrouvés en pleine forêt, à moins d'un kilomètre de l'auberge, au nord. Dans un état de décomposition avancée et gravement endommagés par des animaux prédateurs. C'était moi qui avais été chargée de l'identification, Ryan avait supervisé l'enquête. Et maintenant, tous les deux, nous ramenions Rose chez elle.

Quelles raisons avait-on de manifester tant d'égards à une disparue ? Mon mobile à moi pour venir à Chicago était l'amitié qui me liait à Corcoran, outre l'excellente excuse qui me permettait de revoir la ville où j'étais née. Pour Ryan ? L'occasion de s'offrir une virée tous frais payés dans la ville des Vents.

Pour Chris Corcoran et son chef ? Mystère. Mais je comptais bien le découvrir au plus tôt. En effet, le CCME aurait parfaitement pu envoyer un employé à Montréal récupérer les restes. Ou s'adresser à une société de transport.

Quant aux raisons de la famille Jurmain ? Elles étaient encore plus mystérieuses, car jusqu'à ce jour personne n'avait manifesté le moindre intérêt pour la victime.

Surtout, pourquoi cette requête du CCME pour que Ryan et moi venions à Chicago en personne, neuf mois après que l'affaire avait été résolue ? Affaire cataloguée chez nous comme étant un décès accidentel. Oui, en vertu de quoi cette dame suscitait-elle tant d'intérêt aujourd'hui ?

Ces questions, il ne m'avait pas encore été possible de les poser, malgré toute ma curiosité. À notre arrivée au CCME, rue Harrison, nous étions tombés sur les camions de la télé alignés devant un bâtiment fermé aux visiteurs.

Et Corcoran, en nous parquant dans cette salle de conférences, s'était contenté d'une vague explication : comme quoi, la veille, un organisme de pompes funèbres venu chercher un corps en vue d'une crémation serait reparti bredouille, le cadavre étant demeuré introuvable pour une raison incompréhensible.

Maintenant, tous les employés du service s'activaient à régler le problème. Une frénétique fouille des lieux était en cours, tandis que le patron tournait comme une toupie d'un journaliste à l'autre. Résultat : Ryan et moi, nous poireautions.

— J'imagine que la famille est aux quatre cents coups, a dit Ryan.

— Tu parles ! Et les médias doivent boire du petit-lait : des corps perdus ; des familles sous le choc ; des politiciens dans l'embarras. C'est le Pulitzer assuré.

Je suis une droguée de l'info. Quand je suis chez moi, je lis le canard tous les jours, de la première page à la dernière, ou tout du moins je le survole. En voyage, je regarde CNN ou une chaîne locale. Tout à l'heure, dans ma chambre d'hôtel, je n'avais pas arrêté de zapper entre WFLD et WGN. J'étais donc au courant de l'incident. Je n'avais pas imaginé toutefois qu'il puisse atteindre une telle ampleur, ou avoir des répercussions sur Ryan et moi.

Comme de juste, celui-ci s'est mis à arpenter la salle. Coup d'œil à ma copine Enterprise : M. Je-Perds-Patience réagissait exactement dans les temps.

Après un parcours d'une trentaine de mètres, le détective s'est laissé choir dans son siège lourdement.

— C'était qui, Cook ?... Le Cook du comté ? a-t-il précisé comme je ne comprenais pas.

— Aucune idée.

— C'est grand ?

— Le comté ?

— Non, les fesses de ma tante Dora.

— Tu as une tante Dora ?

— Trois.

À tout hasard, j'ai enregistré cet échantillon d'information familiale en vue d'un interrogatoire ultérieur.

— Cook est le deuxième comté des États-Unis par le nombre d'habitants, et le dix-neuvième par la taille de son administration. (Renseignements glanés quelque part.)

— Et quel est le plus grand ?

— Est-ce que j'ai une tête d'almanach ?

— D'atlas.

— Certains almanachs contiennent des précisions sur le recensement, ai-je rétorqué sur un ton pincé.

Le voyage depuis Montréal ne m'avait pas mise d'humeur à supporter les taquineries. Ryan, qui est plutôt du genre allègre, est un compagnon de voyage épouvantable, même quand les dieux de l'aviation nous sourient. Et la veille, justement, ils avaient eu particulièrement la bouche à l'envers.

Le vol entre l'aéroport Pierre-Elliot-Trudeau et celui d'O'Hare avait pris six heures, alors que d'habitude il en faut deux. D'abord, un retard pour raison de météo. Après, une complication mécanique. Ensuite, un problème avec l'équipage, qui s'était mis à faire la danse du ventre à poil sur le tarmac, ou quelque chose du genre, tout aussi mal vu de la justice. Du coup, Ryan, qui en avait ras-le-bol, avait passé son temps à me reprendre dès que j'ouvrais le bec. Sa manière à lui de passer le temps agréablement.

De longues minutes se sont écoulées.

Clic. Clic. Clic. Clic. Clic.

Ryan s'apprêtait à reprendre ses déambulations quand la porte s'est ouverte sur un Christopher Corcoran en blouse de laboratoire, jean et baskets. Avec son teint pâle, ses yeux verts, ses cheveux roux et ses taches de rousseur, mon copain d'enfance avait tout de l'Irlandais typique. Pour l'heure, il était incontestablement nerveux.

— Je suis vraiment désolé pour ce retard. Cette perte de cadavre est en train de se transformer en opéra bouffe.

— Moi aussi, je déteste ça, quand les cadavres se font la malle, a plaisanté Ryan.

— Surtout lorsque c'est à vous qu'a été confiée la garde du défunt, a renchéri Corcoran avec un sourire forcé.

— C'était le cas ? ai-je demandé.

Il a hoché la tête. Des millions de souvenirs me sont revenus à l'esprit pendant que je le regardais : un gamin maigrichon, aux membres grêles et aux cheveux flamboyants. De longues rangées de pupitres en fer boulonnés au plancher. Nos jeux improvisés dans la rue, par les chaudes nuits d'été. Les bancs de l'église, si durs aux fesses, pendant les messes interminables.

Quand nous étions petits, nous habitions des maisons mitoyennes à Beverly, un quartier du sud de la ville, et nous étions tous les deux enregistrés à l'église Sainte-Margaret d'Écosse. Il faut savoir qu'à Chicago, les catholiques se situent d'après leur paroisse et non pas d'après leur quartier de résidence. Une étrangeté, mais c'est un fait.

À l'âge de huit ans, j'avais déménagé en Caroline du Nord, après la mort de mon petit frère, puis celle de mon père. Corcoran était resté à Chicago. Nous avions perdu le contact, naturellement. Plus tard, j'étais allée à l'université de l'Illinois, puis à Northwestern, lui à l'École de médecine de l'université du Michigan, où il avait fait une spécialité. C'était la médecine légale qui nous avait à nouveau réunis.

On avait repris contact en 1992, lors d'une affaire de bébé enfermé dans une valise. En ce temps-là, Corcoran, qui s'était marié et vivait toujours à Chicago, avait acheté une maison dans Longwood Drive, un quartier un peu plus à l'est et beaucoup plus cher, mais ça ne l'avait pas empêché de renouer avec ses copains d'antan.

— On a fini par le retrouver. Il n'avait pas bougé d'ici, évidemment.

La voix de Corcoran m'a fait revenir au temps présent.

— Il était sur le plateau du haut d'un compartiment de la chambre froide. Il est si maigre que les agents techniques ne l'avaient tout simplement pas vu parce qu'il était caché par une femme obèse.

— Tout est bien qui finit bien, a dit Ryan.

Corcoran a eu un reniflement désabusé.

— Allez dire ça à Walczak !

Stanley Walczak, le patron du CCME, est doté d'un ego qui n'a d'égal que son ambition. Je ne parle même pas de sa fourberie, qui est féroce et lui a permis au fil des ans de se créer un réseau complexe d'aide et de soutien parmi les hommes d'influence. Grâce à quoi, voilà neuf mois, au moment de la démission de l'ancien médecin légiste du comté de Cook, il a été nommé à sa place, à la surprise de certains et au désespoir de tous.

— Oui, Walczak a dû l'avoir mauvaise.

— Tu parles ! a soupiré Corcoran. Il ne déteste rien tant que la mauvaise publicité. Et l'inefficacité. Ici, nous avons une vingtaine de retraits par jour. Entre hier et ce matin, il a fallu contacter plus de soixante entreprises de pompes funèbres pour voir si ce corps ne leur avait pas été remis par erreur. Il a fallu distraire de leur tâche quatre techniciens et trois enquêteurs pour les affecter à la lecture des étiquettes attachées aux orteils des macchabées. Il a fallu tout revérifier par trois fois avant d'arriver à mettre la main sur notre type. Putain, ici, on a la moitié de toute une chambre froide encombrée uniquement de corps long séjour.

— Ça arrive à tout le monde de se tromper, ai-je fait remarquer sur un ton qui se voulait encourageant.

— Chez nous, un corps mal rangé, ça laisse des traces sur ta carrière.

— Tu es un médecin fantastique. Walczak a bien de la chance de t'avoir.

— À ses yeux, j'ai mis beaucoup trop de temps à régler la situation.

— Il va y avoir des retombées radioactives ? s'est enquis Ryan.

— Au moment où nous parlons, la famille est sûrement déjà en train d'éplucher les petites annonces à la recherche d'un avocat. Rien de tel qu'une petite averse de dollars inattendue pour apaiser une angoisse insupportable, quand bien même il n'y a aucun dommage à déplorer. C'est ça, l'Amérique.

Corcoran a fait le tour de la table et nous nous sommes tous assis.

— Walczak a dit qu'il ne serait pas long. Il est enfermé avec l'avocat des Jurmain. Un type que vous allez adorer.

— Vraiment ?

— Perry Schechter, un ténor du barreau de Chicago, partisan de la confrontation à tout prix. Je l'ai entendu une fois s'en expliquer dans une interview : selon lui, l'agressivité force les gens à sortir de leurs retranchements et les incite à révéler leurs faiblesses au grand jour.

— Faiblesse de caractère ou faiblesse de témoignage ?

— Va-t'en savoir. Quoi qu'il en soit, c'est un pitbull.

J'ai regardé Ryan. Il a haussé les épaules, l'air de dire : ça ou autre chose.

— Avant qu'ils arrivent, tu peux nous dire pourquoi on nous a fait venir ici ? ai-je demandé.

Corcoran a eu de nouveau son sourire dénué d'humour.

— Tu as déjà mangé des Moo-Moo, les barres au chocolat ? Ou des gâteaux Cluck-Cluck ?

Et comment ! Maman nous fourrait des douzaines de ces petites pâtisseries dans nos boîtes à déjeuner quand nous étions petites, Harry et moi. J'ai donc hoché la tête sans bien comprendre où il voulait en venir. Et comme Ryan avait l'air perdu, j'ai traduit en québécois :

— Des Vachon. Jos. Louis. May West. Des Doigts de dame.

— Des gâteaux pour le goûter ?

— Il y en a treize sortes, a précisé Corcoran. Ils sont fabriqués et vendus par la Smiling J. Foods depuis deux générations.

— La boîte existe toujours ? Je ne me rappelais pas avoir vu ce nom depuis des années.

— Sous une autre appellation.

— Nos copains de la rue, ça a dû leur faire l'effet d'un coup de massue sur le coin du crâne, ce changement.

Ma réaction a presque arraché un vrai sourire à Corcoran.

— Le J. du nom correspondait à Jurmain. La société a été vendue à un conglomérat en 1972. Pour vingt et un millions de dollars. Non que la famille ait eu besoin de liquidités. Ils étaient déjà pleins aux as.

Je commençais à me faire une petite idée de la situation. Ryan aussi.

— Fortune familiale est synonyme de poids politique, ai-je continué.

— C’est bien vrai.

— À manier avec précaution.

— Eh oui.

— Attends, je ne comprends toujours pas. L’affaire est close depuis plus de neuf mois. Un rapport circonstancié a été adressé aux Jurmain. Nous n’avons jamais reçu un mot de leur part, et ce n’est pas faute de leur avoir envoyé quantité de lettres recommandées pour leur demander que faire du corps. Jusqu’à ce jour, personne n’avait jamais manifesté le moindre intérêt pour ces restes.

— OK, je te récapitule du mieux que je peux une longue histoire pas très originale.

Corcoran a levé les yeux au plafond comme s’il y cherchait l’inspiration pour organiser ses pensées.

— À Chicago, les Jurmain, c’est du sang bleu. Une fortune pas vraiment ancienne, mais assez vieille quand même ; une maison à Winnetka Est. Des parents membres de l’Indian Hills Country Club et entretenant des rapports privilégiés avec le gouverneur, des sénateurs et des membres du congrès. Des enfants allant en maternelle à la North Shore Country Day, puis achevant leurs études supérieures dans une université de la Ivy League. Vous voyez le topo. – Nous avons fait signe que oui. – Le père de Rose est l’actuel chef de famille, c’est un vieux salaud appelé Edward Allen. Pas Ed, pas Al, mais Edward Allen en entier. Rose a toujours été le mouton noir de la famille ; toute sa vie, elle a refusé de suivre la voie que lui recommandait Edward Allen. En 1968, au lieu de faire ses débuts dans le monde, elle a fait la une du *Chicago Tribune* pour avoir agressé un flic à la Convention nationale du Parti démocrate. Au lieu d’entrer à Smith ou à Vassar, elle est partie pour Hollywood, décidée à devenir une star et là, au lieu de convoler en justes noces, elle s'est mise en ménage avec une lesbienne.

» Le jour de ses trente ans, Edward Allen lui a coupé les vivres. Il l'a rayée de son testament et a interdit à toute la famille de la fréquenter.

— Tant qu'elle n'aurait pas recouvré ses esprits ? ai-je demandé.

— Exactement. Mais ce n'était pas le genre de Rose. Elle a tiré la langue à son papa. Elle disposait d'un peu d'argent personnel hérité de son grand-père, sur lequel Edward Allen n'a pas pu mettre la main.

— Un esprit libre, un vrai !

— Oui, mais sa vie n'a pas toujours été rose. À en croire sa compagne, Janice Spitz, Rose souffrait de dépression et d'insomnie chroniques à l'époque de sa disparition. Et elle buvait aussi beaucoup.

— Ça corrobore ce que nous savons sur elle, est intervenu Ryan.

— D'après Spitz, est-ce qu'elle était suicidaire ? ai-je ajouté.

— Si elle le pense, elle ne l'a jamais formulé tout haut.

— On en revient donc à ma question de tout à l'heure : pourquoi cet intérêt soudain ?

— Il y a deux semaines, Edward Allen a reçu un coup de téléphone anonyme.

Corcoran est du genre à rougir, surtout quand il est gêné ou anxieux. Ce devait être le cas à ce moment-là.

— Concernant la mort de Rose ?

Il a hoché la tête en évitant manifestement de me regarder. J'en ai éprouvé comme un début de malaise.

— Et que disait cet informateur anonyme ?

— Walczak n'a pas jugé bon de m'en faire part. Tout ce que je sais, c'est que j'ai été chargé de réexaminer le cas.

— *Tabarnouche*[*] ! a lâché Ryan d'un air dégoûté, et il s'est laissé retomber sur son dossier.

Pour ma part, je n'ai rien trouvé à dire.

Clic. Clic. Clic. Clic. Clic.

Finalement, c'est Corcoran qui a rompu le silence.

— Edward Allen a aujourd'hui quatre-vingt-un ans ; il n'a pas une santé très solide. Peut-être qu'il se sent un peu con d'avoir effacé Rose de sa vie ; peut-être qu'il veut seulement tout contrôler, comme le salaud qu'il a toujours été ; peut-être qu'il perd un peu les pédales ? Tout ce que je sais, c'est qu'il a appelé son avocat et que celui-ci a appelé Walczak. Et voilà le résultat.

— Jurmain pense que les analyses ont été mal faites ? ai-je voulu savoir.

Corcoran a acquiescé, les yeux fixés sur le plateau de la table.

— Et Walczak partage cette opinion ?

— Oui.

— Mal faites par qui ?

La phrase a jailli de ma bouche sur un ton plus aigu que je ne le voulais. Corcoran a relevé les yeux, son regard a croisé le mien. J'y ai lu une véritable détresse.

— Tu peux me croire, Tempe, je n'y suis pour rien.

Pour me calmer, j'ai pris une longue inspiration avant de répéter ma question.

— Mal faites par qui, Chris ?

— Par toi.

* Les mots en italique et suivis d'un astérisque sont en français dans le texte. (*N.d.T.*)

3.

J'ai jeté un coup d'œil à Ryan. Il a seulement secoué la tête.

— Tu t'imagines bien que je n'en crois pas un mot ! s'est écrié Corcoran.

Je ne l'avais jamais vu aussi angoissé, et c'est sur un ton étonnamment calme que j'ai déclaré :

— Évidemment ! Mais je suis contente que…

Juste au moment où je prononçais ces mots, la porte s'est ouverte. Corcoran et moi nous sommes redressés sur nos sièges, l'air aussi coincé l'un que l'autre.

Ont fait leur entrée deux messieurs sanglés dans des costumes coupés de la main même d'Armani.

Dans le bleu, j'ai reconnu Stanley Walczak, fier comme Artaban selon sa bonne habitude car il se prend pour un héros. Et un tombeur de ces dames.

Je le connais pour l'avoir croisé à plusieurs réunions de l'Académie américaine des sciences légales. Une fois au moins, j'ai eu l'heur de retenir son attention. Pour une durée de cinq minutes pleines.

Pourquoi est-ce que je me vante ? Parce que j'ai un peu plus de quarante ans, tout simplement, et que Walczak, à cinquante ans bien sonnés, préfère d'habitude les jeunettes qui viennent tout juste d'échanger leur premier soutien-gorge pour un autre, avec des bonnets un peu plus conséquents.

Le type en gris devait être Perry Schechter. Des cheveux noirs clairsemés et un long visage buriné qui avait dû mettre au moins six décennies à se former. Sa serviette et toute son attitude hurlaient le mot : avocat.

Le temps que nous nous levions, Walczak a procédé à une évaluation de la situation, rapide mais subtile, qui l'a conduit à s'avancer tout d'abord vers Ryan, la main tendue.

— Stanley Walczak.

— Andrew Ryan.

Ils se sont serré la main. Corcoran faisait tinter des clés dans la poche de sa blouse.

Des mètres de denture refaite ont pivoté dans ma direction.

— Tempe ! Ma parole, mais vous rajeunissez à chacune de nos rencontres !

En me donnant du mal, j'ai réussi à résister au charme fameux de Walczak.

— Ravie de vous revoir, Stan.

Il a enserré la main que je lui tendais entre ses deux paumes, la retenant un tout petit peu plus longtemps que nécessaire.

— Si je ne me trompe, vous connaissez déjà le Dr Corcoran.

L'intéressé et moi-même avons répondu par l'affirmative.

Walczak a présenté Schechter.

Échange de poignées de main.

— Messieurs, docteur Brennan. (Nouveau déploiement de dents étincelantes, destiné à me séduire.) On commence ?

Walczak a pris place à la table.

Ryan et moi avons préparé nos dossiers : lui, les sortant de sa serviette ; moi en allumant mon ordinateur pendant que Schechter s'installait à côté de Corcoran.

— Bien, a commencé Walczak. Je suppose que vous vous demandez ce que la mort d'une vieille dame excentrique imbibée d'alcool et souffrant de problèmes psychiatriques peut bien avoir de si particulier pour justifier le déplacement extraordinaire de deux personnes telles que vous.

— Tout décès mérite qu'on y prête attention.

Le ton pédant sur lequel ces paroles étaient sorties involontairement de mes lèvres m'a choquée moi-même ; pourtant, elles étaient parfaitement conformes à mes pensées : comme Horton, je suis d'avis qu'un homme est un homme, aussi bizarre soit-il. Et quel que soit son âge. D'ailleurs, Rose Jurmain n'avait même pas soixante ans.

Walczak m'a dévisagée pendant un moment. Avec ses cheveux argentés et son bronzage aux UV, il était beau, indiscutablement. Du moins, à première vue.

— Donc, pourquoi ai-je demandé au Dr Corcoran de réexaminer ce cas ? a-t-il repris.

L'intéressé a remué sur sa chaise, visiblement mal à l'aise.

— Le Dr Brennan et moi-même serons heureux de répondre à toutes questions concernant l'enquête, l'analyse des restes ou les conclusions du coroner, a déclaré Ryan.

— Parfait. Je vais donc vous laisser en compagnie de M. Schechter et du Dr Corcoran. Surtout, n'hésitez pas à me faire appeler si vous avez besoin de quoi que ce soit. Vraiment, n'hésitez pas.

Sur un regard significatif à Corcoran, Walczak a quitté la salle.

— Je suis content de voir que vous parlez anglais, inspecteur, a commencé Schechter.

La très légère crispation de ses paupières m'a fait comprendre que Ryan n'appréciait pas beaucoup ce préambule.

— *Mais oui, monsieur**, a-t-il répliqué avec son accent le plus parigot.

— M. Jurmain demande à ce que soient éclaircis un certain nombre de points, a déclaré l'avocat sur un ton laissant entendre à Ryan qu'il ne goûtait pas davantage son humour.

— Éclaircis ? a-t-il répété, répondant à la froideur par la froideur.

— Cette affaire le préoccupe beaucoup.

— Vous avez les copies de nos rapports ?

Schechter a sorti de sa serviette un bloc-notes jaune, un stylo en or de marque Cross et une grande enveloppe blanche frappée du sceau de notre Laboratoire de sciences judiciaires et de médecine légale.

— Le Dr Brennan et moi-même avons préparé des photos des lieux et de l'autopsie, pour mieux vous expliquer comment s'était déroulée l'enquête.

Schechter a appuyé sur le cliquet de son stylo pour en faire sortir la mine et fait un grand mouvement de manches impérieux.

— *S'il n'avait pas la tête dans le cul*, m'a soufflé Ryan, *ça lui éclaircirait les idées !*

— *Certainement**.

Ayant relié mon ordinateur au projecteur, j'ai ouvert le programme PowerPoint et fait apparaître le dossier LSJML 44893. Double clic sur une image. Panoramique de l'Auberge des Neiges. Avec ses balcons et ses encadrements de fenêtre sculptés et peints, la maison, en séquoia, aurait pu servir de décor au film *La Mélodie du bonheur*.

Corcoran m'a passé le pointeur laser.

Ryan a commencé.

— Mme Jurmain est arrivée à l'Auberge des Neiges le 20 septembre ; elle avait une réservation de deux semaines. Le 23 septembre, elle a fait part à des clients de son intention de sortir se promener le lendemain.

— Ces autres pensionnaires étaient ?... a demandé Schechter.

Ryan a cherché leurs noms dans ses notes.

— John William Manning, de Montréal. Isabelle Picard, de Laval. Selon leurs deux témoignages, Mme Jurmain paraissait ivre ce soir-là. Il semble d'ailleurs qu'elle l'ait été à plusieurs reprises, au cours des trois jours qu'a duré son séjour.

Ryan a fait glisser plusieurs papiers vers l'autre côté de la table. Probablement des rapports sur ses entretiens avec le personnel et les clients de l'auberge. Corcoran les a survolés. Schechter a pris tout son temps pour les lire. Puis :

— Ceux-ci sont en français.

— Mille pardons, a dit Ryan sur un ton aussi peu confus que possible.

Schechter a émis un bruit de gorge indéchiffrable.

Je suis passée à une vue d'ensemble de la chambre de Rose. Tapis tressé, mobilier en pin verni et surabondance de chintz à petites fleurs roses. Le fouillis de vêtements qui débordait d'une valise ouverte posée sur un petit tréteau au pied du lit ressemblait à du magma ayant dégouliné d'un volcan endormi.

Plan moyen de la table de nuit, et gros plans des étiquettes de cinq petits flacons. Oxycodone. Diazepam. Temazepam. Alprazolam. Doxylamine.

J'ai pointé le stylo laser. À mesure que le point rouge passait d'un flacon à l'autre, Corcoran a indiqué à

Schechter le nom du médicament générique correspondant.

— OxyContin, c'est un analgésique… du Valium et du Xanax, contre l'anxiété… pilules pour dormir, genre Restoril ou Unisom.

Schechter a inhalé par les narines une longue goulée d'air pour l'exhaler ensuite avec lenteur.

— Quand Rose avait une idée dans la tête, impossible de l'en faire changer. Toujours dehors à se promener dans les bois. Il y a trois ans, c'était le Québec. – Il a prononcé « Qwi-bec » avec le même mépris qu'il aurait dit « Aïlle-rak » pour Irak. – Et bien que son… état de santé laisse à désirer, a-t-il dit après une pause, le temps de trouver le terme correct, il n'y avait pas moyen de l'en dissuader.

Ryan a gardé pour lui ses commentaires.

— À quinze heures vingt, le 24 septembre, Mme Jurmain a été vue marchant seule sur le chemin Pierre-Péladeau, en direction de Sainte-Marguerite. D'après un automobiliste, elle ne portait sur elle qu'un léger anorak, bien que la température avoisinât zéro degré. Ni gants, ni chapeau.

Ryan a transmis un autre papier à Schechter pendant que je faisais apparaître une carte de la région.

— Ce jour-là, le soleil s'est couché aux alentours de dix-sept heures. À dix-neuf heures, il faisait nuit noire. Au cours de la nuit, la température est tombée à moins huit degrés.

» Le 25 septembre, comme Mme Jurmain n'était pas rentrée, l'auberge a téléphoné au numéro qu'elle avait fourni à son arrivée. Il avait pour indicatif régional le trois cent douze. Les recherches ont montré que ce numéro n'était pas attribué.

» Le 26 septembre, la SQ couvrant la région de Sainte-Marguerite a été avisée de la disparition de

Mme Jurmain. Les bois en bordure de la route et à côté de l'auberge ont été fouillés à l'aide de chiens. En vain.

Re-transfert de documents.

— Qu'est-ce que c'est que la SQ ? a demandé Schechter.

— La Sûreté du Québec. La police de la province.

— Pourquoi n'a-t-on pas fait appel à la police locale ?

Avec une gouaille digne de Maurice Chevalier, Ryan s'est lancé dans une explication détaillée des forces de l'ordre au Québec et de leur organisation.

— Les grandes villes et les villes moyennes possèdent effectivement des forces de police locales. Dans l'île de Montréal, par exemple, le maintien de l'ordre est assuré par le SPVM, le service de police de la ville de Montréal, autrefois connu sous le nom de CUM, police de la communauté urbaine de Montréal. La même chose, baptisée différemment.

» À la campagne, la police est rattachée à la Sûreté du Québec. Dans les endroits où il n'y a pas de police provinciale, c'est-à-dire partout sauf dans l'Ontario et au Québec, c'est la Royal Canadian Mounted Police, ou RCMP, qui assure le maintien de l'ordre. Pour les francophones : gendarmerie royale du Canada, ou GRC. Il peut arriver, dans le cadre d'une enquête bien précise, que le Québec fasse appel aux Mounties, mais c'est rare.

En d'autres termes, pour s'y retrouver dans les intervenants de la sécurité de la Belle Province, c'est aussi difficile que dans n'importe quel État de l'Amérique. En cas de problème, qui faut-il appeler ? Le FBI ? Le Bureau d'enquête de l'État ? La police municipale ? La police du comté ? La patrouille de la route ? Le département du shérif. Bon courage ! Mais ça, Ryan ne l'a pas dit.

— L'Auberge des Neiges se trouve à soixante-quinze kilomètres au nord de l'île de Montréal, dans les Laurentides. La ville la plus proche est Sainte-Marguerite. Par conséquent, l'affaire Jurmain dépendait de la SQ, a-t-il conclu. Je continue ?

Cette fois encore, Schechter a eu un geste de la main plein de suffisance. J'aurais volontiers tendu le bras par-dessus la table pour lui taper sur les doigts, à ce crétin content de lui.

— Trente mois après la disparition de Mme Jurmain, le 21 mars, un dénommé André Dubreuil et son fils Bertrand sont tombés dans les bois sur des restes qui leur ont paru humains. C'était à vingt mètres d'une route de campagne, à un peu moins d'un kilomètre de l'Auberge des Neiges, au nord. La SQ, le coroner et le LSJML ont été prévenus. Dans cet ordre.

J'en étais à projeter une seconde carte de la région quand j'ai vu Schechter écrire quelque chose. Les premières notes qu'il prenait depuis le début de la réunion.

— Vous êtes inspecteur criminel auprès de cette SQ ? a-t-il demandé à Ryan.

— *À la section des crimes contre la personne**.

— C'est l'équivalent de notre département des homicides, ai-je traduit. Plus précisément, le détective Ryan appartient au département des affaires spéciales.

— Parce que cette affaire est considérée comme spéciale ? a ironisé Schechter en laissant traîner sa voix sur le dernier mot.

— Dès le départ, on a supposé qu'il s'agissait des restes de Mme Jurmain. Comme elle n'était pas citoyenne canadienne, mais américaine, l'affaire a été confiée au détective Ryan.

Schechter et Corcoran ont parcouru le rapport de police que Ryan venait de leur remettre. Dès qu'ils ont reporté leur attention sur l'écran, je suis passée à une nouvelle série de dossiers JPEG.

Le premier était une vue grand angle d'une étroite chaussée à deux voies, bordée par une forêt dense. Les six images suivantes détaillaient ce chemin, depuis la route jusqu'au corps. Sur le sol, l'herbe morte était parsemée d'îlots blancs de neige aux contours fondus et noircis.

La huitième image montrait un espace planté de pins, entouré d'une bande en plastique jaune : le lieu où le corps avait été découvert.

Sur la neuvième, il y avait des gens à l'intérieur de l'espace délimité. On reconnaissait Ryan dans une parka, une écharpe bleu vif autour du cou. Deux techniciens arboraient la tenue bleu marine frappée des mots : *Service de l'identité judiciaire, division des scènes de crime**. Moi aussi. Des tourbillons de vapeur s'échappaient de toutes les bouches.

L'image numéro dix était un plan rapproché d'un petit monticule sombre émergeant de la neige. Dans le fouillis de feuilles, de brindilles, de mousse et d'aiguilles de pin, on distinguait une tache brune et brillante, de la taille d'un chou. Une masse de cheveux gris emmêlés gisait plus loin, sur la droite.

— Le crâne, ai-je dit en l'entourant avec le faisceau de ma lampe laser.

Les photos suivantes représentaient des parties de squelette éparpillées assez loin tout le long d'une ligne partant du crâne. Mâchoire inférieure ; vertèbres ; côtes ; sternum ; moitiés de pelvis ; un sacrum ; la main droite ; la jambe droite. Tout était de cette même couleur terre de Sienne brûlée.

J'ai nommé les os, un par un.

— À l'évidence, ce sont des restes humains, a dit Corcoran.

— Les os étaient dispersés sur une superficie d'environ vingt mètres carrés, ai-je précisé. Rongés par des animaux.

J'ai projeté un plan du site, Ryan en a transmis à nos hôtes des copies papier.

— Le Dr Brennan a photographié la position de chaque élément du squelette.

J'ai attendu que Corcoran et Schechter relèvent les yeux de leur feuille pour poursuivre ma présentation et j'ai continué à désigner les restes dispersés à l'aide du pointeur laser.

— Ces petits cônes en plastique indiquent chacun un endroit où un os a été retrouvé, tout seul ou en groupe. Ici, vous avez le fémur…, ai-je enchaîné en faisant défiler les images. Un tibia ; la rotule droite ; le calcanéum droit ; les tarses droits ; les métatarses ; des phalanges ; le radius de droite ; le cubitus droit et des os de la main droite. L'incisive supérieure droite.

— Est-ce qu'on pourrait avancer plus vite ? a demandé Schechter.

Ryan a repris la parole.

— Compte tenu de l'alcoolisme avéré de Mme Jurmain, confirmé par des témoins oculaires ; compte tenu du fait établi qu'elle était sous médicaments, et compte tenu des conditions climatiques le soir où elle n'est pas rentrée à l'auberge, le coroner a conclu à une mort accidentelle et il a déterminé comme cause une hypothermie aggravée par l'ingestion de substances diverses.

— Vous voulez dire que Rose était saoule, qu'elle s'est perdue et qu'elle est morte de froid ? a résumé Schechter.

— En gros, oui. Dans quelque temps, le Dr Brennan vous parlera de l'identification du squelette et de l'analyse des traumas.

— Pas dans quelque temps, tout de suite !

— Pardon ?

— Finissons-en avec cet artifice ridicule.

Ébahie, j'ai regardé Ryan. Son visage, tourné vers l'avocat de l'autre côté de la table, n'était plus qu'un masque de pierre. Connaissant bien cette expression, je me suis empressée d'intervenir.

— Le détective Ryan voulait seulement préciser sur quelles bases le coroner s'était fondé pour aboutir à ses conclusions. Mais si vous préférez que nous passions au point suivant, nous n'y voyons pas d'objection.

— Je propose que nous passions directement à votre rapport, docteur Brennan.

— Je propose que vous nous disiez ce que vous attendez de nous, a jeté Ryan sur un ton plus coupant qu'une lame de rasoir.

— Très bien, détective, a répliqué Schechter en haussant légèrement le menton. Mon client ne croit pas un instant que sa fille soit morte de froid. Il croit qu'elle a été assassinée.

Schechter a posé ses deux avant-bras sur la table et a croisé les doigts. Puis, se penchant en avant, il a ajouté :

— Il estime en outre que le Dr Brennan a dissimulé le fait sciemment.

4.

J'ai regardé Corcoran. Il continuait de fixer l'écran.

— Vraiment ? a lâché Ryan sur un ton annonçant la guerre de tranchées. Et dans quel but ?

— Si je suis là, c'est bien pour le découvrir, a répliqué Schechter et il a agité nerveusement son doigt manucuré en direction du pointeur laser.

Je le lui ai remis.

— Repassez le plan rapproché des restes au moment de leur découverte.

L'estomac noué, j'ai fait ce qui était attendu, pour ne pas dire exigé de moi.

Le point rouge est apparu sur le squelette à demi enterré, est descendu le long de la mâchoire inférieure, est passé sur les clavicules et les côtes supérieures et s'est arrêté au niveau du thorax, autour duquel il a effectué des cercles concentriques. J'ai laissé tomber :

— Le sternum.

— Je ne m'en serais pas douté !

L'étau qui me serrait les tripes s'est relâché. Ah, c'était à cela que Schechter voulait en venir ! Eh bien, il était encore plus con que je ne le pensais. Il aurait pu au moins se renseigner auprès d'un ostéologue !

Ayant refermé le dossier traitant de la récupération du corps, j'ai ouvert celui contenant les photos de l'autopsie prises au LSJML. Les deux premières représentaient le sac à cadavre, d'abord fermé, ensuite ouvert ; la troisième, un tas d'ossements pêle-mêle à l'intérieur du sac.

La série suivante montrait un squelette couvert de terre sur une table en acier inoxydable. Certains os étaient encore reliés entre eux par des muscles ou des ligaments desséchés, mais la plupart étaient séparés les uns des autres et disposés selon la position qu'ils avaient occupée dans le corps, du vivant de l'individu.

— Vous avez ici les restes tels qu'ils sont arrivés à la morgue, avant toute manipulation. Dois-je les identifier ?

Schechter a refait un de ses gestes méprisants de la main. Ce vieux pédant en avait tout un répertoire en réserve.

— Dois-je vous expliquer le procédé de nettoyage utilisé ?

— Ce n'est pas justifié.

— Très bien. Passons alors à l'identification.

— Mon client ne met pas en doute le fait que ces restes sont ceux de sa fille.

— Une chance ! Dans ce cas, abordons les traumas. Dois-je rappeler ce que l'on entend par les termes d'*ante mortem*, de *peri mortem* et de *post mortem* ?

— En quelques mots, ça suffira.

— Appliqué à un élément du squelette, le terme d'*ante mortem* signifie qu'au moment de la mort, le trauma présentait des signes de guérison, preuve qu'il a été subi par la victime bien avant son décès. Le terme de *peri mortem* se rapporte à un trauma subi aux alentours de la date du décès, juste avant ou juste après. *Post mortem* se rapporte à des traumas postérieurs à la mort : il peut s'agir aussi bien de désordres résultant de la décomposition que d'une blessure. Perpétrée par des animaux prédateurs, par exemple.

— En quoi cette précision est-elle justifiée, dans les circonstances présentes ?

Visiblement, Schechter avait un faible pour ce mot.

— Elle est *justifiée*, si vous voulez que votre client comprenne exactement ce qui est arrivé à sa fille. Ou ne lui est pas arrivé, ce qui peut se révéler encore plus important.

Re-geste de la main de Schechter.

— Je n'insisterai pas sur l'importance qu'il y a à différencier correctement les traumas *peri mortem* des traumas *post mortem*. Je préciserai toutefois que, pour un anthropologue, cette distinction se fait davantage grâce à la qualité du tissu osseux qu'à la date de la mort. C'est un sujet complexe, alors pardonnez-moi si je simplifie trop.

» L'os frais, ou vivant, possède un taux d'humidité relativement élevé. Par ailleurs, il contient un élément en quelque sorte flexible qui lui procure son élasticité : le collagène. C'est cela qui permet à l'os de plier un peu en situation de contrainte. Lorsque survient la décomposition, l'humidité s'évapore et le collagène se dégrade, de sorte que la capacité de l'os à supporter un certain degré de flexion diminue. En d'autres termes, un os desséché réagit à une contrainte de poids de la même façon qu'un matériau non organique : comparé à de l'os frais, il suffit de le soumettre à des forces bien moindres pour qu'il lâche ou se brise. À titre d'exemple, prenez une badine en bois vert et un rameau sec. La première plie, le second se casse. – Schechter a inscrit quelques phrases dans son bloc-notes sans m'interrompre. – Concrètement, je dirai que les fractures subies par un os desséché sont moins nettes et que leurs bords présentent des ébréchures plus nombreuses. Ces os-là se brisent généralement en fragments plus petits. Les séparations qui surviennent assez fréquemment avec de l'os frais sont plutôt rares avec les os desséchés. Quant aux fractures présentant des lignes circulaires et concentriques ou irradiant en étoile, deux modèles qui résultent du passage d'énergie à travers le tissu osseux, elles sont excessivement rares.

— Très impressionnant ! s'est exclamé Schechter. Nous voici tous maintenant devenus des experts !

Corcoran m'ayant prévenue des habitudes du bonhomme, je n'ai pas relevé.

— Pour parvenir à déterminer de quelle façon la mort s'est produite, il est également très important de repérer les blessures *ante mortem*. Les premiers signes de guérison étant souvent difficiles à détecter, il convient de procéder à une triple analyse des restes : analyse macroscopique, radiographique et histologique.

— Épargnez-nous le jargon !

— Par macroscopique, on entend analyse à l'œil nu. Le premier signe d'un processus de guérison en cours, c'est la présence d'une bande étroite de résorption superficielle tout autour de la fracture et à proximité immédiate. Elle révèle une inflammation à l'endroit où la membrane qui recouvrait l'os a été déchirée. On peut aussi trouver des traces d'érosion progressive aux extrémités de l'os cassé. Ces modifications apparaissent entre dix et quatorze jours après l'accident.

» Analyse radiographique veut dire : aux rayons X. Dans ce cas, le processus de guérison est révélé par une sorte de halo qui entoure les bords de l'os brisé. Là aussi, la modification apparaît entre dix et quatorze jours après l'accident. À ce moment-là, l'espace séparant les parties brisées s'agrandit peu à peu à mesure que se forme un cal. – Schechter a légèrement plissé les yeux. – Un cal est un réseau de tissu osseux qui se forme rapidement, de façon désorganisée, à l'endroit de la fracture. Il agit comme du mastic, en aidant les parties cassées à demeurer en place, et il disparaît en même temps que la guérison s'accélère, pour être remplacé petit à petit par de l'os véritable.

» Analyse histologique signifie : effectuée au microscope. Ici, le processus de guérison apparaît tout d'abord sous l'aspect de spicules de tissu osseux à l'intérieur du cal. Ces spicules peuvent être vus assez rapidement, entre cinq et sept jours après l'accident.

— Est-ce que nous avons une chance d'en arriver à Rose aujourd'hui ?

J'ai ouvert un autre dossier PowerPoint. Le squelette de Rose était montré dans mon laboratoire, nettoyé de toute trace de terre ou de lambeau de vêtement. Tous les os, jusqu'aux plus petites phalanges distales des mains et des pieds, étaient rigoureusement disposés selon l'ordre anatomique.

— Comme le détective Ryan l'a évoqué tout à l'heure, ces restes ont subi des dommages *post mortem* considérables. Dus à la prédation animale.

J'ai choisi un plan du fémur droit. Au lieu de se terminer à une extrémité par une protubérance arrondie et à l'autre par des condyles, la tige axiale présentait de longues pointes déchiquetées. Je suis passée à un plan du tibia, puis du péroné, qui montraient des dommages identiques.

— Vous noterez des fissures et des ébréchures longitudinales. Ces caractéristiques, conjuguées au fait que diverses parties du corps étaient éparpillées sur une superficie assez vaste, suggèrent fortement l'idée d'une prédation animale. – Plan rapproché du fémur. J'ai pointé le laser sur une marque circulaire, puis sur une autre. – Ce sont là des traces de morsures. D'après leur taille, je dirais que les convives étaient des *Ursus americanus*.

— Des ours noirs, est intervenu Corcoran.

— Les ours se repaissent de charogne ? s'est étonné Schechter sans chercher à dissimuler sa répulsion.

— Avec délectation, ai-je répondu tout en passant à une autre photo.

Plan serré de la mâchoire inférieure.

— Et en l'occurrence, ils n'ont pas été les seuls. Notez le bord inférieur de la mandibule, ai-je dit en suivant le tracé de celle-ci avec mon point lumineux. Vous voyez ces cannelures parallèles ?

— Des marques de rongeurs, a déclaré Corcoran.

— Exactement. Le processus de transformation en squelette achevé, les rats et les souris sont entrés en scène.

— On se demande bien ce qui peut les attirer dans ces os sans chair ! s'est exclamé Corcoran en remuant lentement la tête.

— L'os sec est riche en minéraux et protéines.

Schechter s'est pincé le nez entre le pouce et l'index.

— Si vous cherchiez à me choquer, c'est raté, docteur Brennan.

— Je n'ai d'autre intention que celle de vous informer.

— Allons à l'essentiel ! s'est impatienté l'avocat avec un regard dans ma direction.

— Volontiers, ai-je répliqué en souriant presque, pressée de voir comment ce gros péteux arrogant allait se dégonfler.

— La vérité… – Me penchant en avant, j'ai posé les avant-bras sur la table et croisé les doigts, comme Schechter tout à l'heure. – … c'est que le squelette de Rose Jurmain était sérieusement endommagé. Toutefois, d'après mes observations, les dégradations étaient toutes de nature *post mortem.*

— Que voulez-vous dire par : de nature *post mortem* ?

— Ce que je viens de dire : *post mortem.* Survenues après la mort..

— Dues à des ours ?

— Et à des rongeurs.

— Vous n'avez relevé aucune preuve d'un trauma *peri mortem* quelconque ?

— Ni *peri mortem* ni *ante mortem.*

— Et le sternum ?

— Vous m'avez bien entendue.

Un sourire de reptile s'est dessiné sur les lèvres de Schechter.

— Vous n'avez aucune image du sternum, docteur ? Ou vous ne voulez pas nous les montrer ?

Ryan a glissé vers l'avant de son siège. J'ai posé la main sur son bras. Il m'a regardée. J'ai secoué la tête d'une façon imperceptible.

— *Ce type est un ostie de crosseur**, m'a soufflé Ryan.

En français courant : un con fini.

— T'inquiète, il va se calmer, lui ai-je répondu en français.

J'ai tapoté sur mon clavier. À l'écran, la photo du thorax de Rose a remplacé celle de sa mâchoire. À côté, il y avait une radio.

S'étant emparé du pointeur laser, Schechter s'est mis à faire danser le point rouge autour d'un rond situé à cinq centimètres du bas du sternum, avant de le stabiliser sur la radio. Sur le fond gris-blanc et d'aspect spongieux du tissu osseux à l'intérieur de l'os, ce même rond ressortait sous l'apparence d'un rond plus foncé.

— Vous allez me dire que ce sont des ours qui ont fait ça ?

— Non.

— Alors, quelle est votre explication ? a jeté Schechter.

— Quelle est la vôtre ? ai-je rétorqué, mais sur un ton presque gentil.

— À l'évidence, il s'agit d'une blessure par balle.

— Personnellement, je n'en vois aucune preuve ici.

— Ce qui veut dire ?

— Que je ne vois sur cette radio ni fragment de balle, ni trace métallique. Aucun bord déchiqueté. Aucun petit morceau d'os brisé. Pas trace de la moindre fracture en étoile, ni du moindre fragment éclaté.

— Vous dites que ce trou est un trauma antérieur à la mort ?

— Non, je ne dis pas ça.

Je sais, c'était bébête de ma part de pousser Schechter à bout, mais ça me faisait tellement plaisir. Ce type était si déplaisant que je l'aurais volontiers poussé sous les roues de l'autobus !

— Expliquez-nous.

— Ce trou ne résulte pas d'un trauma.

— Pas d'un trauma ? a répété Schechter d'une voix où, pour la première fois, perçait l'incertitude.

— Non.

— Développez !

— Pour comprendre, il faut connaître la façon dont se développe le sternum.

Schechter a refait son geste de la main. Avec, cependant, un peu moins d'emphase qu'auparavant. J'ai pris le temps de rassembler mes pensées.

— Le sternum démarre son existence sous forme de deux barres cartilagineuses verticales placées côte à côte. Par la suite, ces barres fusionnent le long de la ligne médiane. Le cartilage s'ossifie, se transforme en os. Ce processus d'ossification se déroule à partir de six points. Quatre d'entre eux constituent le corps du sternum, sa partie longue et étroite. Si vous n'y voyez pas d'objection, je cantonnerai mes explications au corps du sternum, puisque c'est là que le trou se situe.

— Je vous en prie.

Formule de politesse que Schechter utilisait pour la première fois depuis le début de la réunion.

J'ai fait bouger le point lumineux autour du sternum de Rose.

— Notez ces arêtes transversales. Chacune d'elles signale l'endroit où les différents éléments juvéniles, appelés « sternebra », se sont soudés. L'ossification débute chez le fœtus. Tout d'abord, au niveau de la première sternebra, entre le cinquième et le sixième mois de gestation. Ensuite au niveau des deuxième et troisième sternebra, vers le septième ou huitième mois de gestation, et enfin au niveau de la quatrième sternebra au cours de la première année de l'individu.

» C'est ainsi quand tout se passe normalement. Ce qui n'est pas toujours le cas. De temps à autre, une sternebra s'ossifie à partir de plusieurs points de contact au lieu d'un seul. Dans le cas des sternebra inférieures, cette variation implique généralement deux points très rapprochés l'un de l'autre. – J'ai marqué une pause. Pour agacer mon opposant ? Peut-être bien. – Lorsque ces centres voisins ne fusionnent pas, il se produit une anomalie connue sous le nom de « foramen sternal ». – Je m'exprimais lentement, comme un prof s'adressant à un élève lent d'esprit. – C'est une altération résultant de la fusion inachevée d'un segment inférieur du sternum au cours de l'ossification à partir de centres séparés, situés à droite et à gauche.

Schechter a gribouillé dans son bloc-notes, puis a souligné certains mots avant de reprendre la parole.

— Et vous dites que Rose avait ça ?

— Oui. C'est inscrit en page trois de mon rapport, dans la section : marqueurs uniques.

Laissant Schechter ouvrir le rapport à la page indiquée, j'ai fait apparaître une nouvelle image : un plan serré dudit foramen a rempli l'écran. J'en ai recensé les caractéristiques.

— Anomalie simple et circulaire, d'un diamètre de quatorze millimètres et avec des bords doux et arrondis. Un peu comme le trou au centre du beignet. Localisée sur la ligne médiane, au tiers de la partie inférieure du corps du sternum. Exemple typique.

— Et Rose aurait pu vivre normalement avec une maladie comme cela ? s'est enquis Schechter, le rose aux joues.

— Une foule de gens a ce problème.

— Sans qu'aucun symptôme ne se manifeste jamais ?

— Non.

— Et c'est fréquent ?

— Les foramens du sternum se retrouvent en gros chez sept à dix pour cent de la population.

Personne n'a dit un mot pendant un temps qui m'a paru très long.

Clic. Clic. Clic. Clic. Clic.

— Vous n'avez découvert aucun indice pouvant donner à penser que Rose aurait été tuée ?

— Non.

— Aucune preuve d'homicide ?

— Aucune trace d'étranglement, de coup de matraque, de poignard, ou de lacération. Aucune trace d'autodéfense sur les os des doigts, des mains ou des bras. En dehors de ces dégradations perpétrées par des ours, il n'y avait strictement rien. Pas le moindre signe de violence.

— Prouvez-le-moi.

Je m'y suis employée, détaillant le squelette, un os après l'autre.

Schechter se radoucissait peu à peu tandis que j'avançais dans ma présentation, posant juste parfois quelques questions.

La séance achevée, un long silence s'est établi.

Clic. Clic. Clic. Clic. Clic.

Manifestement, l'avocat tentait de mettre de l'ordre dans ces nouvelles informations, et je voyais quasiment son cerveau travailler sous son crâne. Mais peut-être comptait-il seulement les heures qu'il allait facturer au vieil Edward Allen ?

— Dites-moi, monsieur Schechter, qu'est-ce qui est à l'origine de tout ça ? ai-je fini par demander en désignant les rapports, l'écran et nous quatre autour de la table.

— Ce n'est pas vraiment…

— Justifié, je comprends. Mais dites-moi !…

Il m'a dévisagée, les lèvres pincées au point qu'elles ne formaient plus qu'une ligne étroite et dure. Je me suis dit qu'il allait ramasser son bloc-notes et son stylo et quitter la salle. À ma grande surprise, il a répondu :

— M. Jurmain a été informé que l'enquête sur la mort de sa fille avait été bâclée, pour ne pas dire falsifiée délibérément.

— Par moi ?

— Oui.

— Informé par qui ?

Schechter a hésité, triant sans doute ce qu'il convenait de dire et ce qu'il valait mieux taire.

— L'interlocuteur n'a pas donné son nom.

Ma colère l'a emporté sur ma satisfaction d'avoir cloué le bec à cet arrogant personnage.

— Et vous avez déclenché cette chasse aux sorcières sur la seule foi d'une dénonciation anonyme ?

— Mon client a considéré cette information comme étant fondée.

— Vous auriez pu l'aviser du protocole à respecter !

Cette fois encore, j'ai eu droit à un regard appuyé.

Que j'ai soutenu sans ciller.

Clic. Clic. Clic. Clic. Clic.

Schechter n'a pas fait de commentaires. Il a rangé ses affaires, refermé sa serviette et s'est dirigé vers la porte. La main sur la poignée, il s'est retourné.

— À l'évidence, vous avez un ennemi, docteur Brennan. Dans votre intérêt, je vous suggérerais de découvrir l'identité de la personne qui a passé cet appel anonyme.

Sur ces mots, il est sorti.

5.

— Je me demande bien ce qu'on aurait fait sans Richie Cunningham.

— Sans qui ?

— Tu sais bien, Richie et Fonzie des *Jours heureux* ! a répondu Ryan en désignant ses cheveux. Le rouquin !

— Tu regardes trop la télé !

— C'est pour améliorer mon anglais, a rétorqué Ryan en prenant exprès son abominable accent français.

— Chris a quand même été sympa de nous avertir pour le coup de fil reçu par Jurmain, ai-je dit pour soutenir mon copain d'enfance, mais dans mon for intérieur j'étais bien obligée de reconnaître que Ryan avait raison et qu'il ne s'était pas vraiment décarcassé pour me défendre. Allez, ne nous laissons pas abattre !

Nous roulions dans la rue Harrison en direction de l'est. C'était moi qui conduisais. Décision arrachée de haute lutte à Ryan, de même qu'avant, à l'aéroport et à l'hôtel, au terme d'un débat où il prétendait mieux conduire que moi. Moi je protestais que je connaissais mieux la ville. Un peu tiré par les cheveux, mais un second argument m'avait assuré la victoire : les papiers de location étant à mon nom, à moi de décider qui prenait le volant.

— Chris n'a jamais eu confiance en lui, ai-je fait remarquer.

— À côté de lui, un ado aurait de l'assurance. Il devrait demander à Schechter de lui donner des petits cours.

— C'est vrai, ai-je rigolé. Celui-là, comme saligaud, il se pose là.

— En tout cas, tu l'as bien remis à sa place !

Ryan a souri tout en jouant des sourcils comme il sait si bien le faire. J'ai levé la main, il l'a frappée en plein milieu.

Je suis restée un moment sans rien dire. Une pensée qui n'avait rien de drôle me trottait dans la tête. C'est Ryan qui l'a exprimée à haute voix.

— Schechter a raison. Tu devrais chercher à savoir d'où Jurmain tient ces ragots.

— Oui.

— Tu veux que je lui parle ?

— Non, merci, Ryan. Je peux me débrouiller toute seule.

— Y a quand même une question que je continue à me poser.

— Quel est le salaud qui m'a débinée auprès de lui ?

— Ouais. Mais surtout pourquoi ? Son mobile pour te foutre dans le pétrin. Est-ce que tu aurais emmerdé quelqu'un récemment ? Je veux dire : plus que d'habitude ? – J'ai répliqué par ma grimace habituelle. – Garde les yeux sur la route. Ça glisse.

Exact. Ce matin-là, quand nous étions partis de bonne heure pour le bureau du médecin légiste, il tombait une sorte de neige fondue qui dégringolait encore plus drue maintenant. La température avoisinait zéro degré et le soleil n'avait pas eu la force de transpercer les épais nuages cobalt qui obscurcissaient le ciel. Une bouillasse neigeuse recouvrait voitures et boîtes aux lettres, s'entassait sur les bordures de trottoirs et les caniveaux. Sur la chaussée, la couche de verglas était plutôt épaisse.

— C'est forcément en rapport avec toi, a continué Ryan. Quelqu'un que tu empêches de mener à bien ses projets.

— Oui, je crois aussi. Quelqu'un au courant de l'affaire Rose Jurmain. Et qui habite au Québec, selon toute probabilité. Sinon comment saurait-il que c'est moi qui ai pratiqué cette autopsie ?

— Je ne me souviens pas, cette affaire avait fait du bruit au final ?

— Pour autant que je me rappelle, *Le Journal* a publié un ou deux articles à l'époque où les restes ont été découverts. Ou peut-être juste après l'identification. Mais c'était il y a neuf mois, et le vieux Jurmain a reçu ce coup de fil il y a seulement quinze jours.

La colère m'envahissait de nouveau. Deux heures moins vingt, disait la pendule du tableau de bord. J'ai changé de sujet.

— À quelle heure est ton avion, exactement ?

— Six heures et demie.

— Tu as faim ?

— Une faim de loup.

— Tu as envie de quelque chose en particulier ?

— C'est ta ville, tu choisis.

— Bonne réponse.

— Où sommes-nous ? a demandé Ryan.

— Tout près du centre, un peu à l'ouest. À Chicago, on appelle cet endroit le Loop, la boucle.

— Drôle de nom ! Il vient d'où ?

— Des voies de l'ancien El, qui formaient un cercle.

— Le El ?

— Les lignes de la CTA.

— La CTA ?

— Arrête, Ryan ! La Chicago Transit Authority. Tu aurais quand même pu deviner ça tout seul. Dans cette ville, le réseau de transport urbain circule sur trois niveaux : sous terre, en surface et sur des viaducs. L'ensemble forme comme un sandwich qu'on appelle le El, abréviation du mot « élevé ».

— Et les trains vont jusqu'en banlieue ?

— Il n'y a que les banlieusards ou les touristes qui emploient ce mot de « train », pour parler des lignes qui relient le Loop à la banlieue. Les autochtones disent : la « Metra ».

— Et ce Loop dont on parle tant, qu'est-ce qu'il a de si extraordinaire ?

— Est-ce que je tiens à la main un bâton avec une pancarte au bout ?

— Ce qui veut dire ?

— Je ne suis pas guide touristique.

— Je croyais que tu connaissais la ville comme ta poche ?

C'est vrai que je l'avais dit. Mais j'avais passé sous silence que cela faisait presque trente ans que j'avais déménagé de Chicago à Charlotte et que certains de mes souvenirs étaient sûrement un peu vagues. Toutefois, cette question-là, c'était du gâteau.

— Au nord, les anciennes voies du El courent le long de Lake Street ; à l'est, elles suivent Wabash Avenue, au sud Van Buren Street, et à l'ouest Wells Street. Autrement dit, elles encerclent le quartier qui était à l'origine celui des affaires. Mais il est possible que le nom de Loop soit antérieur au El. Je crois qu'en fait un tramway portait déjà ce nom à la fin des années 1880.

— Tu es en train d'inventer ça.

— Tu veux un guide professionnel, adresse-toi à l'office du tourisme.

— Tu sais au moins où tu vas ?

— Oui.

À notre gauche, un El de la ligne bleue cliquetait sur ses rails au beau milieu de l'autoroute urbaine Eisenhower. De part et d'autre, semblables à des rivières turbulentes ralenties par endroits, les flots de voitures tentaient de s'écouler vers l'est et vers l'ouest.

— Ben dis donc, ce machin, là-bas ! Il a nettement dépassé la date limite de fraîcheur ! s'est exclamé Ryan en désignant, à droite, des bâtisses de style Beaux-Arts qui s'étiraient bien sur deux pâtés de maisons.

— C'est le Cook County Hospital. Je crois qu'aujourd'hui on dit le Stroger. Cela fait des années qu'il doit être démoli, mais quantité de gens s'y opposent.

— Dans la série médicale *ER*, il ne déparerait pas.

— Quand je dis que tu regardes trop la télé !

— Je l'allume pour Charlie.

— Notre perruche aime les séries télé ?

— En fait, elle préfère les sitcoms. Dès qu'elle entend les rires, elle s'époumone.

Cet oiseau est un cadeau de Noël que m'a offert Ryan une année, étant entendu qu'il le prendrait chez lui chaque fois que je m'absenterais de Montréal. Au début, cette organisation m'a laissée sceptique. Mais ça a bien marché et j'ai fini par me prendre d'amitié pour cette perruche au répertoire paillard.

L'ironie, c'est que Ryan m'a laissée tomber et que son ami à plumes m'est resté fidèle.

— Cette partie des bâtisses, en revanche, a l'air en excellent état.

J'ai jeté un coup d'œil à droite.

— C'est le Rush Presbyterian Hospital. On a dépassé le Cook County.

Nous étions en train de rouler en dessous d'une passerelle pour piétons reliant le complexe médical au terre-plein réservé au El, quand le touriste en Ryan a refait surface.

— Est-ce que je suis miro, ou est-ce que ce bâtiment est plus large en haut qu'en bas ?

Je n'ai pas eu besoin de tourner la tête pour savoir de quoi il parlait.

— C'est l'UIC, l'université de l'Illinois, section Chicago. Avant, on disait le campus du Loop.

— Et ce bâtiment génial, c'est quoi ?

— University Hall. Il abrite les bureaux administratifs et les résidences. Il se termine en double pointe, ce qui fait que le haut a à peu près soixante mètres de plus que le bas.

Ryan s'est dévissé le cou pour tenter d'en apercevoir le sommet à travers l'éventail que les essuie-glaces avaient dégagé sur le pare-brise. J'ai précisé :

— On appelle ça du brutalisme. *Idem* pour le campus.

— Dur-dur.

— Ce terme vient du français : "béton brut". Tu aurais dû relever ça, toi, le Québécois ! Il a été inventé par un architecte qui se faisait appeler Le Corbusier, j'ai oublié son vrai nom.

— C'est surtout le nom du style architectural qui est brutal, a réagi Ryan en tournant son visage vers moi. Pourquoi pas l'affreusisme, pendant qu'il y était ? Ou l'atrocisme ?

— Plains-toi à Le Corbusier.

— Ce type n'avait aucun sens du marketing, ça c'est sûr.

— C'est son invention, il lui a donné le nom qui lui plaisait.

— Tu peux m'en dire plus sur ce style ?

Ryan était-il véritablement intéressé ? Voulait-il seulement passer le temps, tester mes connaissances ? Je n'aurais pas su le dire. Quoi qu'il en soit, j'ai rassemblé les vagues souvenirs que j'avais d'un article lu un million d'années plus tôt.

— Le brutalisme implique l'utilisation répétitive de formes géométriques angulaires exécutées en béton non traité. Ce style faisait fureur dans les années 1950-1970. Par la suite, il a perdu la faveur du public.

— Bigre ! C'est-y pas malheureux ! s'est exclamé Ryan. Pas mal le topo, Brennan.

— Comment sais-tu que je n'ai pas inventé tout ça ?

— Où est-ce qu'on va ?

— À Greektown.

— Pourquoi là, en particulier ?

— Parce qu'au restau, ils servent de l'agneau et qu'il y a un voiturier.

— Le grand chelem, quoi !

J'ai viré à gauche dans Halsted et traversé la voie rapide. Quelques minutes plus tard, je m'arrêtais rue Adams. Quand je suis sortie de la voiture, le vent a fait voler mon écharpe et du grésil m'a giflé le visage. La glace me brûlait les joues comme autant de petites flammes.

Ayant reçu un ticket de stationnement des mains d'un homme portant une parka et un bonnet orange enfoncé jusqu'aux sourcils, j'ai glissé et dérapé jusqu'au restaurant, suivie par Ryan.

À l'intérieur, Santorini était exactement comme son nom le laissait présager : tables en bois et chaises à dossier canné, nappes amidonnées, murs blanchis à la chaux, cheminée en pierre, et toute une panoplie d'objets se rapportant au métier de la pêche.

Nos manteaux suspendus à des crochets, un serveur avec une moustache à la Sonny Bono et une chemise écossaise bleue s'est avancé vers nous et nous a conduits jusqu'à une table à l'étage supérieur. Seuls quelques clients parmi la foule venue déjeuner s'attardaient, la plupart en costumes, les joues rougies par la retsina.

Un second serveur nous a apporté les menus. Moustache identique, chemise différente. J'ai commandé un Coca light, Ryan une Sam Adams.

— Les gens viennent généralement ici pour les fruits de mer ; moi, je préfère l'agneau, ai-je déclaré sans regarder le menu et en me frottant un peu la tête pour me sécher les cheveux.

— Pas même un coup d'œil ? s'est étonné Ryan.

— Je sais déjà ce que je veux.

— Le youvetsi d'agneau ? a-t-il dit, le nez dans le menu

J'ai secoué la tête.

— Le kampana ?

— Non plus.

— Ne fais pas le bébé.

— L'agneau aux artichauts.

— Raté pour aujourd'hui, Boucle d'Or.

J'ai vérifié. Zut ! Ce plat n'était servi que le mardi et le dimanche.

— Tant pis !...

Déçue, je me suis rejetée dans le fond de ma chaise, les bras croisés sur la poitrine. Ma bonne humeur dégringolait en chute libre.

D'abord le temps : je déteste le froid. Le froid humide ? Inutile de poser la question. Ensuite, cet affreux Schechter et la découverte que j'avais un ennemi anonyme. Et maintenant l'agneau aux artichauts ! Pour ne rien dire de la présence de Ryan, qui n'était peut-être pas faite pour arranger les choses. Surtout quand il usait de petits noms affectueux datant d'une époque où la tendresse était de mise entre nous.

À la table à côté, deux types débattaient des qualités et défauts de joueurs de hockey dont les noms ne me disaient rien du tout. Dehors, une sirène a hurlé, de plus en plus stridente, avant de s'évanouir. Quelque part à ma gauche, des verres ont tinté.

Quand le serveur est revenu, j'ai commandé l'agneau exohiko. Ryan a pris un plat de fruits de mer et une seconde Sam Adams.

Un temps très long s'est écoulé sans que nous échangions un mot. Quand Ryan a fini par me demander à quoi je pensais, il avait déjà éclusé presque toute sa chope.

— Est-ce que les hommes ne détestent pas qu'on leur pose cette question ?

— Pas moi, a-t-il rétorqué avec un sourire gamin.

Sourire auquel je n'ai pas pu résister. Nous faisions équipe depuis si longtemps, Ryan dirigeant les enquêtes, moi les investigations médicolégales. Je tenais à ce que cela continue, même si, sur le plan amoureux, notre rupture n'était pas facile. Au début, nous avions été simplement collègues, nous pouvions le redevenir.

— Je pense que nous ferions bien de partir pour l'aéroport tout de suite après le déjeuner. Avec ce temps, le trajet risque d'être coton.

— J'admire ton esprit pratique, a approuvé Ryan avec un hochement de tête solennel.

Des minutes ont passé. Les hommes à côté se prenaient la tête à propos de l'entraîneur des Blackhawks.

Les plats sont arrivés. Le mien consistait en de gros morceaux d'agneau cuits en papillote avec du fromage.

Des souvenirs indésirables ont sollicité mon attention, chose que je déteste. Début de l'histoire : mon arrivée au laboratoire de Montréal, armée d'une règle incontournable : ne pas mélanger les amours et le bureau ; puis ma rencontre avec un Ryan bien décidé à piétiner mes beaux principes. Résultat : ma reddition.

Milieu de l'histoire : dîners aux chandelles dans le

Vieux-Montréal ; promenades sur la Montagne ; dîners télé sur le canapé en regardant de vieux classiques du cinéma ; balades dans les Laurentides ; plusieurs voyages en Caroline du Nord et du Sud, en Israël, au Guatemala.

Fin de l'histoire : décrétée par Ryan, provoquée par l'apparition subite d'une descendance jusque-là insoupçonnée et par sa décision de se remettre avec la maman dans l'espoir de sauver fifille, héroïnomane colérique.

Notre séparation : ma tristesse en comprenant qu'il m'éjectait de sa vie pour que Lily et Lutetia puissent occuper ma place. *Adieu**. Je suis désolé. Je te souhaite tout le bonheur possible.

Un mois plus tard : l'aveu qu'il s'était trompé et ses excuses. Oublions tout, Lily est en cure de désintoxication, j'ai quitté Lutetia. Il voulait que je revienne ; voulait que nous reprenions la vie ensemble.

Sauf que c'est facile de détruire, mon grand. Reconstruire, c'est une autre paire de manches.

Deux mois s'étaient écoulés depuis cette dernière conversation. Je n'avais pas opposé un non catégorique à sa proposition, mais je n'avais pas non plus entamé une politique de détente. Chat échaudé craint l'eau froide.

Banal, oui. Je ne sais pourquoi, certaines situations ont tendance à devenir des clichés.

— Putain ! L'aéroport est fermé !

Cette exclamation, poussée à la table voisine, m'a ramenée au temps présent. L'un des deux supporters était plongé dans son BlackBerry. J'ai demandé tout bas à Ryan :

— L'aéroport est fermé ? C'est ça, qu'il a dit ?

— Oui, tu te rends compte ?

— Mais pour quelle raison ?

— Une alerte à la bombe, une infraction aux règles de sécurité ou une autre connerie de ce genre.

Le portable de Ryan a émis un drôle de coassement. Un texto venait de lui parvenir.

— Mon vol est annulé, a-t-il dit en composant déjà un numéro.

Au cours des trente minutes qui ont suivi, Ryan a bien eu en ligne huit hôtels et mille compagnies aériennes. Tous les vols étaient complets, les hôtels aussi. Même celui que nous venions de quitter n'avait plus une chambre de libre.

— C'est insensé, quand même, me suis-je écriée. Tu ne vas pas me dire que tout le monde réagit au quart de tour ? !

— Apparemment, il y a plusieurs salons en ville en ce moment, et personne n'a annulé sa réservation. – Regard d'enfant de chœur. – Te voilà coincée avec moi !

— Mais je suis prise, tu le sais bien !

— Je trouverai sûrement une voiture à louer, a rétorqué Ryan sur un ton des moins sincères.

Seigneur, je ne pouvais quand même pas le traîner là où j'allais !

— Évidemment, avec ce temps, ça risque d'être duraille, poursuivait-il. Surtout que je ne connais pas la ville.

— N'importe quelle agence de location te fournira une carte. Et tu pourras toujours interroger ton GPS. Inutile d'appeler Hertz ou Avis…

Merde, alors ! C'était vraiment le pompon ! Ma soirée était foutue. Et avec ma veine, il y avait des chances pour que ça dégénère encore !

Ryan en était à demander aux renseignements le numéro de Budget. Je lui ai proposé de garder ma voiture.

— Il va seulement falloir que tu m'emmènes en dehors de la ville.

— Oui, c'est une bonne idée. Surtout que j'aurai plus de chances de trouver une chambre dans un motel à la campagne.

— Ça c'est sûr.

Mais il devait en aller tout autrement.

6.

Même les jours d'embouteillage monstre, le trajet de Greektown à Elmhurst ne prend pas plus d'une heure. Ce jour-là, il nous en a fallu deux et demie.

Le temps que nous arrivions rue Saint-Charles, la pendule du tableau de bord indiquait sept heures moins vingt. Génial. Et moi qui avais annoncé que je débarquais à quatre heures. Maintenant, tout le monde serait déjà là. J'aurais droit à un de ces cirques si jamais quelqu'un apercevait Ryan !

Vous trouvez que je fais dans le drame ? Croyez-moi, je les connais.

Ma belle-famille est constituée de personnalités hautes en couleur. Ryan connaissait déjà vaguement leur saga. Tout en conduisant, je l'ai mis au courant des derniers épisodes et expliqué que, n'ayant pas passé les fêtes de Thanksgiving avec Katy, je lui avais promis, pour me faire pardonner, de l'emmener passer Noël à Belize faire de la plongée sous-marine plutôt qu'à Chicago, dans la famille de son père, avec les bas de laine devant la cheminée. Par conséquent, je passais maintenant quelques jours avec la tribu Peterson.

— Ton ex-belle-famille…

— Mm…

J'ai beau être séparée de mon mari depuis des lustres, je ne le suis toujours pas, techniquement parlant, puisque nous n'avons jamais divorcé. Il devrait bientôt y avoir du changement. En effet, ce cher Peter, à plus de cinquante ans, vient de passer le diamant au doigt d'une jeune Summer de vingt et quelques printemps. Il va sans dire que cette année Peter n'a pas non plus découpé la dinde avec sa fille.

— Ta belle-mère donne un dîner ?

— Tu sors de table, Ryan.

— Je dis ça parce que c'est un véritable cordon-bleu, si j'en crois tes récits.

— La maison va être pleine comme un œuf, comme d'habitude.

— Tante Klara et oncle Juris seront là ?

Apparemment, Ryan avait retenu les noms des principaux personnages de l'histoire. Il est vrai qu'au fil des ans, je lui ai raconté plusieurs des péripéties survenues à la famille de Peter, un clan letton innombrable, tous si proches les uns des autres que c'en est presque inquiétant. Vacances d'été au bord de la mer, concours d'œufs de Pâques, festivités de Noël avec visite systématique au zoo de Brookfield, présence obligatoire aux baptêmes, aux fêtes de fin d'études, aux mariages et aux enterrements. Coups de téléphone à la famille tout entière pour un oui ou pour un non. À côté, le plan d'alarme au niveau national, c'est tout simplement de la gnognote.

Voici donc l'histoire de ma future ex-belle-famille : après la Seconde Guerre mondiale, lorsque les Soviétiques occupèrent les pays baltes, la grand-mère de Peter, ses fils et leurs épouses décidèrent de quitter Riga pour de plus verts pâturages. Une fuite au cœur de la nuit et un voyage harassant à bord d'un bateau à vapeur furent, à en croire la légende familiale, les éléments majeurs de ce départ.

À cette épopée succéda une longue période de repos forcé aux quatre coins de l'Allemagne dans des camps pour personnes déplacées, période que les jeunes couples mirent à profit en se multipliant, tant ils étaient décidés à lutter contre l'adversité. Madara et Vilis donnèrent naissance à Janis, au Peter que j'épouserais plus tard et à Regina. De leur côté, Klara et Juris engendrèrent Emilija et Ludis.

Huit longues années s'écoulèrent ainsi, dans l'incertitude, quand une paroisse lettone de Chicago, entrée dans la danse, accepta enfin de sponsoriser la brave petite tribu et de lui garantir un toit, des emplois et un soutien linguistique assidu dans la ville des Vents.

Au début, la famille s'installa dans un magasin abandonné. Ce n'était pas grand-chose, mais au moins c'était un foyer.

En cumulant chacun deux métiers, les deux frères parvinrent à amasser assez d'argent pour acheter ensemble une maison délabrée dans une petite ville de banlieue du nom de Elmhurst, proche de leurs usines, de l'école des enfants et de cette église lettone. Mais le plus important, peut-être, c'était qu'il y avait là de grands arbres qui rappelaient à Omamma sa maison perdue au-delà de l'océan.

Cet abri, bien que vétuste, présentait l'avantage de posséder un nombre de pièces suffisant pour accueillir une tribu brouillonne au style de vie fort peu américain.

En Amérique, on aime plutôt les noyaux familiaux restreints : Ward, June, Wally, and the Beav, comme dans la série des années 1960, *Leave it to Beaver*.

Quelques années plus tard, les deux frères obtenaient un crédit immobilier, chacun de leur côté. Peter, sa sœur et ses parents demeurèrent dans la grande maison, auprès de grand-mère Omamma et d'un chien collie appelé Oskars, tandis que sa tante et son oncle emménageaient avec leurs enfants dans une maison plus petite, à deux pas de là.

Maisons, voitures, téléviseurs et lave-vaisselle. Bourses pour les études des enfants. Dix ans plus tard, les deux branches Peterson connaissaient l'une et l'autre le rêve américain. Juris travaillerait jusqu'à sa retraite dans la même fabrique de réfrigérateurs ; Vilis, lui, changerait de métier pour devenir professeur de maths à Elmhurst College.

Presque un demi-siècle après l'odyssée transatlantique, la situation s'est bien modifiée. Grand-mère Omamma et Vilis ne sont plus ; désormais c'est la mère de Peter, Vecamamma, qui tient le rôle de matriarche. Des épouses sont apparues et une nouvelle génération de cousins partage maintenant les perogis, les traditionnels petits pâtés fourrés au chou ou à la viande. Si le petit clan s'est étendu, les liens qui en unissaient les membres à l'origine ne se sont pas dénaturés : ils sont toujours forgés dans ce même acier de l'Ancien Monde.

— Qu'est-ce que ça te fait, de te retrouver dans la famille de ton ex ? a demandé Ryan.

— Très plaisir.

— Ce n'est pas un peu bizarre ?

— Pour l'heure, ils pensent que Peter est un con et moi, la reine des anges.

— Ça parle en ta faveur.

— Voici comment on va opérer pour mon arrivée : j'attraperai mon sac et je piquerai un sprint pendant que tu partiras vite fait bien fait. C'est clair ?

— Rassure-toi, je ne te volerai pas la vedette.

— C'est bien pigé ?

— Oui, chef ! a fait Ryan, en portant deux doigts au képi.

Comme je tournais dans la rue Cottage Hill, la voiture a violemment dérapé de l'arrière. J'ai freiné par petits à-coups délicats jusqu'à ce qu'elle retrouve sa position sur la chaussée.

Curieusement, Ryan n'a pas fait de commentaire. Une fois n'est pas coutume.

À présent, nous roulions le long de rues bordées de vieux ormes des deux côtés. Au-delà des branches, les fenêtres des grandes maisons projetaient des rectangles de lumière sur les pelouses recouvertes d'une neige molle. Plus loin, dans Church Street, se dressaient les bâtiments sombres de l'école secondaire de l'Immaculée Conception et de l'école primaire Hawthorn. Dans cette nuit froide et humide, ils avaient tout du bunker.

Après un virage à droite et quelques mètres encore, je me suis arrêtée, au milieu du pâté de maisons, devant une demeure blanche de style victorien. Posée sur un muret en pierre calcaire d'environ un mètre vingt de hauteur, une véranda ornée de colonnes en bois sculpté courait le long des façades, s'élargissant en cercle aux quatre coins du bâtiment. Un trio de triangles faisait face à la rue : celui du toit, celui du fronton surplombant l'aile droite et celui du trumeau au-dessus de la porte d'entrée.

Ce jour-là, toutes les bordures étaient serties de guirlandes lumineuses. Le grand jeu !

M'étant garée et ayant mis au point mort, je me suis tournée vers Ryan.

— Il y a un Marriott sur la route 83, et aussi un Holiday Inn sur la route d'York, ai-je martelé en pointant le doigt dans les deux directions. S'ils sont complets, demande à la réception d'appeler Oak Brook, c'est un bled plus loin avec plein d'hôtels.

Je suis descendue de voiture, j'ai ouvert la portière arrière et attrapé mon sac et ma valise posés sur le siège. La neige volait à l'horizontale, soufflée par le vent, et atterrissait sur mon visage sous forme de granulés glacés.

Ryan a contourné la voiture par l'arrière pour prendre le volant. Quand il est passé devant moi, je lui ai lancé :

— Appelle-moi quand tu auras trouvé une chambre et un vol. Nous verrons demain comment procéder pour que je récupère la voiture. – La réponse de Ryan s'est perdue dans le vent. J'ai crié : – Et fais gaffe, je n'ai pas pris l'assurance pour le deuxième conducteur.

Sur ce, j'ai foncé vers la maison, retenant d'une main mon écharpe, de l'autre tirant tant bien que mal ma petite valise sur les petites vagues qu'avait formées la neige en gelant.

Je n'ai pas eu le temps de tirer la clochette que la porte s'ouvrait et qu'on m'entraînait à l'intérieur. Odeur de cire parfumée au citron, de pain de seigle et de viande en train de rôtir.

— Qui c'était, au volant ? a demandé Vecamamma tout de suite après m'avoir embrassée.

Les baisers effleurés du bout des lèvres, ce n'est pas son genre. La vieille dame vous colle toujours de gros bisous mouillés.

— Un collègue de travail.

— Un policier ? a lancé une de mes nièces, la tête dans l'entrebâillement de la moustiquaire.

Avec ses cheveux sombres, ses yeux verts et sa peau ivoire, Allie dissimule bien la partie balte de son patrimoine génétique.

— Oui.

— Sympa !

La remarque est venue de Bea, sa sœur cadette, arrivée sur ces entrefaites. Cette blonde de plus d'un mètre quatre-vingts avait un look d'enfer avec son chandail extra-large d'où dépassait à peine sa minijupe, ses collants noirs et ses bottes.

— Et ton collègue policier n'a pas faim ? a repris Vecamamma tout en tirant sur mon manteau de fourrure avec tant de force que les peaux n'allaient pas survivre au traitement. Il y a du jambon chaud pour le dîner. Les hommes adorent ça.

— Il sort de table, ai-je expliqué en réussissant à dégager indemnes mes deux bras des manches.

— Comment est-ce qu'il s'appelle ? a voulu savoir Bea, qui est aussi délurée que sa sœur est timide.

— Ryan.

— Il est mignon ?

— C'est un collègue de boulot.

— Et alors ? Tu ne l'as jamais regardé ?

— Alise et Beatrise, a ordonné Vecamamma du fond d'un placard, finissez de mettre la table. Pour douze !

Douze seulement. J'avais connu pire.

Vecamamma est réapparue, les cheveux coiffés à la Kramer, et m'a attrapée par le bras avec une poigne de fer.

— Laisse ta valise dans l'entrée. Teodors la montera dans ta chambre.

La maison a pour noyau central ce grand vestibule percé de deux arches. L'une donne sur un salon rarement utilisé, l'autre sur une salle à manger où la famille passe la majeure partie de son temps ; à gauche, un escalier mène à l'étage.

La cuisine, plus loin sur la droite, est flanquée d'un office. En face, deux chambres et une salle de bains.

Tout l'arrière de la maison est occupé par une pièce si vaste qu'on y organiserait facilement des processions à la Sainte Vierge. Enfin presque. Murs lambrissés, moquette écossaise dans les tons verts et cheminée en pierre monumentale. Cet espace immense sert à la fois de salle de sport, de salle de réunion, de tribune pour les déclarations importantes et de pièce à vivre pour toute la famille. Par la porte, j'ai aperçu, piqués devant l'écran géant d'une télé, Ted, Ludis et Juris, tous coiffés du même bonnet en tricot que le voiturier de chez Santorini. Ted l'avait mis devant derrière, de sorte qu'il avait le logo de la NFL sur la nuque. Ludis et Juris, partisans de la vieille école, arboraient le sigle bien au milieu du front.

— Tempe est là, a gazouillé Vecamamma.

Ludis et Juris, de dos, se sont contentés de soulever leur bouteille de Special Export, tandis que Ted y allait d'un : « Da Bears[1] ! » Pas un œil n'a lâché l'écran.

Gordie, le mari d'Emilija, et Terry, celui de Regina, discutaient près d'un sapin de Noël transformé en tour de Pise par le poids des boules et des décorations. Gordie, qui est chauve et ventru, professe des opinions politiques qui feraient passer Limbaugh[2] pour un libertin. Terry, qui est court sur pattes et a les cheveux en bataille, vote démocrate depuis toujours. À toutes les réunions de famille, ils débattent ardemment sans aucun espoir de rallier un jour l'autre à leurs vues. Quand le ton monte, généralement un peu au nord de la troisième ou de la quatrième bière, Vecamamma, ou bien Tante Klara, s'empresse de ramener le calme d'un claquement de la langue.

J'étais en train de franchir la porte battante de la cuisine derrière Vecamamma quand j'ai réalisé que je n'avais sorti que la valise de la voiture !

1. Stanley Da Bears est la mascotte de l'équipe de football américain de Chicago, les Bears. Le sigle NFL, dont il est question quelques lignes plus haut, est la National Football League. (*N.d.T.*)

2. Animateur de radio ultraconservateur du Parti républicain, farouche opposant à Barack Obama. (*N.d.T.*)

Je me suis tâté l'épaule : une seule courroie y pendait.

— Merde !

Vecamamma a levé un sourcil d'un air pincé. J'ai filé dans le couloir. J'en avais parcouru la moitié quand la sonnette a retenti.

— J'y vais !

En entendant la chaîne de protection cliqueter puis la porte s'ouvrir, j'ai compris que Bea m'avait devancée.

Une voix masculine, suivie d'un rire nerveux.

Un Ryan trempé, mon ordinateur pendu à l'épaule, m'a accueillie dans l'entrée.

— Je me suis dit que ça risquait de te manquer.

Il tapotait la sacoche. Je me suis avancée pour récupérer mon bien.

— Merci. Désolée de te mettre en retard.

— Oh, mais pas du tout !

— Ça tombe toujours, dehors ? a demandé Bea.

— Il neige comme vache qui pisse.

Vache qui pisse ?

— Restez donc à dîner, le temps de donner une chance à la tempête de se calmer ! Ma grand-mère prépare toujours de quoi nourrir un régiment.

Je n'ai pas laissé à Ryan le temps de répondre.

— Il est pris, ai-je déclaré en le foudroyant d'un regard menaçant.

— Ce monsieur est ton ami policier ? est intervenue Vecamamma, entrée sur mes talons.

— J'avais oublié quelque chose dans la voiture. Il a eu la gentillesse de me le rapporter. Il repart tout de suite.

— Oh, mais il n'en est pas question ! Regarde, il dégouline. (À Ryan :)Voulez-vous vous joindre à nous pour le dîner, monsieur l'agent ?

— Il est détective, pas…

— Quand je dis pour un régiment, c'est carrément pour une armée, a insisté Bea.

— Je dois dire qu'il flotte une odeur puissamment savoureuse.

Puissamment savoureuse ? Vache qui pisse ? Génial : Ryan avait décidé de nous offrir sa version canadienne de la série télévisée *La Famille des collines*.

— Au menu, il y a choucroute et jambon chaud.

— Je m'en voudrais de m'imposer ! a-t-il dit avec un sourire intimidé.

— Mais c'est avec plaisir ! Juste une assiette à ajouter.

— Tempe m'a vanté bien souvent votre cuisine.

— Eh bien, c'est une affaire entendue, a répondu Vecamamma en lui révélant un mètre linéaire entier de denture. Bea, débarrasse monsieur l'agent, veux-tu ?

7.

Laissant les autres émigrer vers le salon, j'ai pris Ryan à part.

— Surtout, tu ne bois pas le vin apporté par Gordie ; tu ne parles pas politique avec Ludis ou Juris ; tu ne te laisses entraîner dans aucune compétition d'aucune sorte, ni dans aucune conversation concernant mon travail en général ou en particulier.

— Pourquoi ?

— Plusieurs personnes de la famille se passionnent dangereusement pour le macabre.

Ryan a parfaitement compris ce que je voulais dire. Du fait de notre métier, on nous pose bien souvent des questions, surtout lorsqu'un cas défraie la chronique. Il n'est pas rare que les maîtresses de maison nous précisent les sujets de conversation qu'elles aimeraient voir débattus à leur table. Elles en sont pour leurs frais. Je ne mets jamais ce genre de sujet sur le tapis et, quand on m'interroge, je réponds systématiquement à côté. Mais il se trouve toujours un convive pour tenir absolument à se vautrer dans le sang et les viscères.

À croire que le monde se divise en deux catégories : ceux qui veulent en apprendre toujours plus, et ceux qui préfèrent ne rien savoir du tout.

— Des violeurs de sépultures ? a demandé Ryan en

employant l'un des termes que nous leur donnons entre nous, les autres étant surnommées les allergiques.

— Oui. Sauf Klara et Vecamamma. Elle, il lui suffit d'entendre le mot autopsie pour avoir une crise d'aérophagie.

— Et en ce qui nous concerne ? a demandé Ryan en pointant le doigt sur moi puis sur lui. Ils sont au courant ?

— Non, mais ils ont un flair de bête fauve. En conséquence, pas question que tu restes dormir ici, même si on te le propose ! ai-je déclaré fermement, décidée à poursuivre jusqu'au bout ma liste des interdictions.

— L'Holiday Inn, quoi qu'il arrive.

— Et un dernier truc !

— Je suis tout ouïe.

— Pour le côté boy-scout, mets la sourdine, tu seras gentil.

Les choses se sont passées bien mieux que je n'avais osé l'espérer. Ryan a accepté un verre du tord-boyaux – soi-disant un bordeaux – de Gordie et en a fait l'éloge ; il a parlé rap avec Bea et Allie ; et pour le plus grand bonheur de Vecamamma, Emilija et Connie, il a tortillé les serviettes de table jusqu'à en faire des cygnes au cou tordu.

Personne ne s'est enquis de son statut marital ; personne ne l'a assommé de questions sur les crimes et les mutilations.

Puis, au moment où nous allions passer dans la salle à manger Cukura Kundze a fait son entrée.

Que dire d'elle ?

Les Cukur sont les piliers de la petite église qui accueillit les Peterson à leur arrivée dans le Nouveau Monde. Laïma Cukura est une dame bien plus libérale que la majorité des paroissiennes de sa génération. Depuis toujours, ses faits et gestes suscitent d'innombrables ragots parmi les membres les plus conservateurs de sa congrégation luthérienne. Ses sculptures explicites, son vocabulaire coloré, sa période hippie, son tatouage raté.

Dernièrement, à l'âge de quatre-vingt-quatre ans, Cukura Kundze, qui est veuve depuis plus de dix ans, a jeté son dévolu sur un Hongrois du nom de M. Tot, dont personne ne connaît le prénom à ce jour, ni n'a osé le lui demander, malgré leurs quatre mois de liaison et moult rôtis et ragoûts dégustés en commun.

Mais peut-être les Peterson aiment-ils simplement respecter les formes, car ils ont beau connaître Mme Cukur depuis plus d'un demi-siècle et savoir qu'elle se prénomme Laïma, ils lui donnent toujours du Cukura Kundze.

Cukura Kundze, donc, est arrivée ce soir sans M. Tot, mais avec une tarte.

— À la framboise, a-t-elle spécifié en remettant son œuvre à Vecamamma. Qui est ce monsieur ?

— Un policier, ami de Tempe.

— Je vois. – Cukura Kundze portait des lunettes à monture en plastique transparent, probablement inventées à l'intention des combattants de l'armée, qui ont tressauté sur son nez crochu quand elle a opiné énergiquement du bonnet. – Les maris trompent leur femme et celles-ci ont des besoins.

— Peter n'a jamais trompé personne !

Le gâteau a atterri sur la table avec bruit.

Cukura Kundze a émis un de ces raclements de gorge dont les femmes âgées ont le secret.

— Tempe et lui ont seulement décidé qu'il était temps pour eux d'aller chacun leur chemin. N'est-ce pas ? a-t-elle dit en se tournant vers moi.

Par bonheur, Emilija est sortie de la cuisine à ce moment-là, tenant en équilibre un plat de choucroute, un autre de brocolis archi-cuits et un troisième de concombres à la crème aigre. Connie suivait, avec des tomates coupées en tranches, des pommes de terre et de la sauce. Venait ensuite tante Klara, avec le pain de seigle et des petites saucisses de mille et une sortes. Quant à Juris, elle portait un plateau de viande de porc aussi grand que le Nebraska.

Tout le monde a pris place autour de la table. Les assiettes ne se sont remplies que pour se vider aussi vite.

Pour lancer la conversation, j'ai demandé si les Bears avaient fait une bonne saison.

Ont suivi dix minutes d'analyse sportive. Quand l'intérêt a faibli, j'ai rebondi avec le hockey.

— Les Blackhawks…

Cukura Kundze s'est adressée à Ryan, me coupant dans mon élan.

— Est-ce que vous portez un Taser ? Les gens n'ont plus que ce mot-là à la bouche.

De son doigt à l'ongle laqué de rouge, elle a remonté ses lorgnons sur son nez.

— Personnellement, jamais.

— En fait, vous avez un vrai pistolet, n'est-ce pas ?

— Un Glock ? Un Sig ? Un Smith & Wesson ? est intervenu Ted sur un ton révélant tout le mépris qu'il ressentait pour l'objet évoqué dans la question précédente.

Cukura Kundze a remis deux ronds dans le bastringue.

— Vous n'avez jamais tué personne ?

— Le taux de criminalité n'est pas très élevé à Montréal, a répondu Ryan en remerciant de la tête Gordie qui s'apprêtait à lui remplir son verre.

De le voir ingurgiter cette boisson et en reprendre, j'en suis restée pantoise. D'après Peter, le vin de Gordie n'est autre qu'un mélange subtil de krill et de pisse de chèvre.

— Il vous est quand même bien arrivé d'éclabousser un mur de cervelle, non ?

Doubles claquements de langue horrifiés en provenance de Vecamamma et de Klara.

— Les Blackhawks ne disputent pas de matchs importants cette année ? ai-je poursuivi, vent debout.

— Quelqu'un peut me passer les pommes de terre ? a lancé Ludis à la cantonade, tandis que Cukura Kundze insistait :

— Il me semble pourtant avoir lu quelque chose sur une guerre de motards à Montréal. Vous ne seriez pas venu ici pour secouer les puces à nos Hell's Angels et débarrasser nos rues des mauvais garçons qui y traînent ?

— Nous sommes ici pour régler une question administrative, suis-je intervenue. Mais vous savez, Ryan est un supporter acharné des Canadians.

— Pour mettre la main au collet des souteneurs ?

— Oh, rien d'aussi excitant, s'est esclaffé Ryan. Aujourd'hui par exemple, avec Tempe, nous avons passé la journée à la morgue.

— Les pommes de terre, siouplaît ! a répété Ludis.

Elles lui ont été transmises, puis la viande et le reste, et il y a eu ensuite tout un remue-ménage pour trouver un endroit où reposer bols et plats.

Gordie a rempli à nouveau le verre de Ryan déjà à moitié vide, aussi incroyable que cela puisse paraître. J'ai continué, envers et contre tout :

— Oui, Ryan est un fan des Habs, il possède même un maillot qui a appartenu à Saku Koivu.

— La morgue de chez nous ! s'est écriée Cukura Kundze, les yeux tout ronds derrière ses verres épais.

— Nous sommes là pour des questions de paperasserie concernant une enquête achevée.

— Comme dans *Affaires classées* ? a demandé Bea. Cette série, je l'adore.

— Tu connais des gens à la morgue de Chicago ?

Le ton pris par Cukura Kundze pour me poser cette question ne me laissait guère de doute sur ses intentions. Son regard non plus. C'est donc avec circonspection que j'ai répondu oui.

— Est-ce que je t'ai déjà demandé un service, Tempe ?

Le dernier en date avait été une coiffe marquée NYPD, comme en portent les techniciens chargés d'analyser les scènes de crime. Avant cela, il y avait eu l'aspirine contenant de la codéine, vendue sans ordonnance au Canada. J'ai gardé le silence.

— Tu ne voudrais pas faire plaisir à une dame âgée avant qu'il ne soit trop tard ? a demandé Vecamamma en rejetant la tête en arrière, et son mouvement a déplacé les boucles rigides de sa frange permanentée.

— Bien sûr, mais…

— Oh, ce n'est pas pour moi, s'est récriée Cukura Kundze. Non, non ! Je ne te demanderais jamais rien pour moi-même. C'est pour ce pauvre M. Tot.

Le système de surveillance intergalactique de l'observatoire d'Haleakala, tout en haut de la montagne, a certainement émis un discret bip-bip, alerté par le trou noir de silence qui venait de s'abattre soudain sur une maison de banlieue du Middle-West.

— Pour M. Tot ? ai-je demandé.

Silence absolu. Je sentais douze paires d'yeux braqués sur moi.

— Son petit-fils a disparu. La marine prétend qu'il s'agit de désertion, mais c'est du baratin. Lassie n'aurait jamais abandonné son poste.

— Lassie ? a répété Klara qui, visiblement, ne portait pas sa prothèse auditive. Elle a dit « Lassie » ?

— M. Tot est convaincu que son petit-fils est décédé.

— Il souffre peut-être d'amnésie, a lancé Allie. Et

erre dans une ville inconnue sans plus savoir son nom. Ça arrive, vous savez. J'ai vu ça à la télé.

— Lassie, mais c'est un chien, comme Oskars ! a laissé tomber Klara avec tant de force qu'on a dû l'entendre jusqu'à Topeka. D'ailleurs, où est-il, celui-là ? Oskars ?

Le collie est mort en 1984.

— Cukura Kundze, ai-je répondu avec douceur. Il n'y a vraiment rien que je puisse faire.

— Tu pourrais demander à Richie Cunningham de vérifier les étiquettes, à tout hasard, est intervenu Ryan en me regardant d'un œil émoustillé par le mauvais bordeaux.

— Richie Cunningham ? Ce n'est pas un des personnages de *Jours heureux* ? a lancé Ted.

— Avant ça, il jouait le rôle d'Opie, a dit Connie.

— C'est l'acteur Ron Howard, a précisé Suzan. Il est passé derrière la caméra, maintenant.

— Il y a vraiment un type à la morgue qui s'appelle Richie Cunningham ? s'est ébahie Ludis.

— Mais non, voyons, il ne s'appelle pas comme ça pour de vrai ! ai-je rétorqué non sans décocher un regard torve à Ryan.

— Ben alors, pourquoi est-ce que ton ami l'appelle comme ça ?

— Parce qu'il a les cheveux roux. En fait, il s'appelle Corcoran.

— Il a aussi plein de taches de rousseur, a ajouté Ryan avec un sourire niais.

Génial. Ryan était rond comme une queue de pelle. Ce qui voulait dire qu'il ne serait pas en état de prendre la route ce soir.

— Est-ce que ce Richie ne pourrait pas jeter un coup d'œil dans ses chambres froides ? Voir si Lassie ne s'y trouverait pas, expédié là-bas par un coroner qui l'y aurait oublié ?

Pas moyen de dire non. Cette vieille chouette était plus collante qu'un herpès. Et c'est sur un ton des moins enthousiastes que j'ai demandé :

— Est-ce que M. Tot a signalé sa disparition ?

— Tu penses bien ! Il a même mené sa propre enquête. Bien sûr, il ne savait pas vraiment où chercher. Mais M. Azigian, un ami du bowling, l'a accompagné.

— Qu'est-ce qui fait croire à M. Tot que son petit-fils serait mort ?

— Ils avaient des billets pour le match des Sox contre les Cubs. À Wrigley Field. Tu crois qu'il aurait manqué ça ?

Comment aurais-je pu le savoir ? Ce qui était certain, en revanche, c'est que chaque année quantité de gens plaquent tout sans crier gare. Mais ça, je ne l'ai pas dit.

— Ça ne coûte rien de passer un coup de fil à Corcoran, a dit Ryan.

L'assemblée a fait chœur avec lui. J'ai accepté de mauvais gré.

— C'est bon, je l'appellerai demain.

Au moment du gâteau, Cukura Kundze nous en a dit un peu plus.

Presque quatre ans plus tôt, la semaine de son vingt et unième anniversaire, Laszlo Tot avait bénéficié d'une permission pour le week-end et avait quitté sa caserne de la Station navale des Grands Lacs, laquelle se trouve approximativement à cinquante kilomètres de Chicago en remontant le lac Michigan. Le lundi, le deuxième classe Tot n'était pas de retour à l'heure prévue, et les jours suivants non plus. Conformément à la procédure, l'état-major avait diligenté une enquête et prévenu les autorités civiles.

Des recherches avaient suivi qui n'avaient rien donné

et qui avaient été abandonnées au bout de quelque temps. La marine avait classé l'affaire dans la rubrique désertion.

Plus tard, deux mois après la fin de l'enquête, une Ford Focus 1992, enregistrée au nom d'un certain Laszlo Tot, avait été retrouvée sur le parking du centre commercial de Northbrook, dans la banlieue nord-est de Chicago. Hélas, cette nouvelle piste n'avait conduit nulle part.

Quand je suis montée dans ma chambre, Ryan, Ludis et Gordie en étaient à déboucher leur quatrième bouteille. Et leur discussion portait sur la meilleure façon de tenir un pistolet.

Sayonara.

Normalement, je prends du café au petit déjeuner, éventuellement accompagné d'un yaourt ou d'un bagel. Si j'ai vraiment l'estomac dans les talons, il arrive que je me fasse une tartine de fromage ou de confiture. Rien à voir avec les petits déjeuners de Vecamamma. Chez elle, c'est pamplemousse, bacon et crêpes au beurre arrosées de sirop.

J'ai téléphoné au CCME. Corcoran a décroché presque immédiatement.

Il a commencé par me présenter ses excuses pour la scène de la veille. Je l'ai assuré que je ne lui en tenais pas rigueur. Puis, je lui ai donné ma version condensée de *Lassie rentre à la maison*.

Il a dit qu'il vérifierait dans l'ordinateur s'il y avait des inconnus correspondant à la description de la personne en question et a promis de me rappeler très vite.

Je venais de raccrocher quand un Ryan au visage grenat a émergé du tambour pour entrer dans la cuisine. Il était en survêtement, gants et écharpe, et chaussé de Reebok.

— « My kind of town, Chicago[1] »,… a-t-il chantonné tout en enlevant son cache-nez. – Pour achever la chanson de Sinatra sur des paroles de son cru : – … la ville où la neige fond vite.

— Tu reviens d'avoir couru ?

— Cinq kilomètres seulement.

Il était plutôt en forme pour quelqu'un qui avait absorbé la veille tout un camion-citerne de vin.

Vecamamma s'est détournée du fourneau, une cuiller en bois à la main.

— *Labrt. Ka tev iet ?* Bonjour, comment allez-vous ?

— *Labi, Paldies*. Et vous, Vecamamma ?

— *Très bien, monsieur. Merci**.

Ces deux-là, non mais, je vous jure ! J'avais toujours les yeux levés au ciel quand mon portable a sonné. Corcoran. J'ai pris la communication.

— L'ordinateur est en panne. Si tu faisais un saut ici ? On bavardera. Après, quand la panne sera réparée, on fera sortir les restes qui t'intéressent, s'il y en a.

J'avais prévu de passer la journée avec Vecamamma à ranger des photos et à faire des biscuits pour Noël. Mais je connaissais ma belle-mère. Elle préférerait me voir rendre service à Cukura Kundze.

— Walczak sera là ?

— Il est dans le Milwaukee.

J'ai jeté un coup d'œil à Ryan, me demandant s'il avait besoin de moi pour le conduire à O'Hare. Puis zut ! Que son pote Gordie lui serve de chauffeur !

— Je serai là vers dix heures.

1. « Chicago, ma ville chérie »… (*N.d.T.*)

8.

À la morgue, deux inconnus sont apparus comme pouvant correspondre à la description de Laszlo Tot.

Le premier était un Blanc d'environ vingt à vingt-cinq ans, mort d'une overdose d'héroïne et retrouvé nu, seize mois plus tôt, dans le sud de la ville, près de Fuller Park, à l'angle de la Quarante-Cinquième Rue et de Stewart, le long de la ligne de chemin de fer de la Chicago & Western Indiana. Personne ne l'avait réclamé, ni ami ni parent. Les recherches effectuées pour établir son identité à partir de ses caractéristiques physiques, dentaires ou radiologiques n'ayant rien donné, il était toujours dans la chambre froide.

Le second était un squelette dont les descriptifs inscrits dans le registre des morts non identifiés indiquaient : race : blanche ; sexe : masculin ; âge : entre dix-huit et vingt-quatre ans. Ses ossements étaient conservés là depuis trente-huit mois.

Avec Corcoran, nous avons donc lancé l'attaque sur les deux fronts.

Il a découvert que l'homme au congélateur avait été identifié deux jours plus tôt, mais que cette information n'avait pas encore été enregistrée dans le système. Il s'agissait d'un étudiant de dix-neuf ans, originaire de l'Ohio, souffrant de schizophrénie, qui avait abandonné ses études sans prévenir ses parents pour se lancer à la découverte de la grande ville. Ce qui lui était arrivé dans les bas-fonds de Chicago demeurait un mystère. Son père et sa mère attendaient que le corps leur soit livré.

En téléphonant à Cukura Kundze, j'avais appris que Lassie mesurait un mètre quatre-vingt-six et pesait environ quatre-vingts kilos. Pour le squelette, la taille supposée du corps, calculée d'après celle des os longs, était d'un mètre soixante-quinze. Maxi.

Pour m'en assurer, j'ai remesuré personnellement les ossements entreposés dans le carton. Pas d'erreur.

— Ce n'est pas ton gars, a dit Corcoran.

— Non, effectivement.

Nous étions dans la salle de conservation du CCME et j'étais en train de replacer les os du squelette dans leur boîte, sous son regard attentif.

— Qui s'occupe de l'anthropologie, chez vous ? ai-je demandé tout en remettant le couvercle en place.

— Pendant des années, nous avons employé un type de l'Oklahoma. Maintenant qu'il est à la retraite, c'est assez aléatoire. Tantôt un étudiant de dernière année, tantôt un doctorant en stage chez nous, tantôt un médecin légiste de l'équipe.

— Bref, celui qui a du temps pour ça.

— Walczak dit qu'on n'a pas le budget pour engager un anthropologue à temps plein.

— Un jour ou l'autre, ça va lui retomber sur le coin de la figure !

— Hé, ne m'agresse pas ! Je suis le premier à penser qu'on devrait employer uniquement des spécialistes agréés par l'académie. Ça me simplifierait la vie.

— Qui a fait l'analyse de ce monsieur ? ai-je questionné en posant la main sur la boîte.

Corcoran a regardé dans le dossier.

— AP. Sans doute Tony Papatados, un étudiant en doctorat à l'UIC. Il a fait des fouilles au Pérou. Ou peut-être en Bolivie, je ne sais plus.

— Un archéologue !

— Toi aussi, tu es une ex-archéologue, non ?

— Si. Mais comprends-moi bien : quantité d'archéologues spécialisés en biologie et en anthropologie sont d'excellents chercheurs et même extrêmement calés en ostéologie. Ils n'ont aucun problème pour déterminer l'âge et le sexe ou pour mesurer les os correctement, mais ils ne connaissent pas toutes les subtilités de la médecine légale. La plupart d'entre eux ignorent tout ou presque des caractéristiques propres aux populations contemporaines.

Soudain, une pensée m'a traversé l'esprit : si Walczak confiait les cas d'anthropologie à des personnes insuffisamment qualifiées, on pouvait imaginer que des restes aient été mal analysés.

— Ça t'ennuie si je passe un peu de temps ici ?

— Pas le moins du monde. Pourquoi ?

— Laszlo Tot était un marin recherché pour désertion. S'il a atterri ici, son corps, même décomposé, aurait dû être identifié en un rien de temps grâce à ses dossiers dentaires et à ses radios. Imagine que son cadavre ait été retrouvé longtemps après, à l'état de squelette, et que ses os aient été examinés par quelqu'un n'ayant pas, disons, toutes les compétences nécessaires.

— On pourrait ne pas l'avoir retrouvé, tout simplement parce que le rapport d'analyse comporte des erreurs.

— Ou que les résultats obtenus sont complètement à côté de la plaque.

— Je suppose que c'est possible, a admis Corcoran d'un air peu convaincu.

— Est-ce que tu pourrais rechercher dans ta base de

données les décomposés non identifiés et les squelettes arrivés au cours des quatre dernières années ?

Corcoran a tapé sur son clavier et lu le texte apparu à l'écran, puis il a recommencé à taper et a enfoncé une dernière touche.

— Attends-moi ici. J'ai une imprimante dans mon bureau.

Un instant plus tard, il revenait avec une liste de quatorze affaires analysées au CCME. Il avait également imprimé le rapport de police, l'enregistrement à la morgue et le rapport d'anthropologie correspondant à chacun des cas.

Sept cadavres étaient arrivés en état de décomposition avancée. Ceux-là avaient été tout d'abord débarrassés de leurs chairs, puis leurs squelettes nettoyés par ébullition. Un septième individu était carbonisé, un huitième momifié. Pour ceux-là, on n'avait pas touché aux restes. Les cinq derniers étaient arrivés ici sous forme d'ossements et c'est tout.

— Ils sont tous ici, a déclaré Corcoran en désignant le rayonnage sur lequel j'avais replacé la boîte pendant qu'il s'était absenté. Mais je dois te laisser. Le cadavre d'un petit enfant battu vient juste d'arriver, et c'est moi qui ai écopé de l'autopsie.

— Pas de problème.

Corcoran m'a montré où était rangé l'équipement nécessaire et, avant de partir, m'a écrit sur un papier le numéro à appeler si j'avais besoin d'un agent technique.

M'intéressant d'abord aux individus arrivés là sous forme de squelette, j'ai établi le profil biologique de chacun d'entre eux : âge, sexe, race et taille. Cette première étape achevée, j'ai comparé mes résultats à ceux inscrits dans les dossiers.

À une heure et quart, Corcoran est passé voir si je voulais faire une pause pour le déjeuner. Devant des sandwiches poulet-crudités d'aspect fort peu avenant – qui n'avaient de poulet-crudités que le nom – et six gâteaux secs Oreo arrosés de Coca light, nous avons parlé de Jurmain et de ce que je comptais faire par rapport à ces accusations. J'ai dit que je l'appellerais le lendemain en tout début de matinée, que peut-être même je me pointerais chez lui à l'improviste, en l'appelant juste avant d'arriver à Winnetka.

Corcoran m'a encore présenté ses excuses. Comme avant, je l'ai assuré que ce n'était pas contre lui qu'était dirigée mon ire.

Retour dans la salle de conservation sur les coups de deux heures moins le quart.

À quatre heures, j'en avais fini avec les squelettes. Une femme de type mongoloïde avait été classée négroïde. Un homme blanc âgé s'était vu affubler d'un humérus droit qui n'était autre que le fémur d'un très gros chien.

Aucun individu ne correspondait à Lassie.

Sachant que j'aurais besoin de radios pour le corps momifié et l'autre carbonisé, je suis passée aux décomposés nettoyés de leurs chairs. Au troisième groupe d'ossements, j'ai fait une trouvaille.

Dans la première moitié du XXe siècle, le comté de Cook était l'un des principaux producteurs de calcaire et de dolomite des États-Unis. La plus grosse partie du calcaire extrait des carrières situées à l'ouest et au sud de Chicago, à Elmhurst, Riverside, La Grange, Bellwood, McCook, Hodgkins ou Thornton, empruntait le canal de l'Illinois et du Michigan puis, plus tard, le Sanitary et le Ship Canal.

Bien que l'âge d'or des carrières soit depuis longtemps révolu, le paysage porte toujours la trace de ces excavations. Il ne s'agit pas de petits trous, mais bel et bien de gouffres !

D'endroits parfaits pour se débarrasser d'un corps.

Selon l'officier de police Cyril Powers, le 28 juillet 2005, un cadavre décomposé avait été repéré dans l'eau, au fond de la carrière de Thornton, là où l'échangeur de l'autoroute de Tri-State passe sur le pont juste au-dessus. Powers avait contacté la Material Service Corporation, entreprise propriétaire et exploitante du site, et avait réclamé des harpons et l'envoi d'un fourgon de la morgue.

Ces restes avaient été enregistrés sous le numéro 287JUL05, et leur analyse confiée à un médecin légiste de la morgue du nom de Bandhura Jayamaran, qui avait estimé le temps écoulé depuis la mort entre deux et trois semaines.

Le corps, dans un état de putréfaction avancé, présentait de graves blessures au crâne. Manquaient notamment tout le côté gauche du visage et la totalité de la mâchoire inférieure. Le noyé ne possédait plus que trois dents du haut : les prémolaires et la première molaire de droite. Aucune d'entre elles ne révélait de restauration dentaire rare ou caractéristique.

Dans l'impossibilité de relever les empreintes digitales, Jayamaran avait ordonné de nettoyer le corps et de conserver le squelette pour qu'une analyse anthropologique soit effectuée ultérieurement.

Un mois plus tard, ce 287JUL05 avait été examiné par une personne identifiée par ses seules initiales, ML, qui avait déterminé qu'il s'agissait d'un individu de sexe masculin, blanc, âgé d'environ trente-cinq ans et mesurant un mètre soixante-seize, plus ou moins deux centimètres. L'âge avait été estimé d'après l'état des symphyses pubiennes, ces petites surfaces où les moitiés pelviennes se rejoignent vers l'avant, et la taille calculée à partir de la longueur du fémur.

ML avait fait état d'un trauma aux vertèbres, aux

côtes et au crâne résultant de la chute, ainsi que de fractures *ante mortem* aux radius et cubitus distaux droits. ML ne s'était pas aventuré à avancer une opinion sur la façon dont le décès était survenu.

Ces descriptifs avaient été enregistrés dans la base de données des personnes disparues de la police de Chicago, puis, la semaine suivante, dans celle du NCIC, le centre national des informations criminelles du FBI. Sans résultat.

Le 4 septembre 2005, le cas 287JUL05 avait été entreposé dans la salle de conservation du CCME. Il n'en avait pas bougé depuis.

OK, ML, voyons voir ce que vous avez fait !

J'ai commencé par rassembler les fragments d'os crâniens pour recomposer le crâne éclaté. Cela étant fait, j'ai aligné les os de l'arrière du crâne en position anatomique.

Puis j'ai commencé à déterminer le sexe, en examinant d'abord le crâne et ensuite le bassin.

L'os frontal droit s'était enflé jusqu'à présenter une grande bordure arrondie au bas du front, juste au-dessus de l'orbite. L'os occipital, lui, présentait un emplacement d'attache musculaire très proéminent, pile au milieu de l'arrière du crâne. La mastoïde de droite, c'est-à-dire le bout d'os qui descend derrière l'ouverture de l'oreille, avait une taille impressionnante.

Le pelvis, quand on l'articulait, grossissait dans sa partie pubienne et formait un angle aigu en dessous de l'endroit où les deux moitiés se rejoignaient à l'avant. En revanche, latéralement, les deux parties s'incurvaient jusqu'à former une entaille étroite et profonde, plus bas que la partie plate de la hanche.

D'accord : le 287JUL05 était bien un monsieur.

Je l'ai noté dans un carnet et suis passée à l'ascendance.

Là, c'était plus difficile, puisqu'il ne restait presque rien de l'architecture faciale et que le crâne était trop endommagé pour que je puisse prendre des mesures qui veuillent dire quelque chose. On voyait néanmoins que ce crâne, pour ce qui était de sa forme, était dans la moyenne : pas particulièrement long et étroit, pas non plus court et arrondi. Les pommettes étaient situées très près du maxillaire supérieur, le pont nasal était haut et l'ouverture du nez de taille moyenne.

Là encore j'étais d'accord : le 287JUL05 était bien de race blanche.

Inscription dans mon calepin, avant de passer à l'âge.

Sur l'innominé gauche – l'os de la hanche – la face de la symphyse pubienne était très abîmée. Le côté droit, en revanche, avait été moins détérioré et, malgré le mauvais état de l'os, certains détails pouvaient sûrement être encore observés au microscope. Je m'y suis donc employée.

Et là, j'ai ressenti comme un picotement à l'arrière du cou.

Retour auprès du squelette pour y prendre les quatrième et cinquième côtes et les examiner aussi sous grossissement optique.

À leur extrémité sternale, là où elles se raccordent à la cage thoracique, ces côtes se terminaient toutes les deux par une indentation en creux au bord lisse et onduleux. Nouveau petit picotement.

J'ai noté la chose et suis passée à l'étude de la taille.

Ayant mis la main sur une planche ostéométrique, j'ai mesuré le fémur, le tibia et le péroné droits. J'en étais à lire sur mon ordinateur les résultats estimatifs fournis par le logiciel Fordisc 3.0, quand Corcoran a passé la tête par la porte.

— Dieu du ciel, tu es toujours là, jeune fille ? !

— Il est possible que je l'aie retrouvé.

— Tu rigoles !

Désignant le 287JUL05 de la tête, j'ai dit :

— C'est quelqu'un portant les initiales ML qui a pratiqué les analyses.

Corcoran a eu un air pensif avant de secouer la tête.

— Ça ne me dit rien du tout. Pourtant, je me rappelle très bien professionnellement l'été 2005. Je travaillais sur une affaire curieuse. J'en ai d'ailleurs tiré un article pour le *Journal of Medical Science*. Tu l'as lu ? – J'ai fait non de la tête. – Attends, que je te le raconte. Une dame de soixante-huit ans, vue pour la dernière fois lors d'un pique-nique en famille, le 4 Juillet, et dont on reste ensuite sans nouvelles pendant deux semaines. Sa fille finit par se rendre chez elle et la découvre par terre dans le salon. Inutile de dire que la maman n'est pas au top de sa forme.

» Je pratique l'autopsie et ne remarque rien pouvant expliquer la mort. Je la déclare donc décédée de mort inconnue. Et voilà qu'un flic m'apprend qu'un des petits-fils a reconnu avoir abattu sa grand-mère parce qu'elle refusait de lui donner de l'argent pour acheter sa dose, le petit salopard. Je reste sceptique, parce que le corps ne présentait aucun organe perforé, aucune entaille au niveau des os, pas la moindre balle ni le moindre fragment. Pas davantage de traces métalliques à la radio. Rien.

— Oh, oh, ai-je émis par politesse, ce cas n'ayant pour moi aucun intérêt.

— Mais le vieux Sherlock qui est en moi ne s'en laisse pas conter. Et devine quoi ? – J'ai pris mon expression la plus fascinée. – La victime a dû bouger juste au moment où le gamin tirait. Parce que j'ai effectivement repéré une trace de balle le long des muscles de l'épine dorsale, exactement parallèle. Aucun organe essentiel n'avait été touché. La victime s'est probablement vidée de son sang, a conclu Corcoran d'un air radieux.

— Génial.

J'ai respectueusement laissé passer une demi-seconde avant d'ajouter :

— ML s'est gouré.

— Quoi ? Oh.

J'ai entraîné Corcoran vers le microscope.

— Regarde-moi cette symphyse pubienne, ai-je dit au-dessus de lui tandis qu'il réglait le point. La surface de cet os se modifie tout au long de la vie adulte. L'une de ces modifications se manifeste par la formation d'une bordure sur le pourtour de l'os. Tu vois l'espace dans la partie supérieure ?

— Côté ventre ?

— Oui.

— Je la vois.

— Chez les jeunes adultes, un espace comme celui-ci, côté ventre, est normal puisque la bordure n'est pas totalement formée. Au fil des ans, les bords du cercle se rejoignent jusqu'à ce que cette bordure se retrouve sur tout le pourtour, une fois le processus achevé. Après, la bordure commence à se détériorer. Processus parfaitement normal, lui aussi.

— Autrement dit : d'abord formation de la bordure, ensuite désintégration.

— Exactement. Les gens qui manquent d'expérience confondent souvent ces deux étapes. En remarquant cet espace, ML a cru qu'il s'agissait d'une fracture et a estimé l'âge de l'individu à environ trente-cinq ans.

Corcoran a relevé les yeux vers moi.

— Or, ce type était bien plus proche des vingt ans à l'heure de sa mort. Mais ce n'est pas la seule erreur.

Corcoran a croisé les bras sur sa poitrine.

— Pour déterminer la taille, ML a employé un système qu'on n'utilise plus ; il n'a pas bien pris les mesures des os et, surtout, il n'en a pas pris assez. Ensuite, il a effectué les équations de régression en s'appuyant sur des formules inadéquates et il a mal interprété les résultats de ces équations par rapport aux statistiques. Tu veux que je te détaille les erreurs une par une ?

— Non.

— La taille indiquée par ML est d'un mètre soixante-dix, un mètre soixante-quatorze. Moi, je l'évalue entre un mètre quatre-vingt-deux et un mètre quatre-vingt-sept.

— Conclusion ?

— Le 28JUL05 était un homme de race blanche, mesurant plus d'un mètre quatre-vingt-deux et âgé d'environ vingt ans à l'heure de sa mort.

— Comme Lassie.

— Tu l'as dit. Est-ce que les marines vous ont fait parvenir un dossier *ante mortem* de Tot pour le cas où vous auriez un inconnu qui corresponde à ses caractéristiques ?

Corcoran a haussé lentement les épaules et les a laissées retomber.

— Je peux vérifier. S'ils l'ont fait, nous devrions toujours l'avoir, puisque ça fait moins de cinq ans.

Nous avons eu un temps d'arrêt, chacun réfléchissant de son côté.

— Tu as une idée de la façon dont il est mort ? a demandé Corcoran.

— Je n'ai rien vu d'évident.

— C'est incompréhensible. Thornton est au sud-ouest de Chicago, alors que le camp des Grands Lacs est pratiquement au Wisconsin. Si c'est bien le petit-fils de ton ami, il a fait un sacré long trajet, volontairement ou pas. Tu m'as bien dit que sa voiture avait été retrouvée au nord de la ville ?

Une seconde pause. Je me suis représenté la vieille Cukura Kundze, le regard avide de ses yeux chassieux derrière ses lunettes démodées.

Tout au fond de moi, j'avais la certitude que les restes de cette boîte étaient effectivement ceux de Laszlo Tot. Je me suis soudain sentie épuisée.

Six heures moins dix à ma montre : presque huit heures que j'étais là. Demain aussi, je ferai l'impasse sur les gâteaux et les albums photos.

— Je peux revenir demain analyser les traumas. Après ma visite chez Jurmain.

— Ça serait bien ! s'est exclamé Corcoran.

Il a rougi.

J'ai deviné ce qu'il allait dire.

— Walczak ne me donnera pas un rond, tu penses ? T'inquiète, ce sera pour la gloire.

Quand j'ai quitté le CCME, il neigeait et la blancheur recouvrait la bouillasse congelée entassée dans les caniveaux de la rue Harrison. Tout en roulant sur la voie Eisenhower en direction de l'ouest, j'ai laissé mes pensées vagabonder.

Où Laszlo Tot était-il donc allé dans les dernières heures de sa vie ? Qu'avait-il fait ? Était-il mort à cause d'une bêtise qu'il aurait commise ? D'une faute d'inattention ? D'un désir cupide ? Quel jour avait eu lieu ce match de base-ball auquel il n'avait pas assisté ? Un vendredi soir, un samedi, un dimanche ? Où avait-il prévu de dormir cette nuit-là ?

Une fois de plus, la vision de la vieille Cukura Kundze s'est imposée à moi. Si j'avais pu d'une manière ou d'une autre effacer sa peine, je n'aurais pas hésité à le faire. Et si, d'un coup de baguette magique, j'avais pu métamorphoser le 287JUL05 en quelqu'un d'autre que le petit-fils de son amoureux, je l'aurais fait dans l'instant.

Hélas, ce n'était pas en mon pouvoir. Ce que je pouvais faire en revanche, c'était apporter des réponses aux questions que se posait la famille. J'allais donc m'y atteler. Pour que justice soit faite. Pour que Cukura Kundze retrouve la paix et M. Tot aussi. Pour Lassie. Tout individu mérite d'être pris en considération. Encore une fois cette référence au vieil Horton.

Edward Allen Jurmain. Qui pouvait bien être le saligaud qui avait déversé des horreurs sur mon compte dans l'oreille de ce vieillard ? M'avait accusée d'incompétence, de corruption. Et surtout pourquoi ?

Mes doigts se sont crispés sur le volant.

Comment convaincre Jurmain de me révéler ce qu'il savait sur son mystérieux informateur ? Valait-il mieux lui parler au téléphone ou me pointer directement chez lui, à Winnetka ? Mais me laisserait-on seulement arriver jusqu'à lui ?

J'ai pensé à Peter et à sa fiancée de vingt ans et quelques, avec sa poitrine plus qu'avantageuse. Leur projet de mariage tenait-il toujours ? Qu'est-ce que j'en avais à foutre ?

Katy. Ma fille n'aimait pas son travail au bureau du procureur général du comté de Mecklenburg, je le savais. Avait-elle donné sa démission ? Si oui, qu'allait-elle faire ?

Ryan. Est-ce que son vol s'était bien passé ? Est-ce qu'il me manquait ? Dimanche, je serais rentrée chez moi à Charlotte. Est-ce que j'avais envie qu'il m'y rejoigne ? Les choses redeviendraient-elles un jour comme avant ? Est-ce que c'était possible ?

J'avais mal à la tête, la journée avait été longue.

Je me suis représenté Vecamamma devant sa vieille cuisinière Tappan. Aujourd'hui, ce serait agneau aux carottes et au chou. Avait-elle mis à exécution son projet de biscuits ?

J'ai souri, heureuse à l'idée de n'avoir qu'à me mettre les pieds sous la table. Qui pouvait dire de quoi seraient faits les prochains dîners, et s'il y en aurait encore beaucoup ? Oui, j'étais heureuse : pour une fois, je ne rentrais pas dans une maison vide.

Hé oui, m'sieurs-dames. La famille, voilà ce dont j'avais besoin. Et aussi de nourriture qui vous bouche les artères : de pommes de terre en sauce, de pain et de beurre, de glaces et de gâteau à la rhubarbe. De bavardages qui ne prêtaient pas à conséquence. J'avais envie d'avoir l'esprit libre, de ne pas me torturer à cause de qui que ce soit, Peter, Ryan, Katy ou Jurmain. De prendre un peu de distance avec les anciens maris, les anciens amants, les filles instables et les délateurs qui vous poignardaient dans le dos.

Par-dessus tout, j'avais besoin de mettre de la distance entre toute forme de mort violente et moi.

9.

Arrivée à destination, j'ai fait vingt minutes de yoga et me suis laissée glisser dans un bain bouillant.

Immergée jusqu'au menton au milieu des bulles, j'ai pris une décision concernant Cukura Kundze et M. Tot. Je ne les préviendrais qu'une fois l'analyse achevée, lorsque j'aurais établi que le 287JUL05 était effectivement Lassie. À ce moment-là, si tout allait bien, je serais en mesure de leur expliquer de quoi il était mort.

J'ai également réfléchi à la meilleure manière d'aborder Jurmain. Après un long débat avec moi-même, j'ai opté pour me rendre chez lui. Je le ferais après le CCME, une fois les analyses terminées. Ce serait l'heure du dîner. Ma visite le prendrait au dépourvu. Qu'est-ce que je risquais ? Au pire, d'être flanquée à la porte par son majordome.

L'eau du bain n'était plus très chaude quand la sonnette de l'entrée a carillonné. Émergeant de la baignoire, j'ai enfilé un jean et un long chandail rouge. Pas de brushing et pas de maquillage. C'est-y pas génial, la famille ?

Entre mes élongations et mon long barbotage, mon mal de tête s'était estompé et mes crampes au ventre avaient disparu.

Peut-être l'aspirine y était-elle pour quelque chose, allez savoir. Quoi qu'il en soit, je me sentais détendue, ragaillardie. Fini les cadavres pour ce soir, ainsi que les accusations d'incompétence professionnelle et les taquineries à double tranchant de Ryan.

Heureusement, nous ne serions pas nombreux ; peut-être que c'était ça qui m'avait aidée à retrouver ma sérénité.

Il y aurait Andrejs et Brigita, mais pas leurs parents, absents pour raisons de santé. À en croire Vecamamma, les hémorroïdes d'Emilija avaient pris sept kilos pendant la nuit. Gordie, lui, souffrait d'un mal tenu secret.

Regina et Terry, comme tous les jeudis soir, participaient au loto de St. Ignatius. Ted était d'astreinte pour la nuit, Bea avait un devoir à rendre et Allie des cours jusque tard dans la soirée. Je n'avais pas été informée des autres motifs d'absence.

Oncle Juris et tante Klara seraient là, naturellement. Elle devait apporter une salade de fruits à l'ananas avec de la crème battue et de la gelée.

Dans mon bain, j'avais également pesé le pour et le contre d'un coup de fil à Ryan. Le contre l'avait emporté. À cette heure, il était rentré chez lui. Il avait mon numéro dans son téléphone, en mode abrégé.

Les carillons se succédaient, annonçant l'arrivée des convives. Je reconnaissais les voix à leur cadence et leur volume sonore.

À la quatrième sonnerie, l'alto de tante Klara s'est frayé un chemin jusqu'à moi à travers le plancher. Tout le monde était là. Il était temps d'entamer ma vie sociale.

J'étais encore à l'étage quand, curieusement, la sonnette a retenti une fois de plus. J'ai entendu la porte s'ouvrir, puis la voix de Gordie :

— *Sveiki*, Vecamamma.

— *Vai tev iet labak ?*

Vecamamma avait-elle perdu l'esprit ? Gordie était à peu près aussi doué pour les langues que George Bush. Pour quelle raison lui répondait-elle en letton ?

— Comment pouvais-je manquer votre rôti d'agneau ?

Vecamamma a répondu quelque chose que je n'ai pas saisi. Gordie a répliqué par un rire. Rire suivi d'une autre voix d'homme.

— *Sveiki*, Vecamamma.

Non !

— *Sveiki, monsieur* !*

— *Tabarnac**, que ça sent bon !

— *Tabarnac*, *monsieur* !* a repris Vecamamma de sa voix la plus séductrice.

Avec un soupir théâtral, j'ai descendu l'escalier lourdement. Ryan et Gordie traversaient le hall avec des sourires fendus jusqu'aux oreilles.

— « Les hommes sont en pierre, les femmes en terre, débrouillez-vous avec ça ! » m'a lancé Gordie, les doigts braqués sur moi comme un revolver.

— George Carlin.

Ryan et Gordie ont levé chacun une main et fait claquer leurs paumes l'une contre l'autre.

— « Est-ce que les végétariens mangent des biscuits pour chiens ? » a proposé Gordie.

— Carlin encore ! a rétorqué Ryan du tac au tac. Ça m'a foutu un de ces cafards quand il est mort !... – Une pause. – « Si Dieu ne voulait pas que nous mangions des animaux, pourquoi les a-t-il fabriqués en viande ? »

— Woody Allen ? a lancé Gordie à tout hasard.

— John Cleese.

— Andy, mon vieux, t'es sacrément doué, toi alors !

— Vous avez passé la journée à vous poser des colles ?

De nous trois, j'étais la seule à ne pas trouver drôle leur prestation.

— Billy Goat !

— Billy Goat !

Et de se frapper à nouveau les mains.

— Au niveau inférieur. Surtout pas au niveau du dessus !

Ils ont remis ça encore une fois.

Que je vous explique ce qu'ils voulaient dire par là : en 1910, quand il a fallu développer le réseau routier de Chicago, les urbanistes ont avancé l'idée de faire des rues à double ou triple niveau. Ça vous paraît idiot ? Pas tant que ça. De toute façon, la topographie de la ville et l'augmentation du trafic rendaient obligatoire l'aménagement du système existant. Voilà comment les choses se sont passées.

À l'intérieur du Loop, un bon nombre de ponts permettant de traverser la rivière étaient des ponts-levis ; c'est-à-dire que les rues étaient pourvues de prolongements amovibles actionnés par un appareillage compliqué de contrepoids. Ce système, parfait pour la circulation fluviale, l'était beaucoup moins pour la circulation routière, ces ponts à bascule nécessitant une grande hauteur de débattement tant sur les berges qu'au-dessus de l'eau.

Un autre facteur compliquait la situation : le chemin de fer. Certaines voies longeaient la rivière, d'autres se terminaient au bord de l'eau. Or ces voies nécessitaient elles aussi un certain espace.

Ces diverses contingences eurent pour résultat qu'une zone de dégagement dut être créée. L'idée fut adoptée de diviser en plusieurs niveaux un bon nombre des rues qui aboutissaient dans cette zone et de réserver le niveau supérieur à la circulation locale et le niveau inférieur aux poids lourds et au transit.

Parmi ces voies à plusieurs niveaux, la plus longue

et la plus connue est Wacker Drive, qui s'étire le long de la rive sud de la rivière Chicago ainsi que le long de la rive orientale de son bras sud.

Une autre de ces voies est Michigan Avenue. C'est là que se trouve la Billy Goat Tavern, au niveau inférieur. Apparemment, mes Bud et Lou nouvelle version[1] avaient rencontré divers problèmes de navigation pour atteindre le lieu qu'ils avaient choisi pour abreuvoir, mais ils avaient fini par y jeter l'ancre.

— Tu savais que Belushi s'était inspiré de la Billy Goat pour son sketch « Cheez-borger-Pepsi », dans l'émission *Saturday Night Live* ? m'a demandé Ryan.

— Oui. – Sourire faux. – Je peux te dire un mot en particulier ?

— Bien sûr.

— Excuse-moi, Gordie.

Je lui ai tourné le dos sans attendre son accord et suis entrée dans le salon. Des bruits de pas m'ont convaincue que Ryan me suivait.

— Qu'est-ce que tu fiches ici ? ! (Chuchotement sur le mode fortissimo, comme à l'église.)

— J'ai joué au racquetball avec Gordie, et on a pris ensuite quelques bières. Tu veux que je te dise ? C'est un sacré rigolo, ce type !

— Pourquoi est-ce que tu n'es pas à Montréal ?

— Parce que je suis toujours à Chicago.

— Tu sais très bien ce que veux dire. J'essaie de passer un moment agréable avec la famille de Peter.

— Ils sont super-sympa. Vecamamma est tout simplement…

— Je sais, formidable. Tu étais censé rentrer chez toi aujourd'hui.

1. Bud Abbott et Lou Costello forment un duo comique qui a joué dans de nombreux films. (*N.d.T.*)

— Le seul vol sur lequel j'ai réussi à obtenir un billet était à huit heures du soir. Vecamamma m'a dit que je pouvais rester aussi longtemps qu'il le faudrait. Gordie m'a proposé une partie de racquetball, puis une virée au Loop. Tu as déjà été au Navy Pier ?

— Oui. (Je n'en étais pas encore à grincer des dents, mais pas loin.)

— Ça m'a paru une bonne idée, j'ai décidé de rester un peu, a poursuivi Ryan avec un haussement d'épaules.

— Un peu ?

— Je dois rappeler la compagnie aérienne ce soir. Pour voir si un siège s'est libéré depuis ce matin. Sinon, tant pis ! De toute façon, je suis en congé jusqu'à lundi.

— Ta conduite est inadmissible.

— Tu n'es pas la première femme à me le dire.

— Yo, Andy ! a lancé Gordie du seuil. Un verre de vin ?

— « C'est une femme qui m'a fait découvrir la boisson..., a débuté Ryan.

— Et je n'ai jamais eu la politesse de l'en remercier », a achevé Gordie.

— W. C. Fields ! ai-je lancé, mais il ne restait plus que moi dans la pièce.

Le dîner s'est passé comme vous pouvez l'imaginer.

À onze heures, lorsque je me suis retirée dans ma chambre, Gordie et Ryan en étaient à fumer des cigares en faisant assaut de blagues devant une Vecamamma qui distribuait les points.

Le lendemain matin, je suis descendue à huit heures. Ryan, déjà dans la cuisine, avalait ses tartines aussi vite que ma belle-mère les déposait dans son assiette. Ils m'ont tous les deux gratifiée d'un *Bonjour**.

Pendant que nous mangions, j'ai raconté à Ryan ce que j'avais découvert à propos du 287JUL05. En français dans le texte, ne me sentant pas encore assez armée pour exposer mes soupçons à Vecamamma. Ses nouveaux talents linguistiques ne lui permettaient certainement pas encore de *comprendre**.

— Tu es convaincue qu'il s'agit de lui ?

— Tout correspond : l'âge, le sexe, la race, la taille et l'époque de la disparition. Combien d'hommes de race blanche, âgés d'environ vingt ans et mesurant dans les un mètre quatre-vingt-deux disparaissent chaque année ?

Un tstt-tstt s'est fait entendre, en provenance du fourneau.

— Qui a effectué l'analyse anthropologique au départ ?

— Corcoran ne sait pas.

— De quoi est mort le gamin ?

— Je ne sais pas. Il présente de nombreuses fractures, qui toutes peuvent s'expliquer par sa chute.

— Quelle est la profondeur de cette carrière ?

— Je ne sais pas.

— Comment est-ce qu'il a pu finir au fond ?

— Je ne sais pas.

Nouveau tstt en provenance du fourneau.

Je suis passée à l'anglais.

— C'est délicieux, Vecamamma.

— Ce soir, on aura une potée.

— Je ne la raterai pour rien au monde ! ai-je déclaré en inondant de sirop le toast qu'elle venait de déposer dans mon assiette. Je suis vraiment désolée pour le rangement des photos. (Les biscuits, elle en avait déjà fait cuire un million.)

— Nous ferons ça une autre fois. Pour l'heure, occupe-toi de Cukura Kundze.

Retournant au français, Ryan m'a appris la première série de mauvaises nouvelles de la journée :

— Tu te rappelles, la vieille dame matraquée chez elle, il y a un an et demi de cela ?

— À Pointe-Calumet ?

— Oui. Anne-Isabelle Villejoin, quatre-vingt-six ans. Elle vivait avec sa sœur Christelle, de quatre-vingt-trois ans, qui n'a jamais été retrouvée malgré des recherches approfondies.

Je m'en souvenais clairement, bien que je n'aie pas eu à traiter cette affaire personnellement. Tout Montréal avait été horrifié par la brutalité de ce crime, véritable massacre perpétré de sang-froid sur des victimes aussi âgées.

— J'ai été appelé, il y a une heure, continuait Ryan. Hier soir, un type du nom de Florian Grellier s'est fait arrêter sur la TransCanada, roulant à cent quarante à l'heure au volant d'une Volvo XC90. Les vérifications ont fait apparaître qu'il avait tout simplement omis d'acheter son véhicule.

» Grellier a pris pour avocat un gars du nom de Damien Abadi, qui prétend que son client détient des informations sur la disparition d'une vieille dame. Après de houleuses négociations, et en échange de l'obtention d'un « peut-être » de la part du procureur de la Couronne, Grellier a considéré qu'il était dans son intérêt de révéler ce qu'il savait. Pour faire court, on a fait venir un chien dans un champ près du parc d'Oka.

— Et ça a donné quelque chose ?

— Il a braillé comme une chèvre passée au gril.

— Les chiens policiers n'aboient pas. Ils s'asseyent.

— C'est juste. Fido a posé son cul dans la neige et a indiqué que ça sentait mauvais.

Pitié, non ! Je venais juste de quitter Montréal. Je voulais aller à Charlotte. Pour voir Katy et mon chat Birdie. Pour me promener sans gants et sans bottes, et pour me tartiner le visage d'écran total à cause d'un soleil radieux.

— Mon nom a été mentionné ?

— J'ai cru comprendre qu'Hubert souhaitait te contacter.

Jean-Claude Hubert, le coroner en chef et, pour l'heure, mon responsable principal au Québec. Si une exhumation devait être diligentée, il voudrait que je l'effectue, c'était sûr et certain.

— Quels sont tes projets pour aujourd'hui ? m'a demandé Ryan.

— Tout d'abord, finir l'analyse du squelette de la carrière. Si c'est bien celui de Lassie, j'irai voir Cukura Kundze et M. Tot, pour leur annoncer la nouvelle personnellement. Ensuite, aller à Winnetka et faire du charme au vieux Jurmain pour qu'il me dévoile ce qu'il sait.

— Tu veux de la compagnie ?

— Je suis assez débordée comme ça.

— Je sais me montrer très charmeur. (Une œillade à titre de preuve.)

— Tu n'as pas une autre reconnaissance de terrain prévue avec ton nouveau meilleur ami ?

Réplique inutilement méchante, mais j'étais furieuse de voir que mon Noël à Charlotte puisse tomber à l'eau.

— Comme je ne décolle qu'à six heures, voilà ce que je propose, a dit Ryan qui devinait ce qu'Hubert allait me demander. Tu analyses tes ossements. Pendant ce temps-là, je m'occupe de changer ton billet d'avion. Après ça, nous allons voir ensemble Cukura Kundze et, ensuite Jurmain pour lui tirer les vers du nez. De là, nous irons directement à l'aéroport.

Le petit déjeuner terminé, j'ai appelé le bureau du coroner. Nous avions vu juste tous les deux. Merde !

En chemin vers la voiture, j'ai ramassé le *Chicago Tribune* déposé sur le perron. D'humeur morose, j'ai laissé Ryan s'asseoir au volant et me suis plongée dans le journal pour éviter d'avoir à faire la conversation.

Et là, nouvelle série de mauvaises nouvelles.

10.

Comment des êtres humains normalement constitués peuvent-ils vivre dans une région aussi glaciale ? Cette question que je me posais l'instant d'avant a subitement cessé d'exister. Tout s'est évanoui : les fenêtres embuées de la voiture comme l'air froid que le chauffage me soufflait sur les pieds. Seul est demeuré le texte que j'avais sous les yeux. Rien d'autre.

— Qu'est-ce qui t'arrive, tu es toute blanche ?

La voix de Ryan m'a ramenée à la vie.

— Jurmain est mort ! ai-je lâché quand mes dents du haut ont bien voulu cesser de mordre ma lèvre inférieure.

— Edward Allen ?

— C'est en première page de la section locale.

— Qu'est-ce qui lui est arrivé ?

— Il a été retrouvé hier dans son sous-sol, au pied de l'escalier, ai-je dit d'une voix mal assurée. Son médecin traitant parle d'arrêt cardiaque.

— Une autopsie a été ordonnée ?

— Ce n'est pas indiqué.

— D'après Schechter, il n'était pas en bonne forme.

— Il aurait pu attendre deux jours de plus, le bougre !

Ryan s'est contenté d'un : « Quoi d'autre ? »

— Les louanges habituelles… « Ancien président-directeur général de la Jurmain Foods, puis de la célèbre Smiling J… Blablabla… Figure incontournable de l'industrie des biscuits entre les années 1940 et 1980. Blablabla… Mort chez lui à Winnetka, à l'âge de quatre-vingt-un ans. Blablabla… A obtenu diverses médailles pour services rendus à la SFA. »

— Qu'est-ce que c'est ?

— Une association de fabricants de biscuits. Elle regroupe plus de quatre cents entreprises dans le monde.

— Un lobby tout spécial pour un produit aussi nul que le Cheez Doodle ?

— D'après ce qui est dit ici, l'association représente aussi bien les produits à base de fromage que les chips, les tortillas, les barres aux céréales, les bretzels, les pop-corn, les crackers, les biscuits pour apéritif à la viande ou au saucisson, aux noix et aux noisettes, au maïs, aux fruits, les mélanges cocktail, les croquettes de pomme de terre, les barres chocolatées, les granolas, les gâteaux en part unique et les biscuits sucrés.

— Tu m'en diras tant !

— Et tout ce beau monde tient chaque année une convention appelée la SNAXPO.

— Ben voyons !

J'ai lu à haute voix :

— Les relations de Jurmain avec l'industrie agroalimentaire ont débuté en 1946, à son retour de la Seconde Guerre mondiale, où il avait servi dans la 79e division d'infanterie. Après…

— Je ne crois pas que j'aie besoin d'en savoir davantage.

— Merde, Ryan ! Comment est-ce que je vais faire, maintenant, pour retrouver le saligaud qui lui a passé ce coup de fil anonyme ?

— Schechter en sait peut-être plus long qu'il n'a bien voulu le dire.

— Peut-être.

— Voilà ce qu'on va faire : tu examines Lassie, pendant que j'essaie de mettre la main sur l'avocat. Quand tu as fini, c'est chez lui qu'on débarque au lieu de chez Jurmain.

— S'il travaille pour un gros cabinet, on ne dépassera pas la réception. Les personnes de l'accueil sont pires que les guerriers samouraïs qui montaient la garde auprès du roi.

— Du shogun.

— Du quoi ?

— C'était les shoguns qu'ils protégeaient. Mais tu veux probablement parler des *hatamotos*, les guerriers du plus haut rang. Seuls les hatamotos servaient dans la garde personnelle du shogun.

— Peu importe ! ai-je répliqué tout en remuant les doigts de pieds pour les réchauffer. De toute façon, nous n'arriverons jamais jusqu'à Schechter.

— Tu oublies le célèbre charme de Ryan ! (Œillade à mon adresse.)

— Et si ça rate ?

— Je sortirai ma plaque.

— Tu n'es pas dans ta juridiction, ici.

— Je la montrerai très vite.

La chance était enfin de mon côté : les dossiers de Laszlo Tot, expédiés par la marine pour couvrir ses arrières, se trouvaient toujours au CCME.

Aidée de Corcoran, j'ai commencé par comparer les radios *ante mortem* des dents, de la cage thoracique et de l'avant-bras droit avec les clichés *post mortem* effectués sur l'individu enregistré à la morgue sous le numéro 287JUL05. Malgré l'absence de nombreuses dents, le mauvais état du crâne et les côtes fracturées en de nombreux endroits, nous avons réussi à établir sans aucun doute possible que l'homme repêché dans la carrière de Thornton était bien le marin soupçonné de désertion.

Que ce soit parce que la morgue travaillait pour une fois au ralenti, ou parce que le cas 287JUL05 était désormais identifié, toujours est-il qu'on m'a proposé d'émigrer de la salle de conservation dans une salle d'autopsie au fond du bâtiment. J'ai accepté sans poser de questions.

À dix heures du matin, j'avais devant moi un Laszlo Tot entièrement recomposé sur une table en acier inoxydable. Corcoran était parti téléphoner au département des personnes disparues de la police de Chicago, ainsi qu'aux services compétents de la base navale des Grands Lacs. Quant à Ryan, il traînait Dieu sait où, à la recherche de Perry Schechter.

L'un après l'autre, j'ai examiné au microscope les différents éléments du squelette. Bras, jambes, mains, pieds, côtes, vertèbres, bassin, clavicules, omoplates, sternum. De temps à autre, je m'étirais et faisais quelques pas dans la salle, tout en préparant dans ma tête ma conversation avec Cukura Kundze et M. Tot.

Ryan et Corcoran sont revenus aux alentours de midi. J'ai été heureuse de les voir et de pouvoir leur poser diverses questions, quand bien même j'avais déjà une bonne idée de la façon dont Lassie était mort.

J'ai demandé à Corcoran de me décrire la carrière de Thornton.

— C'est grand.

— Grand comment ?

— Vraiment grand.

Je lui ai retourné un regard dur. Il a rougi.

— Près de deux kilomètres de long sur cinq cents mètres de large, c'est l'une des plus grandes carrières au monde. On ne fait pas qu'y extraire de la pierre, du gravier, etc., elle abrite également un système de dérivation destiné à empêcher les eaux de pluie d'encombrer les égouts en période de gros orages.

— Comment ça ? a voulu savoir Ryan.

— Un projet de contrôle des eaux en profondeur est actuellement à l'étude. Selon ce « projet du tunnel », comme il s'appelle, la carrière de Thornton abritera un réservoir qui réduira le refoulement des eaux des égouts et des rivières avoisinantes dans le lac Michigan. J'ai lu quelque part que le réservoir actuel avait déjà une capacité de onze millions de mètres cubes et que le nouveau atteindrait les quarante et un millions de mètres cubes.

— Tu parles d'un monstre ! s'est écrié Ryan.

— De plusieurs monstres, vous voulez dire, l'a corrigé Corcoran, car la carrière comporte au moins cinq ou six puits d'accès, ou lobes : certains sont abandonnés et d'autres encore en activité. Pour l'heure, le projet ne concerne que deux d'entre eux.

J'ai essayé de visualiser le site.

— Nous parlons bien d'un emplacement situé juste à l'est d'Halsted, un petit peu au sud de l'échangeur de l'autoroute de Tri-State, n'est-ce pas ?

Corcoran a acquiescé.

— Le pont où se rejoignent la I-294 et la I-80 se trouve juste au-dessus. À cet endroit, la Cent Soixante-Quinzième Rue Ouest change de nom pour s'appeler route de Brown Derby. Ce nom a toute une histoire : il provient d'un bar dancing qu'il y avait là dans les années 1930. Un lieu fameux auquel ont été ajoutés un manège pour enfants et une aire de pique-nique au début des années 1940. Quantité d'organisations ont tenu là leur réunion annuelle, les partis politiques comme les grandes sociétés ou les écoles. Dans les années 1950, le manège a été démoli, et un autre bar construit de l'autre côté de la route. Plus tard…

— Cette carrière n'est pas sécurisée ? est intervenu Ryan sans se préoccuper d'interrompre ce petit cours d'histoire.

— C'est une question que je me suis posée, moi aussi. J'ai relu le rapport du flic. Apparemment, le complexe est fermé par une clôture et il y a une tour d'observation. Mais Powers a noté un trou dans la clôture à proximité de l'intersection de la route de Brown Derby et de Ridge. Un trou assez grand pour laisser passer une voiture, d'après ce qu'il écrit. Une fois à l'intérieur du complexe, Tot n'a eu qu'à suivre le chemin de terre pour arriver au puits ouest, qu'il l'ait fait de son plein gré ou qu'il y ait été forcé. En tout cas, c'est là que son corps a été retrouvé.

— À supposer que Lassie soit tombé dans l'eau depuis tout en haut, ça lui aurait fait une chute de combien de mètres ?

— Une centaine, je dirais.

— Alors, ça colle, dis-je.

— Qu'est-ce qui colle ?

— Venez voir !

Les deux hommes se sont avancés vers la table où était disposée toute une collection de fragments d'os provenant du crâne de Lassie.

Je me suis efforcée de n'employer que des termes simples pour être comprise de Ryan.

— Ces os-là formaient la base du crâne, la partie directement posée sur la colonne vertébrale.

D'un doigt, j'ai tracé une ligne incurvée traversant plusieurs fragments.

— Cette ligne de fracture s'est propagée selon le mode antérieur… – Je me suis interrompue, et j'ai repris en évitant le jargon : – Cette ligne de fracture, qui part de l'arrière vers l'avant, traverse le rocher des deux os temporaux. (J'ai désigné les deux bosses oblongues où étaient enchâssées les oreilles internes.) Les deux extrémités de la ligne de fracture les contournent et se rejoignent ici, sur la selle turcique. (J'ai déplacé mon doigt vers une bosse en forme de selle de cheval qui s'élevait du plancher crânien en direction du foramen magnum, le gros orifice par lequel le cordon médullaire pénètre dans le cerveau.)

» Autrement dit, la ligne de fracture forme un cercle complet. Les fractures de ce type peuvent résulter d'une violente compression de la base du crâne sur la colonne vertébrale…

— Comme dans le cas d'une chute, tête la première ? m'a coupée Ryan.

— Oui. Mais elles peuvent aussi survenir à la suite d'un brusque étirement de la tête vers le haut.

— Et maintenant tu vas nous dire que Lassie a piqué une tête.

— Regardez attentivement les bords de la fracture, ai-je dit en tendant un fragment aux deux hommes.

— Ils sont courbés vers l'intérieur, a fait remarquer Corcoran.

— Exactement. Le renfoncement s'effectue vers l'intérieur, parce que la base du crâne a été poussée contre l'épine dorsale. Si la fracture avait été provoquée en tirant la tête vers le haut d'un coup sec, les bords seraient inclinés vers l'extérieur.

— Est-ce qu'une chute peut expliquer des dommages aussi importants au maxillaire et à la mandibule ? a demandé Corcoran.

— Un impact provoquant une décélération subite peut effectivement arracher les os de la face à la voûte crânienne.

— Donc, si je comprends bien, Lassie est mort après un plongeon en piqué qui lui a fait rentrer le crâne dans la colonne vertébrale.

— Non.

Les deux hommes se sont tous deux balancés d'un pied sur l'autre, réaction typique du sexe masculin.

— J'ai noté la présence de côtes brisées, en plus du traumatisme crânien. Ce qui est compréhensible, car Lassie a pu heurter un affleurement de roche ou un rebord au cours de sa chute. Ce qui l'est moins, en revanche, c'est que les os de ses bras et de ses jambes ne présentent pas de blessure en dehors de la fracture au cubitus.

— Ça veut dire qu'il n'a pas essayé de se retenir, a déclaré Ryan, qui avait tout compris.

— Un plongeon tête la première ne signifie pas nécessairement que la victime était morte au moment de sa chute, a objecté Corcoran. Lassie pouvait très bien être conscient quand il est tombé. Ou évanoui.

— C'est vrai.

Je suis allée prendre deux côtes et le cubitus droit. Revenue au microscope, j'ai inséré une côte sous l'œilleton et fait le point pour que l'image soit nette.

— Regardez cette fracture.

Ryan a laissé Corcoran l'observer le premier.

— Les bords sont irréguliers, a dit Corcoran sans relever la tête. Aspect typique d'un coup violent porté par un objet contondant. Comme tu dis, il a dû rebondir sur un rocher en cours de chute.

— Oui, c'est ce que je crois aussi.

Corcoran a cédé sa place à Ryan. Quand celui-ci a eu examiné la fracture sous toutes ses facettes, j'ai placé l'autre côte sous l'œilleton, réglé à nouveau la netteté et me suis écartée. Corcoran a repris sa place au microscope.

— Ici, les bords sont parfaitement droits, mais ça ne veut rien dire. J'ai vu des côtes brisées présentant des fractures à bords réguliers dans des affaires où le trauma résultait d'un coup violent porté par un objet contondant.

— Oui, ça peut arriver. Mais une fracture aussi nette ? Grossis donc la vision.

Corcoran s'est exécuté, puis a réglé la source de lumière. Plusieurs secondes ont passé.

— Est-ce que je me trompe, ou est-ce que ce sont des…

— Des stries, oui. Regarde maintenant la fracture au cubitus. La récente, pas l'ancienne qui est guérie.

Corcoran a fait l'échange et s'est penché à nouveau.

— Des traces de coupures ? a lancé Ryan, debout derrière Corcoran.

J'ai fait oui de la tête. Au-dessus de nous, les néons bourdonnaient. On entendait des pas dans le couloir.

Corcoran a fini par relever la tête.

— Au cubitus, une coupure ; sur la côte, un coup porté par un objet pointu. La coupure au cubitus est probablement défensive.

Ce terme définit la blessure reçue par la victime quand elle projette ses mains ou ses bras en avant pour se défendre d'une attaque au couteau.

— J'ai repéré des traces de coups de couteau sur plus de quatre côtes.

J'ai placé l'autre côte de telle sorte que Corcoran et Ryan puissent en observer la partie antérieure, dite thoracique. Une entaille qui mesurait bien dix centimètres courait sur sa surface.

— Tu parles d'une arme ! s'est exclamé Ryan après un sifflement ébahi.

— Ne te fie pas aux apparences ; les fractures se propagent en fonction du grain de l'os. La longueur de la trace n'indique pas forcément la taille de la lame qui l'a produite. Mais il y a ici quelque chose qui l'indique.

J'ai désigné un trait de cinq centimètres sur la marque la plus longue.

— Au microscope, cette partie-là semble présenter elle aussi des bords très nets, mais en réalité, elle fait un tout petit angle droit à un bout. Prises toutes ensemble, ces caractéristiques suggèrent l'emploi d'une lame à simple tranchant, mesurant cinq centimètres. – Ryan a voulu intervenir, je l'ai interrompu de la main. – Si on réassemble la cage thoracique, on voit qu'aucune de ces fractures ne se poursuit sur les côtes voisines. Toutefois, une découpe de forme carrée à hauteur de la côte sept correspond parfaitement à un défaut présent sur la côte six. Cette marque-là indique également l'emploi d'une arme à un seul tranchant.

— Les stries signifient que la lame était dentelée, a précisé Corcoran.

— Je dirais donc : une lame à simple tranchant, dentelée et mesurant cinq centimètres de large, ai-je acquiescé.

— Comme un grand couteau à bifteck, a dit Ryan.

— Tu penses que Lassie était déjà mort quand il est tombé dans la carrière ? a demandé Corcoran.

— À mon avis, le scénario le plus probable est qu'il a été tué à coups de couteau et qu'on s'est débarrassé de son corps là-bas.

Assassiné !

Le mot a éclaté dans ma tête comme le tonnerre à la plage.

Comment annoncer cela à Cukura Kundze ?

11.

Tic. Tic. Tic. Tic. Tic. Tic.

Je me suis réveillée, désorientée.

Dans mon rêve, j'étais en train de faire l'amour. Un son… celui d'un ventilateur au plafond. Non, trop rapide.

L'homme de mon rêve avait des traits flous. Qui était-ce ? Était-ce à cause de lui que j'étais ici ?

Ce son n'avait rien à voir avec des pales qui tournent.

J'étais allongée sur le côté, les bras et les jambes pliés, les deux mains sous la joue. Le tic-tic était tout contre mon oreille

J'ai soulevé le menton ; quelque chose de dur m'a raclé l'oreille.

Ma montre ?

Non, ma Cyma ne faisait pas un bruit. À qui était donc cette montre ? Pourquoi l'avais-je à mon poignet ?

J'ai tordu la main gauche pour l'avoir devant les yeux. Dans ce noir total, le scintillement des aiguilles était à peine visible.

Deux heures moins vingt ? Huit heures cinq ? Du matin ? De l'après-midi ? Aucune idée. Je n'avais aucun sens du temps écoulé.

Grelottant, j'ai coincé mes mains entre mes cuisses pour les réchauffer. Mes doigts m'ont donné l'impression d'être des glaçons posés sur le tissu de mon pantalon.

N'ayant plus la montre près de mon oreille, je me retrouvais à nouveau enveloppée dans un silence total.

Allongée sans rien voir et sans rien entendre, j'étais à nouveau assaillie de questions. Où étais-je ? Depuis combien de temps ? Qui m'avait transportée ici ? Et pourquoi ?

Je me suis visualisée comme si j'étais filmée par une webcam, roulée en boule, emprisonnée dans un espace très petit.

La Terre vue par Google.

Le tombeau vu par Google.

Pitié, mon Dieu !

Ces murs et ce plafond invisibles semblaient se rapprocher de moi, me comprimer par en haut. Je respirais de plus en plus péniblement.

Pour tenter de calmer ma claustrophobie, je me suis focalisée sur ce que je ressentais à l'intérieur de mon corps.

La tête : impression d'avoir été broyée.

La gorge : desséchée.

Les doigts : engourdis.

Les jambes : traversées de palpitations.

La vessie : pleine.

L'estomac : vide.

La sensation de faim a déclenché en moi des souvenirs de nourriture : thon grillé ahi, lard coupé en tranches épaisses, soupe thaï à la citronnelle et au lait de coco.

J'ai essayé de faire l'inventaire de ce que je savais sur mon environnement. Mon cerveau ne m'a renvoyé aucune fiche de renseignements. Uniquement une liste de bouffe.

Des moules à l'ail ; des tomates ; des poivrons ; du vin ; des frites plongées dans de la mayonnaise épaisse ; Ryan buvant une Pilsner Bavik.

Combien de temps s'était-il écoulé depuis ce repas pris ensemble ? Des heures ? Des jours ? S'agissait-il de mon tout dernier repas ou d'un dîner qui avait eu lieu des mois auparavant ? Des années ?

Ryan était-il l'amant de mon rêve ? Si ce n'était pas lui, alors était-ce quelqu'un de réel ou une reconstruction de mon subconscient ?

Je tremblais de tout mon corps, je claquais des dents.

Qu'est-ce que je portais comme habits ?

En me tortillant par terre, j'ai fini par connaître la réponse : des espadrilles, une chemise à manches courtes, un jean.

Soudain une idée : mon BlackBerry ! À moins de l'avoir laissé dans mon sac, il devait être dans l'une de mes poches ou attaché à ma ceinture. Est-ce que j'avais déjà vérifié ? Forcément ! Je n'étais pas une imbécile.

Mais il est vrai que je n'avais pas les idées très claires, et que je souffrais le martyre à cause de ma jambe. Oui ? Non ? Incapable de m'en souvenir.

Pitié !

En gardant les genoux au sol, j'ai tendu sur le côté mes deux mains ligotées et réussi à frotter ma poche avant droite du dos de ma main gauche. Rien.

Serrant les dents à cause de la douleur, j'ai recommencé de l'autre côté. Rien non plus.

Je me suis laissée retomber à moitié sur le dos, les jambes levées, genoux pliés, et me suis mise à basculer d'un côté sur l'autre : aucune bosse à hauteur de ma ceinture ou de mes fesses.

Des larmes de frustration ont jailli de mes yeux.

Non !

J'ai roulé de nouveau sur le flanc. Le sol était glacial contre ma peau.

Il fallait que je fasse quelque chose pour conserver de la chaleur. Pour ne pas devenir folle.

Me donner un but. Une série de buts.

— En premier lieu, ai-je déclaré à haute voix, tu vas te libérer !

Ma voix m'a paru oppressante. Parce qu'elle était étouffée par des mètres de brique et de ciment autour de moi ? Par des tonnes de terre au-dessus ? Des hectares de forêt ou de champs ?

De nouveau, la panique. La poitrine enserrée dans un étau glacé. J'ai repris, plus fort :

— En second lieu... tu vas trouver une sortie !

— Et en troisième lieu... tu vas te sauver d'ici !

Cette dernière phrase, dite sur un ton de sergent instructeur.

Ça y est ! J'avais un plan en trois parties : le tableau d'une action programmée. Trancher mes liens. Sortir. Fuir.

J'ai commencé à me frotter le dos des mains contre les coutures intérieures de mes jeans de haut en bas ; à toute vitesse et en récitant mentalement un mantra :

Trancher. Sortir. Fuir.

Trancher. Sortir. Fuir.

Trancher. Sortir. Fuir.

Ce mouvement frénétique, qui me râpait le coude, a fait revenir un peu de chaleur dans mes mains. Lentement, péniblement, je recouvrais un semblant de sensation au bout des doigts dans lesquels je sentais des fourmillements.

Je me suis tendue en avant et j'ai fait courir mes mains ligotées le long du mur, à la recherche d'un clou, d'un tuyau cassé – de n'importe quoi qui soit susceptible de scier les cordes entourant mes poignets.

Nada.

Progression méthodique, un centimètre après l'autre, en commençant au bas du mur et en remontant les bras aussi haut que mes liens me le permettaient.

Petit réconfort : ma prison était plus longue que je ne l'avais imaginée.

Constat nettement moins réconfortant : la maçonnerie était effroyablement lisse.

J'avais peut-être ausculté un mètre cinquante de mur quand mes doigts ont repéré une brique mal alignée : elle saillait à environ quarante-cinq centimètres du sol, et le bord qui dépassait paraissait assez coupant.

J'ai manœuvré de manière à me retrouver penchée, à demi assise, sur la face supérieure de la brique. Le ciment tenait bon.

— En avant, soldat !

Dieu tout-puissant ! J'en étais à parler au mur !

En m'effondrant sur le côté, les genoux remontés contre ma poitrine, j'ai réussi à procurer assez de mou à mes liens pour parvenir à poser les poignets contre le rebord de la brique. Et j'ai commencé à frotter. Fébrilement.

J'ai eu tôt fait d'arrêter, la peau des bras à vif, la tête qui tournait.

À ce rythme, j'allais m'épuiser sans rien y gagner. Nouvelle stratégie : une série de deux cents frottements et repos. Pendant ce temps, mon néocortex serait en mesure de traiter les informations qu'il recevrait.

Et c'est ce que j'ai fait, en me répétant mentalement un nouveau mantra.

Frotter. Stopper. Répéter.

Frotter. Stopper. Répéter.

Frotter. Stopper. Répéter.

Moisson d'infos plutôt maigre : du froid ; du noir ; des égratignures aux mains et aux articulations. Une odeur aussi, à peine un soupçon, mais que je connaissais bien.

Seule et terrifiée, je me suis étendue, l'oreille aux aguets, dans l'espoir d'entendre une voix, des pas, une clef tournant dans une serrure. Néant. Il n'y avait que le bruit de mon cœur qui battait follement et mes respirations.

Épuisée, j'ai sombré dans le sommeil.

Réveil. Coup d'œil aux aiguilles vaguement luminescentes de ma montre. Étonnement. Combien de temps s'était-il écoulé ? Des heures ? Des minutes ? Je n'avais plus aucune notion de durée.

J'ai recommencé à scier mes liens, les bras raidis et tremblants, éprouvant à chaque mouvement une douleur effroyable.

Frotter. Stopper. Répéter.

Frotter. Stopper. Répéter.

Frotter. Stopper. Répéter.

Deux cents fois. Et cela, quatre fois. Six fois. Dix mille fois.

Après chaque série, je tirais violemment sur mes liens. Pour voir.

À la fin, j'ai senti, ou cru sentir, un très léger relâchement.

J'ai écarté les poignets d'un coup sec, y mettant toute la force de mes muscles endoloris.

Encore.

Et encore.

Au sixième coup, j'ai ressenti une secousse, et ma paume gauche a un tout petit peu glissé contre la droite. Rêve ou réalité ?

— Mais coupe-toi donc ! ai-je hurlé dans le noir.

J'ai tiré sur mes mains en les forçant à tourner, tiré en tournant, tiré en tournant.

— Mais casse donc, saloperie !

Les larmes coulaient le long de mes joues tandis que je continuais comme une folle à écarter brusquement les mains

— Casse !

Mes lèvres tremblantes avaient un goût de sel.

— Casse !

Et je continuais à tirer de toutes mes forces pour distendre mes liens.

Enfin, des brins de corde ont cédé.

Les liens se sont desserrés. J'ai réussi à extraire ma main gauche.

Je m'étais dégagée ! Assise, le dos droit, je me suis mise à secouer les mains. Sensation d'un torrent de feu déferlant dans mes veines, le sang recommençait à circuler.

J'ai passé les doigts sur mes chevilles, cherchant à comprendre comment j'étais attachée. Ayant trouvé les nœuds, j'ai commencé à griffer la corde désespérément.

À quoi bon ? Mes doigts sans force ne m'obéissaient pas, et les nœuds étaient aussi durs que le roc.

J'ai failli recommencer à pleurer.

J'ai ravalé mes larmes.

— Remue-toi ! a grondé en moi le sergent instructeur.

Roulant sur le ventre, j'ai commencé à avancer petit à petit dans le noir, en jouant des coudes et en poussant avec les jambes. Quand ça devenait trop douloureux, je me remettais sur les fesses et continuais à avancer en m'aidant de mes pieds et de la paume de mes mains.

Je suivais une progression en zigzag, déterminée à découvrir un chemin vers la liberté. Ou, à défaut, quelque chose avec quoi libérer mes pieds.

Ma prison, longue et étroite, était peut-être un tunnel ou un couloir. En tous cas, l'odeur de moisi augmentait à mesure que j'avançais.

De temps à autre, je m'arrêtais pour tenter de voir l'heure à ma montre. Les aiguilles, à peine visibles, semblaient former une barre horizontale. Puis un « L » tourné vers la droite.

Mes périodes d'activité raccourcissaient de plus en plus. De plus en plus souvent, j'abandonnais et me recroquevillais en position fœtale. J'avais les coudes en sang, les mains et les pieds engourdis par le froid montant du sol. Malgré toute ma volonté, mes forces me quittaient.

À un moment, au cours d'un mouvement sur le ventre, tandis que je me traînais en avant sur les coudes, mon épaule a frôlé quelque chose. Quelque chose qui a vacillé et a repris sa place.

Mes mains se sont tendues dans le noir.

J'ai perçu comme un crissement de gravillons.

Mon cerveau privé de sensations a décrypté l'information : un objet rond ; dur ; qui avait roulé à gauche sur une distance de moins d'un mètre.

À plat ventre, me tirant sur les coudes, j'ai exploré le bas du mur à tâtons. L'odeur était forte maintenant : mélange de moisi, de mildiou et de tissu bouffé aux mites : une odeur de vêtements oubliés dans une vieille malle au grenier.

Mes doigts en sang ont fini par frôler quelque chose. Me redressant en position assise, j'ai fait rouler l'objet jusqu'à moi.

Je l'ai saisi délicatement, et l'ai soulevé pour en évaluer le poids. J'ai passé la main dessus. Pour connaître l'aspect de sa surface, découvrir sa taille, palper ses contours.

En comprenant avec quoi je partageais cette prison obscure, j'ai été prise d'horreur.

12.

Écartant les doigts, j'ai lâché le crâne qui a regagné sa place en roulant.

Le chien policier s'appelait Étoile. Il portait bien son nom.

La tombe se trouvait sous une couche de neige de soixante centimètres. Qu'importe. Étoile l'avait localisée.

Ce samedi matin, Ryan était passé me chercher avant le lever du soleil. Le thermomètre à l'extérieur indiquait moins six degrés.

Nous n'avions pas beaucoup parlé pendant le trajet. La veille, le vol de Chicago avait atterri tard, il était minuit quand j'étais arrivée chez moi dans le centre-ville, et deux heures du matin quand je m'étais couchée. Ce matin, je n'avais pas les yeux vraiment en face des trous. J'avais bu le café que Ryan avait apporté en regardant défiler les rues de Montréal à travers la fenêtre.

Le malaise que j'éprouvais n'était pas seulement dû à la fatigue. J'étais encore sous le coup de ce qui s'était passé à Chicago.

Nous n'avions pas réussi à rencontrer Schechter, soi-disant occupé à enregistrer des dépositions à Rock Island. Par conséquent, je ne savais toujours pas le nom du salaud qui avait sali ma réputation avec de fausses accusations.

La visite chez Cukura Kundze avait été aussi pénible que prévu. Elle avait pleuré pendant toute la conversation, comme s'il s'était agi de son propre petit-fils. La seule chose positive, c'était que M. Tot avait insisté pour prévenir lui-même son fils et sa fille du sort de Lassie.

Pour couronner le tout, je m'étais disputée avec mon nouveau voisin, Sparky Monteil. Ouais, Sparky, l'Étincelant[1] ! Une punaise plutôt, avec un corps en forme de poire, et qui se donne des airs de dur. Coiffure à la Elvis, tatouage à la con sur le cou alors qu'il a au moins cinquante-cinq balais, à en croire Winston, le concierge.

Sparky a emménagé dans mon immeuble au printemps. Il n'avait pas encore déballé ses cartons qu'il commençait déjà à se plaindre. Apparemment, il a une véritable haine pour les chats. Non, pire que ça. S'il le pouvait, il ramasserait tous les félins de la planète et les balancerait à la mer.

D'accord, le règlement de copropriété interdit les animaux de compagnie. Mais comme nous ne sommes pas là pendant de longues périodes et que Birdie ne met jamais une patte dehors, je bénéficie d'un passe-droit. Sparky se bat pour qu'on me le retire.

Ce matin, justement, il est sorti de l'ascenseur pendant que j'attendais Ryan dans l'entrée. Le problème, aujourd'hui, c'était des crottes dans la cour.

Désolée, mec. Je n'ai pas mon chat avec moi ce coup-ci !

Et comme si tout cela ne suffisait pas, j'étais maintenant transformée en glaçon. Il faut dire que la jeep de Ryan n'avait pas un chauffage des plus modernes ;

1. *Spark* en anglais signifie « étincelle ». (*N.d.T.*)

les fenêtres étaient couvertes de givre et je sentais le froid traverser mes bottes, remonter le long de mes jambes et s'infiltrer en moi. Apparemment, la seule chaleur à laquelle j'aurais droit au cours de la journée serait celle de la tasse qui me réchauffait vaguement les mains à travers mes gants.

Notre destination, Oka, se trouvait à une cinquantaine de kilomètres de Montréal, au nord-ouest. En entendant ce nom, trois idées m'étaient aussitôt venues à l'esprit : les Mohawks, les moines et le fromage.

Les deux dernières étaient intimement liées.

En 1815, des moines de Bretagne inventèrent un fromage qu'ils appelèrent Port-Salut. Soixante ans plus tard, leur invention faisait fureur à Paris. Mais qu'importe ! En 1881, les soldats de la Troisième République chassèrent ces trappistes fromagers de l'Abbaye de Belle- Fontaine et les boutèrent hors du pays.

À l'invitation des sulpiciens du Québec, huit des exilés prirent la mer pour le Canada. Les frères canadiens découpèrent un bout des vastes territoires qu'ils possédaient sur la rive nord du lac des Deux-Montagnes et l'offrirent aux nouveaux venus. Ceux-ci donnèrent à leur propriété le nom de « La Trappe », en souvenir de Soligny-la-Trappe, lieu où leur ordre avait été créé en 1662, et y bâtirent un monastère : l'abbaye Notre-Dame du Lac.

Au temps de sa gloire, le monastère compta jusqu'à deux cents moines. Au tournant du XXIe siècle, ils ne sont plus que vingt-huit, et la plupart ont plus de soixante-dix ans. De nos jours, l'abbaye n'abrite plus un monastère, mais une association dédiée à la préservation du site.

Les trappistes avaient emporté dans leurs bagages la recette de ce fromage tant apprécié et, aussitôt installés, ils s'étaient remis à baratter le lait. Comme dans leur mère patrie, ce fromage connut un grand succès.

Aujourd'hui, pour autant que je le sache, le fromage Oka est toujours produit par les moines. Mais au fil des ans, il a acquis un goût différent, propre au Nouveau Monde.

Les Mohawks, maintenant. Ce sujet est un peu plus compliqué.

En 1990, de la mi-juillet à la fin septembre, la « crise d'Oka » a fait la une des journaux du monde entier. En gros, il s'agissait d'un conflit à propos de terres, entre la ville et la communauté des Mohawks de Kanesatake. Ce bras de fer a été un cauchemar pour les banlieusards et un fiasco absolu pour le gouvernement en matière de relations publiques. Pour la Sûreté du Québec, il s'est soldé par la mort d'un agent.

En un mot, voici ce qui s'est produit.

Pour agrandir son terrain de golf, la ville d'Oka avait décidé d'annexer un terrain sur lequel se trouvaient un ancien cimetière mohawk et un bosquet de pins sacrés. Les Indiens avaient crié au sacrilège. La justice leur avait donné tort et la construction du neuf trous avait donc commencé. Outragés, les membres de la tribu barricadèrent les lieux faisant l'objet de la dispute.

Rien de très sensationnel. Les flics allaient déloger les protestataires, et l'on s'en tiendrait là.

Erreur. Car lorsque la SQ limita l'accès menant à Oka et à Kanesatake, des représentants des Premières Nations commencèrent à affluer de tout le Canada et des États-Unis. En signe de solidarité avec les Kanesatake, les Mohawks de Kahnawake bloquèrent un pont reliant l'île de Montréal à un faubourg de la rive sud, à l'endroit où le pont en question enjambait leur territoire.

Au plus fort de la confrontation, non seulement le pont Mercier mais également les routes 132, 138 et 207 étaient fermés. Résultat : prises de bec agressives et embouteillages monstres.

Tant et si bien que les forces armées canadiennes furent dépêchées.

Finalement, les Mohawks négocièrent un accord avec le commandant de l'armée responsable du secteur de la rive sud du Saint-Laurent, à l'ouest de Montréal, un homme du nom de Gagnon.

La vie n'est-elle pas pleine de retournements amusants ? Car ce nom de Gagnon se trouve être également celui du meunier qui avait hébergé les premiers trappistes fromagers pendant la construction de leur monastère.

Une quatrième chose vient encore à l'esprit lorsqu'il est question d'Oka : le parc national. En matière de préservation de la vie sauvage, c'est l'une des réserves les plus importantes de la chaîne du Québec ; c'est aussi un haut lieu touristique. De mai à septembre, il accueille sur ses vingt-quatre kilomètres carrés quantité de campeurs, pique-niqueurs, promeneurs ou passionnés de canoë et de kayak. En hiver, seules quelques âmes hardies continuent de s'adonner à ces activités ; pour la plupart, les visiteurs viennent seulement se balader dans la neige, à pied ou à ski.

Moi, ça ne me tente pas. Mais l'été, j'aime bien m'y promener, faire des randonnées à vélo, bronzer sur la plage ou regarder les oiseaux à partir de la plate-forme flottante aménagée au milieu du marais de Grande-Baie. Chacun ses goûts. Personnellement, je suis une inconditionnelle des pays chauds.

Ryan s'est engagé sur l'autoroute des Laurentides, puis à droite, sur la grand-route 640. Les immeubles, jusqu'ici serrés comme des sardines, se sont espacés de plus en plus jusqu'à céder la place d'abord à des pavillons de banlieue identiques, équidistants les uns des autres, puis à une campagne couverte de neige. Une teinte jaune a envahi l'horizon, tandis que le ciel virait du noir au gris.

Trois quarts d'heure plus tard, Ryan tournait en direction d'Oka. À ce moment-là, le soleil n'était encore qu'un disque blanc bas dans le ciel. Des arbres dénudés jetaient de longues ombres floues sur les champs et la chaussée.

Un moment plus tard, nous franchissions l'entrée principale du parc. Juste après le portail, il y a un petit bâtiment en pierre avec l'inscription « Poste d'accueil camping – Camping Welcome Center » et, dessinés en noir dans un losange jaune, une tortue, un lézard, une grenouille et un serpent.

Vingt mètres plus loin, un véhicule de la SQ était stationné sur le bas-côté gauche de la chaussée, le moteur tournant au ralenti. De la vapeur tourbillonnait du pot d'échappement.

Ryan a effectué un demi-tour et s'est arrêté. Le conducteur du véhicule a déposé sa tasse sur le tableau de bord et enfilé des gants avant de s'extirper de la voiture. Il portait une veste vert olive avec un col en fourrure noire, des moufles vert olive et une chapka vert olive aux oreillettes relevées. Sa plaque indiquait : Halton.

Baissant sa fenêtre, Ryan a montré son badge. Halton lui a jeté un coup d'œil et s'est penché pour me dévisager.

J'ai sorti ma carte du LSJML.

Il a tendu le bras en direction des bois et dit, en français :

— Prenez la route de service qui fait le tour du parc. La réunion se tient tout au bout de la rivière.

— Quelle rivière ? ai-je demandé.

— La rivière aux serpents, mais y a pas de danger,

a souri Halton. À cette saison de l'année, ces petits salauds sont en pleine cure de sommeil.

Ryan a refait demi-tour, et nous sommes repartis en dérapant un peu sur le gravier gelé. Dans notre dos, de l'autre côté de la grand-route, le calvaire d'Oka dominait le paysage. J'avais grimpé jusqu'au sommet, un jour. Le sentier, une sorte de chemin de croix en pleine campagne, monte sur cinq kilomètres jusqu'à un groupe de chapelles datant du milieu du XVIIIe siècle. De là-haut, la vue est hallucinante.

Comme les orties. Je me souviens que je me suis grattée des semaines durant.

— T'es venue faire un rapport sur les reptiles ? a lancé Ryan, cherchant probablement à me faire peur avec cette plaisanterie ratée.

— Et aussi sur les amphibiens. – Il a tourné la tête vers moi. – Le panneau indiquait une faune incluant aussi les amphibiens.

Mais il était trop tôt pour une leçon de biologie.

— Quelle différence y a-t-il entre reptiles et amphibiens ?

— Les œufs à coquille.

— Je les préfère brouillés.

— Ça permet aux reptiles de se reproduire hors de l'eau.

— Moment clé de l'évolution. Quand est-ce que ça s'est produit ?

— Il y a plus de trois cent millions d'années.

— Depuis le temps, ils ont dû devenir champions !

J'ai préféré ne pas relever.

Nous avancions sur une route étroite bordée des deux côtés par de hautes congères laissées par les chasse-neige, et jalonnée d'arbres immenses et nus qui se dressaient comme des sentinelles.

La température dégringolait à mesure qu'on se rapprochait de la rivière. Je n'ai pas tardé à repérer le rivage. Rangés l'un derrière l'autre, les véhicules habituels : une seconde voiture de police, un fourgon de transport noir, le camion bleu des scènes de crime.

Une femme en uniforme de la SQ nous a fait signe de nous arrêter. Sa plaque indiquait : Naveau. Nouvel accueil chaleureux de la part de la loi et l'ordre.

Nous nous sommes présentés. Naveau a conseillé à Ryan d'aller se garer derrière une cabane en bois rustique, probablement un abri pour amoureux du ski de fond.

Ryan a obtempéré et nous sommes sortis de la voiture, non sans avoir enfoncé nos bonnets sur nos oreilles. À présent, le soleil était plus haut dans le ciel, et les arbres projetaient des ombres aux contours indistincts. L'air était si froid qu'on aurait dit du cristal.

Bonne nouvelle : une tente en plastique avait été montée, vraisemblablement au-dessus de l'endroit où le chien, Étoile, avait repéré le cadavre. La neige dégagée formait un monticule sur le côté.

Le chauffage portatif déjà branché qui pompait l'air et le faisait passer par tout un circuit de tuyaux rouillés allait chauffer l'intérieur de la tente et ramollir le sol : je le savais pour avoir pratiqué une exhumation dans une réserve innue, près de la ville de Sept-Isles, des années auparavant. Le décor était le même. Là-bas, la température était descendue jusqu'à moins trente-quatre degrés.

Quatre hommes se tenaient à côté de la tente. Deux d'entre eux portaient des combinaisons et des vestes frappées du même sigle que le camion des scènes de crime : Service de l'Identité judiciaire. Division des scènes de crime.

Un autre portait une parka Kanuk noire assez semblable à la mienne, qui était bleu ciel. J'ai reconnu Joe

Bonnet, un nouvel agent technique du labo. Dans cet anorak rembourré, il ressemblait à un bouchon posé sur deux allumettes. Par bonheur, il avait recouvert d'une toque ses cheveux platine raidis au gel. Il pense que ça lui donne un look punk. Comme il a presque trente ans, moi, je trouve qu'il a plutôt l'air taré comme ça. Mais je me garde bien de le lui dire.

Parce que c'est un type fragile, même s'il est compétent dans son boulot. Constamment en demande. Il ne suffit pas de ne jamais le critiquer ni le contredire, il faut toujours le féliciter, le rassurer, et ce n'est pas mon genre. La plupart des gens savent que je suis comme ça et n'en font pas toute une histoire. Joe, lui, n'a pas encore pigé.

Inutile de dire que nos relations sont passées par pas mal de bouderies et d'explosions. De sa part, pas de la mienne. Dans le meilleur des cas, en période de cessez-le-feu, nous sommes comme deux animaux de compagnie qui ne s'aiment pas et sont obligés de passer le week-end ensemble chez Mamie : en permanence sur la défensive, toujours en train de flairer l'humeur de l'autre.

C'est en partie ma faute, car je n'arrive toujours pas à me faire à l'idée que Denis, mon assistant de toujours, m'ait quittée. Pourtant ça fait deux ans déjà. La retraite, je vous jure !

Le quatrième individu portait un pardessus qui fermait difficilement sur sa bedaine. Jean-Claude Hubert, coroner en chef de la province du Québec.

Hubert nous a fait un signe de la main. Il avait le visage très rouge et gercé.

— Détective Ryan, docteur Brennan… Merci d'avoir mis le nez dehors aussi tôt.

Dit avec un accent des régions en amont du Saint-Laurent. De la ville de Québec, peut-être.

— Qu'est-ce qu'on sait de l'histoire ? ai-je demandé, car je tenais à connaître sa version, même si j'étais déjà au courant de l'essentiel.

— Un pinson en cage s'est mis à pousser la chansonnette, comme quoi il aurait des infos sur une femme portée disparue depuis deux ans.

— Ouais, Florian Grellier, est intervenu Ryan.

Hubert a hoché la tête. Son triple menton a tressauté au-dessus de son cache-nez.

— La victime serait une certaine Christelle Villejoin qui aurait été assassinée et ensevelie ici. D'après Grellier.

— Assassinée par qui ? a demandé Ryan.

— Affirme qu'il ne sait pas.

— D'où ce M. Grellier tient-il ses informations ?

— D'un type rencontré dans un bar. Il jure qu'il n'a jamais su son nom et ne l'a pas revu depuis ce fameux soir où ils ont éclusé des verres ensemble.

— Quand ça ? dit Ryan.

— Dans le courant de l'été dernier. Grellier est resté un peu vague sur ce point.

— Vous allez le faire venir ?

— Ce n'est pas nécessaire. Jusqu'ici, les indications qu'il a fournies sont justes : le chemin, l'abri, le fleuve. Nous avons fait appel à un chien et on vous a alertés... D'après le maître-chien, a ajouté Hubert avec un geste en direction de la tente, il y a quatre-vingt-dix pour cent de chances pour qu'il y ait quelqu'un là en dessous.

— Des détails bien précis pour une conversation de poivrots, ai-je fait remarquer.

— Ouais, a laissé tomber Hubert en soufflant par la bouche, et je me suis dit qu'il aurait besoin de se mettre du baume sur les lèvres.

— Vous avez eu le temps de faire quoi ?

— De sécuriser le secteur, photographier des lieux, dégager la neige et monter la tente. Le chauffage est branché depuis hier de sorte que le sol devrait être meuble.

— Eh bien, au travail !

Hubert avait raison : le sol était suffisamment ramolli pour qu'on puisse creuser. Et un autre paramètre jouait en notre faveur : la nature humaine. Qu'il y ait été poussé par la paresse ou par l'angoisse, le criminel avait enterré sa victime à seulement quarante-cinq centimètres de profondeur.

À une heure de l'après-midi, aidée de Joe Bonnet, j'avais mis au jour la totalité du squelette. Nous avions laissé la plupart des os sur place et n'avions rangé dans des sachets pour pièces à conviction que ceux récupérés en tamisant la terre.

J'avais établi un inventaire détaillé de tous les os, sauf les phalanges. Elles, je m'étais contentée de les compter.

Un crâne avec ses vingt et un os, plus les six de l'oreille interne ; une mandibule ; une hyoïde ; un sternum ; deux clavicules, deux scapulas, trente-quatre côtes, vingt-quatre vertèbres, un sacrum, un coccyx, les six os des bras, les six os des jambes ; deux innominées, deux patelles, seize carpes, dix métacarpes, quatorze tarses, dix métatarses et cinquante-six phalanges.

206 os. Merde, alors ! On était sacrément bons.

Ryan et Hubert avaient fait des allées et venues tout au long de l'exhumation. Apparemment, le chauffage n'avait que deux positions : coupé et tropique du Cancer. On avait beau avoir pratiqué une ouverture, la température sous la tente avoisinait les trente-deux degrés : Joe et moi avions retiré l'une après l'autre presque toutes nos couches de vêtements, tant et si bien que nous avions terminé en T-shirts et jeans.

Maintenant, tandis qu'il prenait des photos de la scène et que je mettais de l'ordre dans mes notes, Ryan et Hubert examinaient la fosse, le visage rubicond, la sueur perlant à la racine des cheveux.

La victime était allongée le visage contre terre, en soutien-gorge et culotte, les bras et les jambes tournés sur le côté droit. Une fracture en étoile s'étalait sur l'arrière de son crâne.

— *Eh, misère** ! (La vingtième fois au moins qu'Hubert répétait cette exclamation.)

— Des idées à propos de la position du corps ? s'est enquis Ryan.

— Seulement les préliminaires.

Il m'a fait signe de poursuivre.

— Je suppose qu'elle a été frappée par-derrière et qu'ensuite, ou bien elle est tombée, ou bien elle a été poussée dans la fosse.

— Frappée avec quoi ? a-t-il demandé d'une voix dure.

— D'après la forme de l'indentation, je dirais un objet plat avec une arête en relief au milieu.

— C'est une femme ?

— Oui.

— À cause des dessous ?

— À cause des caractéristiques du crâne et du pelvis.

— Le reste de ses habits s'est décomposé ?

— J'en doute. Bien que les dessous soient en polyester et que la matière synthétique se conserve plus longtemps que les fibres naturelles comme le coton ou le lin. Mais j'aurais dû retrouver des agrafes, des boutons, des fermetures Éclair, quelque chose en tout cas. Non, je ne crois pas qu'elle ait porté quoi que ce soit d'autre.

— Pas de bas non plus, ni de souliers ?

— Non.

— Son âge ? a demandé Hubert.

Je me suis accroupie, j'ai soulevé le crâne et l'ai fait pivoter.

Il ne comptait que huit dents jaunies aux cuspides aplaties. Le tissu osseux à l'intérieur des cavités des dents absentes était lisse et arrondi.

Les os du crâne avaient achevé leur fusion. Des deux côtés, les articulations temporo-mandibulaires et les condyles occipitaux étaient déformés par l'arthrite.

— Vieille, me suis-je bornée à dire, trop émue pour ajouter autre chose.

— Il y a des chances pour que ce soit Villejoin. Combien de Mamies disparaissent chaque année ?

Je me suis représenté la scène épouvantable. Une vieille dame terrifiée, obligée de se déshabiller et d'accueillir la mort, debout devant une tombe creusée pour elle.

Avait-elle supplié l'assassin de lui laisser la vie sauve ? Avait-elle fermé les yeux en comprenant qu'il n'aurait pas de pitié ? Avait-elle écouté le vent bruire dans les arbres ? Les oiseaux chanter ? Avait-elle entendu le bruit de l'arme s'approchant de sa tête ?

Brusquement, il a fallu que je quitte cette tente.

13.

De retour en ville, nous nous sommes arrêtés à la Belle Province pour manger un morceau. Je n'avais pas faim. Uniquement envie de me laver les cheveux et de gratter la terre sous mes ongles car, sur place, j'avais dû me contenter de lingettes et de désinfectant. Mais quand Ryan a une idée en tête… Et il insistait pour que je mange, même si c'était la dernière chose dont j'avais envie.

Il a commandé une poutine, une spécialité du Québec qui m'a toujours épatée. Imaginez des pommes de terre sautées arrosées d'une sauce au fromage et noyées sous une seconde sauce à la viande marron et sans goût. Miam !

Pour ma part, j'ai pris une soupe aux pois cassés et une salade.

Du restaurant, nous sommes allés directement à l'édifice Wilfrid-Derome, dans le quartier de Hochelaga-Maisonneuve, juste à l'est du centre-ville. Le laboratoire des sciences judiciaires et de médecine légale occupe les deux derniers étages de ce bâtiment en forme de T. Le bureau du coroner se trouve au onzième, la morgue au sous-sol. Le reste de la superficie appartient à la SQ.

Ryan est monté au quatrième étage par l'ascenseur

général, tandis que je prenais celui qui dessert uniquement le LSJML, le bureau du coroner et la morgue.

En semaine, les labos, les bureaux et les corridors auraient été encombrés de scientifiques et d'agents techniques en blouse blanche. Cet après-midi-là, l'endroit était aussi silencieux qu'une tombe. Bénis soient les samedis.

Me servant pour la quatrième fois de ma carte d'accès depuis mon entrée dans le bâtiment, j'ai franchi les portes en verre qui séparent l'aile médicolégale du reste du douzième étage et suivi le couloir bordé des deux côtés par les laboratoires. Microbiologie. Histologie. Pathologie. Anthropologie-Odontologie.

Pendant mon absence à Chicago, les appuis de fenêtres, les étagères, les portes des placards et les réfrigérateurs avaient subi une métamorphose. Chaque espace de travail reflétait la vision un peu mièvre que son occupant avait de la fête de Noël : des guirlandes en plastique imitation branches de sapin ; des flocons de neige en napperons de papier ; un père Noël et sa hotte pleine de bonbons, un renne et son traîneau.

Mon bureau disparaissait sous une montagne de papiers et mon téléphone clignotait. Ignorant sa lampe rouge hystérique m'indiquant que j'avais des messages, j'ai fourré mon sac dans un tiroir et suis ressortie pour aller au vestiaire.

Après avoir pris une bonne douche et enfilé ma tenue de chirurgien, je suis revenue dans mon labo y prendre des formulaires, des compas et une écritoire. Puis je suis descendue à la morgue par un autre ascenseur, lui aussi d'accès réservé.

Au sous-sol, une énième porte sécurisée. Celle-ci donne sur le couloir étroit qui s'étire sur toute la longueur du bâtiment. Il dessert, à gauche, la salle de radio et les quatre salles d'autopsie, dont trois sont pourvues d'une seule table et une de deux. À droite, se trouvent des égouttoirs de séchage, des espaces de travail avec ordinateurs et enfin les chariots et bassins sur roulettes servant à transporter les échantillons dans les divers départements des étages.

À travers la petite fenêtre percée dans chacune des portes, j'ai pu me convaincre qu'il régnait ici un calme tout aussi souverain que dans les étages supérieurs. Pas un seul photographe de la police, pas d'assistant en autopsie ou de médecin légiste. Certains tableaux d'affichage étaient décorés comme les labos en haut.

— Normal, à cette époque de l'année ! me suis-je dit en râlant intérieurement de ne pas être à Charlotte auprès de Katy et de Birdie.

Je me suis rendue tout droit à la salle d'autopsie numéro quatre, la mienne, réservée en priorité aux corps décomposés, noyés, momifiés ou particulièrement odorants, car elle bénéficie d'un système de ventilation spécial.

Comme ses voisines, ma salle numéro quatre possède dans le fond une porte à double battant qui ouvre sur une travée parallèle divisée en plusieurs sections et abritant les chambres froides. La présence de résidents temporaires y est indiquée par de petits cartons blancs.

Je n'ai pas eu besoin de la franchir : le sac renfermant les ossements de la victime d'Oka était posé sur un brancard garé près de la porte. Son dossier, glissé sous le sac, montrait le bout de son nez.

Un bref coup d'œil m'a appris que les restes avaient déjà été enregistrés au LSJML et à la morgue, et qu'Hubert avait signé la demande d'examen anthropologique.

J'ai commencé par entrer des informations pertinentes dans mon formulaire anthropologique. Numéro de la morgue : *38107*. Numéro du labo : *45736*. Nom du coroner : *Jean-Claude Hubert*. Enquêteur : *lieutenant détective Andrew Ryan, section des crimes contre la personne, Sûreté du Québec*. Nom de la victime : *Inconnu*.

Pour finir, j'ai inscrit la date et un bref résumé des faits.

Laissant mon écritoire sur le plan de travail, je suis allée prendre un appareil photo et j'ai vérifié que sa batterie était bien chargée. Ensuite, j'ai sorti un tablier en plastique d'un tiroir, puis des gants et un masque d'un autre. Revêtue de mon uniforme de travail, j'ai approché le brancard de la table en acier vissée au sol au centre de la pièce.

Par mesure de précaution, j'ai commencé par photographier le sac à cadavre fermé, puis ouvert, son contenu bien en vue. On apercevait le soutien-gorge et la culotte, roulés en boule dans un coin.

Impossible de lire les étiquettes des sous-vêtements, les lettres étaient complètement délavées. Après avoir mesuré le slip à hauteur de l'élastique et la longueur du soutien-gorge, je les ai étalés sur le plan de travail.

Ces préliminaires achevés, j'ai entrepris de rassembler le squelette. Sur place, j'avais établi l'inventaire des os en prenant soin de séparer ceux du côté droit de ceux du côté gauche, de sorte que la mise en place ne m'a pas demandé beaucoup de temps. Jusqu'à ce que j'en arrive aux doigts des mains et des pieds. Leur identification individuelle étant d'un ennui achevé, je m'étais contentée, là-bas, de les compter et de les ranger dans différents sachets.

Un adulte normal possède cinquante-six phalanges. Les pouces et les hallux, ou gros orteils, en possèdent deux chacun, une proximale et une distale. Les autres doigts en ont tous une troisième, appelée médiane.

J'ai commencé par faire le tri entre celles des mains

et des pieds. Du gâteau pour les premières, car celles du gros orteil ont des formes très caractéristiques et sont plus lourdes que celles du pouce.

Pour l'index, le majeur, l'annulaire et l'auriculaire, c'est l'inverse : les phalanges des mains sont plus larges que celles des pieds, elles sont également plus plates sur le dessus et plus arrondies en dessous. Elles ont des diaphyses plus courtes et moins incurvées sur les côtés.

Pour savoir quel est leur rang au sein des phalanges, il suffit de bien regarder comment elles s'articulent. La première phalange possède un corps cylindrique terminé à un bout par un bord concave à son extrémité proximale qui lui permet de s'emboîter dans le métatarse, s'il s'agit du pied, et dans le métacarpe, s'il s'agit de la main ; à l'autre bout, à son extrémité distale, l'axe se termine par deux boules arrondies. La deuxième phalange présente, à son extrémité proximale, une surface articulaire à deux versants séparés par une crête et, à son extrémité distale, une trochlée. Quant à la troisième phalange, si elle présente à son extrémité proximale une base similaire à celle de la seconde phalange, elle a en revanche une tête large et aplatie.

Ayant mis de côté les vingt-huit os des doigts, j'ai trié les phalanges des orteils selon leur position. La chose étant faite, j'ai recomposé tous les doigts, du deuxième au cinquième, puis j'ai séparé les gauches des droits.

Vous comprenez maintenant ce que j'entends par fastidieux.

Le temps que j'en aie fini avec les pieds, j'avais le dos en compote et la peau du visage qui me grattait à cause du masque. J'étais en train de faire des étirements quand il m'a semblé entendre du bruit dans le hall.

Six heures quarante à la pendule.

Je suis allée jeter un coup d'œil dans le couloir.

Pas âme qui vive, ni à droite ni à gauche.

Retour à ma table.

Moi, c'était pas la fièvre du samedi soir, mais bien la nulle du samedi soir, « You should be dancing, yeah… » ! Du fin fond de mon cerveau, mes neurones de Scrooge se sont moqués de moi. Dans cette salle vide, ma chanson n'a pas résonné avec une grande gaieté. Après m'être étiré un dernier muscle, je me suis plongée dans l'étude des os des mains. Phalange proximale, médiane, distale.

J'en étais toujours à trier les doigts quand m'est parvenu un son étouffé de métal heurtant du métal. Je suis de nouveau sortie dans le couloir.

Désert, comme tout à l'heure.

Une imprimante qui se recalibrait ? Un frigo qui vibrait ?

Le fantôme de Noël – un peu en avance – qui avait décidé de me coller un coup de pied dans les fesses ?

De mauvais poil et courbaturée de partout, je suis retournée à mes phalanges. Je voulais en finir le plus vite possible, rentrer chez moi, dîner et lire peut-être un bon bouquin. Alexander McCall Smith. Ou Nora Roberts. En tout cas, une histoire n'ayant rien à voir avec cet univers parallèle qu'était la mort.

Zut, j'allais devoir rentrer chez moi en métro ! me suis-je rappelé subitement. Ryan étant passé me prendre le matin, j'étais donc sans voiture.

Et il faisait sûrement un million de degrés en dessous de zéro !

Zut et zut !

Je me suis remise au boulot, d'une humeur de plus en plus noire.

À la maison, le frigo était vide : je devrais me contenter d'une tourte surgelée. Que je mangerais toute seule, puisque Birdie était à Charlotte.

Comme Katy. Et comme j'aurais dû l'être moi-même, raison pour laquelle Charlie était en pension chez Ryan.

D'ailleurs où était-il, celui-là ? Probablement dehors à boire du vin avec des copains. Ou, au coin du feu, en train de faire des câlins à son ex.

Il m'avait juré que Lutetia et lui, c'était fini. Mais était-ce vrai ? Qu'importe, on avait loupé le coche !

Loupé pour de bon ?

Mes yeux me brûlaient, j'avais une sale crampe dans le dos et de plus en plus de mal à me concentrer.

Des paroles de chansons me tournicotaient dans la tête.

« I'll have a blue Christmas without you… », Noël sera triste sans toi : Elvis Presley le chantait mieux que moi.

J'ai promené les yeux sur la pièce. Rien à l'horizon pour me réconforter ! Pas la moindre chaussette remplie de cadeaux ou le plus petit Saint-Nicolas.

On était à dix jours de Noël, et j'étais tout seule à la morgue.

Et, à la maison, je serais seule encore.

Merde ! Bon, j'appellerais Ryan dès demain matin pour lui réclamer la perruche. Un oiseau, c'était mieux que rien du tout. À nous deux, on pourrait peut-être entonner des chants de Noël ?

— « Four calling birds, three French hens[1]… »

Et merde pour le gui et le houx ! Qu'est-ce qu'il avait dit, Dickens ? Honore Noël dans ton cœur[2] ! Très bien, mon vieux Charlie, je suivrais ton conseil.

1. Chanson de Noël *Twelve Days of Christmas*. (*N.d.T.*)

2. « Honor christmas in your heart », extrait d'un conte de Noël extrêmement populaire dans les pays anglo-saxons, *Christmas Carol* de Charles Dickens. Le personnage principal de ce conte, Ebenezer Scrooge, est un vieillard avare et égoïste qui, la veille de

Tiens, ça, alors !

Charlie et Charlie.

Quelle drôle de coïncidence ! La première fois que j'y faisais attention.

Ma perruche Charlie, et le Charlie pour qui j'avais eu un faible au lycée. Celui-là, aujourd'hui avocat à Charlotte, travaillait pour le bureau du ministère public du tribunal du comté de Mecklenburg.

Nous venions juste de renouer connaissance quand j'avais dû quitter la Caroline du Nord pour ma vacation d'automne au LSJML.

À vrai dire, nos retrouvailles ne s'étaient pas si bien passées que ça. Lors de notre deuxième dîner ensemble, j'avais carrément plongé dans une cuve de merlot. Après, tout au long de la semaine suivante, j'avais fait de mon mieux pour l'éviter.

Charlie Hunt : un corps de joueur de basket, une peau couleur cannelle et des yeux plus verts que le houx à Noël.

Vision qui n'avait pas de quoi me requinquer.

Pourquoi fallait-il que je me retrouve au fin fond d'un sous-sol en train de trier des ossements ? Qu'est-ce que je pouvais faire de positif ce soir ? Déterminer l'identité de la victime ? Impossible. Hubert ne s'était pas foulé pour me faire parvenir les dossiers *ante mortem* de Christelle Villejoin.

Ce pauvre malheureux ! Il était probablement en train de se gaver d'eggnog, planté sous une boule de gui et tendant la joue pour qu'on lui fasse une bise.

Ça y est, j'étais au trente-sixième dessous.

Noël, reçoit la visite de fantômes qui lui reprochent sa conduite. Sa dernière adaptation cinématographique est *Le Drôle de Noël de Scrooge* de Disney en 2009. Kathie Reichs multiplie les références à cette histoire dans ce chapitre. (*N.d.T.*)

« Two turtle doves[1] »...

Avec un soupir, j'ai pris la phalange suivante.

Les articulations avaient des surfaces épaisses et polies, et leurs bords étaient dentelés par des excroissances osseuses. De l'arthrite. Ça devait lui faire drôlement mal de bouger ce doigt-là.

Mon esprit m'a renvoyé le même tableau que tout à l'heure dans les bois : une femme âgée, en soutien-gorge et culotte, pieds nus et grelottant devant une fosse.

Cette image a laissé la place à celle de ma grand-mère, le jour où elle s'était perdue au centre commercial de South-Park. La panique qu'il y avait dans ses yeux, son soulagement quand elle m'avait aperçue !

Un sentiment de culpabilité a flanqué aux orties mon apitoiement sur moi-même. Et, reprenant les paroles de « War is over » de Lennon, je me suis mise à chanter :

— C'est Noël, qu'as-tu donc fait de bien ?

J'ai posé la phalange à la place qui était la sienne.

Je m'apprêtais à en prendre une autre quand la sonnerie de mon portable m'a fait sursauter. Et lâcher la phalange.

Coup d'œil vers la pendule : huit heures dix.

Puis sur le nom affiché à l'écran du téléphone.

Ryan.

J'ai retiré un gant et pris la communication.

— Brennan.

— Où es-tu ?

— Et toi ?

— J'ai appelé chez toi. (Est-ce qu'il avait l'air énervé ?)

— Je n'y suis pas.

1. Suite de *Twelve Days of Christmas*.

Il y a eu un moment de silence. J'ai tendu l'oreille. Aucun son en arrière-fond.

— Tu es toujours là ? a demandé Ryan.

— Pour te donner une réponse précise, il faudrait au moins que je sache où tu te trouves toi-même, ai-je répliqué tout en ramassant la phalange et en la reposant sur la table.

— Tu es à la morgue, n'est-ce pas ?

— Techniquement parlant, pas exactement, puisque je suis dans une salle d'autopsie.

Ryan n'était pour rien dans mon agacement, je le savais rationnellement, mais comme je l'avais sous la main, c'était lui qui prenait.

— On est samedi soir, a-t-il fait remarquer.

— Plus que onze jours pour faire la queue dans les grands magasins !

Il n'a pas réagi à mon sarcasme.

— Plus de trois heures qu'on est rentrés, et tu travailles toujours.

— Et alors ?

— Tu veux déterminer l'identité de la victime d'Oka ?

— Non, lui tricoter un chandail.

— Comme chieuse, tu mérites vraiment la médaille olympique, Brennan.

— L'entraînement, ça paie.

— Qu'est-ce que ce squelette a de si urgent ? Il ne peut pas attendre un jour de plus ? a demandé Ryan après une pause.

— Il faut bien que je fasse l'inventaire des os, le profil biologique et l'analyse des traumatismes si je veux pouvoir me transbahuter sous une latitude où le mercure affiche des températures normales !

— Tu as dîné ?

La question de Ryan a mis le feu aux poudres.

— D'où te vient cet intérêt soudain pour mon régime ?

— Oui ou non ?

— Oui ! (Gros mensonge.)

— Tu veux que je te raccompagne ?

Et comment !

— Non, merci.

— Il neige !

— Le bonheur assuré, dans ce monde à la con !

— Je suis en haut.

— Ah, je ne suis donc pas la seule à rater ma vie !

— Qu'est-ce qu'il faut que j'emploie pour te faire monter dans ma voiture ? a essayé Ryan, patient.

— Du chloroforme !

— Pas mal !

— Merci.

Ryan n'a repris la parole qu'après un long silence.

— Priorité a été donnée au cas Villejoin à la SQ. Je peux te faire un résumé du dossier, je viens de le relire en entier. – Je n'ai pas répondu. – La fatigue n'est pas le meilleur des stimulants pour la matière grise.

L'argument se tenait. Et j'avais vraiment envie d'en savoir plus sur le cas Villejoin.

J'ai jeté un coup d'œil au squelette sur la table. Sur ses deux cent six os, il ne me restait plus que les phalanges à positionner.

Demain, c'était dimanche. À moins d'une catastrophe majeure, personne n'aurait besoin d'utiliser cette table d'autopsie. La salle se trouvait à l'intérieur d'une aire sécurisée, et ce ne serait pas la première fois que je laisserais des restes en plan pour la nuit.

Et puis, j'étais vraiment fatiguée.

— Je te retrouve dans le hall à dix heures, ai-je répondu.

Décision que je regretterais amèrement.

14.

C'est Ryan qui l'a emporté parce que j'étais trop crevée pour discuter. Et que je mourais de faim. J'en ai pris conscience pendant que j'enfilais le T-shirt propre que je garde toujours au labo.

Quand il m'a demandé ce que je voulais manger, j'ai dit le premier mot qui m'est venu à l'esprit : poisson.

Ryan a proposé Molivos. J'ai accepté, car c'était à deux pas de chez moi à pied.

Un quart d'heure plus tard, nous roulions-dérapions dans une avenue Lorimier plus glissante qu'une patinoire, en direction du tunnel de Ville-Marie. Les essuie-glaces jouaient les métronomes sur le pare-brise. Ce n'était pas le blizzard, mais quand même une sacrée tempête de neige.

J'ai profité de ce que Ryan se concentrait sur la conduite pour consulter mes courriels sur mon Black-Berry.

Amazon voulait me vendre des livres ; Abe, du Maine, des appareils ménagers, et Boston Proper des fringues. Effacer. Effacer. Effacer.

La Humane Society m'appelait à participer à sa nouvelle collecte de fonds. Normal. Conserver.

Un collègue voulait que je prenne la parole à une

conférence en Turquie. Conserver et répondre un *niet* poli.

Katy m'informait que Peter et Summer étaient partis une semaine pour les îles Turques et Caïques. Elle voulait savoir à quelle date je pensais être de retour à Charlotte.

J'ai répondu que je serais là en temps et en heure pour notre voyage à Belize – départ prévu le 21.

J'avais aussi reçu deux offres de produits qui me garantissaient des organes génitaux ravis et trois propositions censées me faire gagner des millions par l'intermédiaire de banques africaines.

Je rangeais l'appareil dans son étui juste au moment où Ryan a débouché du tunnel dans la rue Atwater. Il a tourné à droite dans la rue Sainte-Catherine, puis à gauche dans la rue Guy. Les rares piétons marchaient d'un pas pressé, le dos courbé, la tête dans les épaules. Une bonne couche de neige recouvrait déjà les trottoirs, les rebords de fenêtres et les perrons ; quant aux toits des voitures et aux panneaux de signalisation, ils étaient coiffés de drôles de chapeaux blancs.

Ryan s'est garé à une place autorisée seulement un mercredi sur deux du mois d'avril au mois d'août, entre deux heures quatorze et quatre heures vingt-sept du matin. Et seulement aux pompiers et aux francs-maçons. Ou quelque chose dans le genre. C'est comme ça le parking à Montréal.

Nous avons traversé en dehors du passage piétons et marché d'un pas vif vers le bas de la rue. À l'intérieur du restaurant, un homme à la peau grêlée et avec un œil qui disait merde à l'autre nous a conduits jusqu'à une table pour deux.

— Deux jours et deux tavernes, a dit Ryan avec un grand sourire. Doit-on conclure à une constante ?

C'était vrai. Même mobilier en bois dans les deux

endroits, mêmes filets de pêcheur, mêmes photos de ruines ou de déités en toge sur les murs. Ici, les nappes avaient des carreaux bleus et blancs.

— À Chicago, c'était de l'agneau, ici c'est du poisson, ai-je objecté.

— Moi, j'avais pris le plateau de fruits de mer.

— Manque de jugeote !

— On devrait aller en Grèce.

— Mmm.

— Paraît qu'à Mykonos, les plages de nudistes sont sensationnelles, a fait Ryan avec une œillade appuyée.

— Dans tes rêves, Ryan.

— Si, si, je te jure !

Le serveur nous a apporté des menus et demandé ce que nous voulions boire. Ryan a commandé une Moosehead, moi un Perrier rondelle citron vert. Les boissons servies, j'ai commandé un bar de la Méditerranée, Ryan une perche de mer, et je me suis empressée de dévier la conversation sur des sujets moins risqués que la nudité.

— Parle-moi de l'enquête Villejoin.

Le sourire de Ryan s'est métamorphosé en grimace. Il a pris une gorgée de bière.

— Anne-Isabelle avait quatre-vingt-six ans, Christelle quatre-vingt-trois. Vieilles filles, toutes les deux.

— Célibataires, ai-je corrigé.

— Tu as raison. Elles ont vécu à Pointe-Calumet auprès de leurs parents jusqu'à ce qu'ils décèdent : le père, Serge Villejoin, en 1969, la mère, Corinne, en 1977. Après, elles ont hérité de la maison.

Qu'on puisse passer sa vie entière sous le même toit, ça me dépassait ! Une telle stabilité, était-ce déprimant ou au contraire rassurant ? J'étais trop fatiguée pour avoir une idée sur la question.

— Elles étaient toutes les deux aides-soignantes, a repris Ryan. Anne-Isabelle est partie à la retraite en

1993, Christelle en 1996. Après ça, elles n'ont pas beaucoup bougé de chez elles. Elles jardinaient, élevaient des chats et tricotaient des écharpes pour la kermesse paroissiale.

— Quelle paroisse ?

— Sainte-Marie-du-Lac, à Pointe-Calumet.

Les plats sont arrivés. Gouttes de citron sur le poisson, transfert des légumes dans les assiettes et premières bouchées en silence.

— Le 4 mai 2008, a continué Ryan, un samedi, il y avait kermesse. En temps ordinaire, les sœurs auraient parcouru à pied les deux pâtés de maisons les séparant de l'église, mais elles avaient tout un carton de choses à donner, de sorte qu'un voisin avait proposé de venir les chercher en voiture. – Ryan a extrait un petit carnet à spirale de la poche de sa veste suspendue au dossier de sa chaise. – Yves Renault, quarante-sept ans, infirmier au Jewish General Hospital.

J'ai attendu, le temps qu'il avale une ou deux bouchées de son poisson.

— Dans sa déposition, Renault déclare qu'il est arrivé chez les Villejoin aux alentours de midi et s'est étonné de voir deux chats dans le jardin car ils ne sortaient jamais. Il a appelé, frappé à la porte et, n'obtenant pas de réponse, a regardé par la fenêtre, etc., etc., jusqu'à ce qu'il finisse par avoir l'idée de tourner le bouton de la porte. Elle n'était pas fermée.

— Or ces demoiselles étaient des maniaques de la sécurité ?

— Renault n'en sait rien.

— Il y avait une alarme de branchée ?

— Non. Il est entré dans le vestibule et a appelé encore. N'entendant pas de bruit, il allait repartir, quand un troisième chat est passé devant lui, le museau plein de sang. Saisi d'appréhension, il a fait le tour des pièces.

La victime était par terre dans la cuisine, le visage en bouillie.

Il ne m'a pas échappé que le vocabulaire de Ryan s'était modifié : désormais Anne-Isabelle n'était plus une vieille fille mais une victime. Ne pas nommer les gens par leur nom : technique de distanciation souvent utilisée par les flics. Chez Ryan, c'est un signe de grande perturbation. Le sachant, c'est gentiment que je lui ai demandé si le dossier contenait des photos.

Il a fait suivre son hochement de tête d'un brusque mouvement sur le côté, comme si ça pouvait effacer de son esprit des images effroyables.

— Une scène tirée tout droit de films d'horreur sanglants.

— On a retrouvé une arme ?

Reniflement dégoûté, puis :

— Elle a été frappée à mort avec sa canne. Un vrai salopard.

— Le meurtrier ne devait pas avoir d'arme sur lui. Ce qui permet d'envisager l'absence de préméditation.

— Et suggère l'accès de fureur subit, en réaction à quelque chose. Elle n'avait plus un os du visage intact. *Idem* pour la mâchoire, les clavicules, la plupart des côtes et les os de l'avant-bras droit. Un véritable carnage, et qui dépasse largement le cadre d'un meurtre lambda.

Nous avons gardé le silence, tous deux agités par une même abominable question : quel monstre pouvait bien massacrer une vieille dame de quatre-vingt-huit ans ?

— On a fait une enquête sur Renault, je suppose ?

— Sur la base de l'analyse du bol alimentaire et de l'état de décomposition du corps, l'heure du crime a été située entre vingt-quatre et trente heures plus tôt. Autopsie pratiquée par LaManche. Ce jour-là, qui était un vendredi, Renault a travaillé de sept heures du matin à quatre heures de l'après-midi sans quitter l'hôpital, ont affirmé ses collègues aussi bien que ses patients.

Ryan s'est concentré sur son poisson. Moi, sur les flocons de neige que je voyais virevolter derrière lui par la fenêtre, dans le cône de lumière qui tombait du lampadaire.

Il n'a lâché ses couverts que lorsqu'il n'est plus resté que des arêtes dans son assiette.

— Quant à la sœur cadette, elle avait tout simplement disparu, a-t-il repris après s'être redressé sur son siège

— Elle n'a pas pu disparaître purement et simplement. Il lui est forcément arrivé quelque chose. Oui, je me rappelle cette affaire, elle a fait les gros titres pendant tout un temps.

— Les recherches n'ont rien donné. L'enquête de voisinage non plus. Aucun habitant de la rue n'avait vu ni entendu quoi que ce soit. Les vérifications téléphoniques n'ont fourni aucune piste. Les deux sœurs n'ayant ni carte de crédit ni ordinateur, il n'y avait rien à espérer de ce côté-là. Un voisin s'est bien rappelé que Christelle avait parlé de cousins éloignés dans la Beauce, mais on ne les a jamais retrouvés. Pour déblayer la neige ou tondre la pelouse, les sœurs faisaient appel à des gamins du coin. Les seules personnes qu'elles fréquentaient, c'était leurs voisins immédiats ou des membres de leur paroisse. Et tous ces gens avaient des alibis.

— Est-ce qu'on n'a pas parlé d'un retrait bancaire ?

— Une piste qui n'a pas abouti. Un retrait effectué sur le compte d'épargne de Christelle à la Banque de Montréal, le 5 mai, à dix-huit heures trente, avec sa carte qui n'autorisait que les retraits d'argent liquide au distributeur, et pas les paiements.

— Effectué où ?

Ryan a consulté son carnet.

— À Montréal, un distributeur situé au 4250, Ontario Est.

— C'est très loin à l'est, près du stade olympique. En fait, à des kilomètres de Pointe-Calumet.

— Les sœurs avaient une voiture ?

— Non.

— Est-ce que la transaction aurait été filmée, par hasard ?

— Non. Comme par hasard, la caméra vidéo a été en panne pendant trois heures, ce soir-là.

J'ai réfléchi un instant, puis :

— À moins d'une erreur dans l'estimation du temps écoulé depuis la mort, Anne-Isabelle était morte à dix-huit heures. Trente minutes avant que le retrait ne soit effectué.

— Exactement. Et à cause d'une connerie technique, on n'a pas la photo du criminel !

— Est-ce qu'Anne-Isabelle possédait un compte personnel ? ai-je demandé gentiment, percevant la tension de Ryan.

— Les deux sœurs utilisaient le même.

Ryan a descendu le reste de sa bière. Pendant un moment, son pouce a continué à jouer avec la buée sur sa chope. Quand il a enfin relevé les yeux vers moi, j'ai lu dans son regard une sombre détermination.

— J'aurai sa peau, à ce salaud !

Un peu de mousse était demeuré collé à sa lèvre. J'ai eu follement envie de l'essuyer. Je me suis retenue. J'ai dit seulement :

— Je n'en doute pas un instant !

À huit heures du matin, il était tombé soixante-sept centimètres de neige. Même en pouces, ça faisait beaucoup : trente-six !

La ville de Montréal a beau être championne de vitesse pour le déblaiement, cette fois-ci, elle était à genoux. À la radio comme à la télé, les journalistes n'avaient que le mot « record » à la bouche. La circulation du métro et des bus était fortement perturbée, l'aéroport fermé, les enterrements reportés, et même les magasins ouverts d'habitude le dimanche étaient porte close.

Plus tard, on se rendrait compte que la majorité de la population s'était levée et aussitôt recouchée après avoir jeté un coup d'œil par la fenêtre. Dieu ou le patron comprendrait.

Je n'ai pas été aussi complaisante avec moi-même. J'avais trop envie d'achever mon analyse des ossements déterrés la veille à Oka.

Après un petit déjeuner composé de café, de céréales et de yaourt, j'ai enfilé des bottes, ma parka Kanuk et des gants, j'ai serré une écharpe autour de mon cou et je suis sortie, espérant arriver saine et sauve au métro, à deux pâtés de maisons de chez moi.

Aucun chasse-neige ne s'était encore aventuré dans ma rue. Aucun lève-tôt n'avait déblayé le trottoir. À quoi bon ? La neige m'arrivait jusqu'aux cuisses et ça tombait toujours. En petits flocons maintenant, des petits grêlons qui me piquaient le visage et rebondissaient sur mon anorak.

Rue Sainte-Catherine, les voitures stationnées le long du trottoir formaient une haie blanche. Sur la chaussée, un unique autobus ; pas de voitures ; pas de pigeon ; pas de passants. Tout était immobile. L'endroit était aussi désert que Times Square dans *Vanilla Sky*. Je suis arrivée au métro, hors d'haleine et en nage dans ma parka. Un panneau écrit à la main était collé sur la vitre du guichet pour les billets : *Coupure de courant imprévue. Problème électrique*. En dessous, l'auteur de l'affiche avait dessiné un smiley avec la bouche en demi-cercle incurvé vers le bas.

— Bien vu, le dessin !

Je commençais à parler toute seule !

Un quart d'heure plus tard, j'étais de retour dans l'entrée de mon immeuble. Depuis le bout du couloir menant à mon appartement, j'ai remarqué un sachet à fermeture étanche accroché à la poignée de ma porte.

Ayant retiré un gant, je l'ai décroché et j'ai regardé le contenu à travers le plastique transparent. Cinq petites boules desséchées marron foncé.

J'ai ouvert, puis reniflé.

Des crottes.

— Le con !

Dans ce couloir vide, mon cri a résonné.

Encore un coup de mon voisin Sparky ! Il m'avait déjà déposé de la litière sale et un moineau mort.

Sitôt après avoir vidé les crottes dans les toilettes, j'ai appelé ma sœur Harry à Houston pour lui raconter.

Elle a eu la même réaction que moi, à quelques variantes près.

Je lui ai parlé de la tempête de neige.

— Nos beaux yeux bleus n'ont pas une jeep ?

— Je ne peux pas me réfugier sous l'aile de Ryan chaque fois que j'ai un problème.

— Les jeeps roulent très bien dans la neige.

— Les Ski-Doo aussi, ce n'est pas pour ça que je vais appeler la patrouille en moto-neige.

— Ça existe vraiment ?

— Qu'importe. Qu'est-ce que tu étais en train de faire, toi, quand je t'ai appelée ?

— De désherber. Je dois m'y mettre de bonne heure. Il fait si chaud que les arbres verseraient des pots-de-vin aux chiens pour qu'ils les arrosent.

Ça a fait monter d'un cran ma mauvaise humeur. Je n'ai rien dit.

— Quoi d'autre ? a demandé Harry.

Je lui ai raconté mon voyage à Chicago, Cukura Kundze et Ryan débarquant chez Vecamamma. Je lui ai parlé du mystérieux coup de téléphone à Edward Allen Jurmain.

— Quel est le saligaud qui aurait intérêt à te faire un coup pareil ? a-t-elle dit.

— Je le saurai, tu peux me croire. C'est forcément quelqu'un que je connais.

— Quelle affaire te met dans un tel état que tu doives travailler un dimanche ?

Je lui ai parlé des sœurs Villejoin, mais sans mentionner aucun nom. Elle ne m'a pas interrompue. Ma sœur est soupe au lait, elle peut même être franchement exaspérante, mais pour ce qui est d'écouter, elle est hors concours.

Quand j'ai eu fini, elle a pris un moment avant de parler.

— Grand-mère avait quatre-vingt-un ans quand elle est morte.

— C'est vrai.

— Tu travailles sur cette affaire avec Ryan ?

— Oui.

— Tu peux faire quelque chose pour moi, quand vous choperez le coupable ? – J'ai attendu la suite. – Fais-lui griller les couilles !

Pareille proposition ne pouvait que remporter mes suffrages.

15.

Le lundi matin, je me suis réveillée au son des chasse-neige et des cris à l'intention des propriétaires des voitures garées dans la rue pour la nuit.

Biiiip ! Biiiip ! Biiiip !

Déplacez votre voiture ! Bougez-vous le cul !

À en croire la radio, la plupart des grandes artères avaient été dégagées ; un coup d'œil à la fenêtre m'a appris que le paysage devant chez moi ressemblait à une carte postale finlandaise. Le même branle-bas de combat avait lieu dans les rues voisines et dans toute la ville. Les pelleteuses allaient entrer en action et les gens qui n'auraient pas retiré leur véhicule à temps devraient recourir aux grands moyens. Les urgences des hôpitaux aussi allaient avoir du pain sur la planche.

La conduite serait brutale, et pour effectuer un créneau le long de trottoirs transformés en congères hautes d'un mètre avec la vitre arrière bouchée, il faudrait avoir un talent démoniaque. Mieux valait prendre les transports en commun. Aujourd'hui, je n'ai pas marché en vain sur les traces de Nanouk. J'ai réussi à me caser dans un wagon bondé qui sentait la sueur et la laine mouillée.

Devant l'édifice Wilfrid-Derome, une petite chaîne de montagnes blanches dissimulait les barrières du parking. Les voitures occupaient le moindre centimètre d'asphalte dégagé, et les gens qui gênaient les autres avaient laissé des mots sur leur tableau de bord.

Par politesse ? Pour expliquer qu'ils n'en avaient pas pour longtemps ?

Dans l'ascenseur, on ne parlait que de la tempête.

Au LSJML, tout était comme à l'accoutumée. Sauf à la section médicolégale. Là, rien n'était plus comme avant depuis ce fameux vendredi de septembre où LaManche avait lâché la nouvelle. Et celle-ci avait eu sur nous l'effet d'une bombe.

Coronaires bouchées, pontage programmé pour octobre, congé de maladie jusqu'au nouvel an.

Ce jour-là, tout le monde était présent. Pas seulement les trois médecins légistes du labo : Michael Morin, Natalie Ayers et Emily Santangelo, mais aussi Marc Bergeron, notre consultant en odontologie. Nous avions tous été effondrés.

Le patron avait déjà eu une attaque quelques années auparavant, c'est vrai, mais il s'était rétabli rapidement. Très vite, il était redevenu celui qui arrivait le premier tous les matins et partait le dernier tous les soirs. Les triples pontages, c'était bon pour les vieux messieurs à la santé précaire, or LaManche avait à peine cinquante-huit ans.

Je me souviens d'avoir croisé son regard de bon chien et d'avoir baissé les yeux puis regardé par la fenêtre en me disant que ce n'était pas possible. Qu'il faisait trop beau ce jour-là. Pensée irrationnelle, je sais, pourtant c'est exactement ce que je m'étais dit.

La semaine suivante, LaManche avait évoqué l'idée de trouver un remplaçant temporaire. La réponse avait été immédiate et unanime : nous formions une bonne équipe, pas question de remplacer qui que ce soit ! Jusqu'au retour du patron, les médecins se chargeraient de répartir les cas et de régler les problèmes administratifs par décision collective. Quant au surcroît de travail, il serait partagé à égalité entre tous.

Il en allait ainsi depuis trois mois. Cahin-caha.

Après m'être défaite de mes multiples couches de vêtements, j'ai enfilé ma blouse de travail et me suis dirigée vers la salle du personnel. Le bureau de LaManche, situé tout au bout de notre aile, là où le couloir fait un tournant, était fermé à clé. Pas de lumière à l'intérieur. Les stores vénitiens laissaient entrevoir un bout de table vide.

Juste à côté, il y avait le panneau de présence. La case en face du nom du patron indiquait : congé maladie.

J'ai eu soudain le cœur lourd.

L'opération s'est bien passée. Il va se remettre.

Peut-être, mais ce bureau désert et cette inscription au marqueur me donnaient le frisson.

LaManche avait toujours été là quand j'avais eu besoin de lui. Il incarnait à mes yeux la sagesse, la raison et la compassion ; il savait relativiser, qualité héritée de tant d'années passées à côtoyer de très près la mort et le chaos qu'elle laissait derrière elle. Et voilà que cette voix était réduite au silence pour des problèmes de tuyauterie.

LaManche est encore jeune. Dans mon trouble, j'ai dû m'y reprendre à deux fois pour passer correctement ma carte d'accès. Les portes de verre ont coulissé en chuintant. *C'est trop injuste*.

La vie est injuste. Cette phrase était la réplique préférée de ma grand-mère, lointain souvenir qui refaisait brusquement surface.

Et merde au destin et à ses caprices ! Impossible d'imaginer le LSJML sans LaManche. Ou plutôt, je m'y refusais.

La salle du personnel était déserte, mais son plancher sali indiquait que je n'étais pas la première à passer par là. J'ai jeté quelques pièces de monnaie dans la tirelire prévue à cet effet et me suis versé un café couleur quartz fumé.

De retour dans l'aile médicolégale, j'ai pressé le pas. Neuf heures dix, et la réunion du matin démarrait généralement à neuf heures pile.

La salle de conférences de notre section est la copie conforme de l'idée que vous pouvez avoir d'une salle de conférences dans n'importe quel bâtiment administratif. Du vert algue sur les murs, un carrelage gris au sol et des stores aux fenêtres. Un téléphone sur une crédence, une table en métal et des chaises. Un tableau noir faisant office d'écran de projection à un bout de la pièce et, à l'autre, une porte donnant sur le cagibi renfermant le matériel audiovisuel.

Deux médecins étaient assis dos à la fenêtre : Ayers et Morin. Le soleil faisait briller les cheveux châtains de la première et le crâne ambré parsemé de taches de rousseur du second. À côté, une Santangelo épuisée, les épaules affaissées.

Face à ces trois vieux de la vieille, Marie-Andrea Briel, nouvelle venue dans nos murs. Elle était entrée au LSJML en automne, pendant que j'étais à Charlotte. Je n'avais pas vraiment travaillé avec elle car la règle du labo veut que les nouveaux médecins n'analysent pas les cas d'homicide la première année. Je l'avais croisée dans le couloir et échangé des bonjours avec elle aux réunions du matin. Nos relations s'étaient arrêtées là. Les ragots à son sujet ne parlaient pas en sa faveur.

LaManche nous avait confié un soir avant son départ qu'un médecin avait soumis sa candidature et avait été engagé. Selon lui, c'était loin d'être la crème de la crème, mais cela faisait plus d'un an que le vieux Jean Pelletier était parti à la retraite et, depuis, les quatre médecins du labo, lui compris, effectuaient déjà le travail de cinq personnes.

À l'époque, le patron ne nous avait rien dit de son opération à venir, bien qu'elle ait certainement déjà été programmée et qu'il soit donc indispensable d'engager un médecin supplémentaire.

Pourquoi cela avait-il pris si longtemps de trouver un remplaçant pour Jean Pelletier ? Parce que le salaire est bas et que pour travailler au LSJML il faut avoir une connaissance parfaite du français.

Ayers et Morin m'ont accueillie avec un sourire, Santangelo avec un petit salut de la main.

— Bonjour, Tempe ! Comment ça va ? m'a lancé Morin dans son français des îles.

— Ça va bien.

— Tu ne pouvais pas laisser passer l'hiver sans faire un petit coucou à Montréal ? a ironisé Ayers qui connaît mon amour pour la neige.

— Pas de commentaire, ai-je dit en prenant un siège.

Briel s'est contentée de lever les yeux vers moi.

Je lui ai fait un signe de la tête et un sourire.

Elle a aussitôt baissé le nez sur son calepin et des rides verticales ont creusé le minuscule espace entre ses épais sourcils noirs.

J'ai lancé un coup d'œil à Ayers, qui a haussé les épaules, l'air de dire « va savoir ».

J'ai tenté une approche :

— J'espère que vous vous sentez chez vous maintenant parmi nous ?

Briel a relevé la tête, les sourcils toujours froncés.

— Oui.

— Ne laissez pas les vieilles biques que nous sommes vous taper sur le système.

Ayers a émis un léger bêlement.

— Je sais me débrouiller.

Côté beauté, Marie-Andrea Briel n'avait pas été bénie des dieux. Âgée d'environ trente-deux ans, elle avait un postérieur conséquent, des cheveux noirs frisés et un teint d'aspirine. Pour l'heure, elle avait les joues en feu.

— Je ne veux pas dire que certaines personnes me rendent la vie difficile, non, pas du tout. Je suis très contente d'être ici. Et très consciente de cette chance qui m'est offerte de développer mes connaissances.

Un français sans faute, mais avec un accent. Plus exactement, une curieuse inflexion qui n'était en aucun cas québécoise ou européenne. Je me suis dit qu'il faudrait que je me renseigne sur ses origines.

Morin a tendu le bras vers elle et lui a tapoté la main.

— Tout va bien, vous faites très bien votre travail.

Le froncement de sourcils s'est relâché. D'un micron.

— La vieille dame d'Oka est en bas ? m'a demandé Morin.

— Oui. J'ai commencé l'analyse samedi. J'espère la finir aujourd'hui.

— Et après, retour dans le Sud pour les vacances de Noël ? a demandé Ayers.

— C'est prévu !

— Pour coiffer les chiens de chasse avec des chapeaux de lutin ? a-t-elle insisté car elle aime me titiller sur les traditions du Sud.

— Et comment ! Ensuite, tous les cousins se retrouveront dans mon mobile home et on boira de la gnôle en mangeant de la peau de porc grillée.

— Alors, ne perdons pas de temps ! est intervenu Morin, et il a distribué la feuille de service pour la journée d'aujourd'hui.

Coup d'œil à la page : huit autopsies. Affluence habituelle des lundis.

Morin a passé en revue chacun des cas.

Un conducteur de Ski-Doo, qui avait embrassé un arbre près de Sainte-Agathe, et un deuxième qui lui était rentré dedans. Résultat : deux morts. Conduite en état d'ivresse, probablement.

Un pêcheur argentin mort dans un sauna du Village gay. Son hôte présumé se trouvait dans un état critique au General Hospital. Soupçonné, l'abus d'alcool et de stupéfiants.

Deux hommes et une femme retrouvés morts dans leur lit à Baie-Comeau. Apparemment, un empoisonnement au monoxyde de carbone.

Un homme abattu à Longueuil devant un magasin de vêtements.

Une femme poignardée chez elle à Lac Beauport. Le mari, dont elle était séparée, était en garde à vue.

De toutes ces victimes, seule l'identité de l'homme abattu à Longueuil était inconnue. On était en train de relever ses empreintes et sa photo avait été comparée au signalement de membres de gangs connus.

Autrement dit : rien pour l'anthropologue que j'étais. Super. Je pourrais travailler sur la dame d'Oka.

Briel s'est proposée pour la femme poignardée, mais Morin s'était déjà attribué cette affaire. Sur la feuille de service, les lettres *Mo* ont été inscrites dans la case correspondante.

Santangelo a écopé des Ski-Doo. *Sa*.

Ayers a réclamé le marin et le mort par balles. Là aussi, Briel avait proposé ses services, mais ils n'avaient pas été retenus. Concernant l'homme abattu par balles, il s'agissait à coup sûr d'un homicide, et l'affaire du marin farci pouvait déboucher sur des complications diplomatiques, compte tenu de la nationalité de la victime. *Ay*.

Quand elle a vu Morin inscrire *Br* à côté des victimes retrouvées dans le chalet de Baie-Comeau, puis lui tendre un sachet pour pièces à conviction contenant des flacons de médicaments vendus sur ordonnance, Briel s'est renfrognée ; ses rides se sont creusées. Ensuite, Morin m'a tendu une enveloppe désespérément plate.

— Les dossiers *ante mortem* de Christelle Villejoin.

— Pas de radio ?

Il a secoué la tête.

— Des dossiers dentaires ?

— Apparemment, les sœurs Villejoin ne portaient pas les médecins dans leur cœur. Le contenu des dossiers remonte à des siècles.

Génial !

Morin est passé à des questions de budget, que le ministère s'apprêtait à réduire. Rien de neuf sous le soleil. Tous les ans, les subventions diminuent. Pour plaisanter, on dit que les autopsies seront bientôt payées au poids du cadavre.

Nous nous levions de nos sièges quand Briel a pris la parole.

— J'ai engagé une étudiante.

Nous nous sommes tous figés.

— Une étudiante ? a répété Morin, en levant un sourcil.

— Je démarre un nouveau projet, j'ai besoin d'une assistante pour les recherches.

— Un nouveau projet ?

Le sourcil s'est encore élevé d'un cran.

— Montréal demeure la dernière ville du Canada et des États-Unis de plus d'un million d'habitants qui n'ajoute pas de fluor à son eau potable, alors que plusieurs agglomérations des îles de l'Ouest le font déjà, comme Pointe-Claire, Dorval, Beaconsfield, Baie-d'Urfé, Kirkland ou certaines parties de Dollard-des-Ormeaux et de Sainte-Anne-de-Bellevue.

Ayers a poussé un léger grognement. La question n'était pas neuve.

Briel n'y a pas prêté attention.

— Le gouvernement du Québec est en faveur d'une adjonction de fluor dans le système d'assainissement des eaux à Montréal et propose même des subventions, mais la ville s'y oppose. Des statistiques rapportent que le taux de caries chez les enfants est de soixante-dix-sept pour cent plus élevé à Montréal que dans les régions du Québec où l'eau est fluorée. Cette situation fait de l'île de Montréal un laboratoire naturel, permettant de comparer le taux de caries chez les enfants de la ville buvant de l'eau non fluorée et ceux des banlieues qui boivent de l'eau fluorée. Et c'est ce sur quoi nous travaillerons, mon assistante et moi-même.

— Tous les frais devront passer par…

— J'ai obtenu une subvention.

— N'avez-vous pas déjà une étudiante pour vous assister dans vos recherches ?

— J'ai dû m'en séparer.

— Et comment s'appelle cette étudiante ? a demandé Santangelo.

— Solange Duclos. Elle est en quatrième année de biologie à l'université de Montréal. Elle viendra six heures par semaine, à partir de mardi prochain.

— Vous ne pensez pas que vous auriez dû nous en parler avant de l'engager ? a jeté Santangelo sur un ton pincé. Ne serait-ce que pour des questions de sécurité.

Briel a piqué un fard. Ses joues rouges m'ont rappelé Chris Corcoran. Et Edward Allen Jurmain et ce salopard de délateur. Je me suis promis de creuser la question dès que j'en aurais fini avec la dame d'Oka.

— … de la renommée du labo. Je compte soumettre mes résultats à l'Académie américaine des sciences médicolégales et les publier dans le *Journal of Forensic Sciences* ainsi que dans le *Journal of the Canadian Dental Association.*

Ayers a voulu dire quelque chose, Morin ne lui en a pas laissé le temps.

— Vous êtes nouvelle parmi nous, vous avez déjà bien des choses à intégrer.

Briel a redressé les épaules.

— Je ne suis pas sans expérience. J'ai un internat en pathologie anatomique et clinique et j'ai déjà fait plusieurs post-docs.

— Nous croulons sous le travail, a fait remarquer Ayers. Rien qu'aujourd'hui, vous avez déjà deux autopsies à pratiquer.

— Ça ne me dérange pas de travailler tard le soir. Ni le week-end. J'effectuerai mes recherches sur mon temps libre.

Ayers a secoué la tête. Santangelo a écrit quelque chose sur sa feuille de service. Morin a déclaré :

— Vous aurez accès uniquement à notre section. Et Mme Duclos, comme votre précédente étudiante, ne doit en aucun cas entrer à la morgue ou dans une quelconque partie du building dont l'accès est réservé. En plus, pour des questions de sécurité, elle devra fournir un CV détaillé, précisant ses occupations antérieures.

— C'est déjà fait.

— Vous lui demanderez de passer me voir dans mon bureau, mardi, dès son arrivée… D'autres questions ? a ajouté Morin en s'arrêtant sur chacun des visages autour de la table. – Aucune réponse. – Eh bien, ce sera tout pour aujourd'hui.

Au sous-sol, les ossements de la dame d'Oka étaient dans l'état où je les avais laissés.

La pendule indiquait dix heures dix. En temps ordinaire, j'aurais commencé par établir un inventaire complet du squelette. Mais comme Hubert allait bientôt téléphoner, j'ai décidé de sauter cette étape et de passer directement à l'identification. Le comptage des os pouvait attendre.

Pour ne pas me laisser influencer par des idées préconçues, je pratique toujours mes analyses avant de consulter les dossiers. Travailler dans l'inconnu, ça équivaut presque à un double test de contrôle.

Ayant donc déposé sur le côté les dossiers *ante mortem*, j'ai entrepris d'établir le profil biologique de la victime.

À midi, j'avais déterminé que le squelette était effectivement celui d'une femme blanche âgée de plus de soixante-cinq ans et souffrant d'une ostéoarthrite marquée, d'une périostite avancée et d'une absence de dents tout à fait significative. Hélas, rien d'assez remarquable pour me permettre d'établir une identification définitive.

J'étais en train de sortir les dossiers médicaux de Christelle Villejoin de leur enveloppe, quand j'ai entendu la porte de mon antichambre s'ouvrir. Quelques secondes plus tard, Briel faisait son apparition. Les sourcils toujours froncés, mais avec un petit pincement des lèvres que j'ai décidé d'interpréter comme un sourire.

— Vous faites une pause ? lui ai-je demandé.

— Les os m'intéressent. Est-ce que je peux vous regarder travailler ?

J'ai répondu à son absence de réponse par une même absence de réponse.

— Je m'absente si souvent, je sais très peu de choses

de vous et je le regrette. Sous quels cieux étiez-vous avant d'arriver chez nous ?

Elle a mal compris ma question.

— Mon père était diplomate, nous avons beaucoup voyagé.

OK. Ça expliquait l'accent.

— Et où étiez-vous, avant Montréal ?

— À Montpellier, en France.

— Oh, oh ! Ça doit vous faire un choc climatique !

J'ai ri, elle pas.

— Mon mari est d'ici.

— Quand même ! Le sud de la France en hiver, comparé au Québec…, ai-je plaisanté en faisant de mes mains le geste de peser deux objets. C'est plus que du dévouement, ou je ne m'y connais pas ! – Son froncement de sourcils ne s'est pas relâché. – Et que fait votre mari ?

— Il est dans les affaires.

Bavarder avec elle, c'était pire que d'arracher une dent incluse. Je me suis rappelé pourquoi j'avais laissé tomber les rares fois précédentes. Cette fois-ci, je me suis cramponnée.

— Vous habitez en ville ?

— Nous avons un appart, rue Fullum.

— Sympa ! Vous pouvez venir ici à pied.

— Oui. Alors, est-ce que je peux vous regarder ?

Certaines choses m'horripilent au plus haut point quand je travaille : les flics qui me pressent, les procureurs qui cherchent à m'influencer et tous les gens qui veulent me regarder opérer.

J'ai donc esquivé. Comme je l'avais déjà fait, face à de précédentes demandes.

— Je suis désolée, je…

— C'est ma pause déjeuner, je l'utilise comme je l'entends.

— Je me dépêche vraiment pour en avoir fini au plus vite avec ce cas. Et puis, ce que je fais est d'un ennui parfait, ai-je dit avec un sourire modeste.

— Ce n'est pas mon avis.

Je réfléchissais à une phrase de refus claire et nette quand la porte s'est ouverte sur un second visiteur. Ryan. Son expression m'a fait comprendre qu'il y avait un problème.

Il a désigné les ossements sur la table :

— C'est Villejoin ?

— Je n'ai pas encore fini.

Il a fait un signe de tête à Briel et s'est retourné vers moi :

— L'affaire pourrait être bien pire que prévu.

16.

Ryan s'est passé la main dans les cheveux. Il a posé le doigt sur sa lèvre. A tambouriné sur son ceinturon.

— Il pourrait s'agir d'un tueur en série.

À côté de moi, Briel s'est figée.

— Ici, à Montréal ?

— Non, à Saskatoon.

— Merde alors !

— Je suis tombé sur ton pote Claudel, ce matin.

Le sergent détective Luc Claudel, du SPVM, le service de police de la ville. On est copains comme chien et chat.

— Il est sur une affaire de disparition. Une veuve de soixante-douze ans, Marilyn Keiser, qui vit seule. Comme elle avait du retard dans le paiement de son loyer, son propriétaire, un certain Matthieu Baudry, est passé la voir, il y a dix jours.

— Où ça ?

— Rue Édouard-Montpetit. L'appartement avait l'air abandonné : amoncellement de lettres glissées sous la porte, plantes mortes, nourriture avariée au réfrigérateur. Le truc habituel, quoi. Baudry a interrogé les voisins. Personne n'avait vu Keiser ni ne lui avait parlé depuis des mois. Quelqu'un a émis l'idée qu'elle était peut-être partie dans le Sud.

— Ça lui arrive souvent de s'en aller ?

— Non, mais ce n'est pas non plus un oiseau des neiges. Elle conduit et fait parfois de petits voyages. À Québec, Ottawa, Charlevoix. En gros, c'est tout.

— Sa voiture a disparu aussi ?

Ryan a acquiescé.

— Elle a de la famille ?

— Deux enfants en Alberta, tous deux mariés. Son seul parent dans la région est le fils de son mari, né d'un premier mariage, un certain Myron Pinsker. Baudry a essayé de le contacter à plusieurs reprises. Au bout d'une semaine de répondeur sans que l'autre le rappelle, il a laissé tomber et il a prévenu la police.

» Claudel a donc écopé de l'affaire. Depuis le mois d'octobre, Marilyn Keiser ne s'est plus rendue ni chez le médecin, ni à son club, ni à ses réunions avec le rabbin, ni à un million d'autres rendez-vous. Sans aucune excuse ou explication.

— Ce qui n'est pas dans son caractère ?

— Sûrement pas. Son beau-fils, un type de quarante-quatre ans, est jardinier dans un golf du West Island, à Beaconsfield, je crois. Il a dit à Claudel qu'il ignorait la disparition de sa belle-mère.

— Ils n'étaient peut-être pas très proches.

— Peut-être. Mais ces trois derniers mois, quelqu'un a bel et bien touché la pension de vieillesse de Marilyn Keiser.

— Merde.

— Claudel a découvert ça, hier soir. Ce matin, il a pris Pinsker par la peau du cul et l'a ramené ici.

— Le détective Claudel pense que Mme Keiser est morte ?

Surprise, j'ai tourné la tête, Ryan aussi. Briel avait été si discrète que nous avions tous les deux oublié sa présence.

— Les pronostics ne sont pas très bons, a répondu Ryan.

— Il soupçonne le beau-fils ?

— Pinsker a intérêt à avoir une bonne explication pour ces chèques, a déclaré Ryan avant de se retourner vers moi. Quatre vieilles femmes en deux ans.

Trois, oui, mais quatre ? J'ai dû avoir l'air un peu déconcertée car Ryan a précisé :

— Keiser ; Anne-Isabelle Villejoin ; celle qui est sur ta table et Jurmain.

— On ne peut pas dire de Rose Jurmain que c'était une vieille dame.

— Elle en avait l'air. Rappelle-toi les photos prises par Janice Spitz juste avant sa mort.

J'ai hoché la tête d'un air entendu. Que ce soit les stupéfiants ou la boisson, c'est un fait que Rose paraissait bien plus âgée que ses cinquante-neuf ans.

Ryan a repris, en désignant de nouveau ma table :

— La disparition de Keiser apporte peut-être un nouvel éclairage à l'identification de cette dame.

Combien de mamies disparaissent chaque année ! s'était exclamé Hubert devant la fosse. Question toute rhétorique, certes, mais en me la rappelant, je me suis dit : bien trop !

— Dans l'heure qui vient, je saurai si c'est effectivement Christelle Villejoin.

— Faut que j'y aille ! Claudel est en train d'interroger Pinsker.

Sur ces mots, Ryan est parti.

Un parent appâté par le gain ? Un prédateur inconnu s'attaquant à plus faible que lui ? Comme toujours, l'émotion m'a envahie. Colère. Révolte. Chagrin.

J'avais besoin de faire une pause.

M'excusant auprès de Briel, j'ai retiré mes gants et je suis remontée dans mon bureau.

Une demi-heure plus tard j'étais de retour au sous-sol. En passant devant la grande salle d'autopsie, j'ai aperçu par la petite fenêtre percée dans la porte Briel en train de discuter avec Joe Bonnet tandis qu'il retirait le cerveau de l'un des cadavres de Baie-Comeau.

Je me suis arrêtée un instant dans le corridor, étonnée de voir ces deux nouvelles recrues du labo s'entendre apparemment aussi bien. Joe était ombrageux et susceptible, Briel aussi aimable qu'une statue dans un parc.

À ce moment-là, Joe l'écoutait avec grand intérêt. Sous la lumière au néon et coiffé comme il l'était, le technicien ressemblait à une version récente du catcheur Ric Flair.

Briel a posé la main sur la sienne. Joe a souri. Non, a éclaté de rire !

J'ai poursuivi mon chemin jusqu'à la salle numéro quatre.

Ayant ouvert l'enveloppe que Morin m'avait transmise le matin à la réunion, j'en ai étalé le contenu sur la table de la petite antichambre qui sert de bureau à la salle d'autopsie proprement dite.

Mon pessimisme de tout à l'heure était parfaitement justifié, il n'y avait pas grand-chose à tirer de ces quelques papiers.

Aucune information antérieure à 1987, ce qui n'était pas surprenant : en raison de l'exiguïté des lieux, les cabinets médicaux détruisent le plus souvent les dossiers des patients, sitôt écoulé le délai de garde légal.

Au cours des deux dernières décennies, Christelle Villejoin avait eu pour médecin traitant un certain Sylvain Rayner. Rarement consulté.

En 1989, pour un zona ; en 1994, pour une bronchite sans gravité.

Les informations les plus récentes remontaient à 1997.

Le 24 avril, Christelle s'était plainte de constipation et Rayner lui avait prescrit un laxatif. Le 26 avril, elle avait eu la diarrhée.

Bon boulot, docteur !

Christelle n'avait aucune maladie dégénérative des os. Elle n'avait subi aucun implant : pas de stent, d'attache, de broche ou d'articulation artificielle d'aucune sorte. Elle ne s'était jamais rien cassé et elle n'avait jamais subi la moindre opération.

Pas une seule radio dans le dossier.

Rien sur ses dents.

Ce dossier ne m'apprenait strictement rien.

Uniquement le numéro de téléphone de Rayner, le médecin traitant.

J'ai appelé. Une voix de robot m'a envoyée promener. Pour dire les choses poliment. Persévérante, je suis remontée dans mon bureau du douzième étage et me suis branchée sur Google.

Sylvain Alexandre Rayner était passé par l'École de médecine de McGill. Diplôme obtenu en 1952. À la retraite depuis 1998. Une recherche un peu plus approfondie m'a fourni non seulement son numéro personnel, mais aussi l'itinéraire pour me rendre chez lui à la Côte-Saint-Luc.

Béni soit Internet !

J'ai appelé, pas de réponse. J'ai laissé un message et je suis retournée au sous-sol. Je poussais la porte de ma salle quand le téléphone de l'antichambre a sonné.

— Dr Temperance Brennan, *s'il vous plaît**, a demandé une voix d'homme.

— De la part de qui, s'il vous plaît ?

— De la part de Sylvain Rayner.

— Le Sylvain Rayner qui avait pour patiente Christelle Villejoin ? ai-je demandé lentement et d'une voix forte.

Réaction qui partait d'un bon sentiment, supposant – comme le croient bien des gens sans raison – que les personnes âgées sont forcément dures d'oreille et ont même un peu perdu la boule.

— *Oui**.

— Le *Dr* Sylvain Rayner ? ai-je répété en haussant le ton et en insistant sur son titre.

— Je vous entends très bien, mademoiselle, a-t-il dit en passant à l'anglais. Je suis bien le Dr Sylvain Rayner et je vous rappelle suite à votre message.

À l'évidence, ce bon docteur avait une ouïe parfaite. Ou un excellent Sonotone. Il avait même repéré mon accent anglais.

— Excusez-moi, monsieur. Ce téléphone nous joue parfois des tours.

— Que puis-je pour vous ?

— Comme je vous l'ai dit sur le répondeur, je m'appelle Temperance Brennan, et je suis anthropologue auprès du coroner de Montréal. J'aurais quelques questions à vous poser concernant une ancienne patiente à vous.

Je m'attendais à la rebuffade habituelle, fondée sur la confidentialité. Ça n'a pas été le cas.

— Vous avez retrouvé Christelle Villejoin ?

— Peut-être, ai-je répondu sur un ton circonspect. Des restes nous ont été livrés à la morgue et j'ai pu établir que ces ossements étaient ceux d'une femme âgée de race blanche, mais je n'ai rien trouvé cependant qui me permette d'aboutir à une identification positive. Les dossiers médicaux en ma possession sont extrêmement minces.

— Je ne suis pas étonné. Les sœurs Villejoin avaient le bonheur d'avoir des gènes remarquables. Je les ai suivies toutes les deux depuis le milieu des années 1970 jusqu'à ma retraite en 1998. Il était bien rare qu'elles souffrent de quoi que ce soit. Oh, un mal au ventre par-ci par-là, un rhume, peut-être une démangeaison. De tous les patients que j'ai vus au cours de mes quarante-six ans de pratique, Anne-Isabelle et Christelle étaient certainement celles qui jouissaient de la meilleure santé. Pas une cigarette, pas un verre de vin, uniquement des vitamines en vente libre et une aspirine de temps à autre. Ni potion magique ni secret de grand-mère. Juste un sacrément bon ADN.

— Le coroner ne nous a fourni aucun dossier dentaire.

— Elles avaient toutes les deux les dentistes en horreur : malgré mes mises en garde, elles ne voulaient pas en entendre parler. Elles tenaient ça de leur mère, je crois. Pourtant, côté dents, elles étaient moins vernies. Elles avaient beau se les laver à longueur de temps et utiliser des kilomètres de fil dentaire, rien n'y faisait : leurs dents tombaient.

— Je vois, ai-je dit en m'adossant à ma chaise, découragée.

— Le fait est qu'elles n'avaient aucune confiance dans la médecine en général. Pour autant que je sache, quand je suis parti à la retraite, elles ont complètement cessé de voir un médecin. Le jeune qui avait repris ma clientèle m'a dit qu'il ne les avait jamais vues, ni l'une ni l'autre. C'est drôle, pour des femmes qui ont travaillé toute leur vie à l'hôpital ! – Elles en avaient peut-être trop vu, là-bas, me suis-je dit. – Je me souviens de l'agression, enchaînait Rayner. Cette pauvre Anne-Isabelle. Je suppose que ce cinglé a tué Christelle, le même jour.

— Je suis désolée, je ne suis pas autorisée à parler d'une enquête en cours.

Rayner ne s'est pas laissé démonter.

— Ah, nous vivons dans un monde de brutes !

Je ne pouvais qu'acquiescer.

— Docteur Rayner, est-ce que vous vous rappelleriez quelque chose qui pourrait m'aider à déterminer si ce squelette est bien celui de Christelle ? Quelque chose que vous auriez noté au cours d'un examen ? Quelque chose qu'elle vous aurait dit ? Que vous auriez inscrit dans un vieux dossier qui n'a pas été conservé ?

J'ai entendu une porte s'ouvrir et se refermer quelque part dans le couloir près de ma salle. Puis des pas.

Rayner a prolongé sa pause si longtemps que j'ai cru que nous avions été coupés.

— Monsieur ?

— En effet, je me souviens de quelque chose.

— Je vous écoute, ai-je dit en me redressant sur mon siège.

— À la main droite, Christelle avait la dernière phalange du petit doigt pliée à angle droit. Une contraction dans la partie proximale de la jointure. Quand je l'ai interrogée, elle m'a dit qu'elle était née comme ça.

— Et les autres jointures de ce doigt ? ai-je demandé en attrapant un stylo.

— Elles étaient normales, au début. Quand je voyais Christelle en consultation, j'examinais toujours sa main. Au fil des ans, une difformité compensatoire est apparue à la jonction entre métacarpe et phalange, ainsi que sur la partie distale des jointures entre les phalanges.

— Camptodactylie ? ai-je demandé.

— Je pense.

— Congénitale ?

— Oui.

— Bilatérale ou juste à la main droite ?

— Une seule main.

— Est-ce que vous avez pris des radios ?

— Non. Ce n'est pas faute de le lui avoir proposé,

mais elle n'a jamais voulu. Christelle disait que ça ne lui faisait pas mal du tout. Elle ne se plaignait pas de ce doigt et ne l'a jamais soigné, c'est pour ça que je ne l'ai pas mentionné dans le dossier. Ça ne m'a pas paru important.

J'ai coupé court à l'entretien, prise subitement d'une grande envie de me remettre au travail.

— Merci beaucoup, docteur, vous avez été d'une aide précieuse.

— Rappelez-moi si vous avez d'autres questions.

La camptodactylie n'est généralement pas douloureuse, contrairement à ce qu'on pourrait croire en voyant le doigt crochu, et nombreux sont les gens atteints de ce mal qui ne se soignent pas.

Qu'une camptodactylie soit mentionnée ou non dans le dossier médical d'un patient vivant n'est pas très important en soi. En revanche, pour le médecin légiste que je suis, c'était une information capitale.

En effet, la camptodactylie, qui affecte moins d'un pour cent de la population, laisse des traces au niveau des jointures.

Tout de suite après avoir raccroché, j'ai foncé au douzième étage me chercher un Coca light et je suis redescendue dans la salle numéro quatre, quasiment en dansant.

Ayant rassemblé les phalanges, j'ai entrepris de les trier.

Par rangées : les proximales, les médianes, les distales.

Par doigt : le pouce, l'index, le majeur, l'annulaire et l'auriculaire.

Par côté : gauche et droit.

Fini !

Là, je suis restée incrédule devant le résultat que j'avais sous les yeux !

17.

Impossible !

Avec Joe, nous avions récupéré toutes les phalanges, les vingt-six au complet, j'en étais quasiment certaine.

J'ai vérifié chaque centimètre de la table d'autopsie. Le squelette qui y était étalé. La civière, le sac à cadavre, le sol, le plan de travail, l'évier, le drap en plastique que j'avais utilisé pour recouvrir ces restes.

Manquaient la phalange distale du majeur droit et toutes les phalanges de l'auriculaire droit.

J'ai vérifié encore.

Rien.

Les phalanges sont petites, il en manque souvent aux cadavres abandonnés à l'air libre. Est-ce que ces petits os auraient été emportés par un ruissellement ? Est-ce qu'ils auraient été embarqués par des rongeurs ? Les rats des bois sont connus pour rapporter leur butin dans leur terrier.

Est-ce que j'aurais fait une connerie ?

Le squelette avait pris la couleur marron foncé de la terre qui l'entourait. Est-ce que j'aurais pu ne pas repérer ces phalanges, et les oublier dans la fosse ? Pourtant, j'avais tamisé toute la terre retirée, et j'avais pris soin de creuser sur une bonne quinzaine de centimètres de profondeur.

Est-ce qu'un entrelacs de racines, ou des insectes, auraient fait rouler ces phalanges encore plus bas ?

L'absence de ces phalanges permettait-elle de supposer qu'il s'était passé quelque chose de beaucoup plus sinistre ? Que le meurtrier avait coupé le petit doigt de Christelle avant de la jeter dans la fosse ? Si c'était le cas, qu'était-il arrivé à la dernière phalange du majeur ?

Et surtout pourquoi ? Cette absence du petit doigt indiquait-elle que le meurtrier connaissait sa victime ? Qu'il était parfaitement au courant de l'importance que pouvait avoir ce doigt déformé pour l'analyse médico-légale ?

Doux Jésus ! Ce n'était pas possible !

Cette camptodactylie était l'unique élément en ma possession pour identifier la victime.

Et dans cinq minutes, Hubert allait appeler !

Erreur : il se pointait en personne. Je me suis retournée en entendant des pas.

La bedaine du coroner se faufilait dans l'embrasure de la porte, le reste de son corps n'était pas loin.

— Docteur Brennan ! s'est-il exclamé avec un sourire qui lui faisait les joues encore plus rebondies que d'habitude. Vous avez du nouveau pour moi ?

— En fait, je n'ai pas complètement terminé. – Hubert a remonté une manche et vérifié l'heure à sa montre. – Le dossier médical n'est pas très détaillé. Il ne contient ni radio, ni dossier dentaire. Et avec cette autre vieille dame qui a disparu…

Hubert a froncé les sourcils.

— Quelle autre vieille dame ?

Je lui ai résumé ce que Ryan m'avait dit de Marilyn Keiser.

— *Eh misère* * !

— Mais j'ai peut-être une piste.

Hubert a poussé un soupir, l'air s'est échappé de ses narines avec un sifflement.

— Combien de temps encore ?

— Très vite.

— Je serai dans mon bureau.

Hubert parti, j'ai refait l'examen des lieux. Pas la moindre phalange à l'horizon.

Je suis restée un moment debout, les bras croisés serrant ma taille.

L'inventaire du squelette établi sur place.

J'ai vérifié.

Il était écrit que les cinquante-six phalanges avaient été retrouvées. C'est tout. Information se rapportant exclusivement au décompte, puisque après avoir identifié les carpes, les métacarpes, les tarses et les métatarses, je m'étais contentée de les ranger dans des sachets avec les autres os des pieds et des mains. Est-ce que je me serais trompée dans mon compte ? Est-ce que j'aurais pris des brindilles pour des phalanges médianes, et des petits cailloux pour des phalanges distales ?

Et Joe ?

Peut-être se rappellerait-il ce que nous avions retrouvé très exactement. J'ai longé le couloir au pas de course. La grande salle d'autopsie était déserte. J'ai appelé son bureau au labo. Répondeur. Bien sûr, c'était l'heure du déjeuner.

Les photos prises à la morgue ?

Ça s'était passé un samedi. Ce jour-là, il n'y avait personne à la morgue. Ces ossements n'ayant pas eu besoin d'être nettoyés, personne en dehors de moi n'y avait touché. Je n'avais pas pris de photos détaillées du squelette, puisque j'avais décidé de le faire une fois que je l'aurais entièrement assemblé. Pour toute documentation, je n'avais donc que les plans d'ensemble montrant l'état général du squelette à son arrivée à la morgue.

Les photos prises sur les lieux ?

Peu de chances pour qu'on puisse y distinguer ce petit doigt.

Néanmoins je suis montée au rez-de-chaussée par l'escalier de service et, de là, j'ai rejoint l'Identité judiciaire, au deuxième étage, par l'ascenseur général. J'y ai été reçue par un type du nom de Pellerin.

Je lui ai réclamé les photos prises à Oka lors de la récupération du corps. Il m'a demandé d'attendre un instant et a disparu dans le fond de la salle. Il est revenu très vite, lesté d'une épaisse enveloppe. Je l'ai remercié et je suis redescendue à la morgue.

Les photos, des instantanés en couleurs, étaient réunies dans un album à spirale.

La première partie regroupait les habituels plans larges du paysage, les routes d'accès et un secteur de terre jaune piétinée, le tout photographié sous plusieurs angles. Seule la tente était un peu plus atypique.

Je ne m'y suis pas arrêtée, c'était les os qui m'intéressaient.

Il y avait plusieurs plans du squelette allongé dans la fosse, pris à deux mètres de distance au moins. La victime étant recroquevillée sur un flanc, son bras droit et sa main n'étaient pas très visibles.

Je me suis munie d'une loupe. Sans grand succès.

J'ai continué à tourner les pages.

Plusieurs gros plans parfaits du crâne, de la cage thoracique, du pelvis et des quatre membres. Dans la fosse. À côté de la fosse, sur un drap en plastique.

Soixante-deux photos en tout, et pas un seul gros plan des mains ou des pieds. Je me suis laissée aller sur le dossier de ma chaise, consternée.

Est-ce que j'aurais oublié de récupérer des éléments

clés ? Pourtant je suis extrêmement méticuleuse lorsque je procède à une récupération. Au point que certains me traitent de maniaque. Toutefois, c'était une possibilité que je devais prendre en compte. On crevait de chaud sous cette tente ; j'avais le dos en compote et la lumière était mauvaise.

Mais alors, pourquoi l'inventaire indiquait-il que la totalité des ossements avait été retrouvée ?

Est-ce que j'aurais égaré ces phalanges ici, au labo ? J'étais vraiment crevée, samedi. Déprimée et pleurnichant sur moi-même. Les phalanges des petits doigts sont vraiment minuscules. Est-ce qu'elles seraient parties dans l'évier pendant que je me lavais les mains ? Est-ce que je les aurais transportées, involontairement, accrochées au bas de ma manche ? Écrasées sous mon pied ou sous la roue du brancard ?

Après tout, ça n'avait pas d'importance ! Ce qui comptait, c'est qu'elles n'étaient pas là. La question était : que faire maintenant ?

Si je les avais oubliées dans la fosse, il allait falloir retourner à Oka. Autrement dit : surcroît de travail et dépenses supplémentaires. Tente chauffée, camion, personnel. Hubert allait être fumasse.

Si jamais je les avais perdues, il ne serait pas fumasse, mais fou de rage.

Garder pour moi cette information sur la camptodactylie ? Après tout, un doigt crochu, ce n'est pas un critère déterminant pour une identification. Surtout que ça ne figurait même pas sur le dossier médical.

Dire à Hubert que ce que j'avais cru être une piste n'avait débouché sur rien ? Ce qui était d'ailleurs la vérité. Plus ou moins.

Un million de cellules dans mon cerveau ont agité le fanion d'alerte.

Idiote.

L'éthique.

Merde.

J'ai passé la salle au peigne fin, tout en sachant pertinemment que c'était inutile. J'ai secoué les tiroirs, vidé les placards, passé les doigts le long des plinthes et sous le plan de travail. Je n'en ai rapporté que des détritus qu'il vaut mieux ne pas décrire. Après cela, je me suis lancée dans une exploration minutieuse du couloir, les yeux rivés sur le carrelage.

Pas la moindre phalange.

Hubert aurait certainement voulu que j'analyse ce doigt crochu avant de lui faire part de mes conclusions.

Maintenant, c'était impossible.

Merde.

Lentement, j'ai recouvert les os. Retiré mes gants, me suis lavé les mains, en faisant attention à bien nettoyer le dessous de mes ongles. Me suis peignée. Ai recoiffé mes cheveux en queue-de-cheval.

En panne d'autre prétexte pour retarder la confrontation, je me suis résolue à prendre l'ascenseur.

Au onzième étage, le coroner en chef était à son bureau, en bras de chemise maintenant. Une chemise rose tachée de café, dont la couleur jurait avec sa cravate rouge et verte : des petits sapins avec des bannières qui disaient *Joyeux Noël !*

J'ai frappé à la porte.

Il a relevé les yeux et ce simple geste a déclenché un mouvement de cascade de ses doubles mentons.

— Ah, parfait !

Sa main dodue m'a fait signe d'entrer.

Flash-back. Perry Schechter. J'ai mis dans un coin de mon cerveau l'idée de l'interroger sur le cas de Rose Jurmain. Autant faire d'une pierre deux coups.

— *Bonnes nouvelles** ? a demandé Hubert.

— En fait, pas si bonnes que ça.

Il s'est carré contre son dossier, obligeant le polyester rose à se tendre au maximum. Sa main a désigné une chaise.

J'y ai pris place.

Ai chassé une petite poussière de mon genou.

Ai pris une profonde inspiration.

Me suis lancée.

— Savez-vous ce qu'est la camptodactylie ?

— Non.

Au Québec, les coroners sont ou bien médecins ou bien hommes de loi. Hubert appartenait à la seconde catégorie.

Je lui ai résumé en quelques mots de quoi il s'agissait et je lui ai rapporté ma conversation avec Sylvain Rayner.

— Eh bien, c'est prometteur.

— Pas vraiment. – Hubert a attendu la suite. – Je n'ai pas les phalanges du petit doigt.

— Comment ça ?

— Ou bien elles n'ont pas été ramassées, ou bien elles ont été égarées.

— Je ne comprends pas.

Je lui ai expliqué que j'avais procédé au comptage *in situ*, et que j'avais fouillé chaque centimètre de la salle en bas.

— Et il ne manque que ces trois phalanges ?

— Et aussi la dernière du majeur droit.

— Si je vous comprends bien, une erreur s'est produite soit lors de la récupération, soit lors de la documentation, soit lors de l'analyse. Une erreur susceptible de faire capoter une identification, et vous n'êtes même pas capable de me dire à quel moment elle s'est produite !

— C'est ça, ai-je admis, les joues en feu.

— C'est très décevant.

J'ai gardé le silence.

— Il s'agit d'un homicide.

— Oui.

— Si cette dame en bas est bien Christelle Villejoin, l'affaire fera grand bruit. Et si une autre vieille dame a effectivement disparu, cette Marilyn Keiser dont vous m'avez parlé, le vacarme atteindra la startosphère. – Je me suis mordu la langue pour ne pas le corriger, me doutant qu'il n'apprécierait pas. – Peut-être que ces phalanges fantômes n'ont jamais existé. Peut-être que l'assassin lui a coupé les doigts.

— Pourtant j'indique dans le rapport établi sur les lieux un total de cinquante-six phalanges.

— Une erreur d'inattention ?

— Je vais examiner le métacarpe de l'auriculaire droit et voir s'il porte des traces de découpe, ai-je dit sans y croire car je les aurais remarquées pendant que je faisais le tri.

Les anglophones jurent en utilisant des mots se rapportant à des parties du corps ou à leur fonction. Inutile de vous faire un dessin. Les Canadiens français se réfèrent au vocabulaire liturgique : hostie, calice, tabernac ou tabernouche (tabernacle).

— *Hostie* * ! a laissé échapper Hubert. Et la cause de la mort ?

— Je suis toujours dessus.

Un ange est passé.

— En fait, il est possible qu'il y en ait quatre.

— Quatre quoi ? a jeté Hubert sur le ton qu'il aurait pris s'il m'avait vue en train de sniffer de la colle.

— De femmes âgées assassinées dans la région de Montréal. Si Marilyn Keiser a bien été assassinée. Ce que nous ne savons pas, bien sûr…

— Et qui est la quatrième ?

— Rose Jurmain.

— Qui ça ?

— Une dame dont on a retrouvé le corps près de Sainte-Marguerite en mars dernier et qui avait disparu depuis deux ans et demi.

Hubert s'est penché vivement vers moi. Des vagues de chair assez grandes pour que s'y cachent des écureuils ont dévalé le long de son torse.

— Bien sûr, s'est-il écrié en fendant l'air de son doigt. La riche Américaine avec un père qui avait le bras long comme ça ! Comment l'oublier, celui-là ? Qu'est-ce qu'il a pu me casser les pieds, lui alors ! Vous lui avez rapporté les restes de sa fille à Chicago, Ryan et vous. Mais elle n'était pas si vieille que ça.

— Cinquante-neuf ans. Mais elle en paraissait bien plus.

— *Tabernac* * !

Hubert avait maintenant le visage de la même couleur que sa chemise. Inutile de l'agacer davantage avec mon problème concernant Edward Allen.

— Je peux prélever des échantillons sur le squelette en bas et faire pratiquer des tests ADN ?

Proposition idiote, je m'en suis rendu compte en même temps que je la formulais.

— Christelle Villejoin n'avait pas de famille en dehors de sa sœur décédée. Et comme elle n'a jamais subi d'opération, à ce que vous m'avez dit, il y a peu de chances pour qu'on retrouve un bocal avec ses restes sur une étagère d'hôpital. En outre, deux ans et demi se sont écoulés depuis les faits. La maison a forcément été vidée de tous ses peignes, brosses à dents, mouchoirs en papier ou chewing-gum. Avec quoi pourrions-nous comparer son ADN ?

— Je croyais qu'elle avait des parents dans la Beauce. Est-ce qu'on a essayé de les localiser ?

Hubert ne s'est même pas donné la peine de me répondre.

Je me suis rappelé que Ryan m'avait dit qu'on n'avait retrouvé personne. Avait-on bien cherché ? Je me suis promis de le lui demander.

— Marilyn Keiser a des descendants dans l'ouest du pays, ai-je repris. On pourrait au moins savoir si ce squelette est le sien ou pas.

— Et si ce n'est pas le sien, on sera toujours dans la merde jusqu'au cou.

— On pourrait exhumer Anne-Isabelle.

— Incinérée ! a jeté Hubert avec tout le mépris dont il était capable.

— Je veux bien retourner à Oka.

Hubert a levé une main impatientée vers moi.

Un silence tendu a suivi.

Et puis zut ! De toute façon, j'étais déjà sur sa liste noire. Alors, autant dire ce que j'avais à dire.

— Je comprends que le moment n'est pas très bien choisi, mais j'aimerais parler avec vous d'un problème en rapport avec l'affaire Jurmain.

Le regard glacial d'Hubert me signifiait de prendre la porte. Je l'ai ignoré et j'ai commencé à exposer mon dilemme concernant l'informateur d'Edward Allen.

Le téléphone a choisi ce moment pour sonner.

Hubert a décroché et écouté sans se départir de son air renfrogné. Recouvrant l'appareil de sa main, il a déclaré :

— J'attends votre rapport sur la dame d'Oka dans les plus brefs délais.

Pas très subtil comme façon de me planter là.

18.

J'ai consacré le reste de ma journée à la dame d'Oka. Quatre heures de tête-à-tête avec ses ossements ne m'ont pas révélé d'autres outrages infligés à sa personne. Pas de marque de découpe ; pas de perforation résultant d'une balle ou d'un coup de couteau ; pas de traumatisme à la nuque.

Elle avait en revanche une sacrée fracture au niveau du crâne.

Lorsque j'ai refait surface, aux alentours de dix-sept heures, cela faisait déjà une heure que la nuit était tombée. Aucune nouvelle demande d'expertise en anthropologie ne m'attendait sur mon bureau. Aucun message urgent de la part d'un flic ou d'un procureur, rien non plus de Ryan.

Bien emmitouflée, toutes fermetures Éclair remontées, chaudement chaussée et gantée, j'ai affronté le froid.

Les monticules de neige encombrant trottoirs et chaussées avaient viré au noir. Le sel craquait sous les pas. Un embouteillage s'étirait sur toute la longueur du trajet jusqu'au métro et les gaz d'échappement rougeoyaient dans la lueur de tous ces feux arrière de voitures allumés ; les conducteurs exaspérés s'échinaient à tenter d'extraire leur voiture du magma des véhicules à l'arrêt. Je me suis félicitée d'avoir choisi les transports en commun.

Mon appartement m'a paru bien vide sans Charlie ni Birdie. Pour me tenir compagnie, j'ai mis un CD de Dorothée Berryman et j'ai chanté en duo avec elle ses vieux airs repris de Mercer, Vaughan et Fitzgerald, tout en me faisant une montagne de linguini aux pignons, tomates et feta. Pas mauvais du tout.

Après le dîner, je me suis branchée sur le Net.

Ces dernières années, peu de choses ne m'ont rendu la vie plus agréable que ce merveilleux vol direct entre la Belle Ville – Montréal – et la Ville de la Reine – Charlotte – récemment mis en service par US Airways.

Adieu, les changements à Philadelphie ! Vive l'enregistrement unique à Charlotte ! En l'espace de quelques instants, je me suis réservé un siège sur le vol du jeudi matin. Et c'est avec un sourire plus large que l'envergure d'un 747 que j'ai refermé mon ordinateur.

— Vivement la maison, la maison, la maison !

Dorothée ne m'en a pas voulu pour ce petit solo.

Mardi, lever à sept heures du matin, arrivée au labo à huit heures.

Les deux autopsies de ce matin-là concernaient un travailleur écrasé dans une micro-brasserie et une comptable qui avait choisi de s'électrocuter en reliant un minuteur et des câbles électriques à son poignet. Consciencieuse jusque dans la mort, la suicidée avait accroché un mot à son chandail pour prévenir d'un danger potentiel.

À dix heures, j'avais photographié le traumatisme crânien de la dame d'Oka et dessiné un croquis. Ensuite, j'ai fait des photocopies et imprimé les photos de l'intérieur du crâne, prises de dessus, de côté et de l'intérieur.

Ayant avalé un café infect, je suis descendue à l'étage du coroner.

Hubert était dans son bureau. Même cravate verte et rouge, mais aujourd'hui sur une chemise bleu lavande. De petites cannes en sucre d'orge et du houx avaient remplacé les petits arbres de Noël de la veille avec leurs bannières.

— Elle a été frappée une première fois par-derrière, et une seconde fois à terre.

Hubert a reposé son stylo.

J'ai placé photos et croquis sur son sous-main. Sur chacun d'entre eux, j'avais répertorié les fractures alphabétiquement.

Du doigt, j'ai suivi une ligne hachurée à l'arrière du crâne, qui allait de droite à gauche.

— La lettre A indique une fracture en étoile causée par un coup assené sur l'arrière du pariétal droit.

J'ai ensuite montré une ligne dentelée près de la suture sagittale, au sommet de la boîte crânienne, du centre de laquelle partaient quantité de craquelures.

— La lettre B indique une fracture par écrasement.

— Causée par un coup sur la voûte crânienne ?

— Oui.

Son doigt dodu s'est posé sur une ligne incurvée qui longeait en parallèle un des côtés de l'écrasement.

— Et ça, c'est quoi ?

— J'y reviendrai tout à l'heure. Les lettres C indiquent des fractures concentriques ou en étoile en rapport avec la fracture B. Vous noterez que les C se terminent toutes de la même façon que les A. – Hubert s'est raclé la gorge. – Une fois qu'une craquelure se forme, elle se propage jusqu'à dissipation totale de l'énergie à l'origine de sa formation. En d'autres termes : arrivée à une ouverture, la craquelure s'arrête.

En conséquence, la fracture A est antérieure à la fracture B et à toutes les C qui en dérivent.

— Si je comprends bien, le coup porté sur le haut du crâne est postérieur à celui porté au pariétal, a dit Hubert.

— Exactement. Le premier coup a peut-être été mortel, mais l'assassin n'a pas voulu prendre de risques. La victime est tombée, il l'a frappée encore pour être sûr qu'elle ne se relèverait pas.

— Avec quoi ?

J'ai montré la bordure autour du creux qu'Hubert avait remarqué tout à l'heure.

— L'aspect de cette courbure, repliée vers l'intérieur, suggère l'emploi d'un objet ayant une forme cylindrique qui s'élargit et devient une surface plane traversée au centre par un rebord surélevé.

Hubert s'est concentré sur l'image. Son téléphone a sonné. Il n'a pas répondu.

— Une pelle ? a-t-il lâché au bout d'un moment.

— C'est ce que je pense aussi.

Passant aux photos de l'intérieur du crâne, j'ai montré une tache sombre adjacente aux deux fractures.

— Hémorragie, son cœur battait encore, a-t-il dit d'une voix tendue.

J'ai acquiescé d'un signe de tête.

Hubert a ajouté sans relever les yeux vers moi :

— Une vieille femme sans défense, qu'on force à marcher toute nue dans les bois et à contempler la tombe creusée pour elle, pour être finalement matraquée à l'aide d'une pelle.

— Oui.

— *Calice* * !

De retour au labo, malgré les doutes exprimés par Hubert quant à la pertinence de cette démarche, j'ai quand même effectué un prélèvement sur le fémur de la dame d'Oka et l'ai transmis pour analyse au département d'ADN. Comme ce cas était pour le moment dans une impasse, j'allais me concentrer sur l'informateur de Jurmain. N'étant pas dans le peloton de tête des chouchous du coroner, et ne pouvant donc pas lui poser la moindre question, j'ai décidé de commencer mes recherches à partir du dossier du cas. Peut-être retrouverais-je dans les minutes de l'enquête un détail qui me permettrait d'identifier mon accusateur.

Au LSJML, les dossiers sont conservés cinq ans avant d'être envoyés Dieu sait où, dans les montagnes de Mogadiscio, pour y être conservés à perpétuité. Par chance, Rose avait disparu depuis trois ans seulement.

Ayant déposé mon rapport au secrétariat, j'ai continué mon chemin le long de ce même corridor jusqu'à la bibliothèque, royaume de Félicité Hernandez. Corpulente, Félicité a un faible pour la mode tsigane et elle se coiffe comme Cher mais version blond platine.

Comme elle aime les gros bijoux qui font du bruit, c'est dans un concert de tintements de sa quincaillerie que nous avons échangé tout d'abord quelques plaisanteries. Puis, je lui ai demandé le dossier complet du cas LSJML 44893 et me suis assise à l'attendre. Cinq minutes ont passé. Dix. Aussi amusante et ordonnée soit-elle, Félicité n'est pas la rapidité faite femme. Enfin, un dossier aux anneaux rouillés a atterri sur le comptoir.

Sur un merci, j'ai transporté le monstre dans mon bureau.

Les deux heures suivantes, je les ai passées à Sainte-Marguerite, à l'Auberge des Neiges, et devant le monticule de neige jaunie au milieu des pins. Ethnologie, toxicologie, odontologie, expertise des fibres, j'ai relu toutes les conclusions. *Idem* pour les rapports de police, les témoignages, les informations fournies par la famille.

J'ai recopié tous les noms, me suis interrogée sur chacun d'eux. Est-ce que tel ou tel individu aurait une dent contre moi ? Pour des raisons professionnelles ? Personnelles ?

Quand j'ai eu terminé, j'étais aussi frustrée qu'au départ. Cette lecture ne m'avait rien apporté, pas même une vague théorie à propos d'un quelconque motif.

Appeler le patron ?

Impossible ! Je ne pouvais pas ramener LaManche dans le monde des morts alors qu'il essayait de s'en arracher lui-même.

J'ai discuté avec Ayers, puis avec Morin et ensuite avec Santangelo.

Tous les trois ont ri et décrété que les allégations selon lesquelles j'aurais commis des erreurs dans mon travail étaient proprement ridicules. Laisse tomber, m'ont-ils conseillé. L'affaire Jurmain est close et, en plus, le vieux est mort.

C'était vrai.

Mais quand même.

Je me connaissais. Tant que je ne saurais pas le nom du type qui m'accusait, je me ferais de la bile. Je ne me sentirais pas tranquille. J'y penserais tout le temps. Et je craindrais toujours que ça se reproduise.

Je me suis renseignée à droite et à gauche, auprès des services de l'Identité judiciaire, à la morgue, à l'administration, au secrétariat, en veillant à rester dans le vague. Personne n'avait rien entendu dire contre moi, n'avait reçu de plaintes à mon sujet. Je n'avais piétiné les plates-bandes de personne, ni froissé l'ego de qui que ce soit.

À court d'idées et ayant épuisé tous les moyens à ma disposition, je suis rentrée chez moi.

Le lendemain, je prenais l'avion pour Charlotte.

Le 26 décembre, message de Ryan sur mon BlackBerry pendant que je faisais trempette avec Katy dans les eaux douces d'Ambergris Caye.

Du nouveau dans l'affaire Keiser. Appelle.

Le soir, profitant du fait que Katy était sous la douche, je suis sortie sur la terrasse et j'ai appelé Ryan qui m'a dit les choses suivantes.

La veille de Noël, un sans-abri avait trouvé dans une poubelle derrière le Pharmaprix du boulevard Saint-Laurent un sac contenant un mouchoir et une lime à ongles portant le sigle d'un hôtel d'Hollywood, en Floride.

Ce sac ayant été retrouvé dans la ville de Montréal, c'était le SPVM qui avait reçu l'appel. En entendant parler de la chose, Claudel, qui enquêtait sur l'affaire Keiser, n'avait pas chômé, espérant tomber sur une piste. Et ses efforts avaient payé.

À neuf heures du matin, le jour de Noël, Myron Pinsker identifiait le sac comme appartenant à sa belle-mère, Marilyn Keiser, et déclarait lui avoir donné cette lime en même temps que des petits shampooings et des lotions qu'il avait rapportés d'un séjour en Floride, à l'hôtel Ocean Sunset, l'été d'avant.

— D'après Claudel, Pinsker est devenu blanc comme un linge en voyant le sac et s'est mis à trembler comme une feuille. Claudel lui a donné un verre d'eau et il lui a fait une variation de cul-par-dessus-tête intéressante. Après avoir identifié la pièce à conviction, Pinsker a tourné de l'œil, le verre a volé, du sang a giclé partout.

— Claudel a dû faire le grand saut !

— Le soleil et le sable n'ont pas l'air d'avoir adouci ton opinion sur l'humanité, dirait-on.

— Ça va, Ryan, tu connais Claudel ! La vue du sang qui coule le terrifie.

— Je reconnais que le récit de Charbonneau était à crever de rire. – Michel Charbonneau est le coéquipier de Luc Claudel depuis des lustres. – Imagine-toi un Claudel se retenant de toutes ses forces pour ne pas dégueuler, attrapant le téléphone pour appeler un médecin et incapable de taper le numéro, en face d'un Pinsker par terre avec un bout de verre dans le cul. Ou ailleurs. Claudel se met à appeler à l'aide ; Pinsker revient à lui, aperçoit le sac, et la machine s'emballe à nouveau, il chancelle et hurle comme un dingue.

— De chagrin ?

— C'est exactement la question que j'ai posée à Claudel.

— Et il a répondu ?

— Est-ce que j'ai une tête de psy ?

Je suis restée à réfléchir un instant.

— Combien de fois par semaine est-ce que cette benne à ordures est vidée ? ai-je finalement demandé.

— Deux, mais le sac était resté accroché par sa poignée à un rebord intérieur. On ne peut donc pas dire depuis combien de temps il se trouvait là-dedans.

— Et le sans-abri ?

— Inoffensif. Il espérait se gagner un pack de six grâce à sa trouvaille.

— Un double fond dans le sac ?

— Non. Il est en tissu.

— Autrement dit, ce qui devait être un tournant radical n'a débouché sur rien.

— Pour le moment.

— Et les chèques de retraite ?

— Tous encaissés en liquide dans une seule et même succursale. Personne ne se rappelle qui les a présentés. La signature n'a rien à voir avec celle de Keiser. Le nom est illisible.

— La personne qui les a touchés a bien dû présenter une pièce d'identité ?

— Probablement.

— Qu'en dit Pinsker ?

— Jure qu'il n'a rien à voir avec ça.

Au loin, sur les flots, les voiles des bateaux se coloraient d'orange dans les dernières lumières du soir. J'ai demandé :

— Et mes prélèvements sur la dame d'Oka ?

— Ils poireautent toujours dans la queue, au département ADN.

— Tu as demandé combien de temps ça prendrait ?

— Ils doivent me rappeler. Quand ils auront cessé de prendre du bon temps.

— Tu as retrouvé des gens de la famille des Villejoin dans la Beauce ?

— Je continue à chercher.

En fait, rien de vraiment neuf sur Keiser ou sur la dame d'Oka. Rien en tout cas qui justifie un message urgent de la part de Ryan.

— Quand est-ce que tu reviens parmi nous ? a-t-il demandé d'une voix plus basse et qui m'a semblé plus douce.

— En général, on me rappelle vers le 2 janvier.

De ma main libre, j'ai entortillé une branche de bougainvillée.

— Tu te rappelles l'année où on est tombé sur le Père Noël ?

Ryan évoquait un barbu en pyjama rouge, dégringolé de son toit à l'intérieur de sa cheminée. Son corps, retrouvé trois ans plus tard, un 26 décembre, était dur comme du granit.

— Oui, ai-je répondu en souriant à ce souvenir. Le bon vieux temps.

— Charlie se languit de toi.

— Donne-lui une petite tape sur le bec de ma part.

— Il s'entraîne à siffler des chants de Noël. Il a vraiment bien attrapé le coup pour le chant d'Alvin et les Chipmunks.

J'ai ri, mais j'avais un poids dans la poitrine.

— S'il te plaît, achète-lui un cadeau de ma part.

— Il a déjà reçu un chandail avec ton nom dessus.

Une douce brise a soulevé mes cheveux.

— Joyeux Noël, Brennan.

— Joyeux Noël, Ryan.

19.

Retour à Charlotte le 28 décembre avec Katy, toutes les deux bronzées et magnifiques, du moins en étions-nous persuadées. À vrai dire, on avait plutôt des kilos en trop et la peau qui pelait.

Le 29, ma fille m'a conviée à un Noël en ex-famille. Nous nous sommes retrouvés chez Peter. Mon ancienne maison. C'est plus facile, maintenant. Avant, c'était vraiment dur pour moi d'y remettre les pieds.

Peter avait joué les grands chefs. Admirable rôti pour nous, bifteck pour Boyd : un bonheur pour ce chow-chow que d'avoir la panse bien remplie.

Peter a offert à Katy un vélo de course, au chien un os en cuir, et à moi un bracelet en or de chez David Yurman.

J'étais super-étonnée. J'ai dit que c'était trop. Peter a balayé toutes les objections.

Je me suis interrogée. Devais-je ce cadeau à la surprenante mais délicieuse absence de sa ravissante et toute jeune Summer aux décolletés vertigineux ?

Qu'importe. J'ai gardé le bijou.

Le réveillon du jour de l'an, je l'ai passé avec Charlie Hunt.

Dîner chez Palm, avec pétards, serpentins et slows.

Séparation après minuit sur une poignée de main et dodo chacun chez soi.

Enfin, pas vraiment une poignée de main, mais fin de nuit en solo. En ce qui me concerne, en tout cas.

Andrew Ryan : grand, Irlandais originaire de la Nouvelle-Écosse, des cheveux blonds virant au gris et des yeux bleu vif.

Charlie Hunt : très grand, l'exotisme du métis, des cheveux noirs et des yeux couleur de jade. Qu'est-ce qui collait et qu'est-ce qui ne collait pas dans ce dernier tableau ?

Ce qui n'allait pas, c'était un passé sur lequel on ne pouvait pas faire l'impasse, un problème gros comme un immeuble qui s'écroule.

Ce soir-là, j'ai bavardé au téléphone avec Ryan, mais plus du tout comme la fois précédente. La conversation s'est cantonnée à des thèmes sûrs et bien délimités, sans s'aventurer sur le terrain mouvant des sentiments et de l'avenir.

On a parlé de LaManche : des complications allaient retarder son retour au labo.

On a fait le bilan des enquêtes Keiser et Villejoin : on a ressassé tout ce qu'on savait sur les victimes – pas grand-chose, en fin de compte. Ryan était retourné à Pointe-Calumet pour interroger les voisins de Villejoin, et Claudel avait fait pareil, rue Édouard-Montpetit, avec ceux de Keiser. À présent, ils pouvaient dire qui dans le quartier était très ordonné, avait le gosier en pente, allait à la messe ou était junkie.

Claudel avait réauditionné Myron Pinsker, le beau-fils de Keiser, et contacté à nouveau son fils et sa fille en Alberta. Ryan avait remis la main sur Yves Renault, l'infirmier qui avait découvert Anne-Isabelle Villejoin chez elle.

Aucun de ces interrogatoires n'avait rien rapporté de neuf.

Ryan avait également entendu à nouveau Florian Grellier, la balance qui avait mis la police sur la trace de la tombe d'Oka. Mais celui-ci n'avait rien changé à ses déclarations : info obtenue d'un inconnu dans un tripot, point barre.

Le 12 janvier, *Le Journal de Montréal* a publié un petit encart sur la disparition de Marilyn Keiser dans lequel il était fait référence à celle de Christelle Villejoin. S'est ensuivie une flopée de confessions et de témoignages, allant du : « C'est moi qui les ai tuées pour m'emparer de leur foie » au « Je les ai aperçues à Key West en compagnie d'un Noir de haute taille ». Lequel Noir était super-bien sapé, apparemment.

Une voyante jurait ses grands dieux que Villejoin était toujours au Québec, retenue prisonnière dans un lieu obscur. Mais pour Keiser, elle ne voyait rien du tout.

Dans le Nord, l'hiver est une saison où les gens de ma profession travaillent au ralenti. Les cours d'eau sont gelés, le sol caché sous des mètres de neige. Les enfants sont en classe. Les sportifs et les campeurs échangent leurs tenues de sport pour leurs télécommandes.

Les cadavres découverts par miracle dehors arrivent chez nous aussi rigides que des carcasses de chevreuil sorties du congélateur. Pour les médecins, il n'y a qu'une seule règle : décongeler avant d'inciser.

En revanche, pour l'anthropologue que je suis, les jours de frimas apportent une belle moisson. Quantité de gens meurent dans leur lit et s'y décomposent. Certains allument leur chauffage et mettent le feu à leur maison. D'autres encore choisissent de mourir dans leur baignoire, dans leur cave ou dans leur grange.

Soit qu'Hubert n'ait toujours pas digéré l'histoire des phalanges, soit qu'un calme inhabituel règne sur la toundra, toujours est-il qu'une bonne partie du mois de janvier s'est écoulée sans que le LSJML fasse appel à mes services.

À Charlotte, par un beau soleil et une agréable température de quinze degrés, j'ai analysé trois cas à la demande du médecin légiste du comté de Mecklenburg ; j'ai travaillé à un programme de recherches pour lequel j'avais touché une subvention, j'ai rangé mes placards, j'ai rebouché une fissure et repeint le mur comme je me promettais de le faire depuis des années.

Entre ces activités professionnelles et domestiques, j'ai passé du temps avec ma fille. Son boulot auprès du ministère public ne lui plaisait pas et elle envisageait d'en changer, peut-être même de reprendre ses études. J'ai écouté la liste de ses récriminations, ses plaintes et ses hésitations, j'ai marmonné des mots de sympathie à différents moments et exprimé mon opinion quand elle me la réclamait.

J'ai passé aussi pas mal de temps avec Charlie Hunt : dîners, cinéma, un match des Bobcats et deux parties de tennis. Entre nous l'eau commençait à bouillir, mais je n'ai pas retiré le couvercle. Petits moments de tendresse, comme on dit chez nous dans le Sud, puis retour au bercail dormir avec mon chat.

Des semaines ont passé.

La dame d'Oka demeurait inconnue.

Marilyn Keiser était toujours portée disparue.

Le 25, alors j'étais en train de couper les griffes de mon chat, mon portable a sonné. Emily Santangelo.

J'ai déposé le coupe-ongles et appuyé sur le bouton du haut-parleur en tenant toujours serré contre ma poitrine le chat qui se débattait vigoureusement.

— Quoi de neuf ?

Birdie a miaulé d'indignation.

— Je t'interromps au milieu de quelque chose d'important ? a demandé Santangelo.

— Pas du tout.

Birdie commençait à me griffer les doigts.

— Arrête ! lui ai-je ordonné sèchement.

— Tu vas bien ?

— Très bien. Le coroner a un cadavre pour moi ?

— Je n'appelle pas pour te parler d'un cas.

Sa réponse m'a surprise.

— Mes résultats d'ADN sont arrivés ?

— Non.

— On a retrouvé la famille Villejoin dans la Beauce ?

— Pas que je sache.

Mon sang s'est glacé.

— LaManche ?

— Non, non, tout va bien de ce côté-là. Enfin, plus ou moins. Il répond bien aux antibiotiques, mais il ne reviendra pas avant six semaines.

Sans m'en rendre compte, j'ai relâché ma prise et le chat en a profité pour s'enfuir hors de la pièce.

— Ce n'est pas la même chose quand le vieux n'est pas là ! – J'étais soulagée, j'en bredouillais presque. – Ça ne t'arrivait pas, toi, de te retourner subitement et de le découvrir dans ton dos ? Mais comment est-ce qu'il faisait pour marcher aussi légèrement…

— Est-ce qu'Hubert t'a appelée, hier ? m'a coupée Santangelo.

— Non, ai-je répondu en brossant mon chemisier. Pourquoi ? – J'ai senti chez elle comme une hésitation. – Emily ?

— Ce que je vais te dire doit rester entre nous !

— OK.

Une petite sonnette d'alarme a tinté dans ma tête.

— Il faut que tu rentres à Montréal, Tempe.

— Mais tu viens de dire que personne n'avait besoin de moi. D'ailleurs, pour que ça arrive, il doit y avoir un alignement des planètes tout à fait extraordinaire. Jupiter a dû se remettre en ménage avec Vénus, et toute la population du Québec baigne dans un amour fraternel. Ça doit être la première fois que…

— Prends un avion, je te dis !

Ding ! La sonnette d'alarme a retenti plus fort.

J'ai coupé le haut-parleur et porté le combiné à mon oreille.

— Hubert m'en veut toujours à cause des phalanges ? – Un long, très long silence a roulé depuis le Nord jusqu'à moi. – Allez, dis-moi ! Il ne me fait pas peur.

— Il les a récupérées.

J'ai senti un étau me serrer le cœur.

— Quoi ! (J'ai stoppé net mon brossage de poils de chat.)

— Il a les phalanges.

— Comment ça ?

— Joe est retourné à Oka. Avec Briel.

— Et comment leur est venue cette riche idée ?

— Briel a proposé à Hubert de le faire. Pour élargir son expérience. Elle a dit qu'elle travaillerait le samedi pour rattraper le temps perdu. (Le ton volontairement neutre sur lequel parlait Santangelo dissimulait quelque chose.) Elle a donné comme argument que Joe saurait quoi faire, puisqu'il était présent la première fois. Hubert s'est laissé embobiner. Et l'un des deux a retrouvé les phalanges pendant qu'ils tamisaient la terre.

— Et quand est-ce que ça s'est passé ?

— Vendredi dernier.

— Ce n'est pas le rôle d'un médecin légiste de déterrer des ossements.

— Apparemment, elle a suivi des cours d'anthropologie légale quand elle était en post-doc en France.

J'ai hésité entre jeter le téléphone ou l'écrabouiller. Je me suis contentée de le changer de main.

— Est-ce qu'Hubert a l'intention de me prévenir ?

— Il n'est peut-être pas encore au courant. Ils ont fini tard. Si je le sais, c'est parce que j'étais en train d'écrire des rapports dans mon bureau quand ils sont rentrés au labo.

Quelqu'un qui n'y connaissait rien et se permettait tout ! Pour me calmer, j'ai pris une longue inspiration. Et relâché l'air lentement.

— Je serai là lundi matin.

Ce soir-là, j'ai dîné avec Charlie. Sushis. *Sayonara*.

Charlie était au courant que Ryan m'avait laissée tomber. Et Peter aussi. Comme lors de nos précédents rendez-vous non amoureux, il n'a pas essayé d'obtenir de moi quoi que ce soit. Ça m'a plu.

Alors, pourquoi gardais-je mes distances ?

Je ne voulais pas répéter mes conneries du mois d'octobre. Ni notre flirt sur le siège arrière de sa voiture, à l'époque où nous étions au lycée.

Mais était-ce la vraie raison ? J'étais libre, Charlie aussi. Et nous n'étions plus des enfants luttant contre leurs hormones dans la Buick de papa. La phrase entendue chez Vecamamma et qui m'avait tant agacée m'est revenue en mémoire : les femmes ont des besoins.

Très juste, Cukura Kundze !

Alors, qu'est-ce qui me poussait à jouer les puritaines ?

Ryan ?

Va-t'en savoir !

En tout cas, ce qui était sûr et certain, c'est que si je me gardais Ryan sous le coude, je stockais Charlie quelque part au coin de la Voie lactée.

Lundi matin, 26 janvier. De retour à Montréal, et en retard pour la réunion du labo, merci Birdie !

Furieux d'avoir été drogué à la Nautamine la veille au soir, puis enfermé dans un panier et transporté en avion, ce petit voyou n'avait rien trouvé de mieux que de filer sur le palier pendant que je branchais l'alarme. J'avais passé dix minutes à fouiller le hall de l'immeuble en bougeant tous les meubles pour arriver à le trouver.

Et comme de juste, au moment où je mettais la main sur le fuyard, derrière le canapé du hall, mon charmant voisin Sparky Monteil avait déboulé. En apercevant le chat, il s'était lancé dans une tirade sur la saleté, les maladies et l'air vicié que les enfants étaient obligés de respirer par ma faute.

Déjà énervée à l'idée de rater le début de la réunion et furieuse contre mon chat, je n'avais pas fait dans la dentelle. Nous avions échangé des piques. Sparky avait juré qu'il me ferait virer de l'immeuble et m'avait prévenue qu'un beau jour, mon animal aurait tout bonnement disparu.

Par bonheur, Sparky est anglophone. Parce que je peux jurer comme un charretier dans ma langue maternelle. Peut-être qu'il aurait mieux valu qu'il soit francophone.

À l'édifice Wilfrid-Derome, je n'ai fait que passer dans mon bureau. Le temps de me débarrasser de mes vêtements et d'attraper un stylo et un bloc-notes.

Au moment d'ouvrir ma porte, j'ai aperçu Lisa de l'autre côté du couloir, dans le labo d'histologie, en grande conversation avec Joe, mon assistant.

Lisa, assistante en autopsie, a des cheveux couleur rayon de soleil et une gorge digne des récits bibliques.

Les flics qui assistent aux autopsies espèrent toujours tomber sur elle.

Ni l'un ni l'autre ne souriait, et ils se sont tus dès qu'ils m'ont aperçue par la fenêtre.

Je leur ai fait un signe de la main.

Joe s'est remis à ranger ses échantillons d'organes.

Lisa m'a répondu par un petit geste identique, mais le cœur n'y était pas.

Tension sexuelle entre eux ?

Qu'importe.

Abandonnant ma parka sur le bureau, j'ai foncé à la salle de conférences. Le décor n'avait pas changé. Mêmes murs verts, même table, même liste de morts dues à la méchanceté, la mélancolie, la folie ou le destin.

C'était Morin qui faisait les honneurs.

Un dealer tabassé par deux rivaux et abandonné dans le caniveau. Homicide probable, suite à une rotation et une hyperextension de la tête.

Un homme dans sa voiture, la tête passée dans un collet suspendu à un arbre, qui avait appuyé sur le champignon. Suicide probable par autodécapitation.

Un accro à la méthadone qui s'était endormi tout nu sur son balcon et y avait gelé. Accident probable, dû à une bêtise crasse.

Briel gribouillait sur sa feuille. Son froncement de sourcils atteignait aujourd'hui un seuil encore inégalé.

Santangelo déchirait consciencieusement l'étiquette de sa bouteille d'eau, ne s'interrompant que pour en avaler une gorgée.

Ayers, assise de biais par rapport à la table, fixait un point entre la fenêtre et le tableau noir.

Morin a pris l'homicide, Santangelo le suicide, Ayers le drogué. Rien pour Briel.

J'ai étudié la tête de mes collègues tandis qu'ils récupéraient les papiers des cas.

Le visage crispé. La voix tendue. Pas un échange de regards.

D'abord Lisa et Joe, et maintenant, c'était eux !

D'accord, les pères Noël et les lutins avaient regagné leurs pénates et de longs mois sinistres nous attendaient. Mais là, c'était plus qu'une simple déprime d'après les fêtes. Angoisse pour LaManche ? Coupes dans le budget ? Peut-être.

Mais peut-être aussi que ça venait de moi ? De ma fureur qu'on ait pu procéder à une seconde récupération à Oka sans même m'en avertir. Des ondes négatives que je dégageais sans le savoir, et que les gens ressentaient autour de moi ?

Morin s'est tourné vers moi.

— Je suppose que tu es au courant que d'autres restes ont été retrouvés à Oka.

Briel a levé les yeux au ciel.

— Oui, ai-je laissé tomber sur un ton glacial.

— Le coroner voudrait savoir s'il est maintenant possible d'identifier l'individu ou, à défaut, d'exclure une possibilité.

— J'irai lui parler.

Je n'ai rien dit de plus. J'avais décidé d'exposer mes plaintes directement à Hubert.

Que Joe ait pu accepter d'accompagner Briel, ça me dépassait ! Il savait que je le prendrais mal. Je me posais donc des questions à son sujet. Avait-il agi ainsi pour me remettre à ma place ?

Quand Morin a voulu lever la séance, Santangelo s'est raclé la gorge.

— J'ai une annonce à faire.

Nous nous sommes tous rassis.

— J'ai accepté un travail au bureau du coroner.

Son regard a hésité entre Morin, Ayers et moi : arrêt d'à peine une seconde sur chacun pour se fixer ensuite ailleurs.

— Je commence le 1er février.

Nous sommes tous restés ébahis. Cela faisait quinze ans que Santangelo travaillait pour le LSJML.

À ma droite, Briel a interrompu momentanément ses gribouillages.

— Je comprends que cette décision vous prenne de court, a enchaîné Santangelo en faisant un petit tas de ses bouts d'étiquettes. Mais cela fait un moment que j'y pense. J'ai besoin de changement.

Son regard s'est posé sur moi en battant des paupières, je l'ai soutenu sans ciller.

Pourquoi ne m'en avait-elle pas parlé au téléphone l'autre jour ? Était-ce la raison pour laquelle elle m'avait dit de rentrer vite à Montréal ?

Je ne lui ai pas posé la question. Elle a détourné les yeux.

— Ben ça alors ! s'est exclamée Ayers, effondrée sur sa chaise.

— Le moment est mal choisi, je sais. Avec tous ces nouveaux venus au labo dont vous devez superviser le travail.

Elle parlait d'une voix neutre. Évasive ?

— Mais je vous aiderai de mon mieux pendant la transition.

Ayers et Morin ont échangé un regard dans lequel j'ai pu lire un mois entier de conversations.

— Tu es certaine de ton choix ?

Le regard de Morin s'était assombri. Sollicitude ? Inquiétude ? Le départ de Santangelo signifiait qu'il allait falloir engager un remplaçant, boulot de longue haleine !

— Oui, a dit Santangelo en repoussant vers le tas un petit bout d'étiquette qui s'en était échappé.

— Tu vas me manquer, ai-je déclaré.

— Tu n'as pas fini de me voir ! a-t-elle lancé sur un ton qui se voulait badin. Je ne serai jamais qu'à l'étage en dessous !

Sur ce, nous nous sommes séparés. Sans plaisanterie ; sans bavardage.

Un café et je suis retournée dans mon bureau. Là, après avoir accroché mon manteau à la patère, j'ai consulté mes messages et rappelé deux ou trois correspondants.

En raccrochant le téléphone, j'ai aperçu une lettre qui dépassait de la montagne de papiers empilés sur mon bureau. La petite enveloppe blanche, écrite à la main, m'était adressée personnellement au LSJML. Prise de curiosité, je l'ai décachetée.

Une unique feuille de papier, et une seule ligne en français : *Rentre chez toi, maudite Américaine !*

L'auteur ne s'était pas donné la peine de signer. Bien entendu !

J'ai examiné l'enveloppe. Expédiée de Montréal. Pas d'adresse de retour.

— Merci, connard !

Balançant lettre et enveloppe sur la pile, je suis entrée dans mon labo, de l'autre côté du couloir.

Et là, je suis restée pétrifiée !

20.

Mes quatre plans de travail croulaient sous des ossements ! Des os tordus et désagrégés qui avaient dû traîner un moment avant d'arriver là !

— Mais qu'est-ce que c'est que ce b… ? ! me suis-je écriée entre les dents.

— *Bonjour**, doc !

Je me suis retournée d'un coup. Joe était en train de se laver les mains dans l'évier.

— *Bienvenue** ! a-t-il continué.

Bienvenue, mon cul !

— Qu'est-ce que c'est que ça ?

J'ai désigné les deux tables centrales.

— Des ossements. (Sourire narquois.)

— Merci, je ne m'en serais pas doutée ! ai-je répliqué sur un ton peut-être trop sec. (Ou pas.) Je peux savoir qui les a disposés ainsi ?

Le sourire s'est évanoui.

— Le Dr Briel.

— Avec la permission de qui ?

Joe s'est figé sans dire un mot. Derrière lui, l'eau qui continuait de couler expédiait des gouttelettes jusque sur le plan de travail.

M'étant avancée vers le tas d'ossements le plus proche, j'ai consulté les papiers accrochés à l'écritoire de Briel.

Un formulaire de cas établi de ma main. Une liste de mesures prises par moi-même. Un schéma de squelette que j'avais fait. Une demande d'analyse ostéologique signée d'Hubert.

La rage s'est emparée de moi.

J'ai lâché la porte si violemment qu'elle a rebondi contre le plan de travail et je me suis précipitée dans l'escalier. Pas le temps d'attendre l'ascenseur.

À l'étage en dessous, cette grosse baleine d'Hubert remontait le couloir, un café dans une main, son courrier dans l'autre. J'ai foncé sur lui comme un rat sur une côtelette.

— Qu'est-ce que c'est que ça ? me suis-je exclamée en secouant l'écritoire.

Le regard d'Hubert a vivement balayé le couloir dans mon dos.

— Entrez dans mon bureau !

Et comment !

De l'air s'est échappé du coussin de son fauteuil quand Hubert y a déposé son substantiel arrière-train. Je suis restée debout.

— Prenez donc un siège.

Je suis restée piquée sur place.

— Asseyez-vous, docteur Brennan !

J'ai obtempéré, les yeux vrillés dans ceux du coroner en chef, tels deux rayons laser.

Il a soufflé sur son café, avalé bruyamment une gorgée et reposé sa tasse.

— Manifestement, quelque chose vous chiffonne.

— Vous avez envoyé Briel à Oka. (Court et direct. Surtout, ne pas me laisser emporter par l'émotion.)

— Je ne l'ai pas exactement envoyée.

— Vous avez autorisé un médecin légiste à conduire une exhumation.

— Vous y aviez oublié la moitié des ossements.

— Pourquoi pas la totalité, pendant que vous y êtes ?

— Le Dr Briel s'est proposée d'elle-même.

— Et à ses frais, vous allez me dire !

— Le Dr Briel est une jeune femme accomplie.

— Elle remue peut-être bien du cul en dansant le cha-cha-cha, mais ça ne fait pas d'elle une anthropologue !

— Elle a une bonne formation et une bonne expérience.

— D'amateur ! ai-je rétorqué en me penchant brusquement vers lui. – Hubert s'est mis à pianoter d'un air agacé. – Vous l'avez dit vous-même : c'est un homicide. Vous estimez que des petits cours d'anthropologie de merde suffisent pour fournir à Briel les compétences nécessaires pour témoigner au tribunal en tant qu'expert ?

— Il ne s'agit jamais que de quatre os.

— Quatre os d'une importance capitale !

— Eh bien, il ne fallait pas les oublier.

— Je les avais récupérés !

— Vous n'étiez pas là !

— Je vous avais proposé de retourner à Oka avant mon départ. C'est vous qui avez refusé !

Hubert m'a regardée droit dans les yeux.

J'ai soutenu son regard.

Des secondes ont passé.

Hubert a détourné les yeux le premier.

— Bien entendu, c'est vous qui analyserez ces phalanges.

Je n'ai pas répondu.

— C'est tout ?

Message clair comme de l'eau de roche : le sujet était clos.

— Non, ce n'est pas tout.

J'ai détaché la demande d'expertise signée de la main du coroner de l'écritoire de Briel et l'ai jetée sur son bureau.

Hubert l'a regardée, puis a relevé les yeux vers moi.

— Et alors ?

— Répétez ce que vous venez de dire !

Profond soupir. Patience angélique.

— Est-ce que vous avez lu le rapport de police, ou est-ce que vous avez foncé dans mon bureau sans rien savoir des faits ?

— Il m'a suffi de savoir que vous aviez demandé à un simple médecin de pratiquer une analyse anthropologique !

— *Calice** ! Pas anthropologique, ostéologique simplement. Tri et comptage des ossements. Et encore une fois, ce n'est pas moi qui l'ai demandé au Dr Briel. C'est elle qui a proposé de le faire.

— Si elle vous proposait de vous raser les couilles, vous la laisseriez faire ?

Le coroner en chef s'est donné du mal pour conserver l'air digne. Il n'a pas vraiment réussi.

— Inutile d'être vulgaire.

C'est vrai, mais quand je suis dans un état pareil, adieu la politesse !

Hubert s'est passé la main sur le visage et s'est adossé à sa chaise. Ses chairs ont débordé du fauteuil.

— Il y a deux semaines, la SQ de Chicoutimi a été prévenue qu'un type se promenait les fesses à l'air sur la route. Il est apparu que c'était un doux dingue qui habitait près du lac Saint-Jean. Le genre homme des bois solitaire. Les flics l'ont découvert assis dans la neige devant sa cabane, en train de bouffer un lapin.

Après l'avoir conduit à l'asile, ils ont fouillé sa cabane et découvert des os dans une vieille caisse.

» Le coroner de là-bas est un gynécologue du nom de Labrousse. Ces ossements lui paraissant vieux, il a pensé que le joyeux ermite les avait ramassés et rangés dans sa malle, qu'ils avaient été déposés par le fleuve sur le rivage ou qu'ils provenaient d'un vieux cimetière abandonné ou d'une ancienne sépulture indienne.

» Bref, il nous les a fait parvenir. Comme vous n'étiez pas là, Briel a proposé d'y jeter un coup d'œil. Je me suis dit : pourquoi pas ?

— Pourquoi pas ? ! Je vais vous l'expliquer ! me suis-je écriée en laissant tomber plutôt violemment l'écritoire sur le bureau. Parce que, sous prétexte de « jeter un coup d'œil », Briel a effectué un rapport complet d'identification !

Hubert a lu le rapport, ses sourcils se levant de plus en plus au fur et à mesure qu'il tournait les pages et des rides ont creusé son front.

— *Eh, misère* * *!*

— Âge, sexe, race, taille. Il ne manque plus que le numéro de Sécu !

— Je comprends que vous soyez fâchée.

— Quelle perspicacité !

— C'était dans une bonne intention. Je vais lui parler.

— Moi aussi !

Hubert s'est mis à tambouriner son sous-main avec son stylo, manifestement impatient de me voir vider les lieux. J'ai décidé d'enfoncer le clou. Et pourquoi pas ?

— Puisque je suis ici, j'aimerais bien discuter d'un problème en rapport avec l'affaire Jurmain.

Hubert a tourné vers moi un regard dépourvu d'intérêt.

Je lui ai rappelé en gros l'histoire de Rose Jurmain, l'Auberge des Neiges, le voyage à Chicago. Je lui ai raconté ma rencontre avec Perry Schechter et je lui ai relaté ce qui lui avait été dit sur mon incompétence.

— Je suis convaincue que ces propos émanent d'ici, de quelqu'un qui sait que c'est moi qui ai traité cette affaire. De quelqu'un qui est ou bien trop incompétent pour savoir qu'il n'y a pas eu erreur ou, pire, qui a volontairement cherché à me nuire en sachant pertinemment qu'aucune erreur n'avait été commise.

— Adressez-vous au vieux monsieur.

— Il est mort.

L'expression d'Hubert est passée d'un coup de la surprise à l'irritation.

— Est-ce que vous accuseriez quelqu'un de mon service ?

— Je n'accuse personne. Pour le moment. Mais croyez bien que je saurai le nom du salaud qui a passé ce coup de fil à Jurmain. C'est forcément quelqu'un du LSJML ou de chez vous.

Hubert a laissé passer une pause avant de déclarer, sans grande sincérité :

— Je me renseignerai.

— Je vous en saurai gré, ai-je répliqué avec un manque de sincérité encore plus évident.

J'avais déjà atteint la porte quand Hubert a repris :

— Le Dr Briel est jeune, elle a de l'ambition. J'aimerais que vous la compreniez.

— Est-ce que j'ai le choix ?

À midi, je connaissais en toute certitude l'identité de la vieille dame d'Oka.

J'ai prévenu Ryan en premier. Hubert ensuite.

Tous les deux ont écouté mon explication sur les doigts déformés, aussi peu intéressés l'un que l'autre par la camptodactylie, mais passionnés par le nom de la victime : Christelle Villejoin.

Tout au long de mon examen des phalanges, Joe a conservé une distance glaciale. Manifestement, il avait des bleus à l'âme, pauvre petit chou ! Moi aussi. Je sais, j'aurais dû faire un geste de conciliation. J'ai fait comme si de rien n'était.

Mais tout en travaillant, j'ai reconnu dans mon for intérieur que je n'avais pas été très sympa avec lui ; comme Briel, je ne l'avais pas très bien accueilli dans ce service.

Cela faisait deux ans qu'il travaillait à mes côtés et que savais-je de lui ? Qu'il frôlait la quarantaine, vivait seul, quelque part en banlieue, et venait souvent au boulot à bicyclette. Qu'il détestait les pickles et buvait du Pepsi, qu'il se teignait en blond et se coiffait avec du gel. Ah, et aussi qu'il se trouvait trop maigre. Point à la ligne.

En dehors de ces détails d'une importance capitale, je ne savais rien de lui, rien sur sa vie. Était-il divorcé ? Gay ? Végétarien ? Sagittaire ? Bon, j'allais faire un effort.

Après avoir remis mon rapport à Hubert, je suis partie à la recherche de mon assistant afin de faire la paix. Les labos d'histologie, de pathologie et d'anthropologie étaient déserts. Il avait dû descendre déjeuner. J'ai fait pareil.

Joe n'était pas dans la cafétéria.

À défaut, Ryan s'y trouvait.

N'étant pas d'humeur à supporter ses remarques ironiques, j'ai baissé les yeux en espérant qu'il ne me verrait pas. Truc copié de Birdie : si je ne te vois pas, tu ne peux pas me voir non plus. Complètement idiot.

— Vous attendez George Clooney, belle dame ?

Ryan dominait ma table de sa haute silhouette.

— Non, Tiger Woods !

— Qu'est-ce qui se passe, Boucle d'Or ? a-t-il poursuivi en déposant son plateau sur la table pour s'asseoir à côté de moi. Tes petits camarades sont méchants avec toi ? – J'ai planté ma fourchette dans la salade. – Ben dis donc ! T'en fais une tête !

Par où commencer ?

J'ai opté pour la démission de Santangelo.

— On ne peut pas la critiquer de vouloir aller de l'avant, a fait remarquer Ryan.

— Non, bien sûr. Mais son départ est…

— Quoi ?

— Symptomatique.

— Symptomatique ? (Ton sceptique.)

— Comme si toute morale avait disparu de notre département.

— Toute morale ?

— Est-ce que je parle à un perroquet ?

— Un perroquet ?

J'ai levé les yeux au ciel, incapable de m'en empêcher.

— Dis-moi tout, mon chou.

— Rien que pour ce matin : un connard dans l'immeuble a décidé de me faire virer parce que j'ai un chat ; un nouvel admirateur m'écrit que je suis la fille de Satan ; je m'engueule avec Hubert ; et j'ai brisé le cœur de Joe une énième fois.

— Sparky a encore poussé sa chansonnette ? – Ryan sait que j'ai un voisin cinglé. Je lui en ai souvent parlé. – C'est quoi son métier ? a-t-il demandé en enfournant une énorme bouchée de lasagnes.

— D'après ce que Winston m'a dit, il travaille dans le BTP, aux Montreal Public Works, je crois.

— Et ton admirateur inconnu ?

J'ai secoué la tête, indiquant par là que je ne voulais pas aborder le sujet.

— Tu crois que ça pourrait être le même salaud qui a appelé Edward Allen Jurmain ?

L'idée ne m'était pas venue à l'esprit, je dois dire. Cependant, j'en doutais. Il m'était déjà arrivé de recevoir des lettres de menace. Pas beaucoup, il est vrai, et la plupart du temps inoffensives. Un condamné mécontent, des proches qui se défoulaient sur moi. Rien de plus méchant.

Est-ce que Sparky m'aurait envoyé cette lettre ? Non. L'intimidation anonyme, ce n'était pas son style.

Des crottes dans un sachet, ça oui !

— Et l'engueulade avec Gros-Cul ? a enchaîné Ryan, passant au troisième point de ma liste.

Je lui ai raconté en détail ma conversation avec Hubert. La seconde exhumation à Oka. L'autorisation donnée à Briel d'examiner les os du lac Saint-Jean. Les questions que je lui avais posées sur l'inconnu qui avait téléphoné à Jurmain pour déblatérer contre moi.

Ryan est resté pensif. Peut-être qu'il essayait seulement d'identifier le truc marron qui pointait sous les couches de lasagnes.

— Lac Saint-Jean, tu dis ? Mmm.

— Mmm ?

— Juste une idée. Je vais me renseigner, je t'appellerai cet après-midi.

— Des progrès dans les enquêtes Villejoin et Keiser ?

— Pas vraiment. Claudel a vérifié auprès des compagnies aériennes, des gares, des compagnies d'autocars, des taxis et des agences de voyages de Montréal. Si Keiser a quitté la ville volontairement, elle l'a fait au volant d'une voiture ou en traversant l'hyperespace.

— En auto-stop dans le Cœur en Or, ai-je dit sans vraiment réfléchir.

— Propulsé par un Générateur d'Improbabilité Infinie, a rétorqué Ryan illico.

Preuve que nous étions bien tous les deux des fans du *Guide du voyageur intergalactique*[1]. Du temps où nous étions ensemble, nous aimions bien rivaliser de citations. C'était drôle, à l'époque. Maintenant, c'était juste douloureux.

Les vieilles habitudes ont du mal à mourir.

Ryan avait un grand sourire. Sourire des yeux et du visage tout entier. Des yeux qui ressemblaient aux eaux des Bahamas. Des yeux dans lesquels on pouvait se perdre. Des yeux dans lesquels je m'étais perdue.

Mais ça ne se reproduirait plus.

J'ai détourné le regard.

— Quoi d'autre ?

— Claudel a lancé une alerte nationale pour retrouver la voiture de Keiser. Il a interrogé les hôpitaux sur d'éventuelles admissions de gens atteints d'amnésie, ou de ce nom qu'utilisent maintenant les psychoblablatteurs. Néant. En ce moment, il enquête toujours sur les voisins de Keiser. Depuis combien de temps ils sont dans l'immeuble, où ils habitaient avant, ce genre de choses, quoi.

— Keiser menait une vie sociale active ?

— Claudel t'a pas dit ? a rigolé Ryan. C'était une veuve joyeuse, qui se prenait pour une enfant des années 1960. Et une joueuse.

— Et les hommes ? – Ryan a acquiescé. – Elle avait des petits copains ?

— En tout cas, elle aimait le faire croire, a répondu Ryan avec un sourire qui avait tout d'un ricanement.

— Qu'est-ce qu'il y a de drôle là-dedans ? Parce que c'est une dame âgée ?

Il a fait avec ses doigts le signe de la paix.

1. Premier volume de la saga *H2G2* de Douglas Adams, porté à l'écran en 2005. (*N.d.T.*)

— Charbonneau est sur le coup d'un ancien amoureux. Il écume les clubs de lecture et les cercles de tricot pour le localiser. Pour l'heure, ça lui a surtout rapporté d'innombrables tasses de thé et gâteaux. Et aussi, un tuyau intéressant : Keiser aimait la nature.

— C'est-à-dire ?

— Elle partait parfois dans les bois. Pour peindre.

— Où ça ?

— Elle ne l'a jamais dit. Elle allait aussi assez souvent dans un centre de remise en forme, Eastman Spa, dans les villes de l'Est.

Il m'a fallu un moment pour faire le rapprochement avec Rose Jurmain.

— Retraite à la campagne, un peu comme l'Américaine.

Ryan a acquiescé.

— De mon côté, j'enquête sur le personnel, les clients, et toute personne ayant été en rapport avec l'Auberge des Neiges à l'époque où Jurmain y était, pour voir s'il n'y aurait pas des recoupements avec Eastman. Je regarde aussi s'il n'y aurait pas des correspondances entre Jurmain, Villejoin et Keiser. Pour le moment, rien du tout.

Eastman Spa, un centre de remise en forme bien au-dessus de mes moyens.

— Pour se payer des séjours là-bas, Keiser devait être pleine aux as, ai-je fait remarquer.

— Oui, alors que son héritage n'a rien de mirobolant. Dans les cinquante mille dollars. Selon le testament, Pinsker doit en toucher cinq mille, le reste va à son fils et sa fille. D'après Claudel, ça leur a vraiment fait un choc.

— Qu'il y ait si peu d'argent, ou qu'ils aient été désignés comme héritiers.

— Les deux.

— Les enfants ne voyaient plus leur mère ?

— Non. Claudel cherche à savoir pourquoi.

— Et l'héritage des sœurs Villejoin, il va à qui ?

— Elles ne possédaient que leur maison et leurs meubles. D'après la lettre qu'elles ont laissée, le produit de la vente devait être versé à la Humane Society.

Avant de regagner mon étage, j'ai acheté un gros gâteau au chocolat.

Joe découpait à l'aide du microtome de très fines lamelles de cire destinées aux échantillons. Je lui ai remis mon gâteau-pot-de-vin avec force *mea culpa*. Monsieur le Lunatique a bien voulu s'adoucir un brin.

Je lui ai demandé comment il avait passé les fêtes. Il a répondu bien. Plutôt fraîchement. Je lui ai demandé s'il avait des projets pour le week-end à venir. De l'exploration, a-t-il répondu. Vraiment, et de quoi ? Des trucs, et il s'est replongé dans ses découpes de cire.

Qu'il aille se faire voir ailleurs !

La conscience plus légère, je me suis intéressée à l'affaire du lac Saint-Jean.

J'ai commencé par le registre des pièces à conviction qui avait été apporté de Chicoutimi avec les os. Aucune aide à attendre de ce côté-là. Tout ce bazar avait été empaqueté sans que le contexte ait été référencé.

J'ai supposé que tout avait dû se trouver ensemble, pêle-mêle, dans la malle de l'ermite.

Labrousse, le gynécologue coroner, avait raison sur un point : il s'agissait bien de restes anciens. Leur aspect blanchi, gauchi et effrité témoignait *a priori* d'un long séjour dans l'eau.

Ils étaient aussi très dégradés. Nombre de ces ossements se terminaient par des piques érodées par des années de frottement.

Bien que ces squelettes soient loin d'être complets, on voyait quand même qu'ils appartenaient à quatre individus : deux adultes et deux enfants. Détail que Briel avait effectivement noté, mais en plaçant une foule d'os au mauvais endroit. Ainsi, la femme adulte s'était vu attribuer plusieurs côtes de l'homme et le radius d'un des enfants. L'homme, lui, avait écopé de la clavicule droite de la femme, de sa fibule gauche et de son sternum. Quant aux os du crâne, ils étaient disposés n'importe comment.

À première vue, la femme était de race blanche : nez étroit, pont du nez proéminent.

Quant à l'homme, d'après les segments d'os de sa face, on pouvait affirmer qu'il avait des pommettes extrêmement écartées. Surprise par cette découverte, j'ai vérifié les fragments de maxillaire. Toutes les dents sauf une étaient tombées après la mort. J'ai examiné cette unique incisive à la loupe. Côté langue, la face, bien qu'usée, présentait un aspect incurvé parfaitement visible.

Intéressant. Sans être des éléments déterminants, ces pommettes marquées et cette dent en forme de pelle suggéraient une ascendance mongoloïde.

Concernant les enfants, je ne disposais pas d'assez d'ossements pour effectuer une quelconque analyse raciale.

Briel est passée sur les coups de trois heures, fébrile d'enthousiasme. S'attendant à quoi ? Des félicitations ? Des mercis ? Une discussion collégiale ?

Je l'ai salement remise à sa place.

Joe, qui était en train de laver des vases à bec dans l'évier, a fermé l'eau du robinet. Dans le dos de Briel, j'ai remarqué qu'il était à l'arrêt, tout ouïe.

Quant à Briel elle-même, elle n'a pas dit grand-chose et, sitôt ma tirade achevée, elle a pris la porte, les mâchoires serrées, plus rouge qu'une ado.

Joe s'est retourné. Son regard a croisé le mien et

s'est aussitôt détourné. J'ai eu le temps d'y lire de la réprobation. Et autre chose aussi : déception ? Mépris ?

Une fois de plus, j'ai compris que je devrais faire un geste. Une fois de plus, j'ai laissé passer le moment.

Je déteste la confrontation. Je déteste les changements. Hubert ; Joe ; Santangelo… Ces huit dernières heures avaient été épouvantables.

J'étais en train d'établir le profil du deuxième enfant du lac Saint-Jean, quand la porte de mon labo s'est ouverte.

J'ai relevé les yeux.

Jusque-là, la journée ne m'avait apporté que du bonheur.

21.

— Keiser avait une « garçonnière ».

Signé Claudel. À peine entré quelque part, il saute à pieds joints dans le vif du sujet. Pas même un *Bonjour**. Encore moins un *Comment ça va* ?*

Étonnée, j'ai posé la vertèbre que j'étais en train d'examiner à la loupe.

— Hier, je passe en revue les renseignements que j'ai déjà obtenus de Luigi Castiglioni, le concierge de l'immeuble, Lu pour ses *amici*, et quelque chose me titille pendant tout l'entretien. Je ne me souvenais pas d'un Lu comme ça la fois précédente. En plus, je le sens sur des charbons ardents. Je lui mets un peu la pression, et ce connard me déballe qu'il revient tout juste d'un petit séjour de six mois au pays.

J'ai fait un rapide calcul : de juillet à janvier. Autrement dit : Lu a passé en Italie tout le temps écoulé entre la disparition de Keiser et le début de l'enquête.

J'ai ouvert la bouche pour poser une question, mais Claudel a levé son doigt manucuré.

— Je lui demande alors comment il fait pour se trouver de l'autre côté de l'océan et réparer en même temps les chiottes qui fuient ? Lu admet qu'il a un jumeau, Eddie. Vous vous rendez compte ? Lu et Eddie. Comme dans un mauvais vaudeville. – Je ne l'ai pas interrompu.

– En homme consciencieux, Lu ne veut pas se faire pincer en train de prendre des vacances ; il convainc donc son frère Eddie de le remplacer. Leur petite combine fonctionne à merveille. Personne ne remarque rien. Ce qui est important, c'est que Lu est dans l'immeuble depuis vingt-deux ans. Il a eu le temps de rendre de menus services à droite et à gauche pour arrondir ses fins de mois. Quoi qu'il en soit, il connaît bien ses locataires. Connaît leurs projets et sait de quoi ils sont capables, alors que le frérot, lui, n'en sait fichtre rien.

J'ai pigé le tableau : Lu avait révélé quelque chose qu'Eddie ignorait. Une question un peu plus précise, et Claudel avait tiré le gros lot.

— Où était-elle ?

Claudel a secoué la tête comme si les petites manies de ses contemporains l'étonnaient toujours.

— Apparemment, cette vieille poulette a gardé un pied-à-terre près du lac Memphrémagog.

Je n'ai pas relevé l'appellation de vieille poulette. Je me suis contentée de suggérer :

— C'est là qu'elle se rend pour peindre ?

Claudel a opiné du menton.

— Ouais. Au début, l'endroit servait de cabanon de chasse à son troisième mari.

— Troisième ?

— Je tiens ce détail des enfants, Otto et Mona. Une jolie paire, soit dit en passant. Faudra que je revienne là-dessus.

— Ah ?

— Juste une intuition. Le problème, c'est qu'ils étaient en Alberta, à des milliers de kilomètres de Montréal, quand la maman a disparu du radar. À ce jour, je n'ai aucune preuve que de l'argent se soit volatilisé, mais j'examine quand même l'aspect financier pour voir s'il n'y aurait pas des comptes secrets, des virements ou des retraits suspects, de grosses dettes ou des achats importants. Tout ce qui sort de l'ordinaire sur les trois derniers mois. Changements dans les habitudes, dépenses inaccoutumées, revenus inattendus. À tout hasard. De toute façon, je n'ai pas d'autre piste. Je vérifie aussi qu'il n'y ait pas d'attitudes addictives, le jeu, les trucs habituels quoi. Je fais pareil pour le beau-fils, Myron Pinsker.

— Et les trois maris ?

— Le numéro un, Iouri Keiser, mariage en 1958 et divorce en 1978. Remariage pour lui en 1979, suivi d'un déménagement à Brooklyn en 1982, pour des raisons pas très nettes. Il y est toujours. Le mari suivant a été Pinsker. Mariage en 1984, emporté par un anévrisme en 1996.

— C'est le père de Myron Pinsker ?

— Oui. Il s'appelle aussi Myron. Quelle idée de refiler un prénom pareil à son gosse ? Est-ce que c'est une habitude juive ?

— Ça, vous m'en demandez trop.

— Mari numéro trois, Samuel Adamski, en 1998. Petit détail intéressant, le monsieur avait quatorze ans de moins qu'elle. Elle avait soixante et un ans, lui quarante-sept.

— Il est toujours de ce monde ?

— Décédé dans un accident de bateau en l'an 2000. Sa mort n'a pas déclenché un torrent de larmes, du moins chez les enfants Keiser. D'après Otto et Mona, c'était un parasite doublé d'un salopard.

» Quand Adamski a acheté la cabane, c'est Mme Keiser qui a payé les frais de raccordement à l'eau et à l'électricité. Elle n'a jamais parlé de cette propriété à personne. D'ailleurs, la cabane est toujours au nom d'Adamski, de sorte qu'elle n'entre pas dans l'héritage.

— Et ses enfants n'en savent rien ? Son beau-fils ?

— En principe non.

— Mais le concierge, lui, est au courant ?

— Dur à croire, hein ? Quoi qu'il en soit, quand Lu a pu mettre le cap sur le cabanon, j'ai suivi. De dehors, l'endroit a l'air au poil, mais à l'intérieur, c'est une autre histoire !

Et Claudel de se soulever sur la pointe des pieds. C'est sa manie, quand il en arrive au point fatidique d'un récit.

— À l'intérieur, a-t-il enchaîné, reposant ses talons sur le plancher, il y avait une grande pièce avec, dans le fond, un lit en mezzanine. À gauche, un poêle à bois, un tapis, un mur et un canapé entièrement calcinés. Et aussi un corps.

— Où ça, le corps ?

— Étendu au pied du canapé.

— Vous êtes sûr que c'était Keiser ?

— Non, je parierais pour Hillary Clinton.

À quoi bon relever ?

— Vous avez prévenu ses enfants ?

Claudel a acquiescé.

— Ils ne se sont pas jetés sur le téléphone pour réserver un billet d'avion. Pinsker est en route pour ici… Il faudrait quand même une coïncidence incroyable pour que ce ne soit pas Keiser, a-t-il ajouté, et ses lèvres minces ont semblé se rétrécir encore.

J'ai pensé à Rose Jurmain et aux sœurs Villejoin.

— Une chance pour que ce soit un accident ? ai-je demandé sans y croire.

— Avec les chèques de retraite endossés ? Le sac retrouvé dans la benne à ordures, à des kilomètres de son lieu d'habitation ? Mais c'est vrai que la porte de la cabane n'avait pas été forcée, si c'est ça que vous vouliez dire. Les lieux n'étaient pas sens dessus dessous, il n'y avait pas de sang partout et la victime était habillée de pied en cap.

— Pas de traumatisme flagrant ? Blessure par balle ? Coup sur la tête ?

— Je suis dé-tec-tive, pas médecin.

L'arrogance de Claudel me fait souvent sortir de mes gonds. Avec la journée que je venais de passer, j'ai été à deux doigts de réagir vertement. Mais il avait raison, ma question était idiote.

Constatation qui n'a pas amélioré mon humeur.

— Avez-vous dé-tec-té un indice quelconque pouvant suggérer qu'elle serait morte ailleurs ?

— Elle était à plat ventre. Le contact avec le sol avait préservé les chairs au niveau du ventre et de la poitrine. La coloration m'a paru normale.

Claudel faisait allusion au troisième stade de la fameuse triple couronne, qui sont : la *rigor mortis*, ou rigidité musculaire ; l'*algor mortis*, ou refroidissement des tissus ; la *livor mortis*, ou décoloration des chairs.

Que je vous explique en deux mots : lorsque le cœur cesse de battre et donc le sang de circuler, les cellules rouges, qui sont plus lourdes que le sérum sanguin, chutent sous l'effet de la gravité et se déposent dans les parties du corps les plus basses. Cela a pour résultat de colorer en rouge violacé les parties du corps situées en bas alors que celles situées en haut deviennent livides.

La *livor mortis*, à l'instar de ses collègues *rigor* et *algor*, s'effectue selon une période de temps bien connue, qui débute entre vingt minutes et trois heures après la mort. La coagulation à l'intérieur des capillaires s'effectue entre quatre et cinq heures après la mort pour atteindre son niveau maximum entre six et douze heures après la mort.

Par conséquent, la lividité, en plus d'être un moyen permettant d'estimer le temps écoulé depuis la mort, est également un élément déterminant pour établir si un corps a été déplacé ou non.

Un exemple : si Keiser avait été étendue sur le dos, ce sont ses fesses qui seraient devenues grenat et comme le corps avait été retrouvé allongé sur le ventre, on aurait pu conclure qu'il avait été déplacé. En l'occurrence, comme c'était sa poitrine et son ventre qui étaient rouge foncé, tout était donc normal.

— Et sa voiture ?

— Rangée sous un appentis, derrière la maison.

Je me suis représenté le décor : des bois, une cabane rustique et un appentis.

— La propriété est très isolée ?

— Les voisins les plus proches sont à huit cents mètres. Une maison louée pour les vacances. Les derniers occupants en sont partis en septembre. On les recherche.

— Qui est le médecin légiste référent pour ce cas ?

— Ayers, a dit Claudel en remontant la manchette de son admirable chemise pour consulter l'heure à sa montre hors de prix. Pinsker devrait être arrivé. Il va jeter un coup d'œil aux vêtements de la victime. Enfin, à ce qu'il en reste.

Je me suis levée.

— Je prends l'ascenseur avec vous.

Mesquin de ma part, puisque la phobie de Claudel pour la reconnaissance des corps est légendaire, mais je n'ai pas pu m'en empêcher.

Aucune scène de crime ne lui fait jamais perdre son flegme. Des draps inondés de sang ? Pas de problème, du moment que le sang ne coule pas. Des murs éclaboussés de cervelle ? Donnez-m'en encore. Des tapis tachés de matières fécales ? Une bagatelle. Et cela, parce que les scènes de crime sont les moments d'un récit figés dans le temps. Moments violents, certes, mais éloignés de lui. Ce sont les pierres nécessaires à la construction de l'édifice. Dans son esprit, chaque tableau est un exercice, un puzzle dont toutes les pièces doivent être disséquées avant d'être assemblées ; d'affreux secrets que lui chuchotent les boyaux et qu'il doit écouter intensément.

Mais qu'un cadavre soit allongé sur une table en acier, et notre Claudel a les jambes en coton. Eh oui ! Il est incapable de supporter la vue de la chair froide sur une table à la morgue.

— L'identification du corps n'est qu'une formalité, a-t-il déclaré en inclinant la tête, et son nez en bec d'aigle a jeté une ombre sur sa joue. C'est sans aucun doute Keiser. Il faut que je retourne à l'enquête.

J'ai regardé les fesses de Claudel dans leur pantalon impeccablement repassé disparaître par la porte.

Une heure plus tard, c'était Ryan qui se pointait.

— C'est ce que tu as reçu du lac Saint-Jean ? a-t-il demandé en promenant les yeux sur les ossements éparpillés autour de moi.

J'ai acquiescé.

— Ils ont l'air vieux.

— Ils le sont.

— Combien d'années ?

— Sans trop m'avancer, je dirais que ces gens n'ont pas fêté Noël cette année.

— Quarante ans ?

Je me suis contentée de le regarder.

— En 1967, un Cessna 310 a disparu entre Chicoutimi et la ville de Québec. À bord, les Gouvrard. Les parents et deux enfants. L'avion a été vu pour la dernière fois près du lac Saint-Jean. On a donc pensé qu'il était tombé à l'eau. L'épave n'a jamais été retrouvée.

Il m'a tendu un papier. Y étaient inscrits le nom et l'âge de quatre individus.

Achille Gouvrard, quarante-huit ans
Vivienne Gouvrard, quarante-deux ans
Serge Gouvrard, douze ans
Valentin Gouvrard, huit ans

— Est-ce qu'il y a une chance, après toutes ces années, que l'on ait toujours les dossiers *ante mortem* ?

— Ils sont en route.

— Vous êtes bon, détective.

— Ouais, pas si mauvais, je crois.

— Je reste votre débiteur.

— Je passerai collecter mon dû.

Phrase ponctuée d'un froncement de sourcils appuyé. Auquel mes parties méridionales ont immédiatement réagi. J'ai ignoré.

— Pourquoi est-ce que ce nom de lac Saint-Jean te disait quelque chose ?

— La sœur de Gouvrard était mariée à un gars de chez nous, Quentin Jacquème. Pendant des années, le jour de l'accident, Jacquème envoyait un mot à tout le monde pour rappeler qu'on le prévienne si jamais on découvrait quelque chose.

— Une telle persévérance, c'est admirable.

— Persévérance, c'est le cas de le dire. Les rappels ont cessé peu après mon entrée à la SQ, quand Jacquème est parti à la retraite. Comme c'était un ancien collègue, je n'ai pas eu de mal à le retrouver.

— D'où la facilité avec laquelle tu as récupéré les dossiers médicaux.

— Exactement.

— Pour Keiser, c'est triste, non ?

— Oui, mais il fallait s'y attendre.

— Évidemment.

Ryan parti, j'ai achevé mon analyse. Aucun de ces squelettes n'était complet et les os pour la plupart étaient très abîmés et décatis, néanmoins je possédais assez d'informations sur les Gouvrard pour dire qu'en gros ils correspondaient au profil de cette famille.

Aucun de ces gens ne présentait des signes de maladie particulière ni quoi que ce soit de caractéristique au niveau des dents.

Sauf le père, qui avait des pommettes saillantes et des dents en forme de pelle.

Je demanderais à Ryan d'interroger Jacquème sur l'ascendance de son beau-frère.

À quatre heures vingt, j'ai appelé Hubert pour lui faire part de la découverte de Ryan.

— 1967..., a-t-il dit, et le crissement du cuir sous son vaste fessier m'est parvenu dans l'écouteur. Il devient donc inutile que le Dr Briel s'échine davantage. En passant, quelle note lui donneriez-vous ?

— Huit sur vingt.

Hubert a laissé échapper un de ces sons indéchiffrables dont il a le secret.

— Cela dit, sur la seule base des restes en ma possession, je ne suis pas en mesure d'affirmer qu'il s'agit bien de la famille Gouvrard. J'attends leurs dossiers médicaux, mais je ne suis pas très optimiste en ce qui concerne une identification définitive. J'ai très peu de dents en tout, et aucune pour l'enfant le plus jeune.

— Un séquençage ADN ?

— Mitochondrial, peut-être, mais le résultat n'est pas garanti. Ces os sont en très mauvais état. Combien de chances avons-nous de retrouver des parents du côté de la mère ?

— *Tabernac* * ! Combien de familles entières peut-on retrouver dans un lac ?

Je me suis rappelé la phrase qu'il avait prononcée devant la tombe de Christelle Villejoin : « Combien de mamies disparaissent chaque année ? » Je n'ai rien ajouté. Il a enchaîné :

— Surtout que l'accident ne date pas d'hier !

— Les événements anciens ont parfois une drôle de façon de vous revenir en pleine figure. Il peut rester des problèmes légaux non résolus. Concernant l'héritage, l'assurance. S'il s'avère effectivement que c'est la famille Gouvrard.

Il a changé de sujet. Typique d'Hubert quand il est mal à l'aise :

— Mme Keiser est en bas. Ayers a accepté de pratiquer l'autopsie demain matin. – J'ai attendu la suite. – Peut-être qu'elle a perdu les pédales et a pris feu toute seule.

— Rien dans son dossier n'indique qu'elle ait été atteinte de démence sénile.

— Les conneries, ça arrive.

J'ai passé encore deux heures avec les ossements du lac Saint-Jean, à établir une liste des points à vérifier dès que j'aurais reçu les dossiers *ante mortem*. Hubert avait probablement raison. La mère, le père et les deux enfants… Combien de chances y avait-il pour qu'une configuration identique se reproduise ? Mais quand même.

Les caractéristiques du pelvis chez l'homme et chez la femme m'ont appris qu'ils avaient entre trente-cinq et cinquante ans.

Déterminer le sexe sur la seule base du squelette est bien plus ardu pour les préadolescents. Pour l'un des enfants je n'avais que des fragments de pelvis, pour l'autre pas le moindre bout. Autrement dit, rien sur quoi me fonder.

L'aîné des enfants n'avait pas de mâchoire, et il lui manquait la plus grande partie de la tête. Toutefois, ses os du bras et de la jambe suggéraient un âge entre dix et douze ans.

Le plus jeune enfant était représenté par deux vertèbres, trois fragments d'os longs, un calcanéum et une poignée de fragments d'os crâniens. La maturité de l'épiphyse dans la partie proximale du fémur laissait supposer un âge entre six et huit ans. J'avais également trois molaires isolées, deux dents de lait, et une dent définitive. D'après l'usure de leurs faces, on pouvait dire que ces trois molaires étaient complètement sorties de la gencive. La fermeture de la racine suggérait un âge entre six et huit ans.

Pourquoi avais-je si peu de morceaux du crâne appartenant aux enfants ? Rien d'horrible là-dedans. Tout simplement, chez un enfant, les différents os constituant la voûte crânienne ne sont que partiellement soudés, quand ils ne sont pas encore totalement séparés. Lorsque le tissu mou se désagrège, ils se détachent au niveau des sutures – je veux parler de ces lignes en zigzag le long desquelles ils se donnent tous la main.

Les quatre individus sur ma table présentaient des fractures au crâne et au thorax. L'homme avait également un traumatisme aux membres inférieurs. Mais du fait de l'érosion des bords des fractures, il était impossible de déterminer s'il s'agissait de fractures antérieures à la mort.

Était-ce la famille Gouvrard ?

J'ai relu mes notes.

Sexe des adultes : correspondant.

Âge des adultes et des jeunes : correspondant.

Traumatismes : correspondant à ceux causés lors d'un accident d'avion. Les fractures aux jambes de l'homme me semblaient coïncider avec celles qu'on attendrait sur un individu assis aux commandes d'un avion.

En gros, ça collait.

Mais ce n'était pas suffisant. Les pommettes de l'homme et son incisive continuaient de me perturber.

J'ai fait un tour d'horizon du laboratoire désert. L'imprimante silencieuse. Le téléphone de Joe et le clignotant indiquant des messages. Son ordinateur, en veille, et les dessins se déplaçant sur l'écran.

D'habitude, Joe me disait *au revoir** quand il s'en allait. Aujourd'hui, il était parti sans un mot. Manifestement, j'allais devoir en rajouter une couche, côté gâteau. Mais pourquoi me faisait-il la gueule ? Parce que j'avais enguirlandé Briel ? J'avais beau chercher, impossible de me rappeler ce que j'avais pu faire d'affreux pour mériter de sa part une attitude aussi glaciale.

Déprimée, j'ai laissé mes yeux errer vers la fenêtre. Douze étages plus bas, la circulation s'écoulait sous la forme de flots de points rouges. Une femme mince se reflétait dans la vitre. On ne discernait pas ses traits, mais la tension de ses épaules révélait sa contrariété.

Il était temps de rentrer chez moi.

Ayant rangé mon compas d'épaisseur dans le tiroir et fermé à clef la porte de mon labo, je suis entrée dans mon bureau, de l'autre côté du couloir.

Depuis qu'un nouveau standard téléphonique a été installé au LSJML, les appels extérieurs arrivent directement sur les postes des employés et ceux qui restent sans réponse sont automatiquement transférés sur une boîte vocale. Toutefois, les appels passés au standard sont inscrits sur des bouts de papier.

J'étais en train de fermer ma parka quand j'ai justement aperçu un de ces papiers parmi le fouillis sur mon bureau. Un post-it rose.

Je l'ai lu.

Génial !

J'ai décroché le téléphone.

22.

Celui qui avait appelé avait des informations confidentielles à me transmettre.

Le nom de Peter Schechter était suivi d'un numéro de téléphone à dix chiffres commençant par trois cent douze.

Chicago.

L'avocat de Jurmain avait-il découvert l'identité du salopard qui avait déblatéré sur moi ?

J'ai composé le numéro.

Quatre sonneries, et une voix beaucoup trop douce m'a demandé de laisser mon numéro, mon nom, et le motif de mon appel.

Ce que j'ai fait avant de raccrocher brutalement.

Restait-il encore autre chose susceptible d'aller de travers aujourd'hui ?

J'ai regardé la date et l'heure inscrites sur le papier : neuf heures et quart, ce matin.

Il était maintenant dix-huit heures quarante.

Tant pis ! Je le rappellerais de la maison.

Bien sûr. Ce serait la bonne heure.

Eh bien, pas du tout.

J'ai essayé, sitôt rentrée chez moi, puis deux fois encore après avoir partagé avec Birdie une salade thaïlandaise achetée chez le traiteur.

Vecamamma a téléphoné pendant que je débarrassais les restes du dîner. Elle envisageait de se faire opérer de la cataracte et voulait mon avis. Je lui ai dit d'y aller sans crainte.

Je lui ai demandé comment allait Cukura Kundze. Elle a dit que les restes de Lazslo avaient été remis à la famille et que des funérailles avaient été organisées. Elle y avait assisté, bien sûr. Cukura Kundze et M. Tot étaient tristes, naturellement, mais ils semblaient soulagés que le jeune homme puisse enfin régler ses comptes avec le Seigneur. Elle m'a décrit le cercueil, les fleurs, la musique et le repas, la robe de Cukura Kundze, magenta, couleur tout à fait déplacée pour ce genre d'événement, et le sermon du prêtre.

Je me suis demandé tout bas ce que contenait le cercueil de Lazslo. De par mon métier, je sais que, dans les affaires d'homicide non résolues, les autorités sont obligées de conserver des échantillons.

Où en était l'enquête ? Vecammama n'en savait rien.

Après avoir raccroché, je me suis interrogée pour la centième fois sur ce qui avait pu arriver à Lassie. Pourquoi avait-il été assassiné ? Où ? Par qui ? Fasse le ciel que cette affaire ne se termine pas comme tant d'autres, sous la forme d'une boîte oubliée sur une étagère dans la salle de conservation de la police.

À onze heures, je me suis couchée.

Le chat est venu me rejoindre plus tard, dans le courant de la nuit.

Le lendemain matin, réveil à huit heures. Exercice de réforme morale pendant le trajet en voiture jusqu'au labo. L'agressivité n'est pas une bonne chose, contrairement à la sérénité. Respire l'odeur des roses. C'est bien meilleur pour la santé, pour la longévité, blablabla.

À peine arrivée, j'ai appelé Schechter.

La même voix enjôleuse a répété ses indications. J'y ai répondu par un message identique à celui de la veille, et j'ai reposé le combiné sur son socle. Délicatement.

La réunion du matin s'est passée dans la même atmosphère polaire que la fois d'avant. Pas un sourire, pas une plaisanterie. Chez tout le monde, l'envie manifeste de se trouver ailleurs.

Briel n'était pas là. Apparemment, elle donnait des cours à l'École de médecine de Laval.

Au moment de nous séparer, j'ai pris Ayers à part pour lui demander pourquoi tout le monde semblait aussi déprimé. Elle a parlé de fatigue, de surcroît de travail et elle a foncé découper en Y le cadavre de Marilyn Keiser.

De retour dans mon bureau, j'ai appelé le coroner. Une nouvelle secrétaire a décroché. Je commençais à lui exposer mon affaire quand je me suis arrêtée pour lui demander son nom. Adèle.

Je me suis présentée et j'ai fait une plaisanterie. Mon nouveau moi en action.

— Est-ce que le dossier médical des Gouvrard est arrivé ?

— Un instant, s'il vous plaît.

Un bruit sourd m'est parvenu, puis le cliquètement d'un clavier et le déplacement d'air du téléphone repris en main.

— Oui, c'est le Dr Briel qui l'a.

— Quoi ? ! me suis-je exclamée sèchement.

Silence.

J'ai pris une inspiration.

— Excusez-moi, Adèle, mais je ne comprends pas. Comment se fait-il que ce dossier soit entre les mains du Dr Briel ?

— D'après le rapport, c'est elle qui supervise ce cas.

— C'est une erreur. (Très polie, bien sûr.) S'il vous plaît, remplacez le nom du Dr Briel par le mien, voulez-vous ? – Adèle ne disait rien. – Si vous avez des questions, vous pouvez vérifier auprès de M. Hubert.

Deux requêtes, deux « s'il vous plaît ».

Adèle a hésité :

— Est-ce que je dois récupérer le dossier et vous le transmettre ?

— Ce ne sera pas nécessaire, mais je vous remercie de me l'avoir proposé.

J'étais en train de raccrocher quand Joe a passé la tête dans mon bureau.

— Quelque chose pour moi ?

J'allais lui demander de faire des radios des possiblement Gouvrard, quand je me suis rappelé mes bonnes résolutions. Je lui ai décoché un grand sourire.

Il attendait, le visage de marbre.

Les femmes du Sud sont célèbres pour savoir ce qu'il faut dire en toutes circonstances, pour trouver le mot ou la phrase qui mettra son interlocuteur à l'aise. C'est un talent que j'admire mais que je ne possède pas, c'est le moins qu'on puisse dire. Pour parler de la pluie et du beau temps, je suis la plus nulle des nulles.

Ne sachant comment démarrer une conversation qui ne prête pas à conséquence, je me suis rabattue sur un détail de notre échange de la veille, au moment où je lui avais donné le gâteau.

— Dites-moi une chose… (Bon début, la fille du Sud !) Hier, vous m'avez intriguée. (Mon œil, la seule chose qui m'intriguait, c'était les os du lac Saint-Jean.) Vous avez dit que vous faisiez des explorations…

Joe n'a pas carrément tourné les talons, mais à l'évidence, il évitait de croiser mon regard.

— Oh, c'est juste un passe-temps.

Ce n'était pas vraiment une réponse.

— Par un froid pareil, que pouvez-vous donc explorer ?

— Des trucs, rien de particulier.

Il a haussé les épaules.

Ce crétin ne me simplifiait pas la tâche.

— Des caves ? Des puits de mines ? Des mondes parallèles ?

— Toutes sortes de trucs sous terre. On appelle ça explorer les conduits. Rien d'extraordinaire. Dites, ça ne vous dérange pas que la fille fouille dans l'armoire aux archives ?

— Quelle fille ? ai-je demandé, déconcertée par son coq-à-l'âne.

— La nana qui est en train de farfouiller dans vos anciens dossiers.

— Faites les radios des victimes du lac Saint-Jean ! lui ai-je lancé en fonçant vers mon labo.

Et tant pis pour mes bonnes intentions de créer du lien !

La « nana », dos à la porte, examinait le contenu d'une boîte portant l'indication : LSJML-28723.

— Excusez-moi ?

Elle s'est retournée. Deux mèches margarine coiffées d'un bandana triangulaire noué dans la nuque. Bien qu'elle mesure facilement un mètre quatre-vingts, elle ne devait pas peser plus lourd qu'une petite écolière.

— Vous m'avez fait peur ! s'est-elle écriée en portant sa main au cœur.

J'ai croisé les bras sur la poitrine, à deux doigts de taper du pied.

— Et vous êtes ?

— Solange Duclos.

Ce nom ne me disait rien du tout, et manifestement ça se voyait.

— Je suis l'assistante du Dr Briel, a-t-elle chuchoté.

L'étudiante de l'université de Montréal. J'avais complètement oublié.

— Qui vous a permis d'entrer dans ce cagibi ?

— Le Dr Briel m'a donné une clé, a-t-elle dit en la montrant.

J'ai tendu la main. Elle a déposé la clé dans ma paume.

— Le Dr Briel m'a dit de me familiariser avec les problèmes de dentition en étudiant des affaires anciennes.

Elle avait un rouge à lèvres… Le plus éclatant que j'aie vu de ma vie. À coup sûr, il s'appelait Rouge Poivron ou Coquelicot de la Passion.

Je lui ai fait signe de sortir immédiatement du cagibi. Elle s'est hâtée d'obtempérer, un livre serré sur sa poitrine inexistante. J'ai refermé la porte à clé et me suis retournée.

Surtout, ne pas passer ma colère sur elle !

— Vous vous êtes présentée au Dr Morin ?

Elle a fait signe que oui, ses lèvres écarlates un peu pincées.

— Est-ce que le Dr Briel vous a donné d'autres instructions, en dehors de vous *familiariser* avec la dentition ?

Elle a secoué la tête.

Super ! Et Briel n'était même pas là, le jour où son assistante personnelle se pointait au labo pour la première fois !

Duclos a brandi son livre, un vieil exemplaire de *L'Ostéologie humaine* de Bass.

— Le Dr Briel m'a remis cet ouvrage de référence. Le chapitre sur les dents est formidable. Je connais évidemment les différences entre incisives, canines, molaires et prémolaires, a-t-elle ajouté presque en bégayant, mais j'ai besoin de me remettre en mémoire certains détails. Je ne connais pas bien les différences entre mandibule et maxillaire, côté droit et côté gauche.

— Prenez un siège et asseyez-vous là.

J'ai désigné l'unique endroit de la pièce qui n'était pas jonché d'os.

Duclos a fait rouler une chaise jusqu'à l'endroit indiqué et s'y est installée. J'en ai profité pour retourner dans le cagibi. Me servant d'une petite clé ronde attachée à mon trousseau, j'ai ouvert une armoire métallique et en ai sorti un petit tube en plastique.

Elle m'a regardée revenir vers elle, les yeux aussi ronds que des frisbees.

— Exercez-vous avec ça. Divisez les dents en catégories, ensuite par côtés, puis le haut et le bas.

J'ai posé le tube sur la paillasse avec bruit.

Après avoir ingurgité mon content de café, j'ai rappelé Schechter.

Sans plus de succès.

Ensuite, je suis entrée dans le bureau de Briel. Une enveloppe grise reposait sur sa table. Expéditeur : la SQ de Chicoutimi.

Retour au labo.

Ravie.

Ça n'a pas duré.

Le contenu des dossiers des Gouvrard était encore plus succinct que celui de Christelle Villejoin. Pas une seule radio. Des renseignements médicaux et dentaires quasi inexistants. Les pages tapées à la machine étaient à peine lisibles : encre effacée, salissures de papier carbone probablement. Quant à celles manuscrites, elles étaient indéchiffrables.

Après trois heures et demie passées à déchiffrer des pattes de mouche à la loupe et à traduire les phrases en anglais, je n'étais pas plus avancée qu'au début.

Achille, le père, souffrait d'hypertension et d'eczéma, et était sous traitement pour ces deux problèmes. Il mesurait un mètre soixante-dix-huit, information inutile puisque je n'avais aucun os long complet en ma possession. À l'âge de trente-sept ans, il s'était cassé trois orteils. Accident de travail. Mais je n'avais aucun os des pieds pour lui.

L'absence de dossier dentaire donnait à penser que le papa n'était pas un maniaque des consultations régulières.

Vivienne, la mère, ne souffrait d'aucune maladie susceptible d'avoir laissé des traces sur son squelette. Problèmes de reflux gastrique, dirait-on aujourd'hui, et migraines. Une fausse couche à deux mois de gestation, trois ans avant la naissance de son premier enfant. Sa taille n'était pas indiquée.

Première et seconde molaires gauches de la mâchoire inférieure dévitalisées, mais ces dents s'étaient perdues *post mortem*.

Serge, le fils aîné, s'était cassé le cubitus droit à l'âge de six ans. Cet os n'était pas au nombre des restes. Oreillons à sept ans, varicelle à neuf. Une commotion sans gravité, le jour de son onzième anniversaire, suite à une chute du haut d'un arbre.

Je n'avais aucune dent le concernant. Dommage. Car, lui, il était allé chez le dentiste et avait été soigné pour des caries.

Coup d'œil à la pendule. Une heure dix.

À l'autre bout du labo, Solange continuait à trier les dents. Je me suis imaginé la trace que ses lèvres fluorescentes devaient laisser sur un verre.

J'ai rappelé Schechter avant d'aller déjeuner. Troisième message.

Nathalie Ayers était à la cafétéria. Elle m'a désigné la chaise vide en face d'elle. Je me suis assise. Me rappelant la façon dont elle m'avait gentiment rembarrée le matin même, j'ai évité d'évoquer l'humeur du personnel.

— Tu en as fini, avec Keiser ?

Elle a hoché la tête, les dents plantées dans son sandwich œuf mayo.

— Je suppose que c'est bien Keiser.

— Ouais. Vu l'état de décomposition et les brûlures, il ne restait rien du visage ni des dents. Heureusement, elle avait un bridge. Demeuré intact. Qui correspondait aux dossiers *ante mortem*.

— Qu'est-ce qui l'a tuée ?

— Va-t'en savoir. Les organes internes n'étaient plus que de la bouillie. Les radios ne montrent ni fracture, ni balle, ni corps étrangers. J'ai prélevé des échantillons pour la toxicologie, sans grand espoir.

— De la fumée dans les poumons ou la trachée ?

Ayers a fait un geste vague de la main. Peut-être que oui, peut-être que non. Donc impossible de dire si Keiser était vivante ou morte quand le feu avait pris.

— Est-ce qu'elle fumait ?

— Oui, d'après Claudel.

Ayers est passée à la deuxième moitié de son sandwich. J'ai fini mon restant de salade avant d'aborder un autre sujet.

— L'assistante de Briel est ici alors qu'elle-même est à Laval en train de former de jeunes esprits.

Ayers a lâché un petit bruit méprisant.

— Non, l'enfant prodige est ici. En train de se former elle-même.

— Ah bon ?

— Elle est entrée dans ma salle d'autopsie juste au moment où j'en sortais et m'a demandé si elle pouvait jeter un coup d'œil à Keiser. Pour développer ses connaissances.

— Non mais ce culot ! me suis-je esclaffée.

— Ça, c'est sûr ! a renchéri Ayers sans rire le moins du monde.

Elle a tourné le sucre dans son café. A tapé la cuiller sur le bord de la tasse. A posé sa cuiller.

— Excuse-moi, pour tout à l'heure.

— Oh, pas de quoi.

— Mais tu as raison. L'atmosphère est devenue épouvantable dans notre département.

— Parce que LaManche n'est plus là ?

Elle a réfléchi un instant.

— Non.

— Alors, c'est dû à quoi ?

— Je ne voudrais pas dire des bêtises, mais je dirais que c'est à cause de cette tension qu'Emily démissionne.

— Qu'est-ce que tu veux dire ?

Elle a hoché la tête.

— Demande-le-lui.

— Elle m'a téléphoné la semaine dernière à Charlotte pour me prévenir que Briel et Joe étaient retournés à Oka et me dire de rappliquer le plus vite possible. Mais elle ne m'a pas dit à ce moment-là un mot sur son intention de quitter le labo.

— Appelle-la.

Je me suis promis de le faire sans tarder.

Mais les événements se sont accélérés et avec une telle vitesse que j'aurais pu croire que le monde avait quitté son orbite.

23.

Quand je suis revenue dans mon labo, la jeune Solange Duclos n'y était plus. Ou bien Briel l'avait cantonnée ailleurs, ou bien la gamine avait fini sa journée. Personnellement, ça m'était un peu égal. J'avais des paillasses jonchées d'ossements et un coroner énervé sur le dos.

Comme de juste, les interruptions se sont succédé tout au long de l'après-midi. Je venais à peine de poser mon sac quand Claudel a débarqué. Toute à mon désir de me remettre à l'analyse des victimes du lac Saint-Jean, je l'ai laissé parler sans lui poser beaucoup de questions.

— Le service incendie en a fini avec la cabane de Keiser. – Il voulait parler des gars de la section chimie qui déterminent les causes des incendies et les départs de feu dans les cas d'incendie suspect. – Ils ont relevé des traces d'accélérateur de feu sur le tapis et le canapé.

Comprendre : incendie volontaire.

— Quel produit a été utilisé ?

— Ils sont sur le coup.

— Ayers n'a pas pu déterminer si Keiser respirait encore lorsque le feu a pris, ai-je dit.

— Ce n'est pas mon premier homicide, j'ai déjà discuté de ses conclusions avec le Dr Ayers.

Ben alors, pas besoin de venir m'emmerder ! ai-je pensé très fort.

Je me débattais avec les victimes du lac Saint-Jean quand mon portable a sonné dans la poche de ma blouse. À l'écran, Peter Schechter.

Eh oui, ça rapporte parfois de harceler les gens ! Malheureusement, « l'information confidentielle » n'était pas celle que j'espérais. En rangeant des papiers appartenant à Edward Allen, l'avocat avait tout simplement découvert une note avec un numéro de téléphone commençant par cinq cent quatorze et un seul mot : Rose.

Après avoir raccroché, je me suis branchée sur *annuaire.com*, en utilisant la fonction « recherche par numéro ». Sans succès.

J'ai appelé un type à la SQ. Il m'a dit qu'il allait faire une recherche et me rappeler.

Ce qu'il a fait, dix minutes plus tard.

Le numéro correspondait à une cabine téléphonique de la gare centrale, rue de la Gauchetière.

Super. La gare de chemin de fer de Montréal, dans le bas de la ville.

Toutefois, le coup de fil de Schechter n'était pas totalement inutile. Il m'apprenait deux choses.

Premièrement : mon accusateur – si c'était bien lui qui avait appelé de cette cabine – pouvait être ou bien un banlieusard, ou bien un touriste de passage, ou bien un habitant de Montréal soucieux de garder l'anonymat, puisque la gare centrale accueille des trains de grandes lignes et de banlieue aussi bien que des lignes de métro suburbain. C'était une piste.

Deuxième information : les téléphones publics existaient toujours. Qui l'eût cru ?

Il était déjà quatre heures et quart quand j'ai enfin réussi à me remettre à l'étude des victimes du lac Saint-Jean.

Plaisir de courte durée.

J'ouvrais le dossier du plus jeune des fils, Valentin, quand un rire masculin a brisé net ma concentration.

Ryan.

Joe.

Les laboratoires de pathologie, d'histologie et d'anthropologie-odontologie étant en enfilade, Ryan avait dû entrer à l'autre bout pour atteindre mon domaine, et donc passer devant Joe qui devait faire de la paperasserie car je l'entendais depuis plus d'une heure brasser des feuilles et des dossiers. Et maintenant les deux hommes parlaient sans doute carburateur ou match de foot, ou échangeaient ces plaisanteries grivoises qui provoquent chez les porteurs de chromosome Y de gros rires gras de conspirateurs particulièrement exaspérants.

Le cadet des enfants du lac Saint-Jean, probablement Valentin Gouvrard, était représenté par deux vertèbres, trois fragments d'os longs, un calcanéum, une poignée de fragments d'origine crânienne et trois dents isolées. Maigre collecte, et dans un état de conservation épouvantable, que je disposais sur ma table, ignorant les deux mecs qui s'esclaffaient bruyamment dans la pièce d'à côté.

Ces squelettes avaient dû séjourner longtemps au fond de l'eau où ils avaient sans cesse été déplacés par les mouvements de houle, car la plupart des caractéristiques anatomiques étaient effacées : tout ce qui aurait pu permettre l'identification des victimes, dans cette situation où l'absence d'os entiers interdisait de prendre quelque mesure que ce soit, avait été érodé.

Toutefois, les dents permettaient d'évaluer l'âge. Entre six et huit ans, ce qui corroborait les estimations.

Que je vous explique. À la différence des requins et des alligators, les êtres humains ne possèdent que deux séries de dents. Les enfants ont vingt dents. Les adultes trente-deux, car les molaires et les dents de sagesse viennent s'ajouter aux précédentes.

Le remplacement se produit de la manière suivante : vers l'âge de six ans, les premières molaires définitives s'ajoutent aux dents de lait. Vers onze, douze ans, les huit molaires de lait sont remplacées par les prémolaires. Au cours de l'adolescence jusqu'à un peu après vingt ans, deux nouvelles molaires définitives apparaissent en arrière de chaque arcade au fond de la mâchoire. Je vous passe la chronologie pour les incisives et les canines, tout le monde est au courant.

Concernant le plus jeune des enfants, la première molaire définitive et la seconde molaire de lait avaient été récupérées : toutes deux provenaient du côté droit du maxillaire inférieur. Je possédais également sa deuxième molaire de lait, en haut à droite.

J'ai mis de côté les dents de lait.

J'étais en train d'examiner la molaire définitive quand une ombre s'est arrêtée sur ma main. J'ai relevé les yeux.

Un Ryan inhabituellement tiré à quatre épingles : costume bleu nuit, chemise blanche impeccable, cravate jaune pâle à pois bleu vif.

— Quelle élégance !

— Merci, je sors du tribunal.

— Le témoignage s'est bien passé ?

— L'assistance tout entière en est restée sur le cul.

— La modestie habituelle, ai-je soupiré en enfermant la dent dans sa fiole. Tu faisais des mamours à mon assistant ?

— Je ne suis pas sûr qu'il soit mamourable.

— C'est-à-dire ?

— Quand j'ai dit que tu défiais tous les records de température, il s'est fermé comme une huître et a dit que j'étais grossier.

J'ai levé un sourcil.

— C'était juste une plaisanterie.

— Peut-être que Joe fait partie de ces gens qui croient qu'être grossier est grossier. Dis-moi plutôt ce qui t'a poussé à évoquer mes capacités climatiques.

— Monsieur le Susceptible était en train de regarder les photos d'un tunnel de service ou de quelque chose dans le genre. Histoire d'échanger trois mots, je lui ai demandé ce que c'était, bien que ça m'intéresse plutôt moyennement. Il m'a parlé d'un hobby un peu barge et j'ai dit qu'il devait aimer le froid. Il a répondu que c'était exactement l'avis du Dr Brennan. J'ai dit…

D'un geste de la main, je lui ai signifié de couper là. Il a compris le message.

— Les dossiers *ante mortem* des Gouvrard t'ont permis de régler l'affaire ?

— Jusqu'ici, ils ne m'ont pas été d'une grande utilité. Maman souffrait de migraines et de maux d'estomac, papa de démangeaisons. L'aîné des enfants s'était cassé un bras, mais je n'ai pas les os correspondants et je n'ai pas non plus d'échantillons pour le papa qui s'était aussi cogné le pied.

— Des caractéristiques qui te permettent d'exclure une possibilité ou une autre ?

— Non. L'âge et le sexe correspondent. Les blessures aussi. Le tissu osseux est dans un sale état, conforme effectivement à un séjour de quarante ans sous l'eau. Mais rien de particulier, pas le moindre élément qui me permettrait d'établir l'identité définitivement, ai-je lâché avec un mouvement agacé. De ton côté, du nouveau sur l'affaire Villejoin ?

— Grellier examine des photos de l'Identité judiciaire depuis deux jours. Il a l'impression d'avoir reconnu son copain de biture : un nul du nom de Red O'Keefe. Connu aussi sous les noms de Bud Keith,

Sam Caffrey et Alex Carling. Un imaginatif. D'habitude, ces salopards aiment bien conserver les mêmes initiales. C'est plus commode pour les monogrammes sur les serviettes.

— C'est quoi son CV, à lui ?

— Quatre peines, pour du menu fretin.

— Il est en taule en ce moment ?

— Relaxé depuis 1997. Il a entièrement purgé sa peine et n'est pas recherché. D'après son ancien officier de probation, sa dernière adresse connue était à Laval. Pendant qu'on essayait de le localiser, j'ai regardé si l'un de ses innombrables pseudos ne se retrouvait pas dans la liste des personnes impliquées dans les affaires Jurmain et Villejoin.

— Pas bête.

— Ça n'a rien donné.

— Tu as parlé avec Claudel, récemment ?

— Non, on passe notre temps à se rater.

J'ai mis Ryan au courant du produit utilisé dans le cabanon de Keiser, ce qui pouvait donner à penser qu'il s'agissait d'un incendie volontaire.

Ryan a ouvert la bouche comme s'il allait faire un commentaire ou me faire part d'une de ses réflexions. A finalement regardé sa montre.

— C'est l'heure de retourner les chaises sur les tables.

— Ce qui veut dire ?

— Je me tire.

Ce soir-là, j'ai arrêté mon choix sur des crevettes au curry accompagnées de légumes. Birdie a avalé les crustacés et recraché les carottes et les petits pois sur le tapis.

J'ai essayé de lire un roman. Impossible de me concentrer. Trop d'images se bousculaient dans ma tête : Rose Jurmain perdue dans les bois ; Anne-Isabelle Villejoin se vidant de son sang sur le carrelage de sa cuisine ; Christelle Villejoin tremblant de tous ses membres debout devant sa tombe ; Marilyn Keiser en flammes au pied de son canapé.

J'ai appelé ma sœur, elle était sortie. *Idem* pour Katy.

Contrariée et incapable de tenir en place, j'ai décidé de prendre des notes et de les classer. Peut-être qu'un modèle émergerait, une fois les faits écrits noir sur blanc sur du papier. Ou convertis en octets et en gigas.

Ayant ouvert un document vierge sur mon portable, je l'ai divisé en trois colonnes dans lesquelles j'ai reporté tout ce que l'on savait sur ces femmes.

Rose Jurmain

59 ans, paraissant plus âgée.
Américaine (de Chicago).
Issue d'un milieu fortuné, déshéritée par son père, tenue à l'écart par la famille.
Lesbienne, compagne : Janice Spitz.
Religion ?
Souffrant de dépression.
Alcoolisme et usage de stupéfiants.
Héritiers ?
Voyages au Québec pour admirer la saison. Séjour à l'Auberge des Neiges.
Retrouvée dans les bois, en surface, près de Sainte-Marguerite, trente mois après sa disparition, le corps à l'état de squelette et partiellement dévoré par des ours.
Pas de traumatisme peri mortem *sur le squelette ou le crâne.*

Anne-Isabelle/Christelle Villejoin

86 / 83 ans.
Pointe-Calumet, Québec.

Vieilles filles, vivant ensemble.
Anne-Isabelle : matraquée à mort chez elle. Beaucoup de bruit autour de l'affaire.
Christelle : disparition à la même époque, carte de retrait bancaire utilisée dans un distributeur à l'est de Montréal, quelques heures après l'attaque de la sœur.
Catholiques, activités au sein de la paroisse.
Ni alcool ni drogue.
Ni voiture ni voyages.
Pas de famille.
Des chats.
Héritier : Humane Society.

Christelle : corps retrouvé grâce à info fournie par Florian Grellier.
Arrêté pour excès de vitesse et vol de véhicule, info qu'il aurait obtenue d'un inconnu dans un bar (alias O'Keefe et beaucoup d'autres noms d'emprunt).
Squelette trouvé dix-huit mois après sa disparition dans une tombe peu profonde près d'Oka.
Fractures du crâne indiquant un coup porté à l'aide d'une pelle. (Anne-Isabelle : battue avec sa propre canne.)

Marilyn Keiser

72 ans
Veuve, vivant à Montréal, boulevard Édouard-Montpetit.
Trois mariages
Deux enfants : Otto et Mona, vivant en Alberta, n'ayant plus de relations avec leur mère.
Un beau-fils : Myron Pinsker, vivant à Montréal.
Hippie, vie sociale active.
Religion : juive.

Une cabane près de Memphrémagog, connue uniquement du concierge de son immeuble, Lu Castiglioni.
Cabane incendiée, présence de produit inflammable laissant supposer l'incendie volontaire.
Une voiture : conduit elle-même, petits trajets dans la région. Véhicule retrouvé près de la cabane.
Découverte trois mois après sa disparition. Corps calciné, en état de décomposition avancée. Autopsie pratiquée par Ayers. Cause de la mort : inconnue.

J'ai regardé mes listes en souhaitant de tout mon cœur qu'une idée me vienne à l'esprit ou que mon esprit en produise une, comme une bulle avec une phrase à l'intérieur, façon BD.

Pas de bulle. Uniquement des questions, que j'ai commencé à noter aussi sur mon ordi.

Langues parlées : le français pour les Villejoin. L'anglais de toute évidence pour Rose Jurmain, puisqu'elle était américaine. Mais pour Marilyn Keiser ? Le français, l'anglais, les deux ?
Héritage : ses enfants pour Keiser. La Humane Society pour les sœurs Villejoin. Mais Rose Jurmain ? Sa compagne ?
Religion : juive pour Keiser. Catholique pour les Villejoin. Celle de Rose Jurmain ?
Descendance : deux enfants pour Keiser. Aucune pour les Villejoin et Jurmain. Spitz, la compagne de Rose, avait-elle des enfants ?

Bref, une Américaine avec des problèmes de drogue ; deux vieilles filles sortant rarement de chez elles ;

une grand-mère très active, mariée trois fois et ne fréquentant pas ses enfants.

Ces femmes avaient-elles d'autres points communs, en dehors de leur mort violente ?

Keiser et Jurmain aimaient passer du temps au milieu de la nature. Les Villejoin ne quittaient jamais Pointe-Calumet.

Les Villejoin avait été matraquées, Jurmain et Keiser ne présentaient pas de traumatisme crânien.

Keiser avait été brûlée vive dans sa cabane dans les bois ; Anne-Isabelle abandonnée chez elle, sa sœur Christelle enterrée dans une fosse peu profonde ; Jurmain laissée sur place.

Étions-nous à la recherche de liens qui n'existaient pas ?

Je me suis concentrée sur les points communs entre ces victimes.

Des femmes.

Âgées, ou le paraissant.

Décédées au cours des trois dernières années.

Retrouvées dans les bois, loin de toute habitation, sauf Anne-Isabelle.

Coïncidences ? Non, je n'y croyais pas.

J'étais en train de fermer l'ordinateur quand ma fenêtre d'appartement a explosé.

Je me suis jetée à terre, le cœur battant.

24.

À plat ventre sur le sol, la tête entre les bras, j'ai senti des bouts de verre m'égratigner la joue et l'épaule gauche.

Les bruits de la rue s'engouffraient dans la pièce : les voitures qui passaient, un homme qui chantait, le bourdonnement du transformateur à côté de l'immeuble derrière le mien.

À l'intérieur de l'appartement, le silence total.

L'air froid prenait rapidement possession des lieux.

J'ai ouvert les yeux.

Le plafonnier était éteint. Le verre brisé éparpillé autour de moi scintillait dans la clarté émanant de l'écran de mon ordinateur.

Soudain, un léger crissement s'est fait entendre.

Un pas ?

Ma respiration s'est arrêtée.

Prenant appui sur les mains, je me suis redressée, accroupie, et me suis retournée.

Birdie. Il fixait la fenêtre de ses yeux jaunes, une patte levée comme un setter à l'arrêt.

— Birdie, viens !

Le chat n'a pas bougé.

— Birdie.

J'ai tendu la main. Il tremblait. Il a fait un pas hésitant vers la fenêtre, le museau levé en l'air, les narines palpitantes, l'instinct alerté par ce brusque afflux d'odeurs inconnues.

J'ai traversé la pièce, pliée en deux, l'ai pris dans mes bras et suis restée un moment à le serrer sur mon cœur sans bouger.

Y avait-il quelqu'un dans l'appartement ? Mes oreilles ne percevaient aucun son en dehors du halètement du chat et des battements de mon propre cœur.

À peine mes organes vitaux ont-ils repris leur rythme normal que les questions se sont mises à fuser dans ma tête.

Que s'était-il passé ? Une bombe dans le restaurant sur le trottoir d'en face ? Un accident dans la rue ?

Un missile ? Un pétard ? Un cocktail Molotov ?

Lancé par qui ?

Des enfants, un poivrot, un drogué, un inconscient ?

N'était-ce pas plutôt un coup de feu qui avait fait exploser les carreaux ? Si oui, s'agissait-il d'un accident ? D'une balle tirée à partir d'une voiture ?

D'un tir volontaire me visant personnellement ?

Sûrement pas, ou alors, le tireur était nul.

Manœuvre d'intimidation, alors ?

Sparky ?

Le début de sa campagne pour me faire quitter l'immeuble ?

Et soudain, le souvenir de la lettre anonyme : *Rentre chez toi, maudite Américaine !*

Qui me l'avait envoyée ? Sparky ? Quelqu'un de beaucoup plus dangereux ? Aurais-je dû prendre cette menace au sérieux ? Était-ce vraiment une menace ?

Pourquoi est-ce que je n'avais pas voulu en discuter avec Ryan ?

Simplement parce que je connaissais sa réaction : ce n'était pas la première lettre anonyme que je recevais. Il aurait sorti la grosse artillerie, mis en place une surveillance de tous les instants, placé un système d'écoute sur ma lampe de chevet. Pire, il m'aurait obligée à porter un bracelet à la cheville envoyant un message d'alarme au moindre éclat de voix.

Cela dit, son idée à propos de la lettre – comme quoi son auteur pouvait être la personne qui avait téléphoné à Edward Allen Jurmain – méritait peut-être que je m'y arrête.

Sparky ?

Quelqu'un de bien plus nuisible ?

J'étais quand même l'objet d'une calomnie émanant de mon entourage professionnel.

Après, il y avait eu la lettre de menace.

Et maintenant, ce projectile lancé dans ma fenêtre.

Ces trois méfaits avaient-ils pour auteur un seul et même individu ?

Mieux valait appeler la police.

Une patrouille a débarqué dans les minutes suivantes. Les flics m'ont entendue, ont examiné soigneusement la fenêtre et pris des notes. Puis ils sont tous sortis dans la rue.

Sur la pelouse, ni douille ni récipient de cocktail Molotov, uniquement du verre cassé. Nous sommes tous tombés d'accord pour considérer que le projectile avait été lancé depuis l'autre côté de la rue : probablement depuis le rebord en ciment derrière la pizzeria, où les jeunes et les sans-abri aimaient bien se retrouver.

Sachant que je connaissais la chanson, les flics n'ont pas cherché à me baratiner. L'affaire serait traitée avec le même soin qu'un vol de petites culottes. Finalement, ce n'était qu'un bris de glace, sans dommage corporel.

Évidemment, si j'étais zigouillée dans un avenir proche, ce bris de glace serait alors examiné sous tous les angles et par le menu.

Les flics partis, je suis descendue à la cave chercher un morceau de contre-plaqué parmi ceux que Winston, le concierge, y entrepose. J'avais déjà connu une aventure plus ou moins similaire, mais avec moins de panache.

Je venais à peine de poser le panneau devant la fenêtre que Ryan a appelé. Le réseau qu'a ce type ! À côté, la CIA fait figure d'amateur. Commode quand vous avez besoin d'un renseignement ; exaspérant quand vous êtes vous-même l'objet de ragots.

Je l'ai assuré que tout allait bien.

— Tu crois que c'est ton connard de voisin ?

— Je n'en sais rien.

— Tu as fait chier quelqu'un d'autre, récemment ? – Un silence digne pour toute réponse. – Tu es là ?

— Oui.

— Tu as une idée ?

— Des jeunes qui s'amusaient avec des pétards.

— Pas d'autre théorie ?

J'ai rappelé la lettre anonyme et admis que peut-être, juste peut-être, il pouvait avoir raison et qu'il était possible que cette lettre ait été envoyée par la personne qui avait téléphoné à Edward Allen.

Il m'a fait grâce d'un « Qu'est-ce que je te disais ? » pour me demander ce que je comptais faire.

— Réparer la fenêtre.

— Si tu veux, je suis là dans dix minutes.

— Je saurai me débrouiller.

Il a laissé passer un temps avant de déclarer :

— J'ai découvert quelque chose. – Manière d'introduire son pied dans ma porte ? – Comme je te l'ai dit, j'ai comparé le nom de Red O'Keefe avec ceux des dossiers Villejoin et Jurmain. Sans résultat. J'ai recommencé ensuite avec ses noms d'emprunt.

Il a fait une pause, histoire de ménager son effet. Je l'ai laissé poireauter sans rien dire.

— Les Villejoin notaient toutes leurs dépenses en liquide dans un livre de comptes. Sans préciser les dates, malheureusement. Toutefois, vers l'époque où Anne-Isabelle a été agressée, un type qui faisait des petits boulots est venu abattre un arbre dans leur jardin. Le paiement, de cent cinquante dollars, a été versé à un certain M. Keith.

— Tu penses à Bud Keith, le M majuscule étant l'abréviation pour monsieur ? Dans ce cas-là, ce pourrait être Red O'Keefe ? Ce serait énorme !

— En effet.

Cette nuit-là, je me suis retournée des heures dans mon lit sans parvenir à trouver le sommeil. Pas seulement à cause de la fenêtre, à cause de toutes les questions qui m'assaillaient de toutes parts.

Vous savez, les petits jeux que l'on fait quand on n'arrive pas à s'endormir ? Je me suis représenté quatre colonnes, semblables aux trois que j'avais faites pour Rose Jurmain, les sœurs Villejoin et Marilyn Keiser. Je leur ai même donné des noms.

Énervement. Les Gouvrard. Les grand-mères. Découragement.

Dans l'état dans lequel j'étais, mes pensées se sont mises à jouer au ping-pong entre ces quatre groupes.

Énervement : le mien. D'abord, Ryan et ses commentaires, même s'ils étaient fondés ; ensuite, la lettre anonyme ; après, la calomnie dont j'étais l'objet ; enfin, peut-être, cette dernière agression. À l'évidence, quelqu'un m'en voulait.

Mais qui ? Pour quelles raisons ? Et comment forcer ce rat à sortir de son trou ?

Les Gouvrard : les ossements du lac Saint-Jean étaient dans un état épouvantable et les dossiers *ante mortem* inutiles, compte tenu des éléments récupérés. En tout cas, pour les adultes et Serge, l'aîné des enfants. Le petit Valentin, il fallait encore que je finisse d'étudier son dossier, n'ayant pas eu le temps de le faire aujourd'hui à cause de ces interruptions successives.

Les ossements dans mon labo étaient-ils effectivement les leurs ? Comment résoudre l'affaire s'il se révélait impossible de pratiquer une analyse ADN ?

Les grand-mères : au cours des trois dernières années, quatre vieilles dames avaient abouti à la morgue. L'une, en relativement bon état de conservation ; deux sous forme de squelettes ; la dernière, le corps brûlé et décomposé. Si pour Christelle et Anne-Isabelle Villejoin l'assassinat ne faisait aucun doute, il restait à le démontrer en ce qui concernait Rose Jurmain et Marilyn Keiser.

Pourquoi de telles agressions à l'encontre de vieilles femmes sans défense ? Perpétrées par qui ? Par Red O'Keefe-Bud Keith ? Si oui, comment le coincer ? Avait-il commis d'autres meurtres ?

Quelle place donner à Myron Pinsker dans ce tableau ? À Otto ? À Mona ? Qui avait pu toucher la pension de Keiser, en dehors d'un membre de sa famille ?

S'il existait effectivement un lien entre tous ces meurtres, pouvait-on s'attendre à ce que la série continue ? Un prédateur rôdait-il en liberté dans les rues, prêt à tuer encore ? Comment l'empêcher d'agir, comment protéger les vieilles dames sans défense ?

J'ai réfléchi au meurtre en général. À mesure que les années passaient, la violence semblait augmenter en fréquence et diminuer en rationalité. On tuait des gens pour la seule raison qu'ils tenaient un papier rose à la main, prenaient trop de temps pour emballer un hot-dog, roulaient trop lentement ou trop près.

Ces quatre grand-mères avaient bel et bien été assassinées, j'en avais l'intime conviction. Pour quelle raison ? Par qui ? J'aurais voulu trouver une logique à tout ça, mais cela n'avait aucun sens.

Découragement : en temps ordinaire, j'aurais cherché conseil auprès de mes collègues mais l'atmosphère au labo était tendue, et je ne sentais personne réceptif. LaManche était souffrant, Joe faisait la gueule, Hubert était furieux, Santangelo démissionnait sans même que je sache pourquoi et Ayers gardait ses distances. Quant à Briel, elle était exaspérante à fourrer son nez partout.

Etc., etc. Ritournelle incessante de visages et de noms. Rose Jurmain. Anne-Isabelle et Christelle Villejoin. Marilyn Keiser. Myron Pinsker. Florent Grellier. Red O'Keefe-Bud Keith. Sparky Monteil. Les Gouvrard, Achille, Vivienne, Serge et Valentin.

Les chiffres orange du réveil ont indiqué une heure quinze, puis deux heures quarante-trois et enfin trois heures six.

Et l'alarme a retenti.

J'ai roulé sur le côté et l'ai éteinte. Sans émerger du brouillard.

Le bruit que j'ai perçu ensuite était la sonnerie du téléphone.

Groggy, j'ai décroché et collé l'appareil à mon oreille.

— Mmm…

— Ça va ?

Ryan.

— La forme.

— Juste pour savoir.

— Putain, Ryan, quelle heure est-il ? me suis-je écriée en me dressant dans mon lit.

— Dix heures et quart.

Coup d'œil au réveil.

— Merde !

— Tu comptes venir ? J'ai d'autres…

— Je suis là dans une demi-heure.

Ayant traversé ma chambre comme une fusée, j'ai ramassé mes affaires dans le bureau et enfilé mon jean et mon sweater de la veille. Dans la salle de bains, trente secondes de brossage de dents avec mon Sonicare avant de jeter de l'eau sur mon visage, de rassembler mes cheveux en queue-de-cheval et de foncer dehors.

25.

J'avais raté la réunion du personnel de presque deux heures. Sur le tableau d'affichage, le nom de Morin était suivi du mot « Témoignage ». Je me suis demandé s'il s'était rendu au même procès que Ryan la veille.

Tout en cavalant le long du couloir, j'ai jeté un coup d'œil à droite en passant à la hauteur du bureau de Nathalie Ayers. Par la porte entrebâillée, je l'ai aperçue à l'intérieur.

Surprise. D'habitude, à cette heure-là, les médecins légistes sont au sous-sol.

Il m'a fallu un moment pour enregistrer tous les détails de la scène.

Ayers était assise à son bureau, la tête entre les mains, effondrée, des échantillons éparpillés sur toute sa table.

Revenant sur mes pas, j'ai passé la tête dans la pièce.

— Natalie ?

Elle a sursauté et m'a regardée : ses yeux étaient rouges et gonflés.

— Il est arrivé quelque chose ?

Elle a secoué la tête avec un pauvre sourire.

J'ai poussé la porte et suis entrée.

— Qu'y a-t-il ?

Ses yeux embués de larmes ont fixé le couloir au-delà de mon épaule.

J'ai refermé la porte avant de prendre résolument un siège et de m'asseoir. Message : je ne partirai pas d'ici avant de savoir ce qui se passe.

Ayers a pris une grande respiration entrecoupée de hoquets, a attrapé un Kleenex et s'est adossée à sa chaise.

— J'ai complètement merdé avec Keiser. – Du geste, je lui ai signifié de continuer. – En fait, cette pauvre femme a été abattue.

Avec ses traînées de rimmel sur les joues, Ayers avait tout d'un tableau à l'encre de Chine oublié sous un robinet.

— Raconte-moi ça.

— J'avais soigneusement étudié les radios à la recherche d'un orifice par où une balle aurait pu entrer ou sortir, tu connais le topo. Pas la moindre indication d'une quelconque blessure par balle. Rien, *nada*. À croire que la victime s'est levée ou pliée en deux pour se protéger. La balle, un petit calibre, a pénétré dans l'épaule, puis est descendue le long du grand dorsal avant de ressortir, sans avoir rencontré un seul os ou organe sur son trajet. Je n'ai jamais vu ça.

— Tu as effacé la trace de la balle en faisant les découpes transversales ?

— Pas du tout, a dégluti Ayers. Moi, je n'ai rien fait, c'est notre enfant prodige qui a tout découvert.

— Briel ? me suis-je écriée, ébahie.

Ayers a hoché la tête en pressant son Kleenex froissé sur ses joues pour essuyer les larmes qui jaillissaient de ses yeux.

— Quand ça ?

— Hier, pendant qu'elle s'offrait une soirée autopsie.

— Tu l'as autorisée à examiner Keiser ?

Ayers a acquiescé.

— Je m'étais dit : pourquoi pas ? C'est une bosseuse, elle veut tellement apprendre !

— Et elle t'a fait part de sa découverte ce matin ?

— Je t'en fous ! Ça n'aurait pas fait progresser sa précieuse carrière.

— Elle est allée tout droit rapporter les résultats à Hubert ?

— À ton avis ? – À l'évidence, c'était bien ce qui s'était passé. – Et tu te rends compte ? Hubert l'a autorisée à tenir une conférence de presse !

— Quand ça ?

— Cet après-midi.

Ayers a mentionné le nom de l'émission. J'en avais entendu parler, mais je ne l'avais jamais regardée.

— Côté audimat, ça va frapper fort, a repris Ayers. Les droits audiovisuels rapporteront gros.

— Mais comment les médias ont-ils appris que Keiser avait été retrouvée ? – Ayers a haussé les épaules en reniflant. – Et comment Hubert peut-il autoriser Briel à parler à la télé ?

Ayers a agité la main, celle qui ne tenait pas le Kleenex.

— Tu ne peux pas comprendre, tu n'as pas été là pendant un moment. La police et le coroner ont été l'objet de sérieuses critiques à cause des enquêtes Keiser et Villejoin qui n'aboutissaient pas. Le fait que Keiser ait été retrouvée leur permet de prouver qu'ils ne sont pas restés les bras croisés.

— Quelle garce !

— Une garce qui te poignardera dans le dos à la première occase !

De retour dans mon bureau, je suis restée assise, un peu tétanisée par ce que je venais d'apprendre. Deux petites ailes battaient sous mon crâne : mes centres inférieurs cherchaient à attirer mon attention. Sur quoi ? Quel était donc le mot ou le nom qui avait déclenché cette réaction chez moi ?

Briel ? Keiser ? Hubert ? Les médias ? Cette blessure par balle invisible ?

J'avais beau me concentrer de toutes mes forces, la petite mite qui s'agitait refusait de s'aventurer dans la lumière de ma pensée consciente.

J'en étais toujours à essayer de lui mettre la main dessus quand la sonnerie de mon téléphone fixe a brisé le silence.

Ryan a fait l'impasse sur les préliminaires.

— Tu veux faire la connaissance d'O'Keefe ? – Je suis restée sans comprendre. – Redescends sur terre, Brennan. Le copain de bouteille de Florian Grellier.

— Vous l'avez arrêté ?

— Au moment où je te parle, ce délicieux gentleman attend notre bon vouloir.

Red O'Keefe. Alias Bud Keith. M. Keith ?

— Il admet avoir travaillé chez les sœurs Villejoin ?

— C'est drôle, je voulais justement discuter de ce point avec lui.

— Comment l'avez-vous retrouvé ?

— Son ancien officier de probation a le bras long.

— De quoi vit-il ?

— Il est pompiste à mi-temps dans une station Petro-Canada du boulevard Décarie, et il habite un bouge à côté. Je vais avoir un petit entretien avec lui. Tu veux regarder ?

— Quand ça ?

— Tout de suite.

J'ai jeté un coup d'œil dans mon labo de l'autre côté du couloir : les ossements du lac Saint-Jean semblaient à la place où je les avais laissés la veille au soir.

— Je descends.

La salle d'interrogatoire de la SQ pourrait se trouver dans n'importe quel commissariat de la planète. Des murs nus, une table et des chaises esquintées. Aujourd'hui, l'endroit sentait vaguement l'essence, odeur probablement importée par la parka tachée de graisse de son seul occupant.

On me demande parfois d'assister à un interrogatoire. Aujourd'hui, pour le même motif que d'habitude, je suppose : savoir ce que je pense du type interrogé.

À notre entrée, O'Keefe a relevé sur nous des yeux extrêmement vifs et inquisiteurs sous ses paupières tombantes. Des yeux qui donnaient l'impression de disséquer le monde et tous ses habitants. Il avait des cheveux gris pierre, coupés par un coiffeur qui devait se prendre pour un artiste capillaire et faire payer ses talents une fortune. Cette coiffure contrastait curieusement avec son bleu de travail.

Ryan s'est présenté et a tendu la main. Les doigts d'O'Keefe sont restés fermement croisés au-dessus de ses moufles et de son bonnet en laine.

Ryan lui a demandé s'il préférait que la conversation se tienne en français ou en anglais.

Le regard glacé a continué de nous fixer.

Nous nous sommes assis. Ryan a déposé un dossier sur la table. O'Keefe a fait comme s'il ne le voyait pas. Et ne nous voyait pas non plus.

Que ce soit à cause du patronyme de l'homme interrogé ou pour me simplifier la tâche, je ne sais pas, toujours est-il que Ryan a opté pour l'anglais.

— Merci d'avoir fait le déplacement, monsieur O'Keefe. Je m'efforcerai d'être aussi bref que possible.

Le regard d'O'Keefe a dévié vers moi, puis s'est reposé sur Ryan.

— Le Dr Brennan travaille avec moi.

Explication volontairement vague. Qu'O'Keefe se pose des questions à mon sujet.

— Vous êtes actuellement employé en tant que pompiste dans une station-service, n'est-ce pas ?

O'Keefe est demeuré impassible.

— Je sais que cette partie de l'interrogatoire est fastidieuse, mais je suis obligé de vérifier les faits pour mon rapport.

J'avais vu Ryan mener des douzaines d'entretiens, et je savais ce qu'il faisait. Commencer sur un ton léger de façon à gagner la confiance de son interlocuteur et le forcer à révéler des choses qu'il n'aurait pas dites d'emblée. Le laisser se contredire et se jeter sur lui au moment de la curée.

Face à un gars qui connaissait la chanson, je me suis demandé si cette tactique allait remporter son succès habituel.

— Vous vous appelez bien O'Keefe, n'est-ce pas ? a demandé Ryan en ouvrant le dossier sans le lire. Il semble y avoir ici une certaine confusion au niveau de votre nom.

— Inutile de jouer au con, vous savez aussi bien que moi que j'ai un casier.

Prononciation d'anglophone indubitable ; accent pas vraiment de Montréal, plutôt de la côte Est, et dénotant l'origine ouvrière.

— Très bien, toujours ça de gagné ! a dit Ryan sur un ton léger, bien qu'un peu coupant. Venons-en alors à Florian Grellier.

— Qui c'est, ce con-là ?

— Essayons un autre nom, alors. Bud Keith.

O'Keefe a haussé les épaules.

— J'ai un nom de scène, et alors ? Judy Garland aussi.

— Est-ce que vous effectuez des travaux de jardinage ? L'abattage des arbres, ce genre de choses.

Un autre truc de Ryan : changer de sujet. Poser à brûle-pourpoint une question délicate. Pour déstabiliser la personne interrogée.

Mais avec un type comme O'Keefe, ça ne marchait pas.

— Vous pensez qu'elle aurait obtenu une étoile à Hollywood sous son nom de Frances Gumm ? – O'Keefe a fait un large geste du bras comme pour faire une révérence. – J'ai un bon titre pour le film alors : *Une star n'est pas née*.

Sa plaisanterie est tombée à plat.

— L'abattage des arbres ? a insisté Ryan.

— J'ai fait des foules de choses dans ma vie.

— Parlez-moi de Pointe-Calumet.

— D'après ce qu'on dit, c'est sympa en été. Très vert.

— Est-ce que vous avez dit à Florian Grellier que vous connaissiez un endroit où un corps était enterré ?

— Qu'est-ce que c'est que cette merde ? – Ryan a attendu. Son silence a poussé O'Keefe à continuer. – C'est ça qu'il vous a dit, votre connard de Grellier ?

— Répondez à la question !

— Comment est-ce que je pourrais lui avoir parlé, à ce con, alors que j'sais même pas qui c'est.

— Je vous fais un dessin : vous êtes dans un bar, c'est Grellier qui régale, et ça vous plairait bien que la gnôle continue de couler.

— La gnôle, mon cul ! Je bois de la bière.

— Allez, Red. Qu'est-ce qui s'est passé ? Vous étiez saoul et vous vous êtes laissé emporter par votre grande gueule, pour impressionner un nouveau copain ? Ou vous avez voulu lui montrer que vous étiez créatif, vous faire mousser ? Et comme le mec continue d'arroser, vous, vous déballez toute l'histoire.

— Ce Grellier, il m'a désigné ?

— Il a repéré ta belle gueule au milieu d'un tas d'autres.

— Laissez-moi deviner. Ce con est en attente de jugement, pas vrai ?

Ryan n'a ni nié ni confirmé.

— J'serais flic, je m'demanderais pourquoi un type négocie un tuyau comme ça, a continué O'Keefe après avoir réfléchi. Pourquoi ? Qu'est-ce qu'il a à y gagner ? Je m'dirais : y cherche à tirer son épingle du jeu, cette balance.

— Essayons quelqu'un d'autre, a repris Ryan sans entrer dans la logique d'O'Keefe. Christelle Villejoin.

— Y a une meuf qui prétend que j'lui dois du pognon ? Pas de bol, j'ai pas un rond.

— Christelle Villejoin avait quatre-vingt-trois ans. Quelqu'un lui a fendu le crâne et l'a enterrée dans les bois.

Je n'ai pas lâché O'Keefe des yeux, cherchant à repérer en lui le plus petit signe d'agitation. Son visage est resté de marbre.

— Christelle avait une sœur de quatre-vingt-six ans. Qui a été battue à mort avec sa canne.

— Z'êtes dur de la feuille ou quoi ? J'ai d'jà dit que j'avais jamais rencontré votre mouchard. J'sais rien sur un cadavre dans les bois.

— Si tu mettais un peu la sourdine, Red ? Ou je dois dire Bud ?

— Écoutez, j'suis plus le mec d'avant. J'ai du boulot maintenant.

— Tu vas pas me la jouer boy-scout, d'accord ?

— Z'avez mon dossier, a fait O'Keefe en le pointant du doigt. C'est vrai que j'ai un peu donné dans les vols à l'arrachée et l'escroquerie, cartes de crédit et autres. Mais j'suis pas votre gars !

— Où étais-tu le 4 mai 2008 ?

— Putain, comme si je pouvais m'en rappeler ! Et vous ?

Côté Ryan, le silence à nouveau.

O'Keefe a plié son bonnet. L'a plié encore. L'a étalé du plat de la main. Puis :

— Votre type, Grellier, c'est une invention. Z'avez rien du tout contre moi. Allez vous faire foutre !

— Me faire foutre ? a répété Ryan tranquillement.

O'Keefe s'est brusquement penché en avant, de petites veines palpitaient sur ses tempes.

— Vous voulez me coller ça sur le dos. J'connais personne qui s'appelle Grellier. J'ai rien à voir avec des vieilles dames mortes. J'sais même pas de quoi vous parlez, putain.

— Je parle de meurtre, connard !

— Ben, vous pouvez vous torcher le cul avec vos questions. J'y réponds plus.

Les deux hommes se sont jaugés, le nez à quelques centimètres l'un de l'autre. Un silence tendu a pris possession de la pièce. Cette fois, c'est Ryan qui l'a rompu.

— On va t'apporter un papier et un crayon. Tu sais écrire, pas vrai, Red ? T'emmerde pas avec l'orthographe et la ponctuation.

O'Keefe s'est redressé et a étendu les jambes. Les yeux aux paupières tombantes se sont posés sur moi.

— Votre copine, elle dit pas grand-chose, mais j'sens qu'elle bout.

Ryan a gribouillé quelque chose dans son carnet à spirale, a déchiré la page et l'a posée bruyamment sur la table en lui disant sur un ton plus que glacial :

— J'ai besoin que tu me prouves où tu étais à ces

dates-là. Te presse pas. J'suis sûr que t'as un agenda de ministre.

Sur ce, Ryan s'est levé. Je l'ai imité.

— Et pas de projet de voyage !

Un sourire de reptile a retroussé les lèvres d'O'Keefe.

— Bien joué, mec. Ça avait quelque chose d'Horatio Caine. Vous manque plus que les lunettes d'aviateur, et vous êtes paré.

Nous nous sommes dirigés vers la porte, O'Keefe a poursuivi, s'adressant à nos dos.

— Et vous, la toubib énervée, passez donc à la pompe, je vous réviserai la carrosserie gratos.

26.

— Ton impression ? m'a demandé Ryan.
— J'ai besoin d'une douche.
— C'est vrai que tu bouillais, si j'en crois ce qu'il a dit.
— Il a de beaux cheveux.
— Oui, j'ai remarqué. Des fringues merdiques et une coiffure Wall Street.

Il était deux heures passées, la cafétéria était déserte. Nous venions juste de prendre chacun un plat au distributeur. Mon sandwich salade jambon semblait dater de la grande offensive du Têt.

— Une personnalité instable.
— Tout à fait d'accord avec toi. Ce type, c'est le calme incarné jusqu'à ce qu'il se déchaîne brusquement.
— Tu crois qu'il est pas clair ?

Ryan a posé son cartable sur une table près du distributeur et en a sorti un dossier.

— En tout cas, il a dit vrai sur un point : aucun acte de violence ne lui est reproché. Enfin je n'ai pas tous les éléments car certains faits impliquent des mineurs. Ces dossiers-là sont scellés. Je peux demander leur ouverture si nécessaire. Il a été arrêté la première fois en 1968 et placé sous contrôle judiciaire. Motif : sac volé à l'arrachée. (Ryan a tourné quelques pages.)

Coincé en 1972 pour faux papiers. Re-contrôle judiciaire. Première peine à Bordeaux, de 1975 à 1978. Fraudes à la carte bancaire. (Quelques pages plus loin.) Chopé à la fin des années 1980 à Halifax et une autre fois, au début des années 1990, à Edmonton. Les deux fois pour fraudes à la carte bancaire. Dernier séjour derrière les barreaux, ici, au Québec : de 1996 à 1997.

— De quelle région est-il ?

— Moncton. Son vrai nom : Samuel Caffrey.

— Qu'est-ce qu'il fait quand il n'est pas sous les verrous ?

— Des petits boulots. Qu'il dégotte dans les bureaux de placement. Travaux d'équipe dans des usines, déménagements ; parfois il prend des emplois à mi-temps, comme dans cette station-service.

— « J'suis plus le mec d'avant », ai-je dit en imitant la voix d'O'Keefe.

— Voyez-vous ça !

Une pensée identique nous est venue à l'esprit en même temps, c'est Ryan qui l'a exprimée.

— Je vais voir si des voisins n'auraient pas déménagé à l'époque où Villejoin a été agressée.

— Ou fait repeindre leur maison.

— Ou fait réparer le toit.

— M. Keith. Ce n'est pas un nom si courant au Québec, ai-je fait remarquer tandis que nous nous dirigions vers les ascenseurs.

— Non, en effet. Je vais faire circuler sa photo à Pointe-Calumet. Peut-être que quelqu'un se souviendra de lui.

J'ai rapporté à Ryan ma conversation avec Ayers.

— Est-ce que cette Briel est vraiment si extraordinaire ? a-t-il demandé. Il n'a pas dit : « D'abord les phalanges, maintenant la balle », mais j'ai senti qu'il le pensait très fort.

— En tout cas, elle s'est complètement plantée quand elle a fait le tri dans les ossements du lac Saint-Jean.

— À propos, tu en es où sur ce cas-là ?

— J'ai justement l'intention de finir le plus jeune des enfants, là, tout de suite.

J'avais déjà la main sur le bouton de l'ascenseur quand une question m'est venue à l'esprit.

— Tu m'as bien dit que les Villejoin avaient un compte d'épargne, n'est-ce pas ? – Ryan a acquiescé. – Qu'elles réglaient leurs frais en liquide et notaient tout dans un livre de comptes.

— Pourquoi ?

— Nous savons qu'elles n'avaient ni carte de crédit ni comptes-chèques et qu'elles n'utilisaient pas Internet. Elles gardaient sûrement de l'argent chez elles.

— Continue.

— Admettons qu'elles engagent un homme pour effectuer de menus travaux. Qu'elles le paient. Qu'il voie l'argent dans leur boîte à bonbons et décide de revenir plus tard se servir. Une des sœurs le prend la main dans le sac et se retrouve sur le carreau… Je n'ai pas dit qu'elle le pique et se retrouve sur le carreau.

Un fantôme de sourire est apparu sur les lèvres de Ryan.

— Pas mal, Brennan.

On aurait dit que tous les dieux du ciel s'étaient ligués contre moi. Ou qu'un au moins m'avait dans le nez, parce qu'en entrant dans mon laboratoire, je suis tombée sur une Solange Duclos feuilletant son manuel d'ostéologie. Aujourd'hui, ses cheveux blond platine étaient coiffés en couettes, et ses lèvres étaient mauves.

J'ai déposé mon sandwich à demi entamé.

— Où est le Dr Briel ?

— Elle prépare sa conférence de presse, a-t-elle

répondu en anglais, peut-être par déférence pour sa chef qui allait apparaître sur la chaîne CTV. C'est chouette pour elle, n'est-ce pas ?

— En trois mots, mademoiselle Duclos : l'ambition faite femme. – Le visage de Duclos a perdu toute expression. – Vous n'avez rien à faire ?

— Oh ! (Petit rire nerveux.) Je n'ai pas pu prendre les dents, elles sont enfermées dans le placard.

C'était vrai. Marc Bergeron tenait sa collection sous clé, même si tout le monde se fichait complètement de ses dents. Seuls, Joe et moi avions le privilège insigne de pouvoir accéder à son trésor. Pour en faire profiter un de ses étudiants en son absence, si besoin était.

J'ai sorti la clé de mon sac et suis allée délivrer les précieux tubes.

Duclos m'a regardée d'un air interrogateur, attendant mes directives.

— Comparez les dents de lait et les dents définitives.

Dit sur un ton sec. L'étudiante n'était pas mon assistante, ça m'énervait de devoir lui servir de mentor.

— Les dents de lait ont des couronnes étroites et bulbeuses et des racines qui s'écartent, a-t-elle dit comme si elle lisait un texte.

— Oui.

J'ai sorti un échantillon d'un tube et le lui ai tendu.

Tenant la dent, la couronne en haut et les racines en bas, elle l'a agitée dans les airs en chantonnant une comptine anglaise avec un fort accent français.

— *C'est la p'tit'bête qui monte, qui monte, qui monte*[1]…

1. Adaptation de la comptine anglaise où la petite bête est une araignée qui monte dans un tuyau de gouttière : *The itsy bitsy spider went up the waterspout. (N.d.T.)*

J'ai fini mon sandwich et fait une boule de l'emballage en cellophane.

— Les dents de devant ont des arêtes pointues se terminant en feston, n'est-ce pas ?

J'ai fait non de la tête tout en me demandant quelle sauce avait été utilisée pour la salade de mon sandwich.

— Pas forcément, ai-je répondu en tapant du doigt le livre de Bass.

— Pas grave. Je vais potasser ça.

De mon côté, je me suis penchée sur les ossements du plus jeune des enfants du lac Saint-Jean.

Nouvelle contrariété : Joe avait fait des radios des os mais pas des dents. Vingt minutes de recherches pour le découvrir finalement en train de griller une cigarette dehors, devant la morgue, dans le petit abri réservé à cet usage.

J'ai été un peu trop sèche. Et puis merde ! Il commençait à se faire tard. Encore une journée où je n'avais quasiment rien fichu.

Il a accepté de faire des radios des apex. Sur un ton plutôt vexé.

Retour au douzième étage et travail en silence à côté de Duclos. De temps à autre, mon ventre émettait des gargouillis. Solange m'a proposé un chewing-gum. J'ai refusé.

Il y a des gens qui souffrent de maux de tête, d'autres d'allergies, d'autres encore de problèmes gastriques. Pour ma part, il m'arrive d'endurer les deux premiers, mais jamais le dernier. Voilà pourquoi je suis complètement vidée quand ça m'arrive.

Vers la fin de l'après-midi, j'avais vraiment besoin d'un antiacide.

Après m'être adressée sans succès à Ayers, aux secrétaires et à la réceptionniste, j'ai finalement dégoté un cachet auprès de Morin. Il a insisté pour me décrire l'autopsie qu'il venait d'achever. Quand j'ai enfin pu me remettre à l'analyse des os, il était déjà trois heures dix.

Joe n'était pas encore venu chercher les dents pour en faire des radios.

Pour me faire pardonner d'avoir été un peu abrupte auparavant, je les lui ai installées sur des petits plateaux séparés portant le nom de leur propriétaire. Douze pour la femme, toutes provenant de la mâchoire inférieure ; vingt et une pour l'homme, certaines encastrées dans la mandibule, d'autres dans des fragments de maxillaire. Rien pour l'aîné des enfants ; trois pour le petit Valentin, toutes isolées.

Voilà. Je méritais de la patrie. J'avais fait gagner dix minutes à Joe.

J'étais en train de sortir de leur enveloppe les radios du squelette quand mon portable a sonné. Code régional : Chicago. J'ai pris la communication.

— Tempe, c'est Chris Corcoran.

— Ah, salut !

Ce sandwich… Je commençais vraiment à avoir des spasmes. Mon effort pour contenir un renvoi a eu pour résultat un grognement de cochon.

— Ça va ?

— Mmm.

— Tu as une drôle de voix.

— Ça va, ai-je répété tout en portant la main à mon ventre.

— Bonne nouvelle ! Les flics pensent avoir une piste sérieuse dans l'affaire Tot.

— Vraiment ? ai-je demandé, gênée de n'avoir pas téléphoné depuis mon retour pour me renseigner.

— Un prisonnier de Stateville qui voudrait se faire transférer à Pontiac.

— Je ne vois pas vraiment en quoi Pontiac est

mieux, ai-je jeté sur un ton hargneux, ces deux prisons étant connues pour avoir les quartiers de haute sécurité les plus durs de l'Illinois.

— Ben dis donc ! C'est pas la forme !

— Excuse-moi, je suis un peu fatiguée… Continue, ai-je dit après avoir dégluti.

— Le type en question dit que son codétenu se vante d'avoir balancé un gamin dans une carrière avec un copain.

— Quand ça ?

Par la fenêtre, j'ai aperçu Briel remontant le corridor en direction de son bureau d'un pas plein d'assurance. Duclos a bondi de son siège pour aller la rejoindre.

— Le prisonnier a accepté de porter un micro. Il ne veut pas avoir l'air intéressé, il laisse l'autre tout déballer sans chercher à connaître les détails.

— Pour quel motif le codétenu est incarcéré ?

— Vol à main armée.

Le téléphone de mon bureau a sonné.

— On m'appelle, Chris ; tiens-moi au courant.

J'ai raccroché une ligne pour décrocher l'autre.

— Brennan.

— Tu as tapé dans le mille. Le gamin qui tondait la pelouse des Villejoin et nettoyait les allées dit qu'elles payaient toujours en liquide et gardaient leur argent dans la cuisine.

— Beaucoup d'argent ? ai-je demandé en tâtant ma joue brusquement devenue brûlante après une grosse bouffée de chaleur.

— Il ne sait pas.

J'ai changé le téléphone de main pour me palper le front. Moite.

— Il a quel âge, ce gamin ?

— Quinze ans.

— Ça lui faisait quoi, à l'époque où les Villejoin

ont été assassinées, douze ans ? Trop jeune, probablement.

— Oui, surtout que c'est un petit gabarit. Il n'aurait pas eu la force.

— Ni le permis de conduire pour se rendre dans un distributeur à l'est de Montréal ou dans la forêt d'Oka. Des déménageurs ou des peintres dans le quartier, cette semaine-là ?

— Rien de ce côté-là, mais je continue avec les agences d'intérim. Le père du gamin dit qu'il y a parfois des gars qui font du porte-à-porte à la recherche de petits boulots. Je pars pour Pointe-Calumet maintenant, montrer la photo d'O'Keefe. Ça te dit, une promenade ?

Comme mon ventre émettait un gargouillis indescriptible, j'ai demandé à Ryan s'il se sentait bien.

— En pleine forme.

— Il était à quoi, ton sandwich tout à l'heure ?

— Au fromage.

— Merci, je vais faire l'impasse. Préviens-moi si tu obtiens des résultats.

Je me suis enfourné un autre cachet dans la bouche et j'ai accroché les premières radios au négatoscope. Sans bien savoir ce que j'y recherchais, car les dossiers *ante mortem* des Gouvrard ne signalaient aucune maladie ou blessure susceptible d'avoir des répercussions sur les os. Du moins sur ceux que j'avais en ma possession.

J'avais étudié la moitié des radios quand mes boyaux se sont rappelés à mon bon souvenir. Et pas par un petit spasme ce coup-ci, mais par une crampe de chez crampe.

Mon regard s'est porté sur les plateaux préparés pour Joe.

Coup d'œil à la pendule : cinq heures moins vingt-cinq. Est-ce qu'il serait parti sans faire les radios ?

— Joe, ai-je appelé en direction du couloir.

Où avait-il disparu, encore ?

— Joe ! ai-je carrément crié.

J'ai cru que le haut de ma tête éclatait en même temps que mes intestins se tordaient.

Je suis restée à fixer les dents. Les os. À quoi bon ces radios ?

Ces pauvres malheureux étaient morts depuis des lustres. Ils pouvaient bien attendre un jour de plus. Ayant coupé la lumière du négatoscope, j'ai fermé mon bureau et suis rentrée chez moi.

Le temps d'arriver à la maison, cette satanée salade au jambon défilait au pas de l'oie d'un bout à l'autre de mon intestin en proférant des menaces d'holocauste imminent.

Passage en coup de vent à la cuisine, le temps de remplir le plat du chat, et j'ai filé me déshabiller et je me suis écroulée sur mon lit en chemise de nuit. Trois minutes plus tard, je me précipitais à la salle de bains.

Les vomissements se sont prolongés alors que je n'avais plus rien dans le ventre. Quand cela s'est enfin calmé, j'avais dans la bouche un affreux goût de bile et les muscles du ventre et de la poitrine endoloris par l'effort.

Au moins, je me sentais mieux.

Ça n'a pas duré.

Les spasmes ont commencé à se manifester par cycles de vingt minutes. Élancements, nausées, vomissements.

À la dixième reprise, j'étais vidée. Au sens propre du terme. Mes thermorégulateurs avaient jeté les armes depuis longtemps, laissant à mon corps le choix entre trembler ou dégouliner de sueur. Ce qu'il faisait parfois simultanément.

Je rampais sous mes couvertures après un énième rendez-vous galant avec le prince de porcelaine quand mon regard est tombé sur le réveil. Onze heures vingt-cinq. Malgré l'étau qui l'enserrait, mon cerveau a réussi à faire émerger un souvenir pertinent.

La conférence de presse de Briel.

Ayant attrapé la télécommande, j'ai allumé la télé et fait défiler les chaînes.

Notre métier bénéficiant rarement des feux de la rampe, l'interview s'était vu accorder la priorité sur les autres parties du programme. Le journaliste, un type en veste de tweed, avait l'air d'avoir obtenu son diplôme le mois d'avant. Peut-être que c'était le cas.

Veste-en-Tweed a présenté Briel comme si c'était Notre-Dame de la médecine légale en personne. Il se peut même qu'il l'ait vraiment appelée comme ça. Je me sentais si mal, à ce moment-là, que je ne pourrais pas jurer le contraire.

La madone portait un chemisier en coton blanc sur un pantalon noir trop court. Ses cheveux, tirés en arrière, étaient retenus à l'aide d'un ruban. Son perpétuel froncement de sourcils était là, bien en place.

L'aplomb et la certitude sans faille de ma collègue m'auraient anéantie si mon sandwich ne s'en était déjà chargé. Répondant aux questions que Veste-en-Tweed lui lâchait à la façon d'une mitraillette, Briel a donné un aperçu de sa brève mais illustre carrière.

Une exhumation en France ; un cas impliquant l'emploi d'un mystérieux poison ; l'affaire Marilyn Keiser dont la mort demeurait inexpliquée. Le tout exposé avec un visage neutre, mais sur un ton d'autosatisfaction indéniable.

Vers la fin, à ma plus grande horreur, Veste-en-Tweed a évoqué le cas Christelle Villejoin, s'arrêtant sur les phalanges manquantes.

— Vous connaissez le Dr Temperance Brennan, je suppose ?

— C'est une collègue.

— De formation, elle est anthropologue, n'est-ce pas ?

— Oui. Comme je le suis moi-même.

Là, je me suis redressée d'un coup, hurlant : « Espèce de… ! T'as suivi qu'un malheureux cours de six mois ! Un seul ! »

— D'ordinaire, n'est-ce pas le Dr Brennan qui supervise les exhumations effectuées sur ordre du coroner ?

— Si. (Juste une seconde d'hésitation, et un mouvement de sourcils. Pour souligner l'effet ?) Le Dr Brennan s'était chargée de la première exhumation à Oka. Mais elle avait laissé les phalanges.

Malgré mes frissons, mes joues sont devenues plus brûlantes que le feu.

Moi, laisser des phalanges sur place ? ! Mais comment était-ce possible ? Pourtant, ce devait être vrai, puisque maintenant on les avait !

Mon cerveau embrumé m'a présenté une image de la tente, de la fosse, des ossements maculés de terre.

— … une spécialité d'archéologue anthropologue. Dans des situations semblables, il est nécessaire de pratiquer une approche collégiale, de recourir à des experts spécialistes en méthodologie des excavations, en taphonomie et en décomposition, en anatomie et en pathologie des tissus mous et des tissus durs chez l'être humain.

— Existe-t-il de telles équipes au Québec ?

— Une seule. Une société privée, Corps Découverts. Je suis…

Mes microbes arrivaient au terme de leur cycle empoisonné.

J'ai gagné la salle de bains, les jambes en coton.

Quand mes haut-le-cœur ont cessé, je suis revenue d'un pas tout aussi vacillant, tremblant de tous mes membres.

J'ai coupé la télé et la lampe, et j'ai remonté mes couvertures jusque sous mon menton.

27.

Les doigts presque paralysés par le froid, j'ai palpé le crâne. Mon cerveau, par automatisme, en a enregistré les caractéristiques.

Mastoïdes marquées, arcades sourcilières proéminentes : un individu de sexe masculin. Édenté.

— Mais qu'est-ce qu'on en a à foutre ? ! ai-je hurlé de fureur et de frustration.

Mon cri m'a paru étouffé, amorti par la brique. Muré dans cette prison de silence.

J'ai regardé ma montre. Les aiguilles rougeoyantes formaient à présent un angle aigu qui pointait vers la gauche. Deux heures vingt ? Quatre heures dix ? Du matin ? De l'après-midi ?

J'ai pensé à ma fille, Katy. Que faisait-elle en ce moment ? Et ma sœur Harry ? Et Ryan ?

J'ai essayé d'imaginer ce qui se passait au laboratoire. Ils devaient sûrement se demander où j'étais passée. Tout aussi sûrement, une équipe allait venir à mon secours. Ben voyons ! Venir où, d'abord ?

— À l'aide ! Pitié !

J'avais la gorge en feu. J'ai toussé.

— Hou, hou ! Quelqu'un !

Saisie de tremblements, j'ai serré mes bras croisés

autour de mon corps ; j' ai senti les os cogner contre mes côtes. Au toucher, j'avais la peau froide et moite.

Comme nos cadavres à la morgue.

La panique m'a reprise.

J'allais mourir ! Toute seule, et dans le noir d'un tombeau ! Personne ne saurait où j'avais disparu. Dans quel lieu du monde ma chair se détachait de mes os.

J'ai pensé au drogué qui avait trouvé la mort, congelé sur son balcon. Combien de temps me restait-il à vivre, avant d'être frappée d'hypothermie ?

J'ai haï de toutes mes forces la personne qui me retenait prisonnière. Je l'ai haïe pour ce qu'elle me faisait. À moi. À Katy, à Harry. Je l'ai haïe avec toute la fureur que j'avais emmagasinée en tant d'années passées à côtoyer des cadavres mutilés.

Je l'ai haïe au nom de toutes les femmes à qui leur mari avait tranché la gorge ; au nom des bébés brûlés avec des mégots de cigarettes et des mamies étouffées dans leur lit.

— Mais qui êtes-vous ? ai-je hurlé de toutes mes forces.

Oublie ce connard ! Agis, ça te réchauffera. La chaleur engendre la vie ! Utilise ta colère ! Remue, libère-toi !

J'ai avalé une grande goulée d'air.

Puis j'en ai inspiré une autre, par le nez, cette fois.

L'odeur de moisi était plus forte à cet endroit où j'avais réussi à me déplacer. Odeur de pourriture, de mildiou, de créatures mortes depuis des siècles.

Ayant reposé le crâne sur le sol, j'ai roulé sur le ventre et commencé à me traîner en avant, me guidant à l'odeur.

Douleur affreuse. J'avais les coudes à vif ; ma jambe blessée était secouée de spasmes.

Serre les dents. Oublie que tu as mal.

Prends appui sur les bras et tire !

Prends appui sur les bras et tire !

L'écho, assourdi, suggérait un espace clos. Un mur devant ?

Six poussées, et ma poitrine a rencontré quelque chose de protubérant. Redressée sur mon coude droit, j'ai tâté l'objet de ma main gauche. Avec délicatesse. En prenant soin de ne pas le déplacer.

Une forme en L, une surface inégale, parsemée d'écailles de moisissures. Le dessous, plat, avait un décrochement à un bout. En forme de talon.

Une botte ?

J'ai poussé plus avant mon exploration du côté gauche.

Une deuxième botte, à côté de la première.

Le cœur battant follement, j'ai remonté ma main le long de l'objet. Un tissu incrusté de moisissures s'est émietté sous mes doigts. Dessous, de longs tubes, que j'ai identifiés à leur forme.

Des os de la jambe.

Dieu du ciel, j'étais en train de tâter un cadavre !

Je me le suis représenté.

Repoussant mes jambes à droite, j'ai progressé le long du torse du défunt, un centimètre après l'autre, palpant son corps à l'aveuglette. Mes doigts ont reconnu de lourds boutons ronds. Je les ai comptés. Les ai visualisés. Une veste ?

J'ai appuyé dessus de la paume de ma main.

Cette veste recouvrait une série d'arcs rigides. En fragments, et avec des bouts arrondis : une cage thoracique effondrée, des vertèbres.

J'ai essayé de soulever le bas de la veste. Mes tentatives ont engendré un tsunami d'odeurs, puissant parfum de terre et de mort.

J'ai recommencé à respirer par la bouche.

M'appuyant tantôt sur les coudes et tantôt sur les genoux, je suis redescendue le long du corps et me suis écartée loin des bottes, pour me déporter plus loin à gauche.

Là, mes doigts tremblants ont découvert une seconde paire de bottes à côté de la première. Un pantalon. Une veste. Un crâne sans chair avec des cheveux emmêlés encore accrochés au sommet.

Une fois de plus, j'ai regagné ma position initiale et me suis traînée plus loin à gauche. Un troisième cadavre, aligné parallèlement aux deux autres. Sauf que son crâne s'était détaché et avait roulé quelque part.

J'ai retiré les mains avec horreur.

Sainte Mère de Dieu ! Ma prison était une crypte plus noire et glacée que je ne l'aurais cru possible. Emplie d'un silence total, absolu.

Et de corps en train de se décomposer.

Les questions se télescopaient dans ma tête, tout aussi hystériques qu'inutiles.

Qui étaient ces gens ? Depuis quand gisaient-ils ici ? Combien étaient-ils ?

Me servant de mes jambes toujours attachées, je me suis repérée à l'arrière du troisième cadavre et me suis traînée vers la gauche, fouillant l'obscurité avec mes mains.

Réaction irrationnelle, mais il fallait que je sache !

J'ai découvert quatre autres morts au-delà de ces trois premiers.

Palpant tout autour de moi comme un aveugle dans l'espoir de découvrir un indice, j'ai réussi à établir que ces cadavres avaient tous étés enterrés avec leurs bottes, leur ceinturon et leur veste à gros boutons ronds, probablement en métal. Parmi ces vestes, quatre arboraient des médailles et des insignes.

Des soldats ?

Quelle importance, après tout ! Ce qui comptait, c'était que je risquais de rejoindre bientôt leurs rangs.

Mon souffle est devenu haletant, ma poitrine était oppressée.

Ma raison a repris du poil de la bête.

Interdiction de pleurer ! Réfléchis !

Deux mots ont retenti dans mon cerveau : Sors d'ici !

Oubliant dans mon désespoir ce que cet acte pouvait avoir de macabre, j'ai dévalisé les morts et rassemblé mon butin en tas.

Médailles. Boucles. Insignes. Trois mâchoires inférieures avec leurs dents.

M'étant accroupie, les genoux écartés, j'ai entrepris de scier les liens qui entravaient mes chevilles. Couper un seul tour de corde suffisait.

Un tour.

Un seul.

Combien de temps suis-je restée à inciser cette corde ? Longtemps.

Comme pour mes poignets, ça a pris du temps, mais j'en suis finalement venue à bout. La pression qui cède légèrement, un bruit sec, et mes jambes se sont libérées. Le courant s'est propagé de neurone en neurone.

Je n'avais plus qu'une envie : hurler ! Crier de joie !

Tuer le salopard qui m'avait fait ça !

Fuir.

Le dos rond, je me suis massé les chevilles et j'ai effectué des mouvements de flexion.

Quand j'ai senti le sang recommencer à s'écouler plus ou moins normalement dans mes veines, je me suis mise à quatre pattes.

Ça pouvait aller.

J'ai plié un genou pour évaluer la gravité de ma blessure.

Douloureux mais supportable.

Quand j'avais palpé les corps, j'avais remarqué qu'ils étaient placés la tête ou les pieds contre un mur. Visiblement, je me trouvais à un bout du tombeau. S'il y avait une porte, elle devait être de l'autre côté.

Bien que mes bras et mes jambes répondent à peine, j'ai réussi à ramper jusqu'à l'endroit où j'avais repris connaissance, palpant de temps à autre la brique de ma main gauche. Un pas après l'autre. Cinq. Douze.

Au vingtième pas, la main que je tendais devant moi s'est aplatie contre un mur. Un second mur qui venait rencontrer le premier à angle droit. J'avais atteint l'autre extrémité du tombeau. J'ai commencé à longer ce mur pas à pas, cherchant une porte à tâtons.

Brusquement, une pensée terrifiante m'a traversée : et si ces corps avaient été emmurés ? Qu'avaient-ils besoin d'une porte ? Personne n'était censé entrer ici. Et encore moins en sortir !

Mon cerveau soumis à la torture a enfourché un nouveau délire. Edgar Poe, La Barrique d'amontillado.

Mais Montresor avait été attrapé.

Non. Fortunato était mort. Seul. Sous terre.

Mes gestes sont devenus frénétiques. Assise sur les talons, je me suis mise à balayer le mur de la main en formant de grands arcs de cercle.

Si quelqu'un t'a enfermée ici, c'est qu'il y a une entrée.

Et donc une sortie.

Quand mes doigts ont enfin repéré un espace plat et lisse dans la maçonnerie, j'en ai presque eu le souffle coupé.

Du bois !

Vite, la poignée !

Rien.

Un loquet ?

Pas davantage !

Mes doigts, gelés au bout, ne renvoyaient à mon cerveau que des bribes d'informations, et encore. J'ai frotté mes mains l'une contre l'autre. La sensation m'est vaguement revenue.

J'ai recommencé à tâtonner. Plus lentement. Avec plus d'attention.

En fin de compte, mes doigts tremblants ont découvert une irrégularité sur le mur. En ont suivi les contours. Mon cerveau a répondu en me fournissant une représentation visuelle du renseignement transmis : une fissure entourant un carré d'à peu près cinquante centimètres de côté.

Prise de fièvre, j'ai commencé à gratter la fissure avec mes ongles. Elle était comblée à l'aide d'un matériau dur mais friable.

Réfléchis, Brennan !

Je suis repartie vers le fond du tombeau récupérer mon macabre butin.

Revenue vers la porte, moitié en rampant, moitié en me traînant, j'ai commencé à creuser pour élargir la fissure. De temps à autre, je roulais sur le dos et martelais le bois avec mes pieds. Ou je me jetais de tout mon poids dessus, tantôt l'épaule, tantôt la hanche en avant.

Le vacarme avait remplacé le silence : mes outils d'emprunt tintaient ; le ciment tombait en cascade sur la brique ; je haletais.

Finalement, dans un craquement, la porte a basculé après une dernière poussée.

Le souffle court, dégoulinant de sueur, j'ai avancé d'un centimètre et glissé un œil.

28.

Blong !

Mes paupières se sont soulevées.

Devant la fenêtre, le rideau, coloré par l'aube naissante, formait un rectangle gris plus clair. La guerre de la salade empoisonnée en était à son troisième jour.

Birdie était juché en haut du bureau, à l'autre bout de la pièce. En dessous, une photo encadrée de Katy était tombée près de la plinthe.

Ça allait mieux que la veille, mais j'avais toujours l'impression d'avoir été passée à la moulinette.

Je me suis assise dans mon lit. J'ai grogné.

Birdie m'a contemplée d'un air accusateur.

Les chats en sont-ils capables ?

La journée de jeudi demeurait floue dans ma mémoire. Je me rappelais avoir voulu changer les draps. Avoir nourri le chat. Avoir pris une douche et mangé des crackers. Mes entrailles refusaient toute nourriture. Après chacune de ces activités, je m'étais écroulée sur mon lit.

Sommeil agité au cours duquel j'avais fait tomber mes couvertures par terre. Je les ai ramassées, et j'ai pris la mesure de la situation. Fièvre et nausée avaient disparu, mais j'avais toujours les muscles endoloris au niveau du ventre et des côtes, et une sourde tension derrière les globes oculaires. Ma chemise de nuit était trempée.

Le réveil indiquait dix heures vingt.

Birdie avait raison.

— Tu as faim, l'ami ?

Le chat n'a pas daigné répondre.

J'ai enfilé un sweat-shirt et me suis traînée jusqu'à la cuisine remplir son bol.

Retour à la salle de bains, l'énergie en berne, incontestablement.

J'ai examiné mon visage dans la glace tout en me lavant les dents : des yeux de lapin rose ; un teint couleur porridge ; les cheveux collés au crâne et me tombant sur le visage en boucles détrempées.

Comment Harry m'aurait-elle décrite ? Rangée encore humide après une dure chevauchée.

— Exactement.

Ma voix avait quelque chose du croassement de corbeau.

Aller au labo aujourd'hui ?

Peut-être.

Prendre une douche ?

Pas encore.

Me laver les cheveux ?

Plus tard.

Et, subitement, une faim de loup des plus inattendues ! Réaction normale, je suppose, après dix heures de vomissements.

Le réfrigérateur avait à m'offrir des condiments, un Coca light, de la laitue fripée et un trio de bols en plastique dont le contenu, pour être identifié, aurait exigé l'intervention d'un pro en émanations gazeuses. Aller faire des courses ? Je pesais le pour et le contre quand quelqu'un a toqué à la porte.

Pour pénétrer dans mon immeuble, il faut en posséder la clé. Ceux qui ne l'ont pas appellent à l'interphone. Ce ne pouvait donc être que le gardien ou un habitant des lieux.

Sparky ?

Pitié, Seigneur. Pas aujourd'hui.

J'ai traversé l'entrée sur la pointe des pieds pour regarder à travers l'œilleton.

Un iris d'un bleu incroyable m'a rendu mon regard.

— Je sais que tu es là. (Voix étouffée par l'épaisseur du bois.)

— Va-t'en.

— Ouvre, j'ai des choses à te dire !

J'ai obtempéré à contrecœur.

Ryan, le bonnet au ras des sourcils, le cou emmitouflé dans une écharpe, la capuche de sa parka relevée, tenait entre ses grosses moufles une boîte carrée blanche : il avait le nez gelé et les joues grenat.

— Klondike Pete le chercheur d'or a appelé et réclame le matériel ?

— Il fait moins vingt-deux, s'est contenté de répondre Ryan en déposant son paquet pour ôter sa capuche.

— Tu ne pouvais pas savoir que j'étais ici.

— De l'ombre dans l'œilleton, le chat qui se déplace à ras de terre, ce sont des indices que tout détective qui se respecte est capable de déchiffrer.

Le regard de Ryan a vagabondé sur mon corps et est remonté vers mes cheveux. Un sourire s'est dessiné sur ses lèvres.

— Garde pour toi tes commentaires ! lui ai-je lancé sur un ton menaçant.

— Des commentaires sur quoi ? (L'innocence faite homme !)

— Je ne suis pas dans mon assiette.

— Tu as passé deux jours dans la tempête de neige ?

— T'es d'un drôle, Ryan ! Tu ferais mieux de repartir. Qu'est-ce que tu dirais de maintenant ?

— J'ai apporté le petit déjeuner !

Un parfum de pain frais me chatouillait les narines, odeur d'œufs brouillés et de bacon grillé.

— C'est toi qui feras le café ?

Ryan a mille et un défauts, mais son café est génial.

— *Bien sûr* !* Je suis numéro un pour faire le café et poser les vitres, tout le monde le sait.

— Mon héros ! (Point trop n'en fallait !) Rassure-toi, Winston a remplacé le carreau hier.

Laissant Ryan disparaître dans la cuisine, je suis retournée dans la salle de bains essayer de faire entendre raison à mes cheveux. Sans résultat. J'ai fini par les ramasser avec un élastique sur le haut du crâne.

Du rouge à lèvres, du blush ?

Et puis zut ! Je venais de frôler la mort.

Ryan avait mis le couvert dans la salle à manger. Déjà assis à table, il sirotait un café servi dans ma tasse de la RCMP (Royal Canadian Mounted Police), et il manquait un croissant dans la boîte.

— La grippe ? a-t-il lancé à mon entrée.

— Salade au jambon mortelle.

— Mais tu as remporté le combat.

— Oui, ai-je dit en considérant d'un air sceptique le bacon à l'intérieur de mon croissant, pas vraiment partante pour un nouveau tête-à-tête porcin. Laisse-moi deviner : quelqu'un a reconnu la photo de Red O'Keefe, à Pointe-Calumet ?

— Non.

— OK, de quoi s'agit-il ?

— Un Bud Keith était employé à l'Auberge des Neiges à l'époque où Rose Jurmain a disparu.

— Sainte merde ! me suis-je écriée, la bouche pleine d'œuf et de croissant.

— La plus sainte des saintes !

— Employé en tant que quoi ?

— Aide cuistot.

— Notre Red O'Keefe alias Bud Keith ?

— En personne.

— Il a été interrogé à l'époque ?

— Ouais. En consultant son casier, les flics avaient vu qu'il collectionnait les fausses identités. Il avait coopéré mais, surtout, il avait fourni un alibi en béton pour la période en question : chasse à l'ours avec des copains près de La Tuque. Six types ont effectivement témoigné qu'il était avec eux le jour où Jurmain a disparu. Les flics n'ont pas jugé utile de poursuivre.

— Combien de temps est-ce qu'il a travaillé dans cette auberge ?

— Deux mois. Il s'est tiré sans donner de préavis ni laisser d'adresse pour le courrier. Le directeur dit qu'il était sérieux, mais versatile.

— Ce qui veut dire ?

— Qu'il ne l'aimait pas.

— Qu'est-ce que Claudel en pense ?

— Que cette piste mérite d'être examinée.

— Et pour Keiser, des progrès ?

— Claudel a fait venir le fils d'Alberta. Apparemment, la fille est divorcée et n'a personne à qui confier ses trois enfants. Claudel voudrait emmener fiston visiter l'appartement de Montréal et la cabane dans les bois de Memphrémagog. Pour voir s'il n'aurait pas un déclic. J'irai probablement avec eux.

— On ne sait jamais.

— On ne sait jamais, a répété Ryan.

— Tu sais, y a un truc qui m'ennuie…

— Je serai toujours là si tu as besoin de moi.

— Et de mon côté, j'aurai toujours des bulles au frigo.

— J'adore !

Mais là n'était pas la question. En fait, quelque chose me tourmentait depuis que j'avais entendu parler des séjours de Keiser à l'établissement thermal.

— Marilyn Keiser allait assez régulièrement faire des cures à Eastman, or c'est un endroit hors de prix et elle n'était pas si riche. D'où tirait-elle les fonds nécessaires ?

Ryan a tout de suite pigé.

— Tu penses qu'elle avait sa banque chez elle ? Qu'elle gardait son fric dans une cachette, comme les Villejoin ?

— Ce pourrait être un lien entre ces deux affaires ?

— Je vais transmettre cette idée à Claudel. Peut-être qu'il devrait s'intéresser davantage aux finances de Keiser, rechercher des retraits importants inexpliqués. Voir auprès des thermes comment elle payait ses cures.

— Comment as-tu deviné que j'étais à la maison ? ai-je demandé en me penchant pour attraper un second croissant.

— Tu n'étais au labo ni hier ni aujourd'hui ? Où pouvais-tu être ?

— J'ai une vie personnelle.

— Évidemment.

Autant changer de sujet. J'ai raconté à Ryan l'interview de Briel à la télé. Quand j'ai eu fini, il a demandé si je savais des choses sur cette boîte, Corps Découverts.

— Rien du tout. Pour le moment.

— Tu veux que je me renseigne ?

— Je saurai bien me débrouiller.

— Oh, je n'en doute pas un seul instant.

Je lui ai ensuite rapporté ce que m'avait dit Chris Corcoran au téléphone à propos du détenu de Stateville.

— Les flics de Chicago croient à son histoire ?

— Apparemment.

— Espérons que cela mènera quelque part, pour Cukura Kundze.

— Et pour Lassie.

Ryan a tourné son poignet pour jeter un coup d'œil à sa montre.

— Tu viens au labo cet après-midi ?

— Probablement pas.

Ma réponse m'a étonnée moi-même. Jusqu'à cet instant, j'avais agi comme si je comptais y aller.

Ryan est venu s'accroupir près de ma chaise et a posé une main sur la mienne. Son visage était si proche que je sentais son souffle, l'odeur familière de son shampooing Garnier.

— Oui, tu mérites bien un ou deux jours de repos, a-t-il dit en pressant doucement mes doigts. Je vais te préparer un feu, tu pourras l'allumer quand tu voudras.

— Merci, ai-je murmuré d'une voix à peine audible.

Ryan parti, j'ai rassemblé les restes du petit déjeuner, puis j'ai appelé le laboratoire pour dire que je serais absente jusqu'à lundi. Après, je me suis laissée glisser dans un bain moussant où je suis restée un bon moment. Tout en baignant dans une eau aussi chaude que je pouvais la supporter, j'ai réfléchi à cette subite décision de rester à la maison. Je ne prends jamais de congé à l'improviste, l'oisiveté ne me réussit pas.

S'agissait-il d'une fatigue consécutive à mon empoisonnement ? De ce froid insupportable de moins vingt-deux degrés ? De ma certitude que les victimes du lac Saint-Jean seraient bientôt identifiées ? Du fait que Briel ait révélé publiquement ma bourde dans l'affaire Villejoin ?

Qu'importaient les raisons…

Eau chaude et satiété ont eu un effet soporifique et m'ont plongée dans une léthargie absolue.

J'ai fui mon lit plein de sueur et, ayant allumé le feu préparé par Ryan, j'ai pris un édredon et me suis étendue sur le canapé du salon. Birdie est venu me rejoindre.

Je l'ai caressé. Il s'est pelotonné sur ma poitrine en ronronnant.

J'ai fermé les yeux, incapable de faire un geste, de lire, de regarder la télé ou même de réfléchir.

Je me suis réveillée au son du téléphone. Birdie m'avait quittée. Les fenêtres étaient toutes sombres et le feu n'était plus que des braises.

J'ai attrapé le combiné.

— Je ne t'ai pas vue de la journée, et hier non plus.

Emily Santangelo.

— Un empoisonnement alimentaire. Je t'épargne les détails.

— Ça va mieux, maintenant ?

— Je survivrai. Mais toi, méfie-toi des sandwichs du distributeur ! ai-je ajouté tournant les yeux vers la pendule de la cheminée.

— Tu en as vraiment mangé un ?

— Pas la croûte, juste l'intérieur.

Pause.

— Tu as vu l'interview de Briel, mercredi soir ?

— Une splendeur.

Pause plus longue.

— Il faut qu'on parle.

Ça m'a réveillée d'un coup. Emily Santangelo est une femme réservée, qui ne parle pas à grand monde, pas le genre à colporter des ragots de bureau ou à vouloir papoter entre filles.

— Quand tu voudras, ai-je répondu.

— Un dîner ce soir, ça te dit ? Je peux t'apporter un bouillon de poule.

— Je ne peux laisser entrer personne chez moi avant

d'avoir désinfecté l'appart de fond en comble ! ai-je répondu, me voyant déjà un lance-flammes à la main. Mais on peut se retrouver chez Pho Nguyen, rue Saint-Mathieu ?

— Un Vietnamien ?

— Ils ont des soupes délicieuses.

— Ça marche. Je serai là-bas à six heures et demie.

— J'aurai une sale gueule.

— Je te promets de ne pas appeler la télé.

Le bruit ambiant m'a soudain paru plus étouffé, comme si Santangelo chuchotait derrière sa main, la bouche collée au combiné.

— Il y a vraiment des choses qui ne tournent pas rond.

— Pas rond ?

— On se voit tout à l'heure.

Sur ce, elle a raccroché.

29.

Chez Pho Nguyen, la décoration n'est pas la préoccupation numéro un. Situé en contrebas du trottoir, le restaurant a un sol en carrelage blanc, des murs blancs et peut-être une douzaine de tables en Formica. Blanches aussi.

Mais leur soupe tonkinoise vaut le détour.

Santangelo était déjà là quand je suis arrivée. Assise au fond de la salle et plongée dans le menu. Elle m'a fait un sourire de loin et un signe de la main.

— Ou ce froid va me tuer, ou il va me guérir, ai-je dit en retirant mes gants pour me défaire de ma parka. C'est bien que tu m'aies appelée, j'avais besoin de prendre l'air.

— Tu es venue à pied ?

— Ce n'est pas loin.

Autre avantage de Pho Nguyen : c'est à deux cents mètres de chez moi. Ayant enfoncé gants et bonnet dans une manche, j'ai suspendu ma veste au dossier de ma chaise. À peine étais-je assise qu'un jeune Asiatique s'est approché de nous. Il avait des pommettes saillantes et d'épais cheveux noirs illuminés par une mèche blond platine sur le devant. Une boucle d'oreille en or pendait à son sourcil droit.

— Je prendrai la numéro six. Moyennement assaisonnée.

— Qu'est-ce que c'est ? a demandé Santangelo.

— Un Pho. Soupe de nouilles au bœuf.

— Je prendrai la même chose.

Elle a replacé le menu dans son support tandis que le gamin retournait vers le comptoir pour transmettre notre commande à la cuisine.

— Je n'ai pas l'esprit très aventureux en matière de cuisine, s'est-elle excusée.

— Tu verras, ça va te plaire.

Le serveur est revenu en portant divers petits plats empilés les uns sur les autres et contenant du basilic, du citron vert et des germes de soja. Santangelo m'a lancé un regard perplexe.

— Je t'expliquerai comment faire.

Santangelo était en pleine phase de transition dans son boulot, elle était débordée et elle n'était pas vraiment au courant de ce qui s'était passé au labo récemment. Je lui ai fait part des derniers rebondissements dans les affaires Keiser et Villejoin, et je lui ai rapporté la détresse d'Ayers à propos de la trace de balle. Puis les soupes sont arrivées, et nous nous sommes concentrées sur la sauce piquante, la sauce au soja et les petites herbes.

Cela faisait déjà un certain temps que nous tournions nos cuillères en soufflant sur nos bols quand Santangelo a fini par aborder le sujet qui lui tenait à cœur.

— Est-ce que tu sais vraiment pourquoi je quitte le labo ?

— Non.

— L'atmosphère y est devenue épouvantable… Depuis que Briel est là, a-t-elle ajouté en crachant presque le nom. Cette fille, c'est un poison.

Comme Ryan, j'ai conservé le silence, pour lui permettre de continuer. Ce qu'elle a fait. En long, en large et en travers.

— Son ambition frise la cruauté. Elle est partout, plonge son nez dans toutes les affaires, traîne en salle d'autopsie à toutes les heures de la nuit, enseigne à l'université, a obtenu une subvention pour un projet de recherche, doit présenter des comptes rendus à un million de conférences. C'est une arriviste, dure, insensible, et qui n'a que sa carrière à l'esprit.

— Ne t'arrête pas en si bon chemin.

— Ce n'est pas drôle, Tempe. Briel est résolue à devenir une superstar, ça lui est bien égal de détruire quelqu'un sur son chemin. Tu sais qu'elle a viré son assistante, aujourd'hui ? La pauvre fille était en larmes.

— Duclos ?

Santangelo a hoché la tête.

— Pour quelle raison ?

— La pauvre gosse était probablement trop gentille.

— Et il n'y a personne pour lui passer la bride ?

— Les autres médecins ont peur d'elle ; quant au coroner, il lui mange dans la main.

Santangelo a joué avec sa cuiller en porcelaine. Elle l'a posée, a repris ses baguettes, les a reposées, a poussé son bol vers le centre de la table.

— Tu m'as dit que tu avais regardé l'interview, mercredi soir.

— Oui.

— Tu l'as entendue parler de cette boîte, Corps Découverts ? C'est l'entreprise de son mari.

— Tu veux rire ! me suis-je exclamée sans pouvoir dissimuler ma surprise.

— Je l'ai entendue en discuter avec Joe Bonnet. Elle se voit déjà avec son mari en nouveaux Mulder et Scully d'*X-Files*, a laissé tomber Santangelo avec un mépris manifeste.

— Avec qui est-elle mariée ?

— Un archéologue. Sébastien Raines.

Je suis restée perplexe. Je croyais connaître tous les archéologues de Montréal, de nom tout du moins.

— Il enseigne dans une université ?

Santangelo a secoué la tête.

— Non, il travaille à la gestion des ressources culturelles.

Les archéologues s'occupant de la gestion des ressources culturelles sont généralement employés par le gouvernement ou par des sociétés privées chargées de préserver des sites archéologiques menacés par le développement urbain. Certaines de ces entreprises font parfois des fouilles.

Les archéologues rattachés à l'université considèrent ceux du secteur privé comme des ratés, bien que nombre de ceux-ci excellent dans leur métier. Pourquoi ? Parce qu'ils travaillent au coup par coup, publient peu et sont souvent engagés par des sociétés pour qui une découverte archéologique signifie report du projet initial. À tort ou à raison, les universitaires considèrent donc leurs collègues de la conservation du patrimoine comme des corrompus.

— Où est-ce que Raines a fait ses études ?

— Je n'en ai pas la moindre idée.

— Comment entre-t-il dans le scénario Mulder et Scully revu et corrigé par Briel ?

— Ils sont en train de monter cette société ensemble, Corps Découverts. Quand tout sera en place, ils la présenteront à la police comme une solution clefs en main : une société capable d'effectuer les fouilles, de pratiquer les analyses anthropologiques, pathologiques, psychologiques, entomologiques, botaniques, les études géophysiques, les recherches cynophiles et la télédétection. Ils trouvent le corps, se chargent de l'identifier, de déterminer le temps écoulé depuis la mort et la cause du décès. Résultat, la police n'a plus besoin du laboratoire sauf pour effectuer les analyses complexes telles que la spectrométrie de masse ou le séquençage ADN. Leur société fournira même des expertises en matière de sécurité dans les mines souterraines, en cartographie et en méthodes d'évaluation des entrées et sorties d'équipement. Autrement dit, Corps Découverts sera le top du top. Plus efficace, plus rapide et meilleur marché.

— Des sociétés de ce type existent déjà, comme NecroSearch International. Ils font un boulot génial. Bien qu'ils se cantonnent généralement à la scène du crime.

— Oui, mais il y a une différence de taille : NecroSearch est une association sans but lucratif, tous ses membres sont des bénévoles. Alors que Corps Découverts a pour objectif de faire du fric.

— De privatiser la médecine légale ?

Santangelo a acquiescé de la tête.

— Briel fait tout ce qu'elle peut pour rehausser son image. Comme ça, elle pourra se vendre au prix fort quand l'heure sera venue de lancer la société. Idole canadienne de la résolution des crimes.

— Et de l'anthropologie légale, ai-je ajouté, comprenant très bien où pouvait mener pareille ambition.

— Ouais. Tu te rends compte !

J'ai regardé Santangelo. Elle a soutenu mon regard sans ciller. Autour de nous, les conversations ronronnaient dans un bruit de porcelaine.

Le serveur s'est approché. Percevant notre tension, il s'est contenté de déposer la note.

— Il faut que tu la coinces, Tempe !

Santangelo avait parlé à voix basse mais l'on sentait bien l'émotion qui sous-tendait ses paroles.

— Pourquoi moi ?

— Parce que tu n'as jamais eu peur de planter tes crocs dans les fesses des charlatans.

De retour à la maison, j'ai bien cru que la fatigue allait l'emporter. Néanmoins, je me suis obligée à rechercher sur Google des informations sur Sébastien Raines.

Rien.

Après, j'ai appelé Jean Tye, un collègue à l'université de Montréal. Il savait peu de chose sur le mari de Briel, en dehors du fait qu'il avait posé sa candidature pour un poste dans son département en 2007. Poste qui lui avait été refusé car il n'avait fait aucune recherche ni rien publié et qu'il n'avait pour diplôme qu'une maîtrise. Tye avait entendu dire que Raines avait également présenté sa candidature à l'université du Québec section Montréal, qui ne l'avait pas acceptée non plus.

Tye savait de source sûre que Raines n'avait pas d'emploi fixe et travaillait en tant que travailleur indépendant. Qu'il avait fait des fouilles en France et obtenu sa maîtrise après des études dans un obscur établissement. Spécialisé en archéologie urbaine, il fouillait surtout les décharges, les cimetières abandonnés et les ruines architecturales.

Et il savait aussi que Sébastien était très engagé aux côtés de groupes radicaux séparatistes. À l'en croire, Raines avait un tel désir de voir émerger une nation francophone indépendante dans le nord de l'Amérique qu'il s'était mis à dos la plupart des membres du Bloc québécois.

Peu après huit heures, Ryan a appelé. Il devait retrouver Claudel et Otto Keiser à l'appartement de Marilyn Keiser, boulevard Édouard-Montpetit, le lendemain matin à dix heures. Est-ce que je voulais venir ?

Samedi ? Pourquoi pas ? J'ai dit d'accord.

À neuf heures, j'étais au lit. Dans des draps propres, dans un pyjama neuf et avec mon vieux chat.

En l'espace de quelques minutes, j'ai sombré dans l'inconscience.

Dans mon sommeil, j'ai tamisé de la terre, disposé des ossements en ordre anatomique et réfléchi à plusieurs modèles possibles.

J'ai revu le squelette de Rose Jurmain sous les pins, éparpillé et rongé. Et tandis que je le regardais, voilà qu'il s'est levé et que ses os luisaient au clair de lune. Il en portait des serpentins qui ondulaient tout autour comme des algues sous l'eau. Ils portaient chacun une étiquette avec un nom et un identifiant.

Edward Allen, le père. Perry Schechter, l'avocat. Janice Spitz, la compagne. André et Bertrand Dubreuil, les découvreurs. Bud Keith/Red O'Keefe, l'employé de cuisine à l'auberge. Chris Corcoran, le médecin de Chicago. ML, l'anthropologue de Chicago.

Non. Faux. ML, c'était l'anthropologue qui avait analysé les ossements de Laszlo Tot à Chicago.

Le serpentin portant l'inscription ML est devenu tout noir, s'est décroché et a plané lentement jusqu'au sol.

Après, la scène est passée en fondu enchaîné à Christelle Villejoin en culotte et soutien-gorge dans sa fosse peu profonde. Lentement, la vieille dame s'est assise. Sur ses ossements maculés de terre, ses sous-vêtements se détachaient avec une blancheur fantomatique.

Autour de Christelle, les serpentins étaient moins nombreux : Anne-Isabelle, sa sœur. Yves Renault, l'homme qui l'avait découverte. Sylvain Rayner, le médecin à la retraite. Florian Grellier, le détenu qui avait refilé le tuyau. Bud Keith/Red O'Keefe, le copain de bouteille de Grellier. M. Keith, l'homme à tout faire. Bud Keith/Red O'Keefe. Un serpentin qui partait de

Rose était légèrement recouvert par un autre provenant de Christelle.

Une silhouette est apparue, la face voilée, la main tendue. Dans sa paume quatre phalanges. Un coin du voile s'est soulevé, révélant un visage : Marie-Andréa Briel.

Le visage de Briel est devenu sombre, puis s'est transformé en celui de Marilyn Keiser. Une Marilyn Keiser au corps noirci et violacé. Les serpentins qui partaient d'elle, moins visibles que sur les autres femmes, étaient bien plus nombreux.

Les maris : Uri Keiser, Myron Pinsker père, Sam Adamski. Les enfants : Otto et Mona. Le beau-fils : Myron Pinsker junior. Les concierges : Lu et Eddie Castiglioni. Le médecin légiste : Natalie Ayers.

Le rêve a basculé sur une scène complètement différente.

Ryan devant un pupitre, éclairé de dos par le faisceau blanc d'un projecteur. Trois étudiants sur des chaises devant lui. Ryan les mitraillait de questions. Les réponses fusaient.

À considérer que Keith/O'Keefe soit le coupable, quel était son mobile ?

L'argent ?

Les Villejoin n'étaient pas riches. Quant à Jurmain, elle n'avait que quelques dollars dans sa chambre à l'auberge.

Keith/O'Keefe était du genre médiocre. Il ne lui en fallait peut-être pas beaucoup.

Comment Keith/O'Keefe avait-il croisé la route de Keiser ?

Myron Pinsker pouvait-il être l'assassin ?

Rage ? Jalousie ? Crainte de voir l'héritage lui passer sous le nez ?

Y avait-il quelque part de l'argent caché, dont nous ignorions tout ?

Pinsker avait-il croisé les autres femmes assassinées ?

Rose Jurmain et les sœurs Villejoin étaient-elles des victimes de hasard, choisies en raison de leur sexe et de leur âge ?

Et le voisin des Villejoin, Yves Renault ?

Les concierges jumeaux, Lu et Eddie Castiglioni ?

Ryan et les étudiants se renvoyaient la balle.

J'ai donné un coup de pied dans les couvertures.

Maintenant, c'était Hubert qui pérorait au pupitre.

Pour Jurmain, la cause de la mort demeurait inconnue. Les Villejoin avaient été matraquées, Keiser brûlée.

Non, abattue.

Le troisième étudiant était Chris Corcoran.

C'était Ayers qui avait pratiqué l'autopsie et qui s'était plantée.

L'étudiant numéro deux était maintenant Marie-Andréa Briel.

Briel qui avait repéré la trace de la balle, disait Hubert. Briel qui avait su retrouver les phalanges. Grâces lui soient rendues !

Une mite a traversé le faisceau du projecteur, battant frénétiquement des ailes dans la lumière.

Une lumière si vive qu'on pouvait voir les antennes veloutées de l'insecte, les petits poils soyeux sur son abdomen.

Elle a volé droit sur moi.

Les mâchoires grandes ouvertes.

30.

Ryan était à l'heure, comme d'habitude. À dix heures moins dix, nous nous garions devant un immeuble de brique rouge en forme de U jouxtant le campus de l'université de Montréal.

Tout en traversant la cour, j'ai noté différents détails : pas un seul papier ne jonchait la neige ; les allées tracées au cordeau étaient soigneusement déblayées ; le tissu protecteur entourant les buissons était bien attaché.

Lu Castiglioni faisait le pied de grue devant l'entrée ; toute son attitude montrait qu'il aurait préféré se trouver ailleurs. Visiblement, Claudel lui avait remonté les bretelles.

J'ai continué mon examen des lieux tandis que nous le suivions à l'intérieur.

Douze boîtes aux lettres, chacune avec un bouton et le nom de l'habitant. Pas de caméras de surveillance : la voix du visiteur, seul système de sécurité.

Claudel nous attendait dans le hall, en Armani des pieds à la tête, gants en cuir rouille assortis à la couleur de son manteau en cachemire. Un froncement de sourcils trahissait son impatience. À côté de lui, se tenait un homme emmitouflé comme un trappeur débarqué tout droit du Yukon.

Claudel nous l'a présenté comme étant Otto Keiser.

Nous avons exprimé nos condoléances pour la mort de sa mère.

Il nous a serré la main en nous dévisageant.

Castiglioni nous a précédés jusqu'à un ascenseur aux boutons dorés, et nous sommes montés au troisième étage en silence.

L'appartement de Keiser se trouvait tout au bout d'un couloir qui sentait la peinture et dont le tapis était flambant neuf. Avant de l'atteindre, nous n'avons croisé qu'une seule porte.

Castiglioni a ouvert avec son passe.

Les appartements abandonnés ont une odeur bien à eux, mélange de renfermé, de nourriture périmée, de linge sale et de plantes desséchées. Et c'était bien l'odeur qui régnait dans celui-ci où le chauffage était baissé et les rideaux fermés.

Du palier, on entrait directement dans le salon. Dans le couloir qui en partait à droite, on apercevait, à gauche, deux chambres à coucher séparées par une salle de bains. Au fond, on débouchait sur une salle à manger, au-delà de laquelle se trouvait la cuisine. On apercevait par la porte arrière vitrée des marches en bois qui descendaient sur un balcon.

Ryan et moi-même avons pris à gauche, Claudel et Otto à droite. Castiglioni est resté dans le couloir.

Le salon avait une baie vitrée en encorbellement, dissimulée par un rideau en perles qui réduisait à néant l'effet recherché par l'architecte.

Les moulures pâtisseries et les frises du plafond ainsi que les plinthes au bas des murs étaient peintes dans un vert citron qui devait être affreux déjà en pot. Le plancher en bois était couvert de petits tapis qu'on aurait dit tout droit issus de l'imaginaire d'un trip au LSD. Au mur, des œuvres d'amateur – paysages et natures mortes – se disputaient l'espace avec des posters d'opéras et de mauvaises reproductions de tableaux célèbres. Picasso, Modigliani, Chagall, Pollock.

Disposés sur plusieurs rangées avec une symétrie rigoureuse, figurines, vases, photos, boules avec de la neige, boîtes à musique et sculptures représentant des nus s'amoncelaient sur la cheminée ainsi que sur les étagères qui la flanquaient de part et d'autre. L'entourage, en brique, était de ce même vert affreux que les bordures des murs.

On reconnaissait Otto bébé, puis enfant, sur plusieurs photos illustrant les étapes typiques de la croissance. Il y était souvent en compagnie d'une petite fille dont il entourait les épaules d'un bras protecteur. Probablement sa sœur Mona.

On les voyait aussi adolescents : portraits de classe, bal de fin d'études ; Otto sur le capot d'une vieille Chevrolet ; Mona, le jour de la remise des diplômes.

Visiblement Keiser aimait ses enfants. Mais était-elle aimée par eux ? Ou par quelqu'un d'autre ? Sur cette triste pensée, j'ai poursuivi mon examen des objets.

La collection incluait une photo de mariage guindé montrant une Keiser toute jeune à côté d'un homme très mince. Prise dans les années 1950, à en juger d'après les habits et les coiffures. Le marié était-il Youri ?

Une autre photo représentait une Keiser plus âgée, en robe paysanne, un bouquet à la main. À côté d'elle se tenait un homme de petite taille aux cheveux sombres, vêtu d'un costume brun avec une fleur à la boutonnière. En toile de fond, l'hôtel de ville du Vieux-Montréal.

— Tu crois que c'est Pinsker ? ai-je demandé à Ryan qui venait de me rejoindre.

— Ça se pourrait, oui. Ces pattes et ces revers sont typiques du début des années 1980. Et elle l'a épousé en 1984. Tu as repéré une image immortalisant son troisième mariage avec Adamski ?

J'ai secoué la tête.

— Tu lui donnes quel âge, à Otto ?

— Trente-cinq, quarante… Son père et sa mère l'ont eu très tard, a ajouté Ryan, après un instant de calcul mental. Intéressant.

— Ce n'est pas la seule chose intéressante : regarde, il y a une quantité de portraits des enfants, petits ou jeunes, mais aucune après l'âge de vingt-cinq ans.

— Tu penses que la brouille entre la mère et les enfants remonte à dix ans ?

— Oui, comme si toutes les photos des dix dernières années avaient été perdues ou détruites volontairement.

— Ça paraît peu probable, Keiser était plutôt du genre à tout garder.

— Elle garde tout et elle range tout ! Regarde les étagères. Les objets sont disposés avec une précision militaire.

— Dix ans, a répété Ryan, réfléchissant tout haut.

— À peu près l'époque où elle a épousé Adamski.

Deux yeux d'un bleu mortel se sont tournés vers moi.

— Dr Brennan, vous devriez songer à vous inscrire à l'examen de détective.

— Peut-être, en effet.

— Croyez bien que je ne me sentirai pas du tout menacé.

— Contrairement à Claudel ! À propos, tu ne crois pas qu'on devrait les rejoindre ?

Près de la porte d'entrée, j'ai jeté un coup d'œil à l'interphone : simple système de haut-parleur et sonnette. Pas vraiment le summum de l'art en matière de protection.

Dans un placard à côté, fermé à l'aide d'une petite clé dorée, des livres.

Claudel et Otto étaient dans la cuisine. Laissant Ryan discuter avec eux, je suis passée à la chambre à coucher.

Nouvelle overdose de couleurs, de tableaux, de bibelots, de curiosités et de photos. J'ai regardé les images sans en trouver une seule d'Adamski.

Une boîte en laque de Chine était posée bien au centre du bureau. J'en ai ouvert le couvercle. Des bijoux, rangés dans des petits sachets séparés.

Dans l'armoire, des robes, des chemises et des pantalons dans des couleurs à vous brûler la rétine, tous pendus à cinq centimètres d'intervalle.

Les conceptions de Keiser en matière de rangement étaient l'exact opposé des miennes. Les boîtes s'empilaient sur les étagères en ordre décroissant. Les habits étaient triés par catégorie, puis par couleur. Les chaussures, bien posées sur les barres, également organisées par couleur et par style.

Marilyn Keiser était maniaque.

Même souci d'ordre et d'organisation dans la salle de bains et la chambre d'amis.

Avait-elle des TOC, des troubles obsessionnels compulsifs ? Il faudrait que je me renseigne.

Je suis revenue dans la cuisine. Ryan était en train d'interroger Otto sur le troisième mari de sa mère, Adamski ; le fils de Marilyn gardait les yeux fixés sur ses chaussures.

— Il faisait quoi, comme métier ?

— Ça alors, vous m'en demandez trop.

— Vous ne lui avez jamais posé la question ?

— Si, mais impossible de lui faire cracher le morceau.

— Est-ce qu'il avait des revenus personnels ?

— Allez savoir !

J'ai regardé autour de moi. La cuisine, turquoise et orange, souffrait comme le reste d'une surcharge d'objets : petits paniers, pots en céramique, assiettes en porcelaine, plats à gâteau, bocaux, fleurs en tissu, broderies encadrées. S'il y avait un truc kitsch à mettre au mur, sur une étagère ou sur le plan de travail, vous pouviez être sûr qu'il y était.

— Vous ne le portiez pas dans votre cœur, on dirait.

Otto a relevé les yeux sur Ryan, les traits empreints de dégoût.

— Il avait quarante-sept ans, ma mère soixante et un. Vous l'auriez aimé, vous ?

— Rien d'autre, uniquement la différence d'âge ?

— C'était le genre de gars qui a toujours réponse à tout, vous voyez ce que je veux dire ? Mielleux, mais sous cette apparence, on le sentait… – Otto a écarté les doigts, cherchant le mot juste. Il avait l'intérieur des mains couvert de cals. – Dur. Je ne sais pas comment dire autrement. Je suis mécanicien, je m'y connais en moteurs, pas en discours.

— Est-ce qu'Adamski vivait aux crochets de votre mère ?

— Je n'en sais rien.

— Est-ce qu'elle s'en plaignait ?

— Non.

— Est-ce qu'ils étaient heureux ?

Il a haussé les épaules.

— Nous vivons à l'autre bout du pays, ma sœur et moi. Là où il y a du boulot, vous voyez ce que je veux dire. Après son mariage, maman a pour ainsi dire cessé de nous écrire et de nous téléphoner. (Il a poussé un profond soupir.) C'est vrai qu'elle était farfelue. Elle, elle disait qu'elle avait l'esprit bohème. Vous savez comment elle nous a appelés ? – Ryan n'a rien dit, moi non plus, attendant la suite. – Otello et Desdémone ! Vous imaginez, grandir avec des noms pareils ? Avec une mère qui porte des tresses et se balade en collants ?

Qui chante des airs d'opéra devant vos copains ? Un jour où je suis revenu avec un de mes camarades de classe à la maison, on l'a trouvée dans le salon, nue comme un ver, posant pour un artiste raté. (Rire dépourvu d'humour.) Dès que je suis arrivé dans l'Ouest, j'ai commencé par changer mon prénom. J'ai rajouté un t et retiré le « hell », a expliqué Otto en imitant des guillemets avec ses doigts. Vous pigez ? Othello sans le *hell*[1]. – Il avait dû répéter cette blague un nombre incalculable de fois. – Mona a fait pareil.

— Votre sœur et vous cherchiez à garder le contact ?

— Chaque fois qu'on appelait, elle était occupée. J'ai fini par me dire qu'elle n'avait plus besoin de nous. Qu'elle était heureuse avec sa nouvelle vie.

Claudel s'est raclé la gorge.

— Et Pinsker ? Vous l'aimiez bien ? a poursuivi Ryan, sur un ton insistant.

— Un crétin, mais sympa.

J'ai glissé un œil à l'intérieur d'un placard. Les assiettes étaient rangées en piles parfaites. Quant aux tasses, elles formaient des angles identiques, toutes accrochées par l'anse à des crochets, dans le même sens et à équidistance les unes des autres.

— Vous connaissez son fils ?

— Pas vraiment. J'étais encore petit quand maman a épousé son père, et Myron vivait déjà seul.

J'ai ouvert un autre placard, un troisième. Partout, le même ordre admirable.

— Elle l'a couché sur son testament.

— C'est sympa de sa part, maman a été mariée à son père pendant douze ans. De toute façon, elle n'a pas laissé grand-chose.

1. Jeu de mots impossible à traduire, *hell* signifiant à la fois enfer et foutoir en anglais. (*N.d.T.*)

— Ça vous paraît bizarre ?

Otto s'est crispé, à peine un instant, mais je l'ai remarqué à sa mâchoire.

— Qu'est-ce que vous voulez dire par là ?

— Cela vous surprend que votre mère ait un si maigre héritage ?

Otto a haussé les épaules. Apparemment, c'était un tic chez lui.

— J'avais l'impression qu'elle s'en sortait pas mal.

Claudel s'est levé avec impatience.

— Avec si peu d'argent, comment expliquez-vous qu'elle ait vécu sur un grand pied ? Cet appartement dans un immeuble assez luxueux, de fréquents séjours dans des établissements thermaux réputés.

Otto a regardé Ryan comme s'il venait de tomber du cul d'un cochon.

— Comment je pourrais savoir ? La dernière fois que je l'ai vue, c'était en 2000.

— L'année où Adamski est mort. À propos, ça vous a peiné ?

— Qu'est-ce que vous sous-entendez ?

Ryan n'a rien dit.

Otto a haussé les épaules. Il avait vraiment du charme.

— Sincèrement ? S'il avait pu rôtir en enfer, ce connard, j'en aurais été ravi.

— Votre mère avait une belle retraite ? a dit Ryan, tentant un raccourci.

— Je suppose que oui.

— Myron junior lui rendait des services, faisait des courses pour elle, ce genre de choses.

— Et alors ? a lâché Otto, sur la défensive. (Culpabilité ?)

— Après sa mort, quelqu'un a touché trois fois sa pension.

— Vous soupçonnez Myron ?

— Et vous ?

— Non. Je… (Otto a écarté les jambes.) Vous cherchez à m'embrouiller ?

— Adamski s'est noyé, n'est-ce pas ?

— Oui. (Ton méfiant.)

— Où ça ?

— Quelque part en Mauricie. Près de Trois-Rivières, je crois, ou Chambord.

— Nous avons déjà vu tout cela, détective Ryan, est intervenu Claudel qui en avait sa claque.

— Ça ne fait pas de mal de répéter, a rétorqué l'interpellé sans lâcher Otto des yeux.

— Monsieur Keiser, est-ce qu'il manque quelque chose dans l'appartement de votre mère ? a demandé Claudel.

— Quand est-ce que vous allez écouter ce que je vous dis, à la fin ? Je n'ai pas mis les pieds dans cet appartement depuis des années.

— Est-ce que vous êtes venu à Montréal pour l'enterrement d'Adamski ? a demandé Ryan, sans se soucier de l'interruption de Claudel.

— Il n'y a pas eu de service religieux.

— Tiens donc ! Et pourquoi ?

— Comment je le saurais ? Peut-être que ce type était athée.

— Mais vous êtes quand même venu à Montréal. Pour quelle raison ?

— Pour tenter de convaincre ma mère de déménager à Alberta. Je lui ai même proposé d'empaqueter tout son bric-à-brac.

— Et vous n'avez pas réussi ?

— À votre avis ? a répliqué Otto en ouvrant les bras pour désigner l'appartement.

— Très bien alors, a conclu Ryan. Partons pour Memphrémagog.

La cabane était à peu près comme je me l'étais imaginée, sauf qu'elle était en rondins. À l'avant, une véranda plutôt rustique ; à l'arrière, sur le toit en bardeaux, une cheminée en métal probablement reliée à un poêle à bois.

La formule « maison au bout du monde » avait tout d'un euphémisme. Depuis qu'on avait quitté la route goudronnée, j'avais l'impression d'avoir parcouru au moins cent kilomètres.

Ryan était bien d'accord avec moi : ce n'était pas le genre d'endroit sur lequel on tombe par hasard. Par conséquent, ou bien Keiser avait été suivie jusqu'ici par son assassin, ou bien celui-ci connaissait l'existence de cette cabane.

Les fenêtres étaient intactes. *Idem* pour la serrure. À l'intérieur, aucun signe de lutte. Pas de lampe ou de chaise renversées. Pas de vase brisé. Pas de tableau en biais sur le mur.

Keiser avait-elle ouvert la porte elle-même à son assassin, qu'elle connaissait ? S'était-il rendu maître d'elle si vite qu'elle n'avait pas eu le temps de réagir ?

L'air glacé sentait la cendre et le kérosène. En dehors des dégâts, très localisés, causés par l'incendie, et de la poudre sur les meubles, utilisée par les techniciens pour relever les empreintes, les lieux avaient un aspect parfaitement normal.

De même que l'appartement, ils étaient encombrés de tableaux et de bibelots à coup sûr découverts dans des marchés artisanaux de la région : bouteilles de lait et de soda anciennes ; cloches de vache, cuves à fromage, outils d'une autre époque.

Laissant Otto et Claudel passer d'une pièce à l'autre,

je me suis concentrée sur les œuvres d'art. Elles portaient toutes les initiales de Keiser.

La pièce du fond, avec la mezzanine, n'avait pas été touchée par le feu. Elle abritait chevalet et peintures. Les techniciens de l'Identité judiciaire avaient eu la bonne idée de respecter la place des choses. Les pinceaux dans leurs pots formaient encore de jolis ronds et les tubes de peinture, en rangs bien alignés, semblaient prêts pour le départ d'une course d'avirons. Quant aux toiles vierges, elles attendaient, stockées ensemble par ordre de taille.

Derrière le chevalet, un petit meuble recouvert d'un tapis tissé main. J'en ai soulevé un coin.

Un buffet, avec un long tiroir et deux portes dessous. Les poignées du tiroir et des portes, en cuivre et griffées, n'avaient pas été lustrées depuis une éternité. Les portes en revanche avaient été vernies et revernies, mais leurs rayures et des éclats dans le bois donnaient l'impression qu'on les avait ouvertes de force. Meuble ancien, à première vue.

OK, je l'admets. Il m'arrive parfois de rester scotchée à la télé en regardant un épisode d'*Antiques Roadshow*.

Poussée par une vague curiosité, j'ai ouvert une porte à l'aide d'un crayon. Rien à l'intérieur.

Je suis passée dans la salle de bains. Première surprise.

De là, j'ai filé au grenier. Un rideau fermait une sorte d'armoire. Je l'ai écarté vivement : une douzaine de vêtements suspendus parmi des cintres tordus.

— J'ai trouvé quelque chose !

Trois paires de pieds ont escaladé lourdement les marches de l'escalier.

31.

— Quelqu'un a habité ici !

Six yeux m'ont dévisagée, éberlués.

Je me suis adressée à Otto.

— Votre mère rangeait ses affaires parfaitement avec soin et ordre. À Montréal, dans l'armoire, les cintres sont répartis sur toute la longueur de la tringle, à cinq centimètres les uns des autres. Sur son bureau, le manteau de la cheminée ou les étagères, les objets occupent toujours la totalité de la surface et sont positionnés à équidistance les uns des autres.

Otto a acquiescé de la tête lentement, les sourcils froncés.

— C'est vrai, ça la fâchait beaucoup lorsque nous déplacions quelque chose.

— En peinture aussi, votre mère recherchait la symétrie. Dans ses tableaux, tout est parfaitement équilibré, assorti.

— Que voulez-vous nous dire par là ? a dit Claudel, qui lui aussi fronçait les sourcils.

J'ai désigné le rideau écarté.

Les hommes ont suivi mon regard.

Claudel a voulu ajouter quelque chose, je l'ai interrompu.

— Suivez-moi.

Nous sommes redescendus dans la salle de bains. La moitié de l'étagère au-dessus du lavabo était complètement vide, sur l'autre s'entassaient pêle-mêle toutes les affaires de toilette de Marilyn Keiser.

Claudel a émis un de ses bruits de bouche dont il a le secret.

— Je suppose, ai-je enchaîné, que Mme Keiser souffrait de TOC : il était nécessaire pour elle que les objets occupent l'espace selon un ordre parfait. Si cette supposition est exacte, elle aurait été incapable de briser cette habitude.

— Vous imaginez que quelqu'un aurait poussé les affaires de maman pour se faire de la place ?

— Exactement.

— C'est probablement l'Identité judiciaire ou le département incendie, lorsqu'ils ont fait l'analyse de la cabane, a objecté Claudel.

— Ça m'étonnerait. Il suffit de regarder la façon dont les pinceaux sont rangés dans les pots. Cela dit, on pourra vérifier sur les photos des lieux du crime.

Claudel a pincé les lèvres.

— Pour autant qu'on le sache, une seule personne connaissait l'existence de cette maison, est intervenu Ryan.

— Lu Castiglioni, ai-je dit.

— Qui ça ? a voulu savoir Otto.

— Le concierge de l'immeuble de votre mère.

— Et Myron Pinsker aussi, non ? a-t-il rétorqué.

Très bonne question, Otto !

J'ai laissé mon regard errer sur le chevalet, les peintures, les toiles vierges. Subitement, une pensée m'est venue à l'esprit.

— Otto, lorsque vous étiez enfant, est-ce que votre mère gardait de l'argent chez elle ?

— Quelques dollars dans son porte-monnaie, de quoi faire les courses. Pas plus.

— Vous a-t-elle dit un jour qu'elle voulait retirer son argent de la banque ? A-t-elle exprimé des inquiétudes quant à la sécurité de ses biens ?

— Maman n'avait aucune confiance dans les banques, vous savez. C'était une enfant de la Dépression.

— Est-ce qu'il lui arrivait d'agir sous l'impulsion de la peur ?

— Oui, parfois. En 1987, quand la Bourse a connu des ratés, elle a vendu toutes ses actions et déposé l'argent sur un compte d'épargne. Après le 11 Septembre, elle voulait retirer tout son argent de ce compte. C'est l'une des rares fois où nous nous sommes parlé au cours de ces dernières années. Je ne l'ai pas prise au sérieux. La Bourse était en plein chaos, bien des gens avaient perdu la boule. Et maman était un peu farfelue, comme je vous l'ai dit.

— Vous savez si elle l'a fait ? – Otto a haussé les épaules, exprimant ainsi son ignorance. – En même temps, votre mère n'était pas du genre à tout tenir sous clé ? – Otto a pris un air perplexe. – Dans l'appartement, elle n'avait qu'un placard et une boîte à bijoux fermant à clé. Et tous les deux étaient ouverts… Tu as une lampe de poche ? ai-je demandé à Ryan.

Il en a sorti une de sa poche. M'étant avancée vers le buffet, je me suis accroupie pour en examiner les portes. De près, et sous bonne lumière, les éclats dans le bois semblaient récents.

— Je pense que Mme Keiser gardait des choses enfermées ici.

— Les portes ont été forcées, a dit Ryan, achevant ma pensée.

— Par ce mystérieux invité ? a lancé Claudel.

Son ironie m'a énervée.

— Qui a pu la retenir prisonnière jusqu'à ce qu'elle lui remette ce qu'il voulait, ai-je répliqué sèchement tout en me relevant.

Otto a eu l'air d'avoir été frappé par la foudre.

— Pardon, je n'aurais pas dû m'exprimer aussi brutalement.

— Où est-ce que tu en es, Claudel, avec les comptes de Mme Keiser ? est intervenu Ryan.

Claudel, qui fixait toujours la commode, a tourné les yeux vers nous. L'espace d'un instant, il a paru déstabilisé…

— C'est Charbonneau qui s'en occupe, a-t-il répondu en décrochant le portable pendu à sa ceinture. Tabernouche ! Pas de réseau. Dès que j'aurai la ligne, en rentrant, je lui demanderai ce qu'il a dégoté. Je te préviendrai tout de suite.

Le portable de Ryan a sonné juste au moment où nous franchissions la porte du Hurley Irish Pub où nous avions décidé de déjeuner.

En chemin vers un box de la salle principale desservie par Mitzi, j'ai noté avec plaisir que la place préférée de la mère de Bill Hurley avait retrouvé sa petite plaque commémorative qui avait été piquée un soir. Petit drame réparé. Non mais quand même, je vous jure ! Les voleurs ne savent plus quoi inventer. Ils descendent bien bas !

Ryan avait toujours l'oreille à l'écouteur ; j'ai articulé le nom de Claudel silencieusement. Il m'a fait signe que oui.

La serveuse nous a apporté les menus. J'ai commandé un ragoût d'agneau ; Ryan a indiqué par gestes qu'il prendrait la même chose.

Elle a ramassé les menus et s'est retirée.

Ryan ponctuait sa conversation téléphonique de « Oui » et de « Tabernac ». Informé d'une adresse, d'une date et d'un montant, il a coupé la communication avec un grand sourire.

— Nous tenons le motif.

— Vraiment ?

— Entre l'automne 2001 et l'été 2003, Marilyn Keiser a retiré près de deux cent mille dollars de son compte à la Scotiabank. Aucun dépôt n'a été enregistré ailleurs.

— J'en étais sûre. Elle gardait son argent dans sa cabane, dans des boîtes à chaussures.

— Je ne peux pas dire pour les boîtes à chaussures, mais ta théorie de la cabane paraît juste. Laisse-moi te dire d'ailleurs que Claudel est épaté.

— Vraiment ?

Comme Ryan cherchait des yeux la serveuse qui avait disparu, j'ai insisté :

— Qu'est-ce qu'il a dit, exactement ?

— Je suis épaté.

— Non, sérieusement.

— Faut que j'aille chez les hommes, a dit Ryan en s'extirpant de derrière la table. Prends-moi une bière.

— Quelle marque ?

— Comme d'hab.

Sur ces mots, il est parti.

Comme d'hab ? Pour autant que je sache, ce type boit toutes les bières du monde. J'ai regardé la quinzaine de poignées qui s'étiraient le long du bar, de l'autre côté de l'allée : rondes, ovales, en bois, vertes ou autres. Chacune correspondait à une brasserie bien définie.

Manifestement, c'était mon jour : d'abord le trouble obsessionnel compulsif, ensuite le buffet fermé, et maintenant cette nouvelle révélation.

Ma purge de mercredi et jeudi avait-elle décuplé ma vivacité d'esprit en nettoyant mon système de toutes ses scories ? Mon corps, victorieux des microbes, permettait-il à mon cerveau de mieux fonctionner ? De percevoir le monde avec une acuité accrue ? Toujours est-il que j'ai presque cru entendre mes neurones émettre un déclic quand la connexion s'est faite, pour la troisième fois de la journée.

La vache, j'étais vraiment remontée !

Je retournais mon idée dans ma tête quand Ryan est revenu.

— C'est dingue, Ryan. Complètement fou !

— Où est ma bière ?

Je ne tenais plus en place.

— Attends, écoute ! l'ai-je interrompu, les deux mains tendues vers lui. Écoute ce que j'ai à dire jusqu'au bout avant de te foutre de ma gueule.

— Je ne me fous jamais de ta gueule, Boucle d'Or.

— Me donner des petits noms, c'est déjà se foutre de ma gueule !

D'un signe de la main, il m'a fait signe d'accoucher.

La serveuse est arrivée avec les plats. Ryan a commandé une Sam Adams.

— C'est exactement ça dont je te parle ! me suis-je exclamée en claquant des mains sur la table.

La serveuse a pris ses jambes à son cou.

— Quels sont les autres noms d'emprunt de Red O'Keefe/Bud Keith ?

— Tu les veux tous ?

J'ai fait signe que oui.

Ryan a sorti son carnet à spirale d'une poche de sa veste et en a fait tourner les pages.

— Red O'Keefe, Bud Keith, Sam Caffrey, Alex Carling.

— Que des noms de bières ! – Mon cri a fait se retourner les deux jeunes de la table d'à côté. J'ai baissé la voix. – Il mélange différents noms de bières. Red pour Red Stripe ; Bud pour Budweiser ; O'Keefe pour O'Keefe ; Keith et Alex pour Alexander Keith ; Carling pour Carling's Black Label !

— Putain !

— Mais écoute ! Écoute, je te dis ! ai-je insisté en levant les mains vers lui.

— Je suis tout ouïe.

— Sam Adams ! Sam Adamski !

— Le troisième mari de Keiser ? – J'ai hoché la tête. – Mais il est mort !

— Et s'il ne l'était pas ?

La chope s'est arrêtée à mi-chemin de la bouche de Ryan.

— S'il était encore vivant ? À en croire Otto, son corps n'a jamais été retrouvé.

— Et alors ?

— Keiser et Adamski se sont mariés en 1998. Si elle lui avait dit qu'elle avait caché son fric dans l'ourlet des doubles rideaux du salon ? Et si, cet automne, il était tout bonnement réapparu chez elle, pour voir ce qu'il en était ?

— Sa noyade aurait été une mise en scène ?

— Ou un véritable accident auquel il aurait survécu. Une fausse mort dans laquelle il aurait vu une chance à saisir.

— Et où est-ce qu'il aurait vécu depuis 2000 ?

— Peut-être qu'il s'est caché sous une autre identité. Peut-être qu'il a quitté le pays. Qu'il s'est fait coffrer et a purgé sa peine sous un autre nom ? Va-t'en savoir ! Quoi qu'il en soit, Adamski réapparaît, il a besoin de blé et il décide d'aller trouver son ancienne femme.

— Pourquoi seulement maintenant ?

J'ai continué à déballer mes idées au fur et à mesure qu'elles me venaient à l'esprit sans m'inquiéter de répondre aux objections de Ryan.

— Peut-être qu'ils sont toujours restés en contact ? Peut-être qu'ils se retrouvaient dans cette cabane ? Adamski en connaissait l'existence puisqu'elle était à lui !

— Pourquoi Marilyn aurait-elle tenu secret le fait qu'il soit en vie ?

— Ses enfants le détestaient !

— Ils le détestaient déjà quand elle l'a épousé.

— OK, peut-être qu'ils n'étaient pas en contact. Peut-être qu'il a tout simplement réapparu, l'a faite prisonnière et l'a tabassée jusqu'à ce qu'elle lui révèle où l'argent était planqué, et qu'après, il l'a tuée.

— Reprends ta respiration ! – Ce que j'ai fait. Ryan a enchaîné : – Otto a dit quelque chose ce matin, qui m'a donné à réfléchir, moi aussi

— Quoi donc ?

— Qu'Adamski s'était noyé quelque part en Mauricie.

— Tu supposes qu'il aurait eu son accident de bateau, alors qu'il descendait la rivière Saint-Maurice ?

— Je ne sais pas. Je vais chercher. Ce n'est pas si important. En revanche, tu sais ce qu'il y a là-bas, près de Trois-Rivières ?

J'ai secoué la tête.

— Un petit village appelé La Tuque.

Il ne m'a fallu qu'une nanoseconde pour faire le lien.

— L'alibi de Bud Keith. Il n'était pas à l'Auberge des Neiges quand Rose Jurmain a été tuée, mais quelque part de ce côté-là, en train de chasser l'ours.

Le décor commençait à prendre forme.

M. Keith, le type qui avait abattu l'arbre chez les Villejoin.

Bud Keith/Red O'Keefe, le type qui s'était vanté devant Grellier de savoir où Christelle était enterrée.

Bud Keith, l'aide cuistot à l'auberge où Rose Jurmain était descendue.

Sam Adamski, le troisième mari de Marilyn Keiser.

Nous sommes restés à nous regarder pendant un temps très long.

Ce Caffrey/Keith/O'Keefe/Carling/Adamski aurait-il tué quatre femmes ?

Pour quelle raison ?

Pour l'heure, les motifs et les moyens n'avaient pas d'importance. Ce qui comptait, c'est qu'il y avait maintenant un point commun à toutes ces affaires. Le chaînon manquant qui reliait toutes ces victimes.

Ryan a sorti son portable.

32.

Ryan ne m'avait pas encore déposée chez moi que nous savions déjà que Caffrey/Keith/O'Keefe/Carling/Adamski (peut-être) n'était ni chez lui ni à son travail.

Ryan a lancé une procédure de recherche. J'étais à peine descendue de la jeep qu'il repartait, les mains serrées sur le volant.

Il m'a téléphoné ce soir-là, vers huit heures.

— Il est passé entre les mailles du filet !

— Tu vas le retrouver !

— Quand je pense que je le tenais ! a râlé Ryan. Que je l'avais, cet enfant de salaud !

— Les voisins t'ont dit quelque chose ?

— Ils ne sont pas le genre à remarquer quoi que ce soit. Ni à partager leurs sentiments avec les flics.

— Et à la station essence ?

— Personne ne l'a vu depuis mercredi. – Le jour où Ryan l'avait interrogé. Mais ça, je l'ai gardé pour moi. – J'ai faxé la photo de Keith/O'Keefe à Trois-Rivières. Ils l'ont montrée aux gens du camping près de La Tuque, là où était Adamski en 2000, quand il a eu son accident de bateau. C'était bien lui. Il habitait là-bas.

— Sans blague !

— Ce sont eux aussi qui ont organisé la chasse à

l'ours pour Bud Keith, quand il a pris son congé à l'auberge.

— Bon boulot, détective !

— Sauf que je l'ai laissé repartir, ce salaud ! Sans même l'ombre d'un remords, a ricané Ryan se moquant de lui-même.

— Il n'ira pas loin.

— Il a déjà disparu en 2000 sans que nous ayons la moindre idée de l'endroit où il a pu passer toutes ces années, jusqu'à il y a deux ans.

C'était vrai, mais ça non plus je ne l'ai pas dit.

— Tu confirmes que le corps d'Adamski n'a jamais été retrouvé ?

— Ouais, a soupiré Ryan, qui semblait épuisé. Apparemment, il était sorti tout seul de bonne heure ce matin-là. On a découvert son bateau vide, la coque en l'air. On a dragué la rivière pendant toute une semaine à différentes heures du jour ; on a récupéré son portefeuille, son chapeau, sa canne à pêche, mais pas son corps.

— Les flics du coin n'ont pas trouvé ça bizarre ?

— Apparemment, c'était déjà arrivé. Cette rivière fait trente mètres de profondeur à certains endroits.

J'ai eu une brève réminiscence des victimes du lac Saint-Jean abandonnées dans mon laboratoire, et j'ai éprouvé un sentiment de culpabilité. Quarante ans que ce pauvre Quentin Jacquème attendait une réponse sur la mort de son beau-frère Achille Gouvrard et de sa famille.

Je m'y collerais lundi. Sans faute. Avant toute autre chose.

— Ça me fout en l'air de l'avoir laissé partir. Ça me déprime, je te jure ! continuait Ryan au téléphone.

Je me le suis représenté, le crâne hérissé de mèches

pointant dans toutes les directions à force de fourrager dans ses cheveux.

J'ai ouvert la bouche.

Ai hésité.

Et puis merde !

— Tu veux que je vienne ?

— J'adorerais, Tempe. Merci. Mais j'ai promis à Lily de passer la prendre tôt demain matin. Je ne peux pas me planter. Disons que c'est un rendez-vous.

— Je comprends. (Mon œil !)

— Je préférerais, tu sais. C'est juste que… Surtout, propose-moi ça une autre fois, d'accord ?

— Bien sûr !

J'ai raccroché très vite, la poitrine en feu.

Après, j'ai regardé *Pretty Woman* avec Birdie sur la chaîne des classiques, et je me suis couchée.

Mon dimanche aurait rendu Alexander Graham Bell fier de son invention. Ou lui aurait apporté la fortune.

C'est Harry qui a appelé la première, pendant que je lisais la *Gazette*. Elle a passé vingt minutes à me raconter sa dernière passion avant de me demander comment j'allais.

Je lui ai raconté mon problème de sandwich au jambon.

Elle a voulu savoir ensuite si j'avais identifié le connard qui avait déblatéré sur moi auprès d'Edward Allen Jurmain. Je lui ai dit que non. Elle m'a suggéré certaines modifications à apporter aux parties génitales de cet individu sitôt que je connaîtrais son nom et m'a demandé encore où j'en étais avec Ryan. Pour détourner la conversation, j'ai parlé de l'atmosphère au labo. J'ai raconté l'interview de Briel à la télé et j'ai terminé par mon dîner avec Santangelo.

Harry m'a ordonné de ne pas bouger de la journée et m'a cité certaines théories farfelues relatives aux microbes, au stress, au karma et à la longévité. J'ai reconnu qu'elle avait raison. Mollement.

Elle a insisté et m'a fait jurer. J'ai promis. J'allais rester tranquille. Sinon, je connaissais ma sœur : ce Duce en jupons aurait été capable de me rappeler quarante-deux fois dans la journée pour s'assurer que j'étais bien à la maison.

Après, c'est Katy qui a téléphoné. Elle sortait avec un musicien de trente-deux ans qui s'appelait Smooth, était de Pittsburgh et jouait dans un orchestre ayant pour nom *Érection polaire*.

Il va sans dire que cette nouvelle a quelque peu troublé la relaxation karmique que m'avait prescrite ma sœur. Mais j'ai pris les choses du bon côté.

J'ai rédigé des rapports, consulté mes e-mails, lu, joué avec le chat et répondu à tous les coups de fil de ma sœur pour vérifier que je n'avais pas quitté la maison en douce.

Tout cela, en attendant qu'on m'annonce la capture d'Adamski.

Vers quatre heures, Chris Corcoran a téléphoné.

Son télégramme à la prison de Stateville avait payé. Le détenu, un certain Antoine « Pooter » Brown, avait fourni assez de détails pour passer sur la chaise électrique pour le meurtre de Laszlo Tot. En échange de la promesse qu'il serait tenu compte de ses aveux, il avait reconnu avoir assisté à la mort de Lassie et il avait accepté de livrer son complice, un type surnommé Slappy.

Ensemble, ces deux génies avaient repéré Laszlo dans un magasin de vidéos, l'avaient suivi et essayé de lui piquer sa bagnole. Mais Laszlo s'était défendu.

C'était Slappy qui l'avait poignardé ; Pooter, lui, n'avait fait que regarder, sans réussir à séparer les combattants. Hum, hum.

Laszlo mort, ils l'avaient enfermé dans le coffre de sa voiture après lui avoir vidé les poches. Après quoi, ils avaient roulé sans but précis, tout en discutant de ce qu'ils devaient faire. C'est Pooter qui avait eu l'idée de la carrière, étant originaire de Thornton.

Après y avoir balancé le corps de Laszlo, ils avaient abandonné la voiture sur le parking d'un centre commercial de banlieue et ils étaient rentrés en ville par le train. Aux frais de Laszlo.

Slappy a été arrêté, et il a aussitôt accusé Pooter d'être l'auteur du meurtre. Très original.

À six heures, c'est Ryan qui a appelé. Il n'en était pas exactement à pousser des cris de joie, mais il était à mille lieues de son humeur de la veille.

— Tu peux préparer confettis et serpentins !

— Tu l'as arrêté ?

— Il est probable qu'on a retrouvé sa trace.

— Trop bien !

— Tu trouves vraiment ?

— Comment vous avez fait ?

— C'est grâce à l'agence Budget du boulevard Décarie. Jeudi, vers quatre heures de l'après-midi, un type correspondant à la description d'Adamski a loué une Hyundai Accent. Tu ne devineras jamais le nom qu'il a donné.

— Miller Moosehead.

— Bien, pour l'allitération. Mais c'est pas celle-là. Deux L. Lucky Labatt.

— Lucky ?

— Comme dans Lucky Lager.

— Jamais entendu parler de cette marque de bière.

— C'est celle que boit Jack Nicholson dans *Five Easy Pieces*.

— Pour louer une voiture, il faut avoir un permis.

Et prendre une assurance. Comment Adamski a-t-il pu se fabriquer une nouvelle identité aussi vite ?

— Les faux papiers, c'est sa spécialité. Ça n'a pas dû lui prendre longtemps. Et puis il en avait sûrement déjà, planqués dans le tiroir de sa commode sous les chaussettes. J'ai lancé une alerte nationale. J'ai aussi prévenu la police des frontières. On va le coincer, ça ne fait pas un pli. Tu vas au labo, demain ?

— Oh, oui. Sinon j'aurai Hubert sur le dos, aussi sûr que Kermit la grenouille a du vert sur le sien.

— D'abord ton « trop bien », ensuite une métaphore et une allusion au Muppet Show. Si je comprends bien, tu as retrouvé la forme.

— Une comparaison.

— Pardon ?

— Une comparaison, pas une métaphore : la comparaison met en relation deux concepts par un terme tel que « comme ». Alors que les métaphores associent deux objets n'ayant rien de similaire à première vue sans qu'aucun outil de comparaison les relie.

— C'est bien ce que je disais : Tempe est de retour.

— Les ossements du lac Saint-Jean m'attendent depuis le jour où je suis tombée malade, mercredi.

— Est-ce que ce sont ceux des Gouvrard ?

— Il y a des chances.

— Tu as une autre possibilité en vue ?

— Non.

Une voix de femme m'est parvenue en arrière-fond, suivie d'un son étouffé, comme si Ryan avait couvert le téléphone de sa main ou l'avait appuyé contre sa poitrine. Quelques secondes plus tard, il reparlait normalement.

— Il faut que je raccompagne Lily à son institution.

— Vous avez passé une bonne journée, tous les deux ?

— Aussi bonne que possible.
— Elle est toujours fâchée ?
— Comme une abeille dans une bouteille. Comparaison.
— Tiens-moi au courant pour Adamski, d'accord ?
— Compte sur moi.

Lundi, j'ai bondi hors de mon lit avec la sensation de pouvoir replanter la forêt amazonienne à moi toute seule. Les assassins de Laszlo étaient identifiés ; Adamski serait bientôt derrière les barreaux et, moi, j'étais guérie : la vie était belle.

Le temps aussi. Un soleil éblouissant dans un ciel d'azur, un temps presque doux : on devait atteindre un petit deux degrés.

Les rues ayant été dégagées, j'ai décidé d'aller au labo en voiture. Le trajet s'est bien passé. Mais devant l'édifice Wilfrid-Derome, c'était un cauchemar pour se garer car les congères mangeaient une bonne partie de la chaussée.

Après avoir tourné vingt minutes, j'ai décidé de me mettre dans le parking. C'était payant mais tant pis. Le fric, c'est fait pour être dépensé après tout.

Dans l'ascenseur, flics et collègues du LSJML se racontaient leur week-end et échangeaient des ragots. Briel était dans son bureau ; Morin et Ayers n'étaient pas encore arrivés. Joe non plus.

Dans mon labo, les victimes du lac Saint-Jean occupaient toujours les paillasses et les dossiers Gouvrard m'attendaient sur ma table de travail. Dans mon bureau, le téléphone clignotait agressivement.

Je me suis dit que j'allais procéder par ordre : d'abord les messages ; ensuite les dossiers *ante mortem* de Valentin, le plus jeune des enfants ; enfin ses ossements.

Personne sur le répondeur ne me demandait une information ou un service de toute urgence. J'ai gribouillé le nom de ceux qui m'avaient appelée, puis j'ai laissé cette liste sur mon bureau et suis entrée dans mon labo, de l'autre côté du couloir. Là, j'ai ouvert le dossier Gouvrard.

Il ne m'a fallu que quelques minutes pour repérer un détail qui a fait monter en flèche mes espérances : une prescription de tétracycline.

La tétracycline est un antibiotique puissant capable de tuer une grande variété de bactéries. Malheureusement, lorsque ce médicament est absorbé pendant la période où les dents se forment, il se calcifie dans l'émail. Cela se traduit par une coloration définitive des dents en gris ou en brun, ou par l'apparition de lignes horizontales plus ou moins nombreuses.

Ce type de marques sur les dents se rencontre fréquemment, l'usage de ce produit ayant été très répandu dans les années 1950. Il a été prescrit aux enfants et aux femmes enceintes jusque dans les années 1980.

Côté sourire, c'est moche pour l'individu traité, mais c'est très commode pour qui doit procéder à une identification médicolégale.

Selon son dossier, Valentin Gouvrard avait pris de la tétracycline pendant trois semaines à l'âge de sept mois pour soigner des streptocoques.

Je me suis précipitée sur mon manuel de référence, pour vérifier sur le schéma de la formation des dents.

Les secondes molaires de lait du maxillaire commencent leur calcification *in utero*, durant une période qui va de la seizième à la vingt-quatrième semaine de gestation ; celles de la mandibule entre la dix-septième et la vingtième semaine.

D'où le raisonnement suivant.

Observation 1 : Valentin Gouvrard avait pris de la

tétracycline à l'époque où ses secondes molaires de lait étaient en train de se former.

Observation 2 : les prémolaires définitives remplaçant les molaires de lait vers l'âge de onze ou douze ans, et l'enfant sur ma table étant mort à un âge situé entre six et huit ans, il avait donc toujours ses secondes molaires de lait au moment de sa mort.

Déduction : si l'enfant sur ma table était bien Valentin, ses prémolaires devaient présenter une coloration.

Vérification de l'inventaire des dents en ma possession : une première molaire définitive et deux secondes molaires de lait. Bien que je ne les aie examinées que brièvement – une première fois au moment d'établir l'inventaire, une seconde quand j'avais déposé ces dents sur le plateau pour que Joe en fasse des radios, je n'avais rien remarqué de spécial, si ce n'est, éventuellement, une petite tache plus terne sur l'émail de la seconde molaire de lait provenant du maxillaire.

Je m'apprêtais à y regarder de plus près lorsque le téléphone a sonné.

— Docteur Brennan !

— Oui, monsieur Hubert.

— J'ai cru comprendre que vous aviez été malade.

— Je suis en pleine forme maintenant.

— Très bien. Descendez dans mon bureau.

— Je viens de découvrir un détail peut-être important concernant les victimes du lac Saint-Jean…

— Descendez, je vous prie, m'a-t-il coupée sur un ton sec. Tout de suite !

— Il y a un problème ?

— Oui ! Ce département est un ramassis de nuls !

Dit sur un ton qui aurait fait friser la laitue.

33.

Hubert, avachi dans son fauteuil, ressemblait à un type qui s'est bâfré de pâtisseries pendant des décennies.

— Asseyez-vous, docteur Brennan.

J'ai obtempéré, m'attendant à être réprimandée pour un méfait insoupçonné.

— Je voudrais vous demander quelque chose…, a-t-il commencé d'un air perplexe et quelque peu désappointé. Avez-vous plaisir à travailler ici ?

— Pardon ?

— C'est juste une question.

— Bien sûr que oui.

— Est-ce que vous passez par un moment difficile sur le plan personnel ?

— Non. (Qu'est-ce que c'était que ces questions ? !)

— Cette joute dans laquelle vous êtes impliquée, est-ce que…

— Je ne suis impliquée dans aucune joute que je sache ! (J'étais sur la défensive.)

— Cette situation à Chicago…

Hubert a fait tourner une main si dodue qu'on n'y voyait aucun pli aux jointures.

— Ah, ces accusations… Je doute qu'on puisse parler de *joute*, avec un accusateur anonyme !

— Quoi qu'il en soit, votre travail pèche sérieusement en ce moment.

— Conneries ! (Pas malin, mais c'est sorti tout seul)

— Dois-je vous préciser ce qui ne va pas ?

— Je vous en saurais gré.

Envolée, ma belle humeur de ce matin, remplacée par la colère.

— Quentin Jacquème a appelé le bureau à de multiples reprises depuis que ces restes du lac Saint-Jean ont été découverts. C'est un officier de la SQ à la retraite, comme vous le savez ; feu son épouse était la sœur d'Achille Gouvrard. Cela fait maintenant trois semaines que ce pauvre homme appelle, docteur Brennan, et toujours rien.

Je me suis concentrée sur ma respiration pour essayer de rester calme.

— Vendredi dernier, le Dr Briel m'a demandé la permission d'examiner ces restes. Comme vous étiez absente, je l'y ai autorisée.

— Ben voyons ! ai-je dit sans lâcher le coroner des yeux. Et maintenant que vous avez laissé œuvrer quelqu'un qui est tout sauf expert, vous avez certainement des nouvelles fracassantes à rapporter à Quentin Jacquème.

— En quoi n'est-ce pas un expert ? Je m'apprête à dire à ce monsieur que je vais clore le dossier.

D'un doigt en forme de saucisse, Hubert a poussé un papier dans ma direction.

Le rapport était bref : âge, sexe. La partie concernant l'enfant le plus jeune comportait un paragraphe sur des taches provoquées par de la tétracycline sur les dents de lait. Tout en le lisant, je me le suis traduit mot à mot en anglais. Pour être sûre.

> *La présence de taches dues à une absorption de tétracycline, visibles sur les secondes molaires de*

lait tant au niveau du maxillaire que de la mandibule, associée au développement de l'individu tel que suggéré par ses dents et son squelette, permet d'identifier la victime en toute certitude et d'affirmer qu'il s'agit bien de Valentin Gouvrard, âgé de huit ans.

Compte tenu des correspondances établies dans le profil démographique, à savoir le sexe des adultes, l'âge des différents individus au moment de la mort, l'état de conservation des ossements et les circonstances dans lesquelles les traumatismes peri mortem *sont survenus, j'estime que les ossements récupérés à proximité du lac Saint-Jean le 12 janvier de cette année sont effectivement ceux de la famille Gouvrard, portée disparue le 14 août 1967 et considérée depuis lors comme étant virtuellement décédée.*

Marie-Andrea Briel, médecin légiste

J'ai relevé les yeux, hébétée, incapable de dire un mot.

— Comment avez-vous pu laisser passer un détail aussi important, docteur Brennan ?

J'ai préféré ne rien dire pour ne pas proférer des paroles qui auraient dépassé ma pensée.

— Ces taches sont évidentes. Briel les a vues, et je les ai vues aussi quand elle me les a montrées. En outre, l'usage de tétracycline est bel et bien mentionné dans le dossier médical de l'enfant. – J'ai continué à garder le silence. – D'abord, les phalanges à Oka et, maintenant, cette bourde… *Eh, misère* * *!* a soupiré Hubert en se passant la main sur le menton, je crois que vous avez besoin de prendre du repos.

— C'est une notification de renvoi ?

— Un blâme.

Le ventre du Léviathan s'est soulevé, puis abaissé au rythme du long soupir qu'il laissait échapper.

— Je ne veux plus d'erreur !

— Nous en avons terminé ?

Hubert a failli ajouter quelque chose. Mais ne l'a pas fait.

Je me suis levée et j'ai gagné la porte, irradiant la fureur comme une bouilloire la chaleur.

Remontée dans mon labo, je suis allée me planter devant les ossements du plus jeune des enfants. J'ai sorti ses trois petites dents de leur fiole et les ai déposées sur la paillasse.

Les deux molaires de lait avaient bel et bien des bandes marron foncé autour de la couronne. J'en suis restée pantoise.

Il fallait être aveugle pour ne pas les avoir remarquées !

La seconde molaire du haut présentait également une petite tache terne sur la cuspide mésiale. Une restauration ?

Est-ce que j'avais noté cet élément ?

Non. Pas la moindre mention d'un plombage quelconque dans mes commentaires. J'avais juste écrit qu'il fallait radiographier cette dent.

Je bouillais intérieurement

Comment avais-je pu laisser passer ces taches ? Cette possible restauration ?

Hubert aurait-il raison ? Est-ce que je serais subitement devenue distraite ? Négligente ?

Pour quelle raison ? Mes relations avec Ryan ? Mon désir de partir en vacances avec Katy ? De découvrir l'identité de la personne qui avait médit de moi ? D'en finir avec les restes de Rose Jurmain ?

J'avais les joues en feu. De honte, maintenant.

J'étais toujours en train de fixer ces dents quand mon portable a sonné. J'ai failli ne pas décrocher. Ryan.

— Entrez dans la danse ! Ça y est, on l'a coincé !

— Adamski ?

— Non, Harry Houdini.

— Félicitations, Ryan.

— Surtout, ne saute pas de joie !

— Je suis ravie.

— Tu es de nouveau malade ?

— Je viens d'avoir une autre prise de bec avec Hubert, ai-je dit tout en faisant rouler une petite dent dans le creux de ma main. Où est-ce que vous avez retrouvé Adamski ? Ou Lucky Labatt, ou Keith, quel que soit le nom qu'il se donne, ce salaud ?

— À Moncton, chez un cousin à lui qui s'appelle Denton Caffrey. En train de regarder une rediff des *Rockford Files*, ce con. Sous son vrai nom, et dans sa propre ville. C'est vrai quoi, qui allait penser à venir voir dans cet appartement ? Le roi des bières est plus con qu'un bol de nouilles.

— Où est-ce qu'il est, maintenant ?

— Claudel s'est envolé pour Moncton ce matin. Dès qu'il l'aura ramené à Montréal, on le travaillera au corps.

— Ce ne sera pas facile de le briser.

— Il faudra bien, pourtant ! s'est écrié Ryan avec véhémence. C'est lui, le coupable, je le sens dans mes tripes, même si je n'ai encore que des preuves circonstancielles : le fait qu'il ait été marié à Marilyn Keiser ; qu'il apparaisse sous le nom d'emprunt de Keith dans l'affaire Villejoin ; que Florian Grellier l'ait reconnu comme celui qui lui a indiqué l'endroit où Christelle était ensevelie ; qu'il ait travaillé à l'Auberge des Neiges à l'époque où Jurmain est morte.

— Un assemblage de preuves circonstancielles peut aboutir à une inculpation.

— Sauf que là ce ne sera pas assez probant pour des jurés, a rétorqué Ryan avec un reniflement de mépris. On a juste la déclaration d'un détenu et le casier judiciaire d'Adamski. Ils voudront des preuves tangibles et nous n'en avons pas.

— Tu vas en trouver.

— On procède à une nouvelle fouille de la cabane de Keiser, pour s'assurer que rien n'a été oublié. On réinterroge les voisins, les boutiques, pour voir si quelqu'un se rappellerait avoir vu Adamski acheter du kérosène. À Pointe-Calumet, nous faisons du porte-à-porte en montrant sa photo. Ce n'est pas facile, Villejoin est morte depuis un an et demi et Rose Jurmain depuis trois ans.

— Il faut que tu lui arraches des aveux.

— C'est exactement ce que nous comptons faire, madame. Claudel va profiter du retour en avion pour le caresser dans le sens du poil. Et ici, pendant l'interrogatoire, il jouera le flic gentil pendant que moi, j'emploierai l'artillerie lourde.

— Le casting laisse un peu à désirer.

— Pas du tout. J'ai déjà l'Emmy Awards dans la poche !

Après avoir raccroché, je suis restée assise à contempler ces dents de lait.

Comment avais-je pu ne pas remarquer des traces aussi visibles ?

Ayant remis les trois dents dans leur fiole, je me suis arrêtée devant la fenêtre, les yeux dans le vide.

Je m'étais complètement plantée.

J'étais nulle, nulle, nulle !

J'ai regardé sans la voir une péniche qui remontait la rivière.

Briel avait repéré ces marques.

Les molécules d'une idée ont commencé à se coaguler ensemble... pour se disperser aussi vite. Le lac Saint-Jean. La rivière Saint-Laurent.

Douze étages plus bas, l'eau grise avait quelque chose d'intimidant. De profond. De rigide.

L'idée commençait à prendre forme.

Le corps d'Adamski n'avait jamais été retrouvé.

Les Gouvrard n'avaient jamais été retrouvés.

D'autres personnes gisaient-elles, oubliées de tous, dans ces eaux noires et froides ?

J'ai ouvert mon ordinateur et me suis branchée sur Wikipédia.

Le lac Saint-Jean, ai-je appris, était un ancien cratère situé dans les montagnes des Laurentides, à deux cents kilomètres au nord du Saint-Laurent, dans lequel il se déversait par l'intermédiaire de la rivière Saguenay. Il couvrait à peu près mille kilomètres carrés et atteignait une profondeur de soixante-trois mètres à l'endroit le plus profond.

Un sacré paquet d'eau !

J'ai cherché un numéro de téléphone.

L'ai composé.

Ma voix, après s'être frayé un chemin à travers un incroyable dédale d'enregistrements, a fini par résonner aux oreilles d'une aimable dame bel et bien vivante, à qui j'ai pu poser ma question. Elle m'a dit d'attendre.

Ce que j'ai fait.

Au bout d'un moment, j'avais à nouveau ce charmant être humain en ligne.

Ils disposaient d'une source qui pourrait m'être utile.

J'ai quitté le labo, pas vraiment portée par les ailes de l'enthousiasme.

Montréal possède un grand nombre de bibliothèques, à la fois en français et en anglais. Celle des archives nationales du Québec, la Grande Bibliothèque comme on l'appelle, est la plus récente. Elle a ouvert ses portes en avril 2005 sur le boulevard de Maisonneuve, près du campus de l'université du Québec. Les importants bâtiments de verre et d'acier qui la composent abritent la plus grande collection de livres du Québec dans des éditions récentes, rares ou anciennes, toutes sortes de documents multimédias et de matériaux de référence, cartes ou reproductions. Un auditorium, une salle d'exposition, cafétéria et boutique. *Bien sûr**. Il y a tout ce que vous souhaitez, à la BAnQ.

Suivant les instructions de ma charmante interlocutrice, je suis montée au premier étage, me suis rendue dans l'aile nord et j'ai franchi les portes portant l'inscription « Collections nationales ». Arrivée à un comptoir, j'ai présenté ma requête à une dame.

Les poings sur ses hanches osseuses, la bibliothécaire, pas très charmante pour sa part, m'a écoutée en fronçant de plus en plus les sourcils. Quand je me suis tue, elle m'a dit d'aller d'abord m'inscrire à l'accueil. Lorsque je suis revenue, ma carte à la main, elle m'a indiqué un groupe de gens plongés dans l'étude de microfilms et m'a ordonné d'attendre là.

Dix minutes plus tard, elle est réapparue, lestée d'un plateau rempli de petites boîtes grises et jaunes. D'un air lugubre et digne, elle m'a demandé si je savais me servir de l'appareil.

Je lui ai répondu que j'avais pratiquement un doctorat en visionnage de microfilms.

Elle m'a abandonnée en me disant qu'il y avait une autre série de microfilms remontant à l'année 1897.

Les dates inscrites sur les étiquettes de ceux-ci allaient

de 1948 à 1964, l'année où le *Progrès du Saguenay* avait cessé de paraître.

Ne sachant par quelle date commencer, j'ai décidé de commencer par les dates les plus récentes.

Les années ont défilé au son du léger grincement du film se dévidant. 1964, 1963, 1962. Successions d'images en noir et blanc, pas toujours très nettes.

Au début, j'avançais lentement, lisant chaque page attentivement. L'habitude s'installant, j'ai été capable de sauter les passages inintéressants pour me concentrer exclusivement sur les faits divers et les notices nécrologiques.

Au bout d'une heure, j'avais un élancement dans l'œil ; au bout de deux, j'avais l'impression qu'un quatuor de percussions s'en donnait à cœur joie dans mon crâne. Coup d'œil au plateau : plus qu'un million de petites boîtes à visionner.

Est-ce que mon idée était folle ?

Peut-être. Mais je devais continuer. Me rassurer moi-même en sachant que j'avais fait tout ce qui était en mon pouvoir.

Nouvelle bobine. 1958. J'ai commencé à tourner les pages.

À peine arrivée à la moitié de l'année, victoire !

Exactement ce que je cherchais !

34.

Recherche suspendue pour les victimes de la noyade

Comme tout à l'heure, dans le bureau du coroner, je me suis traduit le texte tout bas en même temps que je le lisais.

> *21 juillet 1958. Après une semaine d'efforts acharnés, les recherches entreprises pour retrouver les victimes de l'accident de bateau survenu sur le lac Saint-Jean ont été suspendues, tout espoir de retrouver un survivant parmi les quatre personnes manquant encore à l'appel ayant disparu. La population est invitée à assister à l'inauguration de la stèle qui sera érigée dans le cimetière de Sainte-Monique à la mémoire de trois des disparus, Louise-Rosette, Mélanie et Claire Clémenceau. La cérémonie se tiendra ce jeudi, à treize heures.*

Un accident de bateau ; des corps qui n'avaient pas été retrouvés ; le lac Saint-Jean.

Sous l'effet de l'excitation, j'ai senti tous les nerfs de mon corps se crisper.

Depuis un moment, ce n'était plus un quatuor mais

un orchestre tout entier qui avait envahi mon lobe frontal, et j'étais donc passée à un visionnage rapide, me contentant de survoler les textes. À l'évidence, ce n'était pas la bonne façon de faire car j'avais laissé passer le reportage précédent.

Comme avec les phalanges. Comme avec les taches de tétracycline.

Je me suis frotté les yeux. J'ai fait des mouvements pour décontracter mes épaules.

Ayant rembobiné le film jusqu'au début du mois, j'ai recommencé à visionner.

14 juillet. L'accident était rapporté avec une minutie dramatique.

Pique-nique tragique : le titre introduisait un article qui occupait toute la moitié inférieure de la page. Le 13 juillet 1958, comme chaque année, une paroisse de la petite ville de Sainte-Monique avait tenu son pique-nique au parc de la Pointe-Taillon. Au programme des festivités, des promenades en barque sur le lac Saint-Jean.

Mais dans l'après-midi, un orage s'était déchaîné, inattendu et d'une telle violence que les gens en bateau n'avaient pas eu le temps de réagir. Le ponton avait été emporté par la tempête. Quatre adultes et cinq enfants s'étaient noyés, deux hommes avaient survécu. Un homme, une femme et deux petites filles n'avaient pas été retrouvés : Richard Blackwater, trente-sept ans ; Louise-Rosette Clémenceau, quarante-cinq ans ; Mélanie Clémenceau, treize ans ; Claire Clémenceau, sept ans.

Le cœur battant, j'ai recopié dans mon carnet le nom des disparus ainsi que la date et le lieu de l'accident, et je me suis remise à la lecture des événements survenus ensuite en 1958, sans sauter un seul article, quelle que soit la taille du caractère d'imprimerie utilisé et bien que ma tête ait résonné comme une grosse caisse.

Le mardi qui avait suivi l'accident, les trois premières victimes avaient été enterrées dans ce même cimetière de Sainte-Monique.

En date du 16 juillet, un autre article, très court, évoquait la cérémonie qui s'était tenue à l'intention des deux autres victimes.

Le 21 juillet, les recherches avaient donc été suspendues. Après cette date, plus aucune mention de la tragédie ni des victimes.

Je me suis laissée aller contre mon dossier, les yeux fixés sur mes notes.

Tout correspondait : le temps écoulé depuis la mort, le profil des victimes. J'étais prête à parier que le nom de l'homme était un nom amérindien. Ce qui expliquait le type mongoloïde avec les pommettes marquées et les incisives en forme de pelle.

Brusquement, le refrain « Sugar, Sugar » a retenti avec force dans mon sac.

Il m'a fallu une éternité pour arriver à localiser mon portable et à le couper.

Quand j'ai relevé la tête, la pas très charmante bibliothécaire marchait sur moi, les traits tordus en une expression meurtrière. Marmonnant un pardon, j'ai rassemblé mes affaires. Le dragon a attendu, sans se radoucir pour un sou, et m'a accompagnée jusqu'à la porte.

Dehors, l'obscurité prenait possession de la ville. Dans les voitures aux fenêtres couvertes de buée, conducteurs et passagers n'étaient que des silhouettes indistinctes. Un vent humide, chargé d'une odeur d'huile et de sel provenant de la rivière, faisait voler les déchets le long de la rue de Maisonneuve.

Avant d'enfiler mes gants, j'ai consulté la liste des appels en absence.

C'était Ryan qui avait appelé.

Il a décroché tout de suite.

Adamski était à l'édifice Wilfrid-Derome, l'interrogatoire allait commencer sous peu.

Pourquoi était-il à la SQ, puisque l'enquête sur la disparition de Marilyn Keiser relevait de la police municipale ? Parce qu'il était possible que le prévenu soit mêlé à l'affaire Villejoin et peut-être aussi à l'affaire Jurmain. Moyennant quoi, la Sûreté du Québec avait son mot à dire. Claudel avait donc accepté, à la demande de Ryan, de mener l'interrogatoire à la SQ plutôt qu'au commissariat central du SPVM. Par courtoisie. Les deux services de police demeuraient distincts, personne n'empiétait sur le territoire de l'autre. En se voyant conduit à la SQ, Adamski a dû imaginer que l'intérêt qu'on lui portait faisait suite aux déclarations de Florian Grellier sur ses rapports avec Christelle Villejoin.

Je me suis demandé s'il n'avait pas été surpris d'avoir été ramené à Montréal sous escorte de la police municipale. Si c'était le cas, Ryan et Claudel avaient sûrement prévu le coup.

J'ai accéléré l'allure.

À mon arrivée au quatrième étage de l'édifice Wilfrid-Derome, Ryan et Claudel se trouvaient dans une salle d'observation, et regardaient le prisonnier sur un écran. Ils avaient l'un et l'autre l'air particulièrement dégoûté.

En me voyant entrer, Claudel a lancé un regard interrogateur à Ryan.

— Le Dr Brennan a proposé de nous faire part de ses impressions, a expliqué Ryan.

Je n'avais en effet aucune raison officielle de me trouver là, ce dont nous étions tous conscients. Claudel s'est gratté l'épaule.

— Comment comptez-vous entamer l'interrogatoire ? ai-je demandé en voyant que Ryan avait plusieurs dossiers en main.

— Nous allons nous concentrer d'abord sur les meurtres des sœurs Villejoin. Pendant son voyage en avion, le détective Claudel a laissé planer l'idée que nous cherchions avant tout à faire la lumière sur Florian Grellier en l'arrêtant, lui, Adamski.

— Le type qui a dit que c'était Adamski qui lui avait révélé l'endroit où Christelle Villejoin était enterrée ? !

— Oui, madame.

— Vous lui avez dit que vous enquêtiez sur Florian Grellier ? ! ai-je répété, ébahie.

— Hé, le détective Claudel n'y est pour rien si le prévenu a mal compris. Quoi qu'il en soit, nous allons commencer par Grellier et Villejoin. Après, nous lui servirons Jurmain et Keiser, l'équivalent de deux tonnes de fumier.

Le gentil flic et le méchant flic sont sortis, me laissant seule devant l'écran.

Adamski a relevé des yeux impénétrables quand ils sont entrés dans la salle d'interrogatoire. Comme la fois d'avant, il a gardé les mains croisées devant lui.

Ryan a mis en marche l'enregistrement. Un léger raclement de chaises m'est parvenu par un haut-parleur. Puis Ryan a déclaré, faisant l'impasse sur les formules de politesse :

— Cet interrogatoire sera enregistré. Pour votre protection et la nôtre.

Adamski n'a pas réagi. On le sentait nerveux, bien qu'il s'efforce d'avoir l'air d'un dur.

— En quelle langue préférez-vous vous exprimer, l'anglais ou le français ? – Ryan a attendu cinq secondes pleines. – La personne interrogée n'ayant pas exprimé de préférence, l'interrogatoire sera conduit en anglais.

Il sera mené par Ryan, Andrew, lieutenant détective à la Sûreté du Québec, et par Claudel, Luc, sergent détective au Service de police de la Ville de Montréal. La personne entendue a pour nom Red O'Keefe, alias Bud Keith, Alex Carling, Samuel Caffrey. Devons-nous ajouter Lucky Labatt, ou devons-nous ne pas prendre en compte cette inestimable information complémentaire ?

— Écoutez, comme j'l'ai déjà dit la dernière fois, je sais rien sur aucune vieille dame enterrée dans les bois.

Se concentrant sur les mêmes questions que la fois d'avant, Ryan s'est attaché à balader Adamski, lui donnant à entendre que la police n'avait rien de nouveau.

Une performance menée de main de maître d'un bout à l'autre. Adamski imperturbable ; Ryan faisant semblant de s'énerver et Claudel s'interposant quand il devenait trop agressif.

Au bout de quarante minutes, Ryan semblait avoir atteint son premier objectif et passait à la vitesse supérieure. Ouvrant un dossier, il a fait glisser une photo sur la table jusqu'à Adamski. Bien qu'elle ne soit pas très nette à l'écran, j'ai quand même reconnu Christelle et Anne-Isabelle Villejoin souriant devant un arbre de Noël, tenant chacune un chat dans leurs bras.

Adamski a jeté un œil à la photo sans rien perdre de son air goguenard.

Ryan en a sorti une autre : le squelette de Christelle dans la fosse.

— Putain ! s'est exclamé Adamski en détournant les yeux.

Ryan a bondi de sa chaise. Contournant la table, il a attrapé la tête d'Adamski à deux mains.

— Regarde-la ! Regarde, je te dis !

— Hé, lieutenant ! est intervenu Claudel en posant une main apaisante sur l'épaule de Ryan.

Ryan a lâché Adamski. Il a sorti une troisième photo du dossier qu'il avait fait tourner face à lui et il l'a plaquée sur la table : Rose Jurmain. Paraissant bien plus vieille que ses cinquante-neuf ans.

— Et celle-ci ? – La paupière inférieure d'Adamski a vibré tandis qu'il fixait l'image. – Peut-être que c'est sous l'identité de Bud Keith que tu l'as zigouillée celle-ci ?

— Qu'est-ce que c'est que cette merde ?

— Un tournant dans ta carrière. Les fraudes à la carte de crédit, c'était bon pour les minus. Tabasser une vieille, la tuer et empocher la monnaie, c'était quand même mieux ! Mais y a quelque chose que je m'explique pas, a dit Ryan, et il a approché son visage si près de celui d'Adamski que celui-ci a dû se cambrer sur le dossier de la chaise. Quel tas de merde il faut être, pour faire la peau à des vieilles. La nuit, ça te réveille pas de savoir que t'as tabassé une mamie ?

— J'ai rien à voir avec…

— De toute façon, je te coincerai, espèce de saligaud ! s'est écrié Ryan d'une voix plus coupante qu'une lame.

— Si nous faisions une pause, est intervenu Claudel pour la seconde fois.

Ryan s'est redressé sans un mot. Il a coupé le magnétophone et il est sorti de la pièce.

Deux secondes plus tard, il me rejoignait dans la salle d'observation. Je l'ai accueilli avec un sourire, il a répondu de même.

— Et maintenant ? ai-je demandé.

— Maintenant, Claudel va l'interroger sur l'époque où il travaillait à l'Auberge des Neiges sous l'identité de Bud Keith. En passant, il lâchera peut-être le nom de La Tuque et mentionnera la partie de chasse. Pour qu'Adamski s'inquiète et se demande si nous savons des choses susceptibles de le relier à Marilyn Keiser.

— Bien joué.

— Claudel pourrait aussi laisser échapper que Rose Jurmain était citoyenne américaine, et lâcher par mégarde les mots extradition et peine capitale. Sous-entendant par là qu'il serait dans son intérêt d'être jugé par un tribunal canadien.

— Jurmain ayant été tuée au Québec et son corps découvert ici, l'Amérique ne pourrait pas réclamer son extradition.

— Ça, nous le savons toi et moi, mais ce connard l'ignore peut-être.

À l'écran, Claudel était en train de tapoter le bras d'Adamski en lui disant quelque chose. Puis il est sorti. Pour revenir l'instant d'après, avec un Pepsi.

Ryan a laissé passer une demi-heure avant de regagner la salle d'interrogatoire avec des boîtes en carton portant l'une le logo de la SQ, la seconde le sceau du SPVM. Ces deux boîtes, je le savais, étaient vides.

Les ayant déposées sur le plancher bien en vue d'Adamski, il a branché à nouveau le magnétophone et s'est assis.

— Lieutenant détective Ryan, de retour dans la salle d'interrogatoire. – Puis, se tournant vers Claudel : – Avez-vous lu ses droits au détenu ?

— Quoi ? ! s'est exclamé Adamski et il a vivement tourné la tête vers Claudel.

— C'est une simple formalité, a répondu celui-ci avec une douceur qui ne lui correspondait pas.

J'ai scruté le visage d'Adamski pendant que Claudel débitait son laïus. La veine sur sa tempe gauche battait à un rythme de piston.

— Est-ce que vous comprenez vos droits, monsieur

O'Keefe ? a demandé Ryan lorsque Claudel s'est tu. Ou est-ce que je dois dire Adamski, bien que ce nom ne soit pas encore dans la liste ?

Adamski a tiqué.

— Est-ce que vous avez compris le sens de la déclaration que le détective Claudel vient de prononcer ?

Adamski regardait fixement devant lui. Ahuri d'avoir entendu prononcer ce nom qui l'incriminait ? Retournant déjà dans sa tête des explications plausibles ?

— J'ai toute la nuit devant moi, Adamski. Mais quand quelqu'un me fait perdre mon temps, je deviens vraiment mauvais.

— Qui c'est, ce connard ? a lancé Adamski. Pourquoi vous me collez ce nom ?

— Vos droits ?

— Me prenez pas pour un con ! a-t-il jeté sur un ton vénéneux.

— M. Adamski reconnaît avoir compris ses droits et ses obligations.

Sur ce, Ryan s'est tu un moment.

Aussi énervé soit-il, Adamski ne s'est pas laissé piéger.

— Bon, a repris Ryan, poursuivons l'interrogatoire. Désormais, les questions concerneront le meurtre d'une certaine Keiser, prénom Marilyn, et tous les événements, crimes ou délits en rapport avec ce cas.

Ryan a demandé à Claudel de lui indiquer le numéro attribué par le SPVM à cette affaire. Claudel s'est exécuté.

Ryan a ouvert un dossier.

— Entre 1998 et 2000, vous avez été marié à une dame du nom de Marilyn Keiser. Est-ce exact ?

Adamski a hésité, pesant le pour et le contre.

— Les choses n'ont pas marché entre nous. C'est quoi le problème ?

— Marilyn Keiser a été assassinée, il y a trois mois de cela.

— Je n'ai rien à voir là-dedans.

— Son corps a été découvert la semaine dernière, dans une cabane à Memphrémagog. Elle a été aspergée de kérosène, puis quelqu'un a mis le feu.

— Peut-être qu'elle s'est attiré les foudres de Memphrie, vous savez, le monstre du lac ?

— Vous vous croyez drôle ?

— Je crois que vous me racontez des salades.

— C'est vous qui avez construit cette cabane. En dehors de vous-même et de la victime, personne ne connaissait son existence.

Sauf Lu le concierge, mais Ryan ne l'a pas dit.

— Ben ça alors, quelle coïncidence !

— Mme Keiser gardait de l'argent dans cette cabane. Comme vous avez été marié avec elle, vous pouviez le savoir.

— Marilyn était dingo. Ce n'est un secret pour personne.

— On a retrouvé partout vos empreintes digitales, a dit Ryan en posant la main sur un de ses cartons vides.

Les yeux d'Adamski se sont portés sur la boîte, puis s'en sont détournés.

— Et alors ? Cet endroit était…

— D'autre part, c'est vous qui avez acheté l'essence. Nous avons retrouvé l'employé qui vous l'a vendue.

— Mais c'est de la folie ! s'est exclamé Adamski, mais son ton de défi sonnait faux.

— Vous avez tué votre ex-femme, vous l'avez arrosée d'essence, vous avez mis le feu au cadavre et vous êtes parti ! a martelé Ryan.

— Non !

— Vous avez tué Marilyn Keiser. Vous avez tué Rose Jurmain. Vous avez tué Christelle et Anne-Isabelle Villejoin.

— Non !

Adamski serrait les doigts de toutes ses forces pour les empêcher de trembler. Sans grand résultat.

Ryan a posé devant lui une photo de Keiser prise pendant l'autopsie. Il y a ajouté une autre d'Anne-Isabelle gisant sur le carrelage de sa cuisine.

Cette fois encore, Adamski a détourné les yeux.

— Regardez-les ! Anne-Isabelle Villejoin avait quatre-vingt-six ans, Christelle quatre-vingt-trois. Votre ex-femme soixante-douze.

Contournant la table, Ryan a attrapé Adamski par les cheveux et l'a forcé à regarder les photos. Comme la fois précédente.

— Dis-moi un peu, sac à merde ! Ça t'a pas retourné l'estomac d'assassiner ces vieilles femmes sans défense ? Est-ce que tu les as frappées par-derrière pour ne pas voir la terreur dans leurs yeux ? Est-ce qu'elles tremblaient ? Et toi, tu tremblais ? Hein ? Comme tu trembles maintenant.

— J'sais pas de quoi vous parlez ! a répliqué Adamski en essayant de se libérer de la poigne de Ryan.

Mais celui-ci appuyait si fort sur sa tête que le nez d'Adamski touchait presque la table.

— Nous savons que tu as travaillé à l'auberge où était descendue Jurmain. Nous savons que tu t'es rendu dans la cabane de Keiser. Nous savons que tu es entré dans la maison des Villejoin. Et nous savons de quoi tu t'es vanté devant Florian Grellier.

Adamski s'est mis à balancer ses jambes et à se tortiller dans tous les sens. Ryan a poursuivi.

— Nous attendons encore les photos prises par la caméra de surveillance du distributeur automatique où tu as tiré de l'argent avec la carte des Villejoin. Nous interrogeons toute personne ayant foulé un jour le sol de Pointe-Calumet. Tout individu de passage à l'Auberge des Neiges ou ses alentours… Tu sais ce que les flics de Moncton sont en train de faire en ce moment ? a enchaîné Ryan après une courte pause. D'interroger ton charmant cousin Denton. Tu crois qu'il va garder pour lui tes bobards, ou qu'il va leur refiler le fric que t'as planqué chez lui ?

— Bordel, dites-lui d'arrêter ! a marmonné Adamski d'une voix étranglée.

— Ryan, putain ! s'est écrié Claudel en bondissant sur ses pieds. Laisse-le respirer !

Ryan a lâché avec colère la tignasse d'Adamski et a reculé d'un pas.

Adamski a relevé la tête et s'est frotté le crâne d'une main tremblante.

Ryan a esquissé un geste discret à l'adresse de Claudel.

Celui-ci a regagné son siège.

— Je ne vais pas te raconter de salades, Sam, a-t-il dit sur un ton apaisant. La situation dans laquelle tu te trouves n'est pas des plus brillantes. C'était des vieilles dames. Les jurés n'aimeront pas ça. Ils ont des mamans, des mamies, des tantes. Au moment où je te parle, les preuves s'amoncellent. D'ici peu, nous aurons une foule de témoins. Et je le répète : Jurmain était citoyenne américaine. En avouant, tu te rendras un fier service à toi-même. Et ça nous incitera à la clémence.

— J'ai jamais entendu parler d'aucune Rose Jurmain, a répondu Adamski, les yeux fixés sur le dessus de la table.

— On peut en discuter.

Le haut-parleur est resté muet pendant un moment. Une minute entière. Deux.

Hors du champ de vision d'Adamski, les détectives échangeaient des regards anxieux.

Je retenais ma respiration. Comme Claudel et Ryan. La prochaine réaction d'Adamski allait nous dire si leur prestation de gentil flic et méchant flic, excellente au demeurant, serait ou non couronnée de succès. Adamski allait-il réclamer un avocat ? Dire qu'il ne l'avait pas fait exprès ?

Il a relevé la tête lentement. Quand il a pris la parole, c'est à Claudel qu'il s'est adressé.

— J'dirai plus un mot tant que j'aurai ce fou furieux devant moi.

35.

Nuit passée à avaler du mauvais café en compagnie de Ryan, tous les deux piqués sur des chaises qui faisaient mal aux fesses, devant un écran : on a regardé Claudel embobiner Adamski/Keith/O'Keefe, deux salles plus loin dans le couloir.

Accouchement difficile, Claudel jouant la compréhension devant un Adamski qui oscillait entre vantardises et gémissements.

À deux heures du matin, il avouait le meurtre de Marilyn Keiser ; à quatre heures, celui des Villejoin.

C'était l'histoire d'un sale type.

L'accident de bateau avait bien eu lieu, mais Adamski avait réussi à regagner le rivage. Là, essoufflé et trempé, il avait eu une révélation : sa vie était nulle. Fuyant les avocats et la paperasserie, il avait décidé de tirer profit de cette mésaventure.

Après avoir éparpillé dans le lac divers objets lui appartenant, il avait gagné la Nouvelle-Écosse en autostop. À Halifax, il était passé voir un copain dans les affaires qui lui avait obtenu une nouvelle identité, et il était parti pour des cieux plus cléments au sud de la frontière.

Hélas, la vie en Amérique n'avait pas ressemblé au rêve qu'il avait espéré trouver et, en 2006, il était revenu au Québec. Se servant d'une ancienne identité, Bud Keith, il avait trouvé un emploi dans une auberge, près de Sainte-Marguerite. À cette même époque, une cliente alcoolique avait disparu au cours d'une promenade dans les bois.

Fatigué de laver des assiettes et de récurer les plats, Adamski était parti pour Montréal en quête d'une vie plus riche en couleurs. Toujours sous cette identité de Bud Keith, il avait rencontré une serveuse originaire de Saint-Eustache nommée Poppy et, bientôt, avait emménagé chez elle.

Au début, tout était allé pour le mieux mais, le temps passant, Poppy avait commencé à le tanner pour qu'il paie sa part de loyer. C'était elle qui lui avait suggéré d'aller cogner aux portes pour offrir ses services d'homme à tout faire ; elle lui avait même prêté sa Honda à cette fin.

Le 4 mai, Adamski avait passé sa matinée à boire de la bière dans un bar en mettant en balance les mérites respectifs de la liberté personnelle et ceux du gîte et du couvert gratuits avec sexe en sus. Dopé à la bière et s'apitoyant sur son sort, il avait pris la route 344. Arrivé à Pointe-Calumet, il avait repéré une maison avec un pin mort dans le jardin. Il avait donc proposé à la propriétaire de l'abattre. Anne-Isabelle avait accepté. C'était la première personne à laquelle il s'était adressé dans le village.

Le travail achevé, elle lui avait réglé en liquide la somme convenue au départ – qu'elle avait eu la prudence de noter –, prenant l'argent dans une petite boîte en fer rangée dans la cuisine. L'abattage ayant été plus difficile que prévu, Adamski avait réclamé un supplément. Anne-Isabelle avait refusé. Une discussion s'était ensuivie, au terme de laquelle il avait tabassé la vieille dame à l'aide de sa canne.

En entendant du bruit, Christelle avait débarqué. Dans un état de rage incontrôlable, Adamski avait exigé un supplément. Quand Christelle lui avait montré sa carte bancaire, Adamski l'avait fait monter de force dans la voiture de Poppy et, en ville, l'avait forcée à effectuer un retrait.

Toutefois, ce trajet en voiture l'avait calmé. Craignant de retirer de l'argent à d'autres distributeurs, comme il en avait eu l'intention au départ, et redoutant aussi de rentrer à Pointe-Calumet, il s'était arrêté pour acheter une pelle de jardinage. Puis, il avait tué Christelle et l'avait enterrée à Oka.

Ensuite, il s'était débarrassé de la carte de retrait des Villejoin, avait nettoyé la voiture et s'était dépêché de revenir chez Poppy. Plusieurs mois durant, il avait fait profil bas, vivant de menus travaux tout en suivant attentivement dans la presse le déroulement de l'enquête.

La police ne venant pas frapper à sa porte, Adamski s'était peu à peu convaincu qu'il n'était pas recherché. Cependant, sa vie le laissait tous les jours un peu plus désenchanté.

Durant cette période, il avait passé la plupart de ses soirées devant la télé. Dieu soit loué, Poppy avait le câble. Entre les matchs de hockey, *Miami Vice* et les *Rockford Files*, il écoutait les nouvelles. Une série d'agressions au domicile perpétrées de l'autre côté de la frontière l'avaient tout particulièrement intéressé. Sur une période de deux ans, plusieurs personnes âgées avaient été dépouillées puis battues à mort.

Ces crimes lui avaient rappelé la vieille dame qui avait disparu à l'Auberge des Neiges, et aussi les Villejoin. Curieusement, le souvenir de son ancienne femme qu'il n'avait pas vue depuis des années lui était revenu à l'esprit. N'avait-elle pas parlé de retirer ses économies de la banque ? Peut-être avait-elle mis ce projet à exécution.

Il avait épousé Keiser dans l'espoir d'avoir de l'argent. Mais la vieille était cinglée, elle voulait seulement du sexe. La vie avec elle était vite devenue insupportable. Finalement, comme toujours, ça n'avait pas marché. Tout comme ça ne marchait plus maintenant avec Poppy.

Adamski s'était mis à réfléchir. Il avait tué les Villejoin et s'en était tiré. Les vieilles dames étaient faibles, elles ne savaient pas se défendre. Aujourd'hui, Marilyn devait avoir soixante-douze ans, s'il ne se trompait pas.

Elle vivait toujours à son ancienne adresse. Adamski put s'en convaincre en la surveillant, garé devant son immeuble du boulevard Édouard-Montpetit, dans la Honda de Poppy. Des semaines durant, il observa les allées et venues de sa femme, la suivit à la synagogue, au marché, dans un centre de loisirs et dans un club de yoga.

Un vendredi, il la vit sortir avec une petite valise. Direction : sa vieille cabane de chasse, comme il devait le découvrir non sans surprise.

Trois week-ends de suite, il l'observa répéter son manège. En son absence, il se rendit à Memphrémagog pour évaluer la situation : la proximité des voisins, la sécurité des lieux, le risque d'être vu.

Lentement, un plan prit forme dans son esprit. Il se rendrait à la cabane, cacherait la voiture de Poppy sous l'appentis et attendrait Keiser. Il s'était d'ailleurs installé quelques jours sans complexes. Quand elle arriverait, il lui demanderait son magot. S'il était caché dans la cabane, ce serait parfait. S'il était à l'appartement, il la ramènerait en ville et la tuerait là-bas.

Sauf que Keiser ne s'était pas rendue aussi facilement que prévu. Quand enfin elle s'était écroulée, Adamski était dans une rage telle qu'il l'avait aspergée d'essence et avait craqué une allumette.

À l'écouter, ces femmes étaient les premières responsables de leur mort. Il se mettait facilement en colère, elles n'auraient donc pas dû s'opposer à lui. Raisonnement logique, argument imparable.

Après avoir observé ce salopard presque dix heures d'affilée, j'étais tellement écœurée que je me sentais prête à exploser. La faute au café ? Peut-être.

Après les microfilms visionnés plus tôt dans l'après-midi et cet interrogatoire interminable, j'étais crevée. La fatigue exacerbait mes émotions et je n'avais aucune envie d'analyser mes sentiments. J'éprouvais de la tristesse, ça c'est sûr. Mais aussi de la répugnance. Et de la colère. Oui, un sacré paquet de colère.

Bref, à quatre heures du matin, j'en avais ma claque.

Ryan m'ayant promis qu'il me tiendrait au courant des derniers développements, je suis rentrée chez moi.

Cette nuit-là, j'ai rêvé encore de mites, de squelettes et de corps brûlés. Ryan était dans mon rêve, Ayers aussi et Chris Corcoran. D'autres personnes également, mais trop floues pour que je puisse les nommer.

Je me suis réveillée à huit heures avec l'impression que quelque chose sollicitait mon subconscient.

De quoi s'agissait-il ? Les affaires Jurmain, Villejoin et Keiser étaient achevées ; les ossements du lac Saint-Jean seraient bientôt identifiés. Ne restait plus qu'à découvrir le nom de mon accusateur. Était-ce sur ce sujet que mon subconscient cherchait à attirer mon attention ?

Tout en nourrissant le chat, je me suis dit que je n'avais pas parlé à Ryan de ma découverte sur l'accident de bateau survenu à Sainte-Monique. Pas grave.

Il m'appellerait bientôt pour me raconter la fin de l'interrogatoire d'Adamski.

— Aujourd'hui, c'est un grand jour, Birdie !

Le chat a continué à grignoter ses petites boulettes brunes.

— Tout d'abord, je vais résoudre l'affaire du lac Saint-Jean. Ensuite, je vais coincer ce salopard de rat qui a entaché mon nom.

Le chat m'a décoché l'équivalent chat d'un regard réprobateur. Parce que j'avais employé des gros mots ? Parce que j'avais fait une référence à un rongeur ?

Je l'ai laissé finir son petit déjeuner tout seul.

Au labo, une petite enveloppe brune reposait sur ma table de travail. Joe avait enfin radiographié toutes les dents des victimes du lac Saint-Jean.

Ayant accroché les clichés au négatoscope, je les ai étudiés attentivement, l'un après l'autre.

Sur la radio, la petite tache mate, visible sur la seconde molaire de lait de la mâchoire du haut, ressortait en blanc opaque. Une obturation. Intéressant, mais sans grand intérêt en l'absence de dossiers *ante mortem*.

J'ai réexaminé ensuite les os de tous les squelettes. Puis j'ai appelé Labrousse, le gynécologue qui faisait office de coroner à Chicoutimi.

Après lui avoir fait part de ma découverte à la bibliothèque, je lui ai demandé s'il ne pourrait pas se renseigner sur les victimes de cette noyade. Il a accepté de rechercher si d'éventuels parents étaient toujours en vie et de voir si des dossiers dentaires ou médicaux existaient toujours. De lui-même, il a proposé, sans trop y croire, de fouiller dans les archives du coroner pour voir s'il ne s'y trouverait pas un dossier remontant à l'année 1958.

Comme il était peu probable en effet qu'on ait gardé ces dossiers pendant plus de cinquante ans, je lui ai demandé de se renseigner sur les trois points suivants : Richard Blackwater était-il indien ? Claire Clémenceau avait-elle reçu des antibiotiques étant bébé ? Avait-elle eu des plombages ?

Il a dit qu'il me rappellerait.

Enfin, j'ai appelé Hubert.

Le coroner en chef a fait preuve de scepticisme. C'est rien de le dire. Mais peut-être était-il surtout furieux de devoir admettre que *mon* scepticisme à moi était parfaitement justifié. Peu importe.

Sa dernière remarque, avant de raccrocher, a été : Valentin Gouvrard a pris de la tétracycline à l'âge de sept mois, et les molaires de l'enfant du lac en portent la trace flagrante. *Quelle coïncidence* * *!*

Coïncidence, certes ! Mais qui laisse quand même la place à une interprétation à peu près aussi grande que le Yankee Stadium ! ai-je pensé par-devers moi, la main toujours posée sur le combiné du téléphone.

Parfois, vous savez les choses, un point c'est tout. Appelez ça de l'intuition. Appelez ça un raisonnement déductif fondé sur l'expérience et la reconnaissance subconsciente d'un modèle.

Pour ma part, j'étais convaincue au plus profond de mes tripes que ces noyés du lac Saint-Jean étaient les pique-niqueurs de Sainte-Monique. Il fallait seulement que j'en apporte la preuve.

Je me suis creusé la cervelle. Parmi les ossements d'enfant en ma possession, y en avait-il un qui me permette d'établir le sexe autrement qu'en mesurant les os, ce qui était impossible, étant donné leur état ?

Aucune idée ne me venait à l'esprit.

J'en étais toujours à ressasser ce problème quand Ryan a appelé. Il avait l'air aussi crevé que moi. Pas étonnant. En revanche, ce qu'il m'a dit l'était, étonnant.

— Adamski coopère pour Keiser et pour les Villejoin. Il déballe des détails comme s'il écrivait un roman, mais pour Jurmain, il ne veut rien entendre.

— Tu le crois ?

— Pourquoi admettre trois assassinats et mentir à propos du quatrième ?

— Tu lui as quand même rappelé une petite coutume américaine du nom de « peine capitale ».

— Il a maintenant un avocat, il est parfaitement au courant qu'il ne risque pas d'être extradé.

— Ce petit mensonge te hantera toute ta vie ?

— Personne n'a jamais dit à Adamski qu'il devrait être jugé aux États-Unis pour ce crime. Nous n'y sommes pour rien si ce crétin a mal compris la référence faite à la citoyenneté de Rose Jurmain. Pour nous, il était seulement question de situer sa mort dans le contexte.

J'ai réfléchi un moment. Les os de Rose Jurmain ne portaient aucune trace de violence.

— Peut-être qu'Adamski a seulement joué de malchance en se trouvant à l'Auberge des Neiges en même temps que Rose Jurmain.

— Ce qui voudrait dire que la première supposition était la bonne : Jurmain se baladait dans les bois, complètement saoule, et elle est morte de froid.

— Son squelette ne porte aucune trace de trauma *peri mortem*.

— Sauf en ce qui concerne les ours.

— Oui. De plus son corps n'était ni enterré ni caché d'aucune manière.

— À propos de trauma, il y a un autre hic : Adamski jure qu'il a tué Keiser à coups de poing dans le ventre.

— Pourquoi ment-il ? On le sait que c'est avec un pistolet !

— Ça, tu m'en demandes trop. Mais le reste colle complètement avec ce qu'il raconte.

— Pourtant, j'ai bien vu la trace de balle. Sur la radio qu'Ayers m'a montrée.

— Peut-être qu'Adamski a un problème avec son image. Du genre : les armes à feu, c'est bon pour les nuls. Ou peut-être que ce pistolet appartient à quelqu'un qu'il tient à protéger. On continue de l'interroger. C'est plus difficile maintenant qu'il a recruté un avocat.

J'ai rapporté à Ryan l'incident survenu sur le lac Saint-Jean en 1958 et lui ai demandé s'il avait interrogé Jacquème sur l'ascendance de son beau-frère.

— Oui madame, Achille Gouvrard était *pure laine**. (Comprendre : vieille famille blanche du Québec.) Et Jacquème s'est rappelé aussi autre chose : que Gouvrard avait participé à la bataille de Scheldt, en 1944, et qu'il était revenu au pays avec un shrapnel dans la cuisse droite. Il se plaignait de douleurs à l'os quand il faisait froid.

Après avoir raccroché, je suis allée placer un autre cliché sur le négatoscope. Pas la moindre trace de métal dans le fémur droit de l'homme dont les os étaient sur ma table.

J'ai étudié à nouveau ces larges pommettes et ces incisives en forme de pelle.

Plus que jamais, j'étais persuadée que cet homme n'était pas Achille Gouvrard.

Mes yeux se sont portés sur les molaires colorées de l'enfant le plus jeune.

À nouveau, j'ai senti la honte se propager en moi.

Briel avait remarqué ces taches de tétracycline. Moi pas.

J'ai regardé au loin, par la fenêtre. La rivière. Le pont. Les chauffeurs et les piétons vaquant à leur vie de tous les jours. Cette scène m'avait toujours apaisée.

Une mite gisait sur le rebord de la fenêtre, les pattes

recroquevillées, les ailes desséchées comme une momie de musée. Morte depuis l'été ?

Son petit cadavre a fait resurgir mes visions nocturnes. Mites. Squelettes. Corps calcinés.

Quelque chose était profondément enraciné à l'intérieur de mon crâne. Mais quoi ?

J'ai reporté les yeux sur les os.

C'était Briel qui avait découvert les taches sur les dents.

Le quelque chose en question a commencé à émerger au niveau de mon subconscient.

C'était Briel qui avait repéré le trajet de la balle.

Le trajet de la balle.

Le quelque chose a brutalement fait irruption dans ma pensée consciente.

36.

Je me suis jetée sur le téléphone et j'ai composé le numéro du CCME. J'ai demandé Chris Corcoran.

Sa ligne a sonné trois fois avant de basculer sur le répondeur. Je lui ai laissé un message comme quoi il devait me rappeler de toute urgence.

Neuf heures et demie à la pendule. Chris devait être en train de découper le foie de quelqu'un.

La trace de balle. Trace repérée par Marie-Andréa Briel, une débutante, alors qu'une médecin légiste confirmée comme Nathalie Ayers ne l'avait pas remarquée ? ! Oui, c'était bien ça, le drapeau qu'agitait mon subconscient.

Chris Corcoran était tombé une fois sur un cas similaire. Il me l'avait décrit en détail lorsque j'étais à Chicago : la femme retrouvée morte par terre dans son salon ; l'autopsie qui ne révélait aucun trauma ; le petit-fils qui avouait avoir abattu sa grand-mère ; et la seconde autopsie qui avait fait apparaître une blessure si rare que Chris avait rédigé un article à ce sujet.

OK.

J'ai foncé à la bibliothèque.

Par où commencer ? Chris travaillait sur ce cas quand le corps de Laszlo Tot avait été découvert dans la carrière. C'était donc en juillet 2005.

Ça prend du temps d'écrire un article scientifique et de le peaufiner. Ça en prend aussi de le faire paraître, compte tenu de tous les postulants à la publication. J'ai pris le numéro de novembre 2007 du *Journal of Forensic Sciences* et consulté la liste des auteurs.

Rien. J'ai regardé ensuite les publications de 2006, 2005, et 2008. Rien non plus.

Échec sur toute la ligne de ce côté-là.

Retour au labo.

En attendant que Chris et Labrousse me rappellent, le premier à propos de son article sur la trajectoire de la balle, le second à propos des victimes de Sainte-Monique, j'allais faire des recherches sur Internet.

Sur Google, le nom Marie-Andrea Briel a généré un nombre ahurissant de liens. En plus d'avoir participé à la rédaction de quantité d'articles et de blogs accessibles en ligne, elle avait collaboré à l'écriture de plusieurs articles pour le *Journal of Forensic Sciences*, pour l'*American Journal of Forensic Medicine and Pathology* et pour une flopée de journaux canadiens et britanniques. Tous, avec l'aide de sa première assistante, virée par la suite. Et tous au cours de l'année passée.

Elle avait donné une dizaine d'interviews en français et en anglais. Elle avait pris part à des rencontres concernant l'entrée des étudiants dans la carrière. Son nom figurait au nombre des enseignants du département de pathologie de l'université de Laval ainsi que sur une douzaine de sites regroupant des experts biomédicaux. Elle appartenait à toutes les sociétés médicolégales du monde libre.

Tout en naviguant de lien en lien, je sentais dans mon dos Joe vaquer dans le labo, annotant des échantillons, prenant des photos, enregistrant des données à l'ordinateur. Et j'entendais Jean Leloup, Isabelle Boulay, Daniel Bélanger et, bien sûr, Céline Dion pousser la chansonnette.

De cette chasse dans le cyberespace, je suis revenue bredouille. Rien sur la biographie de Briel, pas le moindre CV. Pas la moindre référence à un emploi passé ou à des diplômes. Rien sur son arrivée au Québec.

Lorsque j'ai enfin quitté l'écran des yeux, j'ai senti une présence derrière moi. Je me suis retournée.

Joe avait les bras croisés sur la poitrine.

— Excusez-moi, vous avez dit quelque chose ? ai-je demandé, surprise de le découvrir là.

— Les clichés du lac Saint-Jean, ils étaient bien ?

— Oui. (Est-ce que j'aurais oublié de le remercier ?) Merci. Ils étaient très bien.

J'ai marqué une hésitation, ne sachant pas si je devais lui faire part de ma nouvelle théorie concernant les victimes du lac Saint-Jean. Pourquoi pas ? Ça le calmerait peut-être, lui donnerait l'impression d'être partie prenante de la découverte.

Il a écouté ma nouvelle théorie sans trahir le moindre sentiment.

— Et les taches sur les dents ? a-t-il demandé.

— Excellente question. À laquelle je compte bien apporter une réponse.

— Est-ce que vous…

Le téléphone a sonné.

J'ai pivoté sur mon fauteuil en espérant que ce serait Chris Corcoran. Oui, c'était lui.

— Tu as fait une découverte ? Tu avais l'air excitée comme une puce !

— Merci de me rappeler aussi vite. À Chicago, tu m'as parlé d'un homicide où la balle avait traversé la victime en longeant le grand dorsal, tu te souviens ?

— Tu parles ! La trajectoire suivait exactement l'alignement du dorsal et les fibres du muscle en masquaient complètement la trace. J'ai rédigé un rapport informel. Personne n'avait jamais rien vu de semblable. Le cas était tellement ahurissant que j'ai écrit un article pour le *JFS*. Ils me l'ont renvoyé avec des corrections à apporter au texte et je le leur ai soumis à nouveau. Je n'ai pas encore reçu leurs révisions. Tu veux que je t'en envoie une copie ?

— Est-ce que tu peux me la faxer tout de suite ?

— Bien sûr.

Je lui ai donné le numéro du fax et me suis précipitée à la réception. Quelques minutes plus tard, l'article de Chris me parvenait.

Inhabituelle mort par balle, impliquant un tracé longitudinal à travers un seul muscle extenseur.

Vingt-quatre pages. Trop long. Ceux qui l'avaient corrigé avaient raison. C'était excessif.

J'ai survolé le texte tout en regagnant mon bureau.

Une femme de soixante-huit ans, vue pour la dernière fois lors d'un pique-nique en famille le 4 juillet... Découverte par sa fille, morte et dans un état de putréfaction avancée... Des organes ne présentant aucune perforation... Un squelette sans trauma... Pas la moindre trace métallique... Cause de la mort : inconnue... Le petit-fils avouant avoir tiré sur sa grand-mère.

Mes yeux se sont arrêtés sur une phrase de la section intitulée *Découvertes résultant de la seconde autopsie*.

Une dissection transversale avait fait apparaître un unique tracé de balle suivant longitudinalement la masse du muscle extenseur droit.

J'ai sauté la suite, la gorge crispée par la colère.

... L'orientation de la blessure suggérait que la victime était en train de bouger au moment de l'impact... La cause de la mort avait été réévaluée en tant qu'homicide... Cas extrêmement rare... La littérature consultée ne faisait état d'aucun cas similaire...

J'ai balancé le fax sur mon bureau, en proie à une multitude de pensées qui fusaient de toutes parts, comme des grains de pop-corn explosant dans le four.

Le trajet tout à fait extraordinaire suivi par cette balle était très difficile à repérer. À Chicago, Chris ne l'avait pas vu tout de suite. Ayers non plus, à Montréal, dans le cas Keiser. Et, dans les deux cas, l'autopsie avait été pratiquée par un médecin légiste expérimenté.

Et Briel aurait mis le doigt dessus !

Coup de chance ? Talent ? Coïncidence ?

Tu parles !

Elle ne pouvait pas avoir lu l'article de Chris puisqu'il n'était pas encore paru.

Ma recherche sur Internet ne m'avait fourni aucune information sur son passé. Elle prétendait avoir suivi un certain nombre de post-docs. Est-ce qu'elle en aurait fait un au CCME ?

Mon inconscient a agité une nouvelle image dans mon esprit : mon rêve du vendredi précédent. Les serpentins qui partaient du squelette de Rose Jurmain et dont l'un portait les lettres ML.

Fausse piste. ML avait analysé les ossements de Lassie. Pas ceux de Rose.

Tout à coup l'air m'a manqué.

Se pouvait-il que Briel soit ce ML ? Elle s'intéressait à l'anthropologie. Elle avait suivi un cours d'introduction. Elle avait effectué la seconde exhumation à Oka.

Profitant de mon absence, elle s'était jetée sur les victimes du lac Saint-Jean.

Là, tu y vas un peu fort ! a réagi mon cortex, en se foutant de la gueule de mes centres inférieurs.

Et pourtant…

J'ai rappelé Chris. Cette fois-ci, il a répondu tout de suite.

— Je viens de lire ton article. Bon boulot.

— Tu trouves qu'il est trop long ?

— Un peu. Est-ce que tu te rappelles si une médecin légiste du nom de Marie-Andrea Briel a travaillé au CCME ?

— Non, mais ils sont nombreux à aller et venir.

— Cette autopsie du trajet de la balle, tu l'as pratiquée à peu près à l'époque où le corps de Laszlo Tot a été retrouvé dans la carrière de Thornton, n'est-ce pas ?

— Oui.

— Tu m'as bien dit que Walczak faisait effectuer les analyses de squelettes par des gens de l'extérieur qu'il ne payait pas, des médecins, des résidents, des étudiants de dernière année en anthropologie, n'est-ce pas ?

— Je n'ai pas voix au chapitre, tu sais !

— Tu m'as bien dit que l'analyse anthropologique du corps de Laszlo avait été pratiquée par un certain ML ?

— Excuse-moi, je ne m'en souviens pas. Il faut que je vérifie dans le dossier.

— Tu peux faire ça pour moi ? Et si c'est bien ML qui a examiné les restes de Lassie, est-ce que tu pourrais essayer de savoir qui c'est ?

— Est-ce que c'est en rapport avec le cinglé qui a déblatéré sur ton compte auprès de Edward Allen Jurmain ?

Dieu tout-puissant !

Brusquement, tout devenait terriblement clair.

Briel avait découvert le trajet de la balle.

Briel avait découvert les phalanges.

Briel avait découvert les taches sur les dents.

Ma compétence n'était pas en cause, j'étais tout bonnement l'objet d'un sabotage.

Est-ce que Briel était effectivement l'auteur du coup de fil anonyme à Jurmain ? Elle travaillait là. Elle savait que c'était moi qui avais analysé ce cas.

Mais pourquoi ?

— La Terre appelle Tempe !

— Excuse-moi, Chris. Je ne peux pas encore l'affirmer. Peut-être. Mais je suis sûre d'une chose : c'est que cette *merde** ne va pas tarder à passer dans le *ventilateur** ! – Ma ligne a émis un bip de double appel. – Faut que j'y aille. Préviens-moi dès que tu sais quelque chose. Et merci encore.

C'était Labrousse qui appelait. Décidément, j'étais très demandée.

— Une bonne chose que la région soit aussi consanguine.

Labrousse n'employait pas ce mot à la façon d'une métaphore, il voulait bel et bien parler d'une population isolée, qui s'était reproduite en vase clos, de façon anarchique sur le plan génétique, et qui représentait une mine pour la recherche médicale.

— Ici, les familles restent groupées. Et elles ont des mémoires plus profondes que le décolleté d'une putain. Pour Blackwater, tout le monde est d'accord : il était moitié montagnais.

J'en étais sûre !

— Et Claire Clémenceau ? Elle a pris de la tétracycline ?

— Personne ne se souvient qu'elle ait suivi un traitement de ce genre. Son frère dit qu'elle avait une excellente santé. Le médecin de famille est mort, mais il avait un jeune associé, dans les années 1950, qui se souvient très bien de Claire et dit qu'il l'a surtout vue pour des vérifications de routine. C'est vrai qu'il a quatre-vingt-dix ans aujourd'hui, mais il a encore l'esprit assez vif.

— Pas de document écrit confirmant ses dires ?

— Non.

— Et les plombages ?

— Le frère dit qu'aucun de ses frères et sœurs n'a jamais consulté un dentiste, étant enfant.

Ça correspondait. À en juger par l'état de la dent de la femme adulte, l'hygiène dentaire ne semblait pas avoir été une priorité majeure de la famille.

Pourtant, le plus jeune des enfants avait bien un plombage. Ce qui ne collait pas.

— Est-ce que le frère se rappelle si Claire avait des taches sur les dents.

— D'après lui, elle avait des dents parfaites. – Un silence descendu du Grand Nord a pris possession de la ligne. Jusqu'à ce que le gynéco ajoute : – Les récits familiaux sont parfois révisionnistes.

— Qu'est-ce que vous voulez dire ?

— Un accident tragique des années auparavant, et la petite fille est parée de toutes les vertus.

— Ou le docteur peut très bien avoir raison : Claire était en bonne santé.

— Possible, a dit Labrousse. Faites-moi connaître vos conclusions.

Après avoir raccroché, je me suis avancée vers la paillasse et j'ai pris dans le creux de ma main les deux dents de lait du cadet des enfants.

J'ai fermé les yeux, recroquevillé les doigts et laissé

ces minuscules molaires me chuchoter ce qu'elles avaient à dire. Claire Clémenceau, noyée au cours d'une sortie en bateau ? Valentin Gouvrard, mort au cours d'une traversée en avion ?

Je sentais à peine le poids de ces petites choses piquantes dans le creux de ma main.

Ouvrant les doigts, j'ai examiné les petites couronnes à l'émail taché.

Mon cerveau m'a murmuré un énoncé.

Le tubercule de Carabelli !

Pas étonnant que je ne l'aie pas remarqué. Le minuscule renflement était à peine visible : une petite grosseur, sur la surface de la cuspide mesiolinguale de la partie supérieure de la deuxième molaire.

J'ai pris la molaire définitive dans ma main. Une cuspide sans rien de particulier.

Curieux, mais pas tellement. Cette variation apparaît plus souvent sur les premières molaires supérieures, mais on peut la trouver aussi sur les secondes molaires de lait.

Le tubercule de Carabelli est plus ou moins fréquent selon les populations ; chez les Européens, le pourcentage est élevé. Sa présence sur cette dent indiquait que l'enfant du lac Saint-Jean était probablement de race blanche. Ce que je soupçonnais déjà. Ce phénomène n'était rien d'autre qu'une petite curiosité.

Agacée, j'ai rangé les dents dans leur fiole. Et je me suis mise à arpenter le bureau, l'esprit traversé de pensées qui étaient autant de signaux d'alerte.

Médecin spécialiste, Briel s'était mêlée de jouer les anthropologues. À présent, nous risquions de nous retrouver avec des restes mal identifiés. Qu'importait le motif qui l'avait poussée à agir ; ce qui comptait, c'était de démontrer à Hubert qu'elle n'y connaissait rien. L'empêcher de sortir du cadre de ses compétences.

J'ai réexaminé les faits en me rongeant un ongle.

Achille Gouvrard était blanc.

Le squelette de l'homme sur ma paillasse présentait des caractéristiques suggérant une ascendance mongoloïde. Et Richard Blackwater était à moitié montagnais.

Achille Gouvrard avait un schrapnel dans l'os de la cuisse de sa jambe droite. L'homme sur ma table n'en avait pas.

Les dents de lait de l'enfant le plus jeune montrait des taches de tétracycline. Taches visibles à l'œil nu. Et que je n'avais pas remarquées lors de mon analyse préliminaire.

Claire Clémenceau était en parfaite santé, n'était jamais allée chez le dentiste, pour autant qu'on le sache, alors que l'enfant sur ma table avait une carie soignée.

Et aussi, un tubercule de Carabelli sur l'une de ses dents de lait.

Détail inutile.

Mais que je n'avais pas repéré non plus.

À moins que si ?

C'était Briel qui avait découvert la trace de la balle.

C'était Briel qui avait trouvé les phalanges.

C'était Briel qui avait trouvé les taches sur les dents.

À présent, la vérité crevait les yeux.

Je savais ce qui s'était passé. Et je savais ce qui me restait à faire pour le prouver.

37.

Je suis sortie de mon labo. En chemin, je me suis arrêtée au bout du couloir pour jeter un coup d'œil au tableau de présence. Dans la case à côté du nom de Briel, il était écrit *AM*. Absence motivée.

Super.

J'ai poursuivi ma route jusqu'à l'administration et là, j'ai réclamé la clé du bureau de LaManche, prétendant avoir besoin d'un dossier rangé chez lui. Requête fréquente depuis que le patron était en congé maladie, car les médecins ou moi-même avions parfois besoin d'un dossier qu'il conservait sous clé.

Midi moins dix à ma montre. De retour dans mon bureau, je me suis forcée à attendre. D'ici vingt minutes, mes collègues descendraient avaler leur déjeuner, viande ou pizza réchauffée au micro-ondes.

J'avais calculé large. Dix minutes plus tard, l'aile médicolégale était déserte.

D'un pas vif, je suis allée dans le bureau de LaManche et j'ai pris son double de toutes les clés de l'étage. Ensuite, je me suis introduite dans le bureau de Briel et, après avoir pris soin de bien refermer, j'ai commencé mon exploration. La fouille du bureau n'a rien donné.

Étagères, crédence. Toujours rien.

J'avais les mains moites. L'impression d'être un voleur.

Avec des mouvements saccadés, j'ai entamé l'examen des tiroirs de la première armoire à dossiers. *Nada*.

De la seconde. Rien.

Coup d'œil à la petite fenêtre parallèle à la porte. Le store en était descendu, mais je n'ai pas perçu de mouvement dans le couloir.

Une grande respiration.

Au tour de la dernière armoire à dossier.

Et là, la poule aux œufs d'or !

Tout au fond du tiroir du bas, dans un espace derrière le dernier séparateur de dossiers, un sachet à fermeture étanche ! Contenant une bonne quarantaine de dents.

Me félicitant moi-même, je suis ressortie en catimini de la pièce. Ayant refermé la porte à clé, je suis allée remettre le trousseau du chef à sa place.

De retour dans mon labo, j'ai étalé la collection de dents sur mon sous-main.

Grosse déception : pas une seule dent de lait dans le lot, ni tachée ni normale.

Est-ce que je me serais trompée ? Est-ce que je me serais méprise sur le compte de Briel ? Est-ce que je chercherais désespérément un moyen de ne pas assumer la faute que j'aurais commise ?

Comme d'habitude, mon regard a été attiré par la fenêtre. Le givre formait un dessin dans le bas du carreau. J'y ai vu une pivoine, un hibou. Le visage d'un vieil homme.

Ça m'a rappelé Katy, nos jeux avec les nuages quand elle était petite. J'ai regretté de ne pas être chez moi, étendue dans l'herbe sur le dos, par un bel après-midi d'été.

Et puis j'ai revu Solange Duclos chantant sa comptine en agitant la molaire de la collection de Bergeron.

La p'tit' bête qui monte, qui monte,... Ça ne m'avait pas fait rire. Est-ce que je me faisais vieille ? Est-ce que je perdais ma propension à rêver ? À rire des choses ?

À fonctionner avec professionnalisme ?

Non, sûrement pas ! Cette imbécile de dent, je ne l'avais même pas vraiment regardée !

La dent.

Le tube.

Je me suis représenté la petite bête montant, montant jusque dans les airs.

Mes yeux se sont fermés.

Et rouverts d'un coup !

Le tubercule de Carabelli !

Attrapant mes clés, j'ai foncé dans le cagibi, ouvert l'armoire et attrapé le tube de Bergeron contenant les spécimens qu'il utilisait pendant ses cours.

Retour à mon bureau, et nouveau décompte.

La collection comportait douze dents de lait : huit incisives, trois canines et la molaire « petite bête » de Duclos. Très précisément : une molaire de la mâchoire supérieure droite.

Putain ! Cette molaire avait bien un tubercule de Carabelli.

Je l'ai placée sous la lunette de mon microscope.

J'étais en train de la retourner pour en étudier chacune des faces quand la porte s'est ouverte et refermée avec un clic.

J'ai levé les yeux : Joe.

Trop excitée pour me lancer dans des bavardages inutiles, j'ai recollé l'œil à la lentille, espérant sans trop y croire découvrir ce que je cherchais.

J'étais sur le point d'abandonner quand un petit point pas plus gros qu'une tête d'épingle a retenu mon attention. C'était moins une tache qu'un méplat à peine visible sur l'émail.

Le cœur battant, j'ai placé la molaire sous le stéréomicroscope et allumé la lumière.

Bingo ! Une facette d'usure.

Après avoir enfermé cette molaire dans une fiole à part, j'ai pris mon téléphone mobile et fait défiler les numéros.

— Département d'anthropologie.

— Miller Barnes, s'il vous plaît.

Une voix m'a répondu, vaste et plate comme la prairie du Kansas.

J'ai dit bonjour. Miller a dit bonjour. Nous sommes tous les deux tombés d'accord sur le fait que ça faisait un bail. Miller m'a demandé comment allait Katy, je lui ai demandé comment allait sa femme. Enfin, j'ai pu exposer l'objet de mon appel.

— Est-ce que vous avez un microscope à balayage électronique sur le campus ?

— L'école d'ingénieurs en a un. De quoi as-tu besoin ?

Je lui ai expliqué.

— Quand est-ce que tu en as besoin ?

— Hier.

Il a ri.

— Il se trouve que je joue au racketball avec un type de là-bas qui passe son temps à me foutre des raclées. Ça devrait jouer en notre faveur.

J'ai recommencé à arpenter la pièce en me rongeant un ongle.

Joe me lançait des coups d'œil curieux. Je ne lui ai pas prêté attention. Je lui achèterais un gâteau.

Une éternité plus tard, le téléphone sonnait.

— Est-ce que t'as déjà regardé *Le Juste Prix* ? a demandé Miller.

— À l'époque du pléistocène. (Était-ce un jeu de questions-réponses ?)

— Rapplique !

Ayant enfermé le sachet de Briel sous clé, dans mon bureau, et le tube de Bergeron dans son armoire, j'ai empoché la fiole contenant la « petite bête » de Duclos, et l'autre fiole contenant les dents de l'enfant du lac Saint-Jean. Puis j'ai attrapé ma veste et mon sac, et j'ai filé.

L'université McGill se trouve dans le centre-ville. Se garer dans le quartier, c'est comme vouloir se débarrasser de déchets nucléaires. Pas ici, madame.

Après avoir remonté trois fois la rue de l'Université et traversé le quartier qui longe le ghetto McGill, j'ai repéré un espace où j'arriverais peut-être, avec un peu de chance, à caser ma voiture. Après cinq bonnes minutes d'autotamponneuse, ma Mazda trônait dans un espace probablement occupé auparavant par un scooter.

Je suis sortie. J'étais à peu près à trente centimètres de chaque véhicule qui m'encadrait. Bravo, Brennan !

Le ciel était couleur d'étain, la température avait remonté d'un tout petit cran. Un air humide pesait sur la ville comme une lourde couverture mouillée.

Au moment où je débouchais sur le campus par la porte est, de gros flocons paresseux se sont mis à tomber ; la plupart fondaient, sitôt en contact avec les pavés, mais d'autres demeuraient entiers, vaguement poussés par un désir d'action collective.

Autour du carré principal, les bâtiments lugubres qui escaladent la pente reliant l'avenue Sherbrooke à la rue du Dr Penfield étaient aussi gris et impénétrables que le Mont-Royal derrière eux. Des étudiants se hâtaient, le dos rond, la tête et le sac à dos parsemés de confettis blancs.

Devant moi, le Wong Building dressait ses formes brutes et carrées, hymne à l'efficacité moderne. À côté de ce beau bâtiment récent, le Strathcona offrait une vision plus sombre datant d'un autre temps. L'architecte qui l'avait construit à la fin du XIXe siècle n'avait pas cherché à mettre en avant son côté féminin.

Je me suis traînée jusqu'au Wong Building, tout en haut de la côte. Miller m'attendait dans le hall. J'ai eu droit à une embrassade d'ours.

— Le type que je connais travaille au Département des mines et matériaux.

— Je te suis.

Il m'a précédée jusqu'au bureau de Brian Hanaoka signalé par une plaque avec son nom à côté de la porte.

L'homme assis derrière la table devait avoir dans les trente-cinq ans, mais les vêtements qu'il portait – chemise écossaise, jeans délavés, chandail en laine miteux – avaient l'air d'avoir été fabriqués bien avant sa naissance.

Miller a fait les présentations. Hanaoka était petit et trapu, avec un visage tout rond et des cheveux très noirs.

— Je vous en prie, mettez-vous à l'aise.

Il n'avait pas vraiment un accent, plutôt une façon de prononcer les mots exagérément correcte.

Tout le monde s'est assis, Miller et moi devant le bureau, Hanaoka derrière.

— Mon ami me dit que nous pouvons apporter une aide à votre labo, a dit Hanaoka avec un sourire, et son visage s'est encore arrondi.

J'ai eu une vague hésitation. À quoi bon lui préciser exactement qui, chez nous, requérait la faveur en question ? De toute façon, le labo entier en bénéficierait, si jamais mes soupçons se voyaient confirmés. Je suis donc tout de suite entrée dans le vif du sujet.

— Il y a quelque temps, alors que j'effectuais une consultation pour le laboratoire central d'identification des États-Unis à Hawaii, j'ai entendu parler de recherches sur des facettes d'usure présentes sur des dents isolées. Ces études ont été menées à l'aide de microscopes électroniques à balayage (MEB) et de spectroscopes X à dispersion en énergie (SDE).

— C'est ce qui a permis d'identifier les soldats tombés en Asie du Sud-Est ? a demandé Miller.

— Oui, et aussi en Corée, et pendant la Deuxième Guerre mondiale, ai-je répondu.

— Entreprise difficile !

— Très. Les restes se présentent le plus souvent sous forme de fragments et il peut arriver que ceux-ci se résument à quelques dents. C'est pourquoi il est si important d'avoir à disposition le dossier dentaire *ante mortem* des individus. Ce dossier peut mentionner une restauration pratiquée sur une dent qui n'a pas été retrouvée, par exemple : une couronne en or ou un amalgame. Dans ces cas-là, le fait de pouvoir détecter et identifier tous les éléments composant la dent dont on dispose peut s'avérer capital, même si ce n'est pas cette dent-là qui a subi la restauration.

— C'est là, je suppose, qu'entrent en jeu les facettes d'usure, est intervenu Miller.

— Exactement. Ces facettes sont les espaces un tout petit peu abrasifs qui se forment au niveau du contact interdentaire. Examinés à l'œil nu, on distingue à peine qu'ils ont un relief. Mais au microscope, on voit qu'ils ne sont faits que de coins et d'angles.

— Ce qui fait d'eux l'endroit idéal où peuvent s'accumuler des débris.

— Exactement. (C'était un rapide, ce type !) Les chercheurs d'Hawaii avaient utilisé le microscope à balayage électronique pour observer les facettes, et le spectroscope pour déterminer la composition élémentaire du matériau de restauration de l'autre dent qui était resté au niveau du contact interdentaire.

— Bien, très bien, a dit Hanaoka avec un hochement continu de la tête.

J'ai sorti de ma poche la fiole contenant les dents du lac Saint-Jean et l'ai déposée sur son bureau. Puis, sans entrer dans les détails, j'ai expliqué mon idée.

— Les dents A proviennent du squelette d'un enfant retrouvé très récemment. Ces deux molaires de lait présentent des caractéristiques qui ne correspondent pas du tout avec les autres restes. L'une de ces dents est la seconde molaire du haut, côté droit, l'autre la seconde molaire du bas, côté droit.

— Vous parlez des dents brunes, les plus petites ? a demandé Hanaoka en tenant la fiole à quelques centimètres de son nez.

— Oui.

— Et l'une d'elles a été restaurée ?

— Oui, celle du haut.

J'ai sorti ensuite le tube à essai avec la dent « petite bête » de Bergeron.

— Cette dent B provient complètement d'ailleurs. C'est également une molaire de lait, une première molaire du haut, côté droit. Elle présente une facette d'usure sur sa partie distale. Et elle n'a pas été restaurée.

Hanaoka a tout de suite pigé.

— Vous voulez savoir si la dent B, c'est-à-dire la première molaire de lait avec la facette d'usure, se trouvait autrefois à côté d'une dent du groupe A, plus précisément à côté de la seconde molaire de lait du haut qui a subi une restauration.

— Exactement.

— Pourquoi est-ce que les dents de lait du groupe A sont marron ? a voulu savoir Hanaoka.

Je lui ai expliqué comment se développait la couronne dentaire et le rapport avec la tétracycline.

Nouvelle série de hochements de tête. Puis une pause et :

— Ça me plaît.

— Est-ce que vous pouvez le faire ?

— Je le peux.

— Quand ?

— Si vous voulez bien attendre vingt minutes, je peux le faire maintenant.

Hanaoka parti, Miller m'a décrit ses dernières fouilles en Jordanie. Préoccupée par la trahison de Briel, je ne l'ai pas écouté très attentivement, mais le fait de parler archéologie m'a rappelé Sébastien Raines, le mari de Briel. Et quand il a eu fini son histoire, je lui ai demandé s'il le connaissait.

— Tu parles que je le connais, ce gros tas de merde de bouc ! Et ce n'est pas gentil pour les boucs.

— Et tu crois que c'est gentil pour les gros tas de merde ?

— Autant pour moi. Raines est un pervers et un serpent. C'est la honte de la profession !

— Continue, ne te retiens pas.

— Ce type, il dynamiterait le Machu Picchu si on lui donnait le fric pour ! s'est exclamé Miller, le visage tordu de colère. Et il mettrait dans son rapport tout ce que son client lui demanderait d'y inscrire. Quand je pense qu'il a eu les couilles de proposer sa candidature pour un poste chez nous ! Quand on a vérifié son CV, on a découvert que tout ou presque y était inventé de toutes pièces.

— Il a une maîtrise, non ?

— Je t'en fiche ! Achetée sur Internet ! C'est vrai qu'il a été engagé dans un programme de fouilles en France, mais il en a été viré avant la moitié de la première année. Le directeur l'avait surpris en train de dérober des objets !

— Mais Raines est québécois, pourquoi aller faire ses études en France ?

— Ici, aucune université ne voulait de lui.

— J'ai entendu dire qu'il était séparatiste.

— C'est un fanatique, ce type. Il refuse de parler anglais à moins d'y être forcé.

— Eh bien alors, pourquoi présenter sa candidature à McGill où l'enseignement se fait en anglais ?

— Parce que ni l'UQAM ni l'université de Montréal n'ont voulu de lui.

— Sa spécialité, c'est l'archéologie urbaine, n'est-ce pas ?

— Oui, a dit Miller avec un air dégoûté. Comme il est incapable de trouver des fonds, ce crétin, il creuse dans des endroits pas trop éloignés, et qui ne sont pas chasse gardée. Tu n'as pas entendu parler de son dernier coup de génie ?

— *Corps Découverts* ?

— *En français dans le texte, madame, s'il vous plaît* !* Typique de Raines : se faire des tonnes de fric sur le meilleur des tragédies d'autrui.

Un vague souvenir m'est revenu, remontant à l'époque où Briel venait d'intégrer le labo. Je déjeunais dehors, sur l'un des bancs en ciment à l'extérieur de Wilfrid-Derome, quand elle était sortie et avait rejoint un homme qui fumait devant la porte d'un air assez tendu. La conversation entre eux avait plutôt ressemblé à une dispute. Puis l'homme était parti d'un pas furieux, et elle était rentrée. Ne la connaissant pour ainsi dire pas, je n'avais pas vraiment prêté attention à la chose.

— Est-ce que ce Raines est un grand type musclé, avec des yeux noirs et des cheveux longs attachés dans le cou ?

— Oui. Il se prend pour Grizzly Adams. Je vais t'en raconter une sur lui, tu vas adorer. Un jour, Raines…

Hanaoka est revenu. Je me suis levée, Miller aussi.

Nous ayant présenté ses plus plates excuses pour son absence, Hanaoka nous a précédés jusqu'au sous-sol, où nous avons parcouru un long corridor avant de franchir une porte bleue donnant sur une section à l'accès réservé, annoncée par un panneau : Centre de microscopie.

M'indiquant un stéréomicroscope, Hanaoka m'a demandé de lui montrer la facette d'usure sur la dent provenant du tube. Ce que j'ai fait. À grosseur réduite, le point de contact ressemblait à un petit point noir.

Le système MEB occupait tout un coin de la pièce. Des cuves cylindriques, des ordinateurs, plusieurs claviers, et toute une batterie de trucs et de machins dont je n'aurais pas su expliquer l'usage. Quant à savoir quelle partie de l'appareil correspondait au microscope lui-même, mystère !

Nous nous sommes avancés. Comme il n'y avait qu'une seule chaise et que j'étais la seule femme, Hanaoka a insisté pour que je m'y asseye. Peut-être avait-il peur que je touche à ses boutons.

— Est-ce que vous avez besoin de photos de très haute définition ?

— Pour commencer, je voudrais juste savoir si des débris sont incrustés sur la facette d'usure. Si c'est le cas, j'aimerais avoir des informations sur leur composition pour déterminer si elle correspond au matériau utilisé pour obturer l'autre dent.

— Très bien. Si vous avez besoin d'images de très haute définition, nous saupoudrerons plus tard la surface avec du carbone évaporé ou de l'or pulvérisé.

Hanaoka s'est emparé de quelque chose qui ressemblait à de l'argile, a positionné la dent sur une petite plate-forme, et l'a insérée dans un sas rectangulaire.

— C'est la chambre à vide. Ce processus ne demande pas plus d'une minute.

Le vide obtenu, Hanaoka a actionné la manette déclenchant le faisceau d'électrons.

Une image est apparue sur l'un des écrans.

À présent, la facette avait l'apparence de la carrière de Thornton. Quantité de choses ressemblant à du gravier et à des pierres étaient empilées dans les coins et les crevasses.

— Merde alors ! me suis-je exclamée.

— Merde alors ! a répété Miller.

Hanaoka avait le sourire rayonnant de l'enfant à qui l'on vient d'offrir un chocolat.

Après avoir augmenté le grossissement, il a positionné le faisceau d'électrons sur un amas de rochers particulièrement impressionnants en se guidant sur l'image reproduite à l'écran.

— Je suis en train de programmer le spectromètre pour qu'il collecte les rayons X caractéristiques émanant de votre échantillon.

Satisfait de son travail, Hanaoka m'a suggéré d'approcher ma chaise d'un écran situé tout au bout de l'ensemble d'appareils. Miller m'a suivie.

Un paysage s'est matérialisé : un sous-bois vert avec trois pins à la cime effilée pointant vers le ciel. Un code à deux lettres identifiait chacun des arbres. Yb. Al. Si.

— Ytterbium. Aluminium. Silicium. Est-ce que cette combinaison vous dit quelque chose ?

J'ai secoué la tête, un peu gênée. Sans être dentiste, je possédais quelques connaissances sur les amalgames, et je m'étais attendue à trouver des éléments bien différents : Hg. Sn. Cu. Ag. Autrement dit : Mercure. Étain.

Cuivre. Argent. Les produits généralement utilisés pour les plombages.

— C'est le spectre correspondant au matériau piégé à l'intérieur de la facette d'usure. Je vais vous en tirer une copie.

Hanaoka a enfoncé un bouton, une imprimante s'est mise à bourdonner.

— À l'amalgame, maintenant.

Il a retiré du sas la dent provenant du tube de Bergeron et l'a remplacée par la dent de la victime du lac Saint-Jean. Puis il a répété la procédure précédente.

Quelques instants plus tard, un autre paysage remplissait l'écran.

— Merde alors ! s'est écrié Miller.

— Sainte merde ! ai-je repris en écho.

38.

Ce second paysage était identique au premier. Yb. Al. Si.

Le matériau utilisé pour l'amalgame correspondait aux débris piégés dans la facette, et c'était un matériau tout à fait inhabituel. Cela suggérait que la dent du tube de Bergeron et celle provenant de la victime du lac Saint-Jean avaient poussé dans la bouche d'un seul et même enfant.

Nom de Dieu !

Deux scénarios me sont immédiatement venus à l'esprit.

Scénario A : Briel avait lu dans le dossier *ante mortem* de Valentin Gouvrard l'information concernant la tétracycline. Elle avait sorti les molaires du tube de Bergeron et les avait substituées à celles provenant de la victime du lac Saint-Jean.

Scénario B : d'une façon ou d'une autre, la première molaire de l'enfant du lac Saint-Jean avait émigré dans le tube de Bergeron.

Migration aussi improbable qu'une partie de jambes en l'air à l'église.

J'ai serré les poings.

C'était bel et bien du sabotage, une manipulation exécutée en toute connaissance de cause par Briel.

Mais arriverais-je à convaincre mes collègues ?

Pour la coincer, il me fallait des preuves plus solides que les formules : « il y a correspondance » ou « c'est inhabituel ».

Le spectre des éléments constituant l'amalgame, voilà la preuve !

La voix d'Hanaoka a fini par atteindre mes oreilles.

— ... Vous devriez vous renseigner, voir s'il n'existerait pas une base de données concernant les amalgames. Est-ce que vous avez un disque dur sur vous ? Je peux vous sauvegarder ce spectre sous format EMSA, si vous le désirez.

— Oui, oui. J'en ai un, justement, ai-je répondu en le sortant de mon sac.

Il était tard lorsque j'ai quitté le Wong Building. La neige tombait toujours, bien qu'avec moins de vigueur.

Au lieu de retourner à ma voiture, j'ai continué à grimper le chemin jusqu'au Strathcona, au coin des rues Pine et de l'Université. Cette vieille forteresse, jadis quartier général de l'École de médecine, abrite aujourd'hui le département d'anatomie et l'école dentaire.

Nous étions mardi.

Jour des « Détectives de la dent » à McGill. Je n'invente rien. Bergeron possède vraiment une chemise avec cet intitulé brodé sur la poche. Et il en est très fier.

Il était justement dans son bureau, au deuxième étage. Les néons du plafond étaient éteints et la lampe de bureau à abat-jour vert jetait une douce lumière ambrée sur son bureau en chêne sculpté.

Je lui ai exposé le problème dans ses grandes lignes, en laissant de côté le rôle joué par son tube. Il m'a écoutée, ses longs doigts fins croisés sur ses genoux. Quand il m'a indiqué d'un hochement de la tête qu'il avait bien compris, je lui ai demandé s'il existait une base de données dentaire.

Il se rappelait un projet en ce sens, mené au laboratoire de spectrométrie du FBI, à Quantico. Il a passé un appel. A posé sa question. A écrit des choses sur un papier. A marmonné d'interminables « hmm, hmm » et « je vois » avant de raccrocher.

Oui, il existait bien une base de données. Le type qui l'avait établie était maintenant à la retraite de sorte que ce programme se trouvait au laboratoire de spectrométrie de l'université d'État de New York, à Buffalo.

Bergeron a passé un second appel. A de nouveau expliqué son problème.

« Hmm. »

« Je vois. »

J'étais sur des charbons ardents.

Enfin, la conversation s'est achevée. Le type s'appelait Barry Trainer. Bergeron m'a tendu un gribouillage qui se voulait une adresse e-mail. Si je transmettais à Trainer un dossier EMSA, il regarderait dans sa base de données.

Sur un chaleureux merci, j'ai regagné ma voiture pour ainsi dire d'une seule glissade jusqu'au bas de la pente.

Et là, vol plané.

J'ai atterri sur le poignet. Bing. À travers la moufle, j'ai senti la dureté du trottoir sur ma main.

M'étant relevée rapidement, j'ai ramassé mon sac, épousseté ma veste et repris mon chemin d'un pas plus digne.

L'avenue Sherbrooke était bouchée. Tout en pianotant sur le volant et en injuriant les autres automobilistes, j'ai voulu resserrer le bracelet de ma montre. Le cadran en était complètement écrabouillé. Comme s'il avait reçu un coup de marteau.

Une demi-heure plus tard, j'arrivais chez moi. Le garage au sous-sol était sombre et désert.

J'étais en train d'appuyer sur ma clé pour verrouiller les portières quand j'ai cru entendre un bruit.

Un pas ?

Je me suis immobilisée.

Un autre.

Encore un autre.

J'ai pivoté sur moi-même. Une silhouette émergeait de l'ombre, là, dans le coin.

Mon cerveau a enregistré l'essentiel de la situation.

Un homme.

Se déplaçant rapidement.

Adrénaline et instinct de conservation ont produit un mélange détonant.

J'ai balancé mon sac. Le type l'a chopé en plein dans l'oreille.

Sa main s'est levée en même temps qu'il se pliait en deux.

— Putain de bordel de merde !

Merde. Sparky.

— Vous m'avez fait une de ces peurs !

— Vous m'avez pété le tympan, putain !

— Ça m'étonnerait.

Il s'est redressé, la main sur l'oreille, dans une pose théâtrale.

— On devrait vous interner !

Tout à l'heure, au labo, je n'avais pas eu la patience de soigner les blessures morales de mon assistant. Je n'en avais pas plus maintenant pour calmer mon cinglé de voisin.

— Vous vous dirigiez vers moi, surgissant de nulle part. Qu'est-ce que vous faites ici, en bas ?

— C'est pas vos oignons, bordel ! J'ai quand même le droit de vider mon coffre, non mais des fois !

— Vous avez un de ces langages !

Sparky a secoué la tête, la paume sur son oreille.

— Je vais devoir aller chez le docteur.

— Vous m'enverrez la note.

Remettant mon sac en bandoulière, je me suis dirigée vers la sortie. Sparky m'a emboîté le pas.

— Attendez ! Faut que j'vous parle.

— Mettez-moi ça par écrit, je suis pressée.

— Votre saloperie de chat me rend dingue. Vous devez faire quelque chose à propos de ses miaulements.

Sparky habite à l'étage au-dessus du mien, mais de l'autre côté de la cour. Il faudrait que Birdie soit branché sur ampli pour que ses vocalises portent aussi loin.

Je suis sortie de mes gonds.

J'ai fait demi-tour sur moi-même.

Sparky s'est cogné contre moi.

Je l'ai repoussé violemment, la main plaquée sur son sternum.

— Arrêtez avec mon chat, espèce d'emmerdeur ! Plus de plaintes, plus d'oiseaux morts, plus de crottes pendues à ma poignée, compris ?

Dans l'obscurité, les traits de Sparky se sont durcis.

— Ah bon ? On verra bien qui aura le dernier mot !

Arrivée chez moi, j'ai dit à Birdie combien il était le plus magnifique des félins. Après quoi, j'ai allumé mon ordinateur portable et envoyé par e-mail l'image du spectre à Trainer.

En attendant une réponse, j'ai mis à réchauffer des raviolis aux épinards. J'ai regardé ma montre pendant que le micro-ondes s'activait : les chiffres n'étaient plus lisibles sous le verre totalement fêlé.

Zut !

Ayant récupéré une vieille Swatch dans ma commode, je suis revenue à la cuisine.

Je m'apprêtais à retourner dans mon bureau, ma dernière bouchée avalée, quand le téléphone a sonné.

— Dis-moi que tu m'aimes !

Chris Corcoran ! Il avait l'air excessivement content de lui. Exubérant, presque. Ça m'a gonflée.

— Je t'aime.

— Beaucoup ?

— Qu'est-ce que tu as découvert, Chris ?

— Dans le temps, t'étais plus rigolote.

— J'avais aussi été élue reine du bal.

— Ça, c'est pas vrai.

— Je demanderai qu'on recompte les votes.

— Marché conclu. Pour ML, tu avais raison. (Ton faussement blessé.) C'est effectivement une médecin qui a pratiqué l'analyse anthropologique sur les ossements de Laszlo Tot. Une certaine Miranda Leaver. En post-doc pour un an à l'université de l'Illinois, Chicago. Au CCME, personne ne se souvient vraiment d'elle. Juste un technicien qui dit que, pendant son séjour, son mari l'a trompée, qu'elle a divorcé et a repris son nom de jeune fille.

— Briel !

Mon cri a fait fuir Birdie à l'autre bout de la pièce.

— Dans le mille. Après, elle est partie en France pour recoller les morceaux. Sa thérapie ? Un cours sur les ossements pour non-anthropologues.

— Où ça, en France ? ai-je demandé.

Mon émotion était telle que j'entendais presque mes nerfs se tendre.

— À Montpellier.

— Tu sais dans quelle institution ? ai-je demandé en attrapant un papier et un crayon.

— Du calme, ma fille. Moi aussi, je sais me servir d'un téléphone. C'était un programme d'enseignement organisé conjointement par l'université de Montpellier et le service de médecine légale de l'hôpital Lapéronye.

» À Montpellier, Miranda Leaver, redevenue Miranda Briel, est devenue plus française que les Français. Elle s'est acheté des chaussures élégantes, un béret et a commencé à dire *je m'appelle Marie-Andrea**. En fin de compte, elle a fini par rencontrer un *garçon** du même acabit. À moins que ce ne soit lui qui soit à l'origine de son réveil à la vie. Va savoir !

En temps ordinaire, j'aurais souri à la prononciation française de Chris. Mais j'étais trop abasourdie par ces nouvelles.

— Un archéologue ?

— Exactement.

— Son nom ? ai-je demandé, bien que je sache déjà la réponse. Je voulais seulement entendre Chris le dire.

— Sébastien Raines.

— Tu as appris des choses sur lui ?

— Encore étudiant, il a été renvoyé pour avoir dérobé des objets. Apparemment, il a réussi à moucher le professeur qui l'avait dénoncé. Il a été exclu du programme et, pendant un certain temps, il a traîné dans le coin, vivant de petits boulots d'archéologie jusqu'à ce qu'il abandonne la République française pour la Belle Province. D'après ce qu'on raconte, c'est un aigri doublé d'un colérique qui se trimbale une amertume plus grosse que la ville de Marseille.

— Contre qui ?

— Contre tous les diplômés ; surtout s'ils appartiennent au corps enseignant.

Mon portable m'a signalé par un trille qu'un e-mail venait d'arriver dans ma boîte. J'ai jeté un coup d'œil à l'expéditeur.

BTrainer@buffalo.edu

— Merci, Chris. Tu es vraiment génial.

— Est-ce que c'est cette Briel qui a foutu la merde avec Edward Allen Jurmain ?

— Je crois que oui. Ou Raines. C'est son mari, maintenant. Ils ont décidé de s'enrichir grâce à la médecine légale.

— Quel bal, tu disais ?

— Quoi ?

— À quel bal as-tu été élue reine ? Dans le temps, il y en avait plein dans le coin.

—Tous, sans exception.

J'ai ouvert le courriel de Trainer.

Le message était court.

La dernière ligne m'a sauté aux yeux.

39.

Molaire B. Cavité obturée avec de l'Heliomolar, une résine dont la composition élémentaire et les pourcentages atomiques sont uniques, à ma connaissance. Al : 2,85. Si : 87,4. Yb : 9,75.
Molaire A. Les débris retrouvés sur la facette d'usure produisent un spectre possédant une composition élémentaire et des pourcentages atomiques identiques à celui obtenu à partir de la molaire B. Al : 2,85. Si : 87,4. Yb : 9,75. J'en conclus qu'un résidu de résine Heliomolar a été piégé dans cette facette.

Trainer avait inclus un commentaire de quelques lignes :

Le composite à base de résine Heliomolar HB : matériau de restauration esthétique, polymérisable à la lumière, de haute viscosité et facile à étaler pour le praticien. Il est conçu pour être employé pour les restaurations (de classe I et II) des dents postérieures.
L'Heliomolar est plus radio-opaque que l'émail et la dentine, il apparaît donc sous forme de tache plus claire aux rayons X.

L'Heliomolar est produit par la firme Ivoclar Vivadent Inc., située à Amherst, New York.
Date de mise sur le marché : 1984.

J'ai relu cette dernière ligne, les doigts crispés sur ma souris.

La molaire appartenant à l'enfant du lac Saint-Jean et présentant des taches de tétracycline avait été obturée avec une résine appelée Heliomolar. Du vivant de l'individu, cette molaire avait été en contact au niveau des cuspides avec la molaire provenant de la collection de Bergeron. Elle avait un résidu d'Heliomolar piégé à l'intérieur de sa facette d'usure. Ces deux molaires possédaient une même caractéristique, à savoir un tubercule de Carabelli.

L'Heliomolar avait été lancé sur le marché en 1984.

Les pique-niqueurs de Sainte-Monique s'étaient noyés en 1958.

Les Gouvrard avaient péri dans un crash en 1967.

Deux scénarios possibles, une fois encore.

Le premier : ces deux dents appartenaient à l'enfant du lac Saint-Jean. Par conséquent, les restes n'étaient pas ceux des Gouvrard, ni des pique-niqueurs de Sainte-Monique.

Le second : ni l'une ni l'autre de ces dents n'appartenaient à l'enfant du lac Saint-Jean. Par conséquent, elles avaient toutes les deux été prises dans le tube et substituées aux véritables molaires de l'enfant.

Par Briel.

Branle-bas d'émotions.

Je n'étais pas devenue subitement aveugle ; si je n'avais repéré ni la tache ni la restauration, c'est parce que j'avais eu sous les yeux les véritables dents de l'enfant.

Avant que Briel n'effectue la substitution !

Briel avait trouvé les phalanges.

Mon cul ! Elle les avait piquées au labo et fait semblant de les retrouver à Oka.

Briel avait repéré la trace de balle.

Est-ce qu'elle l'avait elle-même créée, pendant l'une de ses soirées à la morgue ? Je me suis représenté la scène : Briel tirant dans le cadavre de Marilyn Keiser. Image atroce.

J'ai passé la demi-heure suivante à considérer et reconsidérer cette effroyable révélation.

Se pouvait-il que ce soit vrai ?

Aucune autre solution ne collait dans le tableau.

Le téléphone a sonné juste au moment où je commençais à admettre l'étendue de la trahison de Briel.

— Comment ça va, Boucle d'Or ?

Je n'ai pas réagi au petit terme d'affection employé par Ryan, j'étais trop bouleversée. Je ne lui ai même pas demandé comment s'était passée sa journée. Je lui ai aussitôt déballé tout ce que j'avais découvert. L'affaire de la trace de balle analysée par Chris Corcoran à Chicago ; Miranda Leaver, alias Marie-Andrea Briel ; Sébastien Raines et son passé de violences et d'actes peu reluisants ; l'Heliomolar, découvert en 1984 ; l'échange des dents ; le vol des phalanges.

Et pour couronner le tout, l'appel à Edward Allen visant à me faire virer du labo !

— Pour quel motif ?

— Pour se faire mousser. Pour braquer les projecteurs sur Corps Découverts, et obtenir ainsi pour sa boîte des contrats émanant du gouvernement, de sociétés privées ou d'avocats.

— Je peux comprendre qu'elle tire à bout portant sur Ayers, si tu me pardonnes l'expression, mais pourquoi sur toi ?

— En France, les médecins légistes font tout : les analyses anthropologiques, odontologiques, etc. C'est une approche de la médecine légale totalement dépassée, mais c'est ainsi. Le petit cours qu'elle a suivi à Montpellier a peut-être fait naître chez Briel des idées de grandeur.

— Elle se croit capable de pratiquer n'importe quelle analyse et considère que tu lui barres le chemin ?

— C'est ce que je me dis.

— Si tout ça est juste, elle est partie pour recevoir un sacré retour de bâton dans la gueule. Trafic de pièces à conviction, obstruction à la justice, manipulation de restes humains.

— Et ce n'est que le début !

— Qu'est-ce que tu comptes faire ?

— D'abord, tout raconter à Hubert. S'il refuse de m'écouter, j'irai trouver LaManche. L'affaire est sérieuse. Les actes de Briel auraient pu avoir de graves conséquences sur les affaires Keiser et Villejoin. Pour ne rien dire de tous les autres cas qu'elle a analysés.

Jusqu'ici, nous n'avions parlé que de moi et de mes problèmes. Qu'en était-il de l'enquête ? Ryan m'a résumé la situation.

— Florent Grellier a reconnu Adamski au cours d'une séance d'identification. Il soutient *mordicus* que c'est bien ce type qui lui a parlé de la tombe à Oka dans le bar. Nous avons l'employé d'un Canadian Tire qui affirme avoir vendu la pelle à Adamski le jour où Anne-Isabelle Villejoin a été assassinée. Nous avons un pompiste qui dit avoir vendu à Adamski de l'essence dans un bidon, la semaine où Keiser a disparu. Et une serveuse de Memphrémagog affirme qu'Adamski était dans la région à cette époque. Le filet se resserre.

— Et Poppy ?

— Le juge a diligenté une perquisition chez elle, à Saint-Eustache. Elle est en cours en ce moment même.

— Claudel continue d'interroger Adamski ?

— C'est plus difficile, maintenant qu'il a un avocat. Mais le procureur considère ses aveux pour les meurtres de Keiser et des sœurs Villejoin comme étant recevables. Cela dit, Adamski refuse toujours d'admettre sa culpabilité dans la mort de Jurmain. Il insiste aussi sur le fait qu'il n'a jamais tiré sur personne.

— Ma théorie concernant Briel est donc tout à fait compatible avec cette version.

— Comme mes pieds avec mes chaussures. Comment va Birdie le chat ?

J'ai raconté à Ryan ma dernière rencontre avec Sparky.

— Tu veux que je lui fasse découvrir la douceur du bras de la justice ?

— Non, merci. J'aime autant me débrouiller toute seule.

S'est instauré l'un de ces longs silences qui font naître la gêne.

— Tu as envie de compagnie, ce soir ? a tenté Ryan.

Sa proposition m'a produit l'effet d'un coup de poing au ventre. Qu'il ronfle à côté de moi, c'était bien ce dont je rêvais plus que tout au monde.

Mais ce n'était sûrement pas ce qu'il me fallait.

J'ai dévié l'attaque en usant d'humour.

— La compagnie de qui ?

— Je me demande bien pourquoi je te supporte, Brennan.

— À cause de mon esprit étincelant et de ma beauté aveuglante. Même si ni l'un ni l'autre ne me vaudrait l'étoile du mérite ce soir.

— Je t'en accorde résolument cinq, d'étoiles.

— Merci, mais je préfère rester cloîtrée avec Birdie.

Il faut que je le prenne entre quat'z'yeux. Depuis que je lui ai fait part des commentaires de Sparky sur ses vocalises, ce petit chéri a décidé d'augmenter le volume.

La conversation achevée, je suis revenue à mon ordinateur et j'ai ouvert un dossier vierge. Demain, pour mon face-à-face avec Hubert, je devais pouvoir répondre à tout.

Je travaillais depuis une bonne heure quand un mouvement a attiré mon regard. J'ai jeté un coup d'œil vers l'entrée.

Birdie jouait les panthères en chasse.

— Bird ?

Le chat n'a pas bougé.

— Qu'est-ce qui se passe, boule de poils ?

Il a aplati ses oreilles.

Le temps d'un éclair, j'ai repensé à ma fenêtre explosée.

Un frisson m'a parcourue des pieds à la tête. J'ai senti se dresser les petits cheveux dans mon cou. Sans bruit, j'ai traversé l'entrée pour aller jeter un coup d'œil dans ma chambre.

Sur le store baissé, éclairée de dos par un lampadaire de la rue une silhouette humaine se découpait. Proche. Toute proche.

Une poussée d'adrénaline s'est propagée dans mon corps.

— Sparky ! Espèce de fils de pute !

Saisissant au passage une chaussure de basket, je suis sortie sur le palier, prenant soin de bloquer la serrure pour ne pas risquer de me retrouver enfermée dehors. J'ai traversé le hall à toute allure jusqu'à l'entrée de service, tout au fond. Ayant violemment appuyé sur la barre d'ouverture, je me suis faufilée dans l'entrebâillement et j'ai bloqué la porte avec ma chaussure.

Il ne faisait plus si froid, c'était plutôt l'humidité qui vous transperçait les os. Je n'ai pas tardé à avoir la chair de poule.

Sur le gazon, devant les fenêtres de ma chambre et celles de mon bureau, la neige avait fondu. Je me suis rappelé le soir où j'avais fouillé les lieux avec les flics. La lumière de la lampe extérieure, mise à mal par l'agression précédente contre mon appartement, clignotait.

Mon cinglé de voisin n'était nulle part en vue.

J'ai traversé la cour, les bras serrés autour de mon corps, regrettant de n'avoir pas pris le temps d'attraper un manteau.

— Sparky ! – Dans cette obscurité où la neige étouffait tous les sons, ma voix a claqué comme un coup de feu. – Où est-ce que vous vous cachez ?

Je me suis arrêtée.

L'oreille aux aguets.

Une voiture est passée dans la rue, faisant voler de la bouillasse sous ses roues. De l'eau dégoulinait quelque part.

J'ai scruté la cour.

Dans la lueur orangée de l'allée, les buissons emmaillotés contre le froid ressemblaient à des massifs de corail. Les aiguilles de pin s'étaient parées d'un manteau rose qui fondait doucement.

— Montrez-vous ! Je sais que vous êtes là !

Pas de réponse.

À quoi bon crier contre Sparky. Apparemment, je lui avais foutu les jetons et il s'était tiré, quelles qu'aient été ses intentions au départ.

Je suis revenue sur mes pas en grelottant.

J'ai atteint la porte.

Et là, la réalité s'est dissoute en fragments.

Puis ça a été le trou noir.

40.

Je me suis tapie, immobile, scrutant le vide devant moi. Un noir infini, absolu.

À l'évidence, je n'avais pas émergé des abysses dans le monde des vivants. Mais où, alors ? Dans un souterrain ? Un tunnel ? Une autre catacombe murée depuis des siècles et oubliée ?

Toutes sortes de sensations nouvelles se bousculaient dans ma tête.

L'air ici était humide, plus froid que dans la tombe.

Les odeurs différentes : boue, eau stagnante, moisi. Pisse ?

— Hou, hou ! Au secours ! – L'écho produit par ma voix suggérait un espace caverneux. – Il y a quelqu'un ?

Pas de réponse, sinon un écho étouffé.

J'ai plissé les paupières pour tenter de percer cette obscurité si totale qu'elle en semblait vivante.

Le temps mis par la porte pour toucher terre quand je l'avais délogée m'avait donné une indication : le sol était à plus d'un mètre de l'autre côté.

Ma cheville blessée supporterait-elle le choc ?

Il faudrait bien. Je ne pouvais pas rester ici.

M'étant rassise sur les fesses, je me suis avancée par petits bonds, puis j'ai fait passer mes jambes par-

dessus le bord et me suis laissée descendre mais la brique était visqueuse et j'ai glissé un peu vite.

L'atterrissage a provoqué immédiatement une onde de douleur le long de la jambe gauche. Mon genou a vacillé, j'ai trébuché sur le côté. Mon épaule a heurté le sol durement et le matériau rugueux dont il était fait a arraché le peu de peau qui me restait encore sur la joue droite.

Je suis restée étendue un long moment, à attendre que mes tremblements cessent. Je n'avais quasiment plus de sensations dans les mains et les pieds à cause du froid. J'avais comme un martèlement dans la tête, la bouche et la langue plus sèches que du parchemin. Je suffoquais, incapable de respirer, tant cette puanteur d'égouts était forte. Soudain, des images me sont revenues : une carrière ; des ossements dans une boîte ; Chris Corcoran ; Vecammama ; Cukura Kundze.

Laszlo Tot.

Enfin, je retrouvais des bribes de mémoire !

Quand étais-je allée à Chicago ? Ah, oui. En décembre, il y avait partout des guirlandes de Noël. Est-ce que cela faisait longtemps ? Qu'est-ce qui s'était passé depuis ?

Incapable de me rappeler avec précision le passé, je me suis concentrée sur le présent.

Dans le silence, j'ai perçu des bruits de grattements et de petits pas. À peine audibles mais proches.

La terreur s'est propagée d'une synapse à l'autre en un clin d'œil.

Des rats !

J'ai bondi sur mes pieds.

Et me suis cogné la tête.

Sous l'effet de la claustrophobie, le rythme des battements de mon cœur s'est encore accéléré.

Avant tout, me calmer.

J'ai pris une longue inspiration régulière. Une autre.

Pliée en deux à hauteur de la taille, j'ai tenté de faire un pas.

J'avais la cheville en feu.

De nouveau, j'ai inspiré à fond plusieurs fois, la bouche grande ouverte. Puis, accroupie, les bras tendus sur le côté, j'ai effectué douloureusement quelques pas en arrière.

J'avais atterri pas très loin de l'ouverture de la tombe. J'ai exploré le mur autour de moi avec mes mains.

J'étais apparemment dans une sorte de tube en brique dont le sol était glissant. L'entrée de la tombe était située tout en haut de ce tube, sur le côté.

Les grattements semblaient s'être rapprochés. Ils étaient plus puissants. Frisson de froid et de dégoût.

Ce boyau menait forcément quelque part. Je devais le suivre.

Me servant du mur comme d'un guide en même temps que d'une béquille, j'ai commencé à progresser dans le noir.

L'air était humide, mes pieds dérapaient sur le sol.

J'imaginais de petits yeux rouges en forme de perles. Des queues sans poils. Des babines retroussées sur de longs crocs pointus. De toutes mes forces, je me suis obligée à ne pas lâcher la brique.

L'odeur recouvrait tout, mélange d'ordures, d'excréments, d'eaux usées et de vase. Est-ce que je me trouvais dans un conduit d'évacuation ? Dans un égout ?

Oui, c'était forcément un égout.

En activité ? Abandonné ?

Et subitement, des idées terrifiantes.

Dans les anciens quartiers de Montréal, les eaux usées et les eaux pluviales s'écoulent par les mêmes canalisations.

L'air était glacé. Comment était le temps, là-haut ? Neige ? Verglas ? Trop froid pour qu'il pleuve ?

Est-ce qu'une vague d'eau noire ne risquait pas d'envahir subitement le cloaque dans lequel je me trouvais, de m'entraîner avec elle ? Pire encore, de me noyer ?

Mais qu'avait donc mon cerveau à extrapoler sur le système d'égouts de Montréal au lieu de se rappeler comment j'avais abouti dans cet enfer ? !

Réfléchis ! Réfléchis !

Sarabande d'images.

Le squelette d'Oka. Le cadavre de Memphrémagog.

J'ai effectué encore cinq pas tortueux. Sept.

Des noms.

Rose Jurmain. Christelle Villejoin. Anne-Isabelle. Marilyn Keiser.

Neuf pas.

Dix.

Et là, ma main a rencontré du vide, puis cogné quelque chose.

Le cœur battant à grands coups, j'ai reculé.

Quelque chose a roulé. A heurté la brique.

Un anémique rayon jaune a tout à coup éclairé un point sur le sol.

Première lueur après des heures d'obscurité ! Des jours ? Éblouie, j'ai cligné des yeux.

Oh, oui ! Seigneur Jésus, oui !

Non. Une lampe torche tombée par terre qui s'était allumée. J'ai allongé le bras dans un effort désespéré, et je l'ai saisie.

Le faisceau a vacillé.

Je vous en supplie !

J'ai stabilisé mon bras, le rai de lumière s'est immobilisé, je l'ai promené autour de mes pieds.

De l'eau glauque, d'un noir iridescent dans cette

pâle lueur jaune. Une grande mare qui faisait des remous le long du mur de brique.

J'ai fait remonter le faisceau le long d'une paroi incurvée.

Le petit rond de lumière tressaillait dans mes mains tremblantes. Il a reniflé l'endroit où la lampe torche était posée auparavant. Vide à présent, exception faite des crottes de rats.

J'ai pointé le faisceau vers le haut.

Le plafond voûté, en brique également, était recouvert d'un magma visqueux. À l'évidence, les matières qui circulaient ici remplissaient parfois tout l'espace.

Ce tunnel où je ne pouvais avancer que courbée faisait au maximum un mètre vingt de diamètre.

J'ai dirigé le faisceau devant moi. Derrière. À un mètre cinquante de distance, l'obscurité absorbait complètement ma pauvre lumière.

Un tremblement m'a secouée de la tête aux pieds. Je claquais des dents.

Avance ! Tu dois continuer à avancer.

J'ai recommencé à progresser, prenant appui sur le mur et fouillant l'espace devant moi avec ma lampe. Le faisceau commençait à faiblir.

Plus je marchais, plus l'humidité était forte et plus j'avais du mal à soulever les pieds. Les flaques devenaient ruisseau, l'eau giclait sous mes pas. Ces égouts se déversaient bien quelque part !

Seigneur ! Faites que je ne sois pas partie dans le mauvais sens !

De temps à autre, je m'arrêtais pour plonger un doigt dans l'eau. Est-ce que le niveau montait ? Est-ce que je ne ferais pas mieux de faire demi-tour ? Je sentais, plus que je ne l'entendais, un murmure étouffé devant moi, comme un battement d'ailes quelque part, dans ce noir insondable.

Ma lampe a illuminé une armada de petites têtes faisant des vagues à la surface de cette matière visqueuse. J'ai continué à patauger, refusant de réfléchir à ce qui nageait à mes pieds.

Que ce soit cette eau dégoûtante, la présence de ces rats ou mon état de colère et de frayeur, toujours est-il que les souvenirs me sont revenus d'un coup, comme libérés par une gâchette. Et ils m'ont percutée avec la violence d'une balle.

Adamski.

Claudel.

Ryan.

Les aveux d'Adamski.

J'avançais toujours, faisant jaillir des gerbes d'eau sale sous mes pas. L'eau recouvrait mes lacets.

Les phalanges qui avaient disparu.

Les molaires du lac Saint-Jean.

Marie-Andréa Briel. Miranda Leaver.

Sébastien Raines.

Était-ce lui qui m'avait enfermée ici ? Briel et son mari avaient-ils découvert que j'étais sur leurs traces ?

Toujours aucun souvenir de mon enlèvement. Est-ce que j'avais été droguée ? Frappée à la tête ? Quelle importance, après tout ! Le fait est que j'étais ici, et que je devais en sortir.

Dix pas, et ma lampe s'est mise à faiblir.

Pitié, Seigneur !

Du pouce, j'ai cliqué sur le bouton pour préserver les piles. À nouveau, le noir total.

Les murmures, plus loin devant, s'étaient transformés en une sorte de gargouillis mêlé de clapot. J'avais de l'eau au-dessus de mes chaussures. À force d'avancer pliée en deux, mon dos et mes jarrets me faisaient souffrir abominablement.

Faire demi-tour ?

Continuer tout droit ?

Je n'avais plus aucune sensation, ni dans les doigts ni dans les orteils. Je tremblais comme une feuille. De fièvre ? D'hypothermie ?

Trouve une issue ! Le chemin vers la liberté !

J'ai continué à aller de l'avant, chacune des cellules de mon corps mobilisée pour fuir.

Chatouillis sur mon crâne.

Je n'y ai pas prêté attention.

Maintenant, sur mon front.

Des pattes, légères comme des plumes, ont frôlé ma paupière, le pont de mon nez.

Une araignée !

Ma main a volé en l'air et frotté mon visage.

Tremblant de dégoût, de froid et d'épuisement, je me suis appuyée contre le mur, prête à me laisser aller au désespoir.

Et merde pour les piles, il fallait que j'y voie !

Le faisceau, quasiment inutile, m'offrait au moins un soutien émotionnel. Je l'ai pointé devant moi, sur l'endroit d'où semblait provenir ce murmure persistant. Un noir d'encre, et c'est tout.

Des frissons de plus en plus violents me secouaient tout entière.

Et tandis que je serrais les bras autour de moi pour me réchauffer, le pauvre faisceau de la torche a mis en lumière quelque chose sur la brique sombre, à hauteur de mon épaule.

Le souffle court, j'ai approché la lampe du mur.

41.

Le pinceau de lumière a éclairé l'une après l'autre des marques noires tracées sur la brique.

Des lettres peintes, effacées et écaillées.

J'ai déchiffré lentement avec la lampe, forçant mon cerveau épuisé à remplir les blancs, à former des mots et à en tirer un sens.

ALEX DRE DE S VE ET L FONT INE

Des noms de rues.

Rue Alexandre-de-Sève, rue La Fontaine.

Une intersection.

Merci, mon Dieu ! Ce croisement de rues était juste à quelques pâtés de maisons du labo !

L'eau saumâtre. La puanteur.

Ce tunnel était forcément une canalisation d'égout. Est-ce qu'il passait en dessous d'une de ces rues ?

Pourtant, c'était bien dans une tombe que j'étais revenue à moi.

Ça n'avait pas de sens.

Le froid mordant troublait ma faculté de réflexion recouvrée depuis peu.

Non sans mal, j'ai tenté de me représenter le terrain au-dessus de ma tête.

Le parc des Vétérans. La rampe d'accès au pont Jac-

ques-Cartier. La rue Logan et l'avenue Malo. L'avenue Papineau. De Lorimier.

Nouvelle réminiscence. Ancienne. Une synapse surgissant de très très loin : un texte lu quasiment dans une autre vie.

Autrefois, ce parc des Vétérans avait abrité le vieux cimetière militaire.

Est-ce que j'avais été enfermée dans une de ces tombes construites à l'intention de soldats ?

Impossible. Elles avaient été exhumées et transférées ailleurs dans les années 1940.

Est-ce que des corps auraient été oubliés ?

En tant qu'archéologue urbain, Raines était forcément au courant des cimetières. Des tombes. Des égouts.

C'était forcément lui qui m'avait enlevée.

La tête commençait à me tourner.

Combien de temps s'était-il écoulé depuis que j'étais sortie de la tombe ? Combien de temps s'écoulerait-il encore avant que je meure d'hypothermie ?

J'ai essayé de m'éclaircir les idées.

Mon cerveau me hurlait un seul et unique mot.

Bouge !

Les mâchoires serrées pour empêcher mes dents de claquer, je suis repartie, le dos rond, tâtant le mur de la main.

Le sol était de plus en plus incliné.

Le clapotis/gargouillis augmentait.

J'avais maintenant de l'eau jusqu'aux chevilles.

Je descendais toujours en pataugeant, le faisceau de ma lampe réduit à un maigre filament ambré.

Dix pas plus loin, le tunnel s'élargissait et était à cet endroit à moitié rempli de morceaux de briques cassées et de débris dans sa partie inférieure. Le son très reconnaissable d'eau courante venait de là. En fait, j'étais arrivée à un autre tunnel, perpendiculaire à celui dans lequel j'étais depuis le début.

J'ai dirigé le faisceau sur un côté, puis sur l'autre. Un collecteur général ? L'eau qui courait à travers ce conduit plus large formait une rivière de magma noir et tourbillonnant qui devait arriver jusqu'aux genoux.

Plissant les yeux, j'ai tenté d'apercevoir des détails que la lumière n'éclairait pas. Collision d'ombres, sans plus.

Mes oreilles m'indiquaient que le courant était rapide, assez fort pour me faire perdre pied.

Une seule alternative : retourner en arrière.

Dans la tombe. Dans le silence des morts.

Ne sois pas bête ! Tu en serais incapable. L'ouverture par laquelle tu es passée est trop haute.

Et c'est alors que la lampe s'est éteinte complètement.

Je l'ai secouée désespérément.

L'ampoule, revenue à la vie, a scintillé brièvement pour s'éteindre définitivement.

Me servant des battements affolés de mon cœur comme d'un métronome, j'ai réussi à m'hypnotiser moi-même et à retrouver un peu de calme.

Tout va bien ! Tout va bien !

Combien de temps s'était-il passé depuis que j'avais quitté la tombe ? Une heure ? Une minute ? La notion de temps n'avait aucun sens.

Réfléchis à ce que tu dois faire maintenant. Réfléchis. Tu dois absolument continuer à bouger.

Et à ce moment-là, par-dessus le grondement de l'eau, j'ai perçu comme un son différent. Un grattement. Comme du métal frottant sur du béton.

Passant la tête à l'intérieur du tunnel perpendiculaire, j'ai regardé à nouveau des deux côtés.

À gauche, dans le conduit, de la lumière filtrait d'une ouverture circulaire pratiquée dans la voûte du tunnel.

Est-ce qu'elle y était tout à l'heure et que je ne l'avais pas vue, tout simplement ?

Non !

Alors pourquoi était-elle là maintenant ?

Une bouche d'égout !

Là-bas, quelqu'un pénétrait à l'intérieur du conduit.

Deux jambes sont apparues, puis un torse. Une silhouette descendait le long d'une échelle que j'apercevais maintenant, scellée dans la paroi arrondie.

— Je suis là !

Cri instinctif, mais si faible.

La silhouette a continué à descendre.

— Par ici* !

Appel rauque, à peine plus audible qu'un murmure.

Deux barreaux de plus. Une drôle de lueur émanait de la silhouette, comme si elle était en satin ou en plastique.

— Au secours ! ai-je crié de toutes mes forces, cette fois. S'il vous plaît !

La silhouette s'est immobilisée.

— Par ici !

Mon cri a produit un écho.

La silhouette a descendu les derniers échelons en tâtonnant, avant de s'élancer dans l'ombre.

J'ai attendu, la peur et l'espoir m'étreignant alternativement.

Avais-je vraiment vu un homme descendre ? N'étais-je pas la proie d'une hallucination ?

Non, cet homme était bien réel.

Mais alors, pourquoi ne me répondait-il pas ?

Une pensée terrifiante m'a tordu l'estomac.

Cet homme n'était pas un égoutier.

C'était le type qui m'avait enlevée et qui revenait m'achever !

C'était Raines, forcément.

Non !

Raines avait une stature de gorille alors que la silhouette sur l'échelle avait de longues jambes d'araignée.

Une araignée.

L'araignée sur mon visage.

La dent araignée de Duclos.

La p'tite bête qui montait, montait...

Mes paupières, soudain, ont pesé des tonnes.

Je les ai laissées se fermer.

C'était Briel qui avait pris la dent araignée dans le tube de Bergeron et qui l'avait placée avec les restes de l'enfant du lac Saint-Jean.

La p'tite bête qui redescend, qui redescend[1]*...*

Et bientôt ce serait moi qui allais redescendre.

Emportée dans une canalisation d'égouts.

Qu'est-ce que vous explorez ?

Des choses sous terre.

Explorateur de conduits d'évacuation.

Joe !

Joe qui avait accès au tube de Bergeron.

Ce qui n'était pas le cas de Briel.

Moi, j'avais la clé.

Joe aussi avait la clé.

1. Suite de la comptine : *« The itsy bitsy spider went up the waterspout, Down came the rain and washed the spider out. »* L'équivalent de la comptine française : « La p'tite bête qui monte qui monte qui monte, qui redescend, qui redescend », l'araignée étant emportée par l'eau qui s'écoule dans la gouttière dans la comptine anglaise. (*N.d.T.*)

Que j'étais fatiguée ! Comme j'aurais voulu remonter dans la tombe. M'y cacher.

Le dos plaqué contre le mur, je me suis laissée descendre dans l'eau fétide. Les genoux serrés contre moi dans l'espoir de conserver un tant soit peu de chaleur.

À un million de kilomètres de distance, j'ai entendu des plouf. Des cris.

Non, pas loin.

Tout près.

Ici.

Me forçant à ouvrir les paupières, j'ai rassemblé mes forces et me suis penchée en avant pour regarder à l'intérieur de la canalisation.

Un monstre-marionnette à deux têtes trébuchait et pataugeait dans la tache de lumière grise qui tombait de la bouche d'égout. Quatre jambes se battaient dans des éclaboussures d'eau noire, deux brillantes, deux plus sombres, et quatre bras s'agitaient en tous sens.

Et pendant que je le regardais, ce monstre-marionnette a comme explosé en son centre et deux poupées en sont nées. Toutes les deux grandes et décharnées. L'une portait un bonnet avec un pompon, l'autre avait les cheveux hérissés sur la tête.

Hérisson a fait un écart sur le côté.

Pompon a plongé et attrapé Hérisson à la gorge.

Ensemble, les marionnettes ont basculé en arrière, mais elles n'ont pas été emportées. Leur bagarre créait des vagues qui cascadaient au loin dans l'obscurité.

Les parois du cloaque répercutaient leurs cris furieux. Impossible de distinguer leurs paroles.

Ma vision se brouillait.

J'ai fermé les yeux et les ai rouverts. Les images étaient toujours aussi disloquées, comme celles d'un film où on aurait fait des coupures.

Hérisson s'est remis debout en titubant.

Pompon, cramponné à la jambe de Hérisson, a été entraîné.

Hérisson a effectué un quart de tour et lui a donné un coup de pied.

La tête de son adversaire est partie en arrière. Pompon a tourné comme une toupie et s'est écroulé. L'eau infecte lui a recouvert le visage.

Hérisson est reparti vers l'échelle en pataugeant.

Pompon s'est remis péniblement sur pied. Il a rattrapé Hérisson et l'a plaqué violemment face au mur.

La tête de Hérisson a été projetée en arrière par la brutalité du coup, ses bras sont partis en l'air.

Pompon lui est rentré dedans encore plus durement, de tout son corps.

La tête de Hérisson a de nouveau percuté le mur.

Pompon a reculé.

Hérisson s'est écroulé dans l'eau écumeuse.

— Ici, je suis là ! ai-je marmonné dans un murmure.

Après ça, j'ai trouvé refuge dans un coin caché de mon esprit. Tout près du rythme rassurant des battements de mon sang à l'intérieur de mon oreille interne.

L'égout a disparu. Tout comme l'eau, le froid, les rats.

Un moment plus tard, ou bien des heures, j'ai aperçu la lumière tremblotante d'une lampe s'avançant vers moi.

Du temps a passé. Peut-être pas. J'ai eu conscience d'une présence.

On me soulevait une épaule. On soufflait bruyamment à côté de moi. Odeur de laine humide. De transpiration masculine. Sensation de chaleur.

Avec bien du mal, j'ai ouvert les yeux.

Un visage, à quelques centimètres du mien.

Et lentement, des traits qui prenaient forme.

— Tiens bon, Boucle d'Or !

42.

Hypothermie de niveau deux.

Tel était le diagnostic. Quand Ryan m'avait trouvée, ma température était tombée à trente-cinq degrés.

Pour les mammifères, ce n'est pas l'idéal.

Je n'ai que de vagues souvenirs de ces derniers moments dans les égouts. Tout à la fin, j'avais chaud et envie de dormir, envie d'un chocolat chaud, de gâteau et de mon lit.

Je me rappelle avoir été transbahutée. Avoir senti qu'on glissait un coussin dans mon dos. Probablement une civière. Je me souviens aussi d'un ciel gris et de lampes rouges qui clignotaient.

Et puis plus rien.

Quand je me suis réveillée à l'hôpital, il faisait nuit. Après, il faisait jour. Puis nuit encore. Des infirmières ajustaient des tuyaux, changeaient des poches, tâtaient mes mains et mes pieds et examinaient mes pupilles avec des lampes de poche.

J'avais des engelures, mais aucune partie du corps véritablement gelée. Le docteur m'avait expliqué la différence avec un petit rire. Je n'avais pas trouvé ça drôle du tout, et j'avais été bien soulagée d'apprendre que je m'en sortirais avec tous mes doigts aux mains et aux pieds.

Soulagée aussi d'apprendre que mon traitement consistait exclusivement en couvertures chauffantes et en boissons chaudes ; que mon état ne nécessitait pas d'infiltration de liquide chaud dans ma vessie, mon estomac ou autres endroits secrets de mon corps, procédure portant le nom de lavement et que le médecin m'avait également décrite en détail.

Alléluia !

Le froid n'avait pas été mon unique agresseur, devais-je découvrir dans mes moments de lucidité. Joe Bonnet aussi avait contribué à faire que je me retrouve dans l'état où j'étais. Ma commotion cérébrale, ma foulure à la cheville et cette joue qui ressemblait maintenant à une tranche de bifteck cru, c'était à ses bons offices que je les devais, quand il m'avait enlevée et transportée dans la tombe pour m'y abandonner.

Ouais, Joe, l'explorateur de souterrains ! J'avais vu juste.

J'ai laissé mon regard errer sur la chambre. Des poches de transfusion. Un moniteur cardiaque. Un pichet d'eau. Une télévision sur une étagère au mur. Un fauteuil pour les visiteurs, un de ces sièges en plastique transformables conçus à l'origine pour débusquer les agents secrets. Un roman posé à cheval sur l'accoudoir.

Charades pour écroulés de Raymond Chandler, l'un des auteurs préférés de Ryan.

J'ai souri. Ça m'a fait un mal de chien.

Je me rappelais avoir parlé avec lui à un moment donné, quand j'avais repris connaissance. Il serait plus exact de dire que je l'avais passé au gril. J'avais été enlevée mardi dernier à dix heures du soir. Nous étions maintenant jeudi, dix heures du matin. Vingt-huit heures depuis que Ryan m'avait extraite des égouts, trente-six depuis que j'étais sortie comme une furie de mon appartement. Petit calcul mental : j'avais donc passé huit heures dans ces souterrains.

Le réchauffement imprévisible avait eu du bon et du mauvais. Les températures plus douces m'avaient aidée à survivre ; mais elles avaient aussi entraîné le dégel et envoyé des litres de flotte dans les égouts.

Comme appelé par télépathie, Ryan a fait son apparition, chargé d'un bouquet de choses pointues orange qui avaient tout l'air de plantes se nourrissant exclusivement de petits lézards.

Voyant que j'étais réveillée, il s'est avancé vers mon lit d'un pas vif.

— Elles sont dangereuses ? ai-je demandé d'une voix qui m'a paru rauque et croassante.

— Uniquement si l'on s'en prend à leurs petits.

Il a déposé les fleurs sur le lit, pour saisir ma main.

— Je ne fais que la tenir. Ni caresse, ni massage.

Il a promené délicatement le doigt sur mes articulations.

J'ai levé un sourcil. Du moins, c'est ce que j'ai cru faire. Chez moi, le sourcil interrogateur, c'est le droit. Mais cette partie de mon visage n'était plus qu'un toast.

— Si je frottais, a-t-il continué, ça risquerait de déloger les petits cristaux de glace à l'intérieur de ton corps qui cherchaient à se frayer un chemin jusqu'à ton cœur.

— Et Dieu sait que je n'aimerais pas ça !

Ryan a rapproché la chaise du lit. Il s'est assis. A repris ma main.

— D'accord, Galahad, accouche, ai-je ajouté.

— Tu veux tout ?

— Les grandes lignes, ça suffira pour le moment. Le type qui m'a enlevée, c'était Joe Bonnet, n'est-ce pas ?

— Oui. Pour faire court, ton assistant chéri ne se sentait pas reconnu à sa juste valeur et trouvait qu'on le surchargeait de boulot. – J'ai levé les yeux au ciel. Ça aussi, ça m'a fait mal. – Briel s'en est aperçue et l'a caressé dans le sens du poil, lui disant qu'il était génial et lui promettant un avenir doré au sein de Corps Découverts.

— C'est Joe qui a volé pour elle les phalanges de Christelle Villejoin ?

— Non, elle s'en est chargée elle-même. Elle avait surpris ta conversation avec le médecin de Villejoin et compris que les phalanges pouvaient avoir de l'importance puisque la victime souffrait de camptodactylie.

Je me suis remémoré le déroulement de cette journée.

— Elle a dû les piquer pendant que j'étais montée chercher un Coca light au distributeur.

— Elle s'était dit que ce ne serait pas bien grave puisqu'elles seraient « retrouvées » au cours de la seconde fouille qu'elle allait effectuer.

— Comment pouvait-elle savoir qu'Hubert diligenterait une seconde exhumation à Oka et la lui confierait ?

— S'il ne l'avait pas fait, elle aurait « retrouvé » les phalanges dans le labo. Dans un cas comme dans l'autre, ça t'enfonçait.

— C'est Briel aussi qui a interverti les dents des victimes du lac Saint-Jean ?

— Oui. Elle avait lu les dossiers *ante mortem* de Valentin Gouvrard, elle s'est rappelé que Duclos lui avait parlé d'une collection de dents comportant des dents de lait toutes noires. Joe lui a ouvert l'armoire où Bergeron rangeait son tube. Elle a fauché les molaires de lait et les a mises à la place des autres. Après tant d'années, qui s'en soucierait ?

— Des ossements vieux de plusieurs dizaines d'années, des enquêtes qui ne débouchaient sur rien, quelle importance, n'est-ce pas ?

— C'est exactement ce qu'elle s'est dit.

— Eh bien c'est justement ça qui m'a fait penser que Joe était probablement mon agresseur : le fait que nous ne soyons que trois à posséder la clé de l'armoire, Bergeron, Joe et moi. Briel devait forcément passer par Joe pour avoir accès aux dents de Bergeron. Et puis aussi, les pattes d'araignée.

— Quelles pattes d'araignée ?

— Laisse tomber.

Ryan n'a pas insisté.

— Les affaires d'Oka et du lac Saint-Jean lui ont donné la conviction qu'elle pouvait se faire mousser sans vraiment causer de mal à quiconque.

— Sauf à moi.

— Un avantage supplémentaire !

— C'est elle qui a appelé Edward Allen Jurmain ?

— Non, elle a demandé à Raines de le faire. Elle préférait que ce soit une voix d'homme, au cas où on poserait des questions à Edward Allen. Il a téléphoné d'une cabine à pièces de la gare centrale, pour qu'on ne puisse pas remonter jusqu'à lui.

— Est-ce que c'est Briel qui a tiré dans le corps de Marilyn Keiser ?

— Elle jure ses grands dieux que non, que c'est Joe qui en a eu l'idée ! Qu'elle n'aurait jamais rien fait pour compromettre le bon déroulement d'une enquête de police, et qu'elle a été horrifiée quand Joe lui a dit ce qu'il avait fait. Si tu veux mon avis, ils ont agi de concert. Tout seul, Joe n'aurait jamais rien su de ces incroyables trajectoires de balles. Briel s'est rappelé le cas analysé par Richie Cunningham à Chicago…

— Il s'appelle Chris Corcoran.

— … Et elle y a vu une autre occasion de briller. Cet homicide vieux de trois mois ne serait probablement jamais résolu. Et même s'il l'était, qu'est-ce que ça pouvait faire, si la cause de la mort était un peu tirée par les cheveux ? C'est donc elle qui a retiré la balle au cours de sa dissection et annoncé qu'il s'agissait là d'un tracé tout à fait incroyable. Et voilà. Désormais, elle était un héros.

Une infirmière, entrée dans la pièce, s'est avancée jusqu'à mon lit dans un chuintement de semelles en caoutchouc sur sol en lino. Elle a pris mon pouls, m'a enfoncé un thermomètre dans la bouche, m'a entouré le bras d'un brassard pour prendre ma tension et a entrepris d'actionner la poire en caoutchouc.

— Il faut mettre ces fleurs dans un vase, a-t-elle déclaré sans seulement nous gratifier d'un regard, Ryan ou moi.

— Mais bien sûr, a répondu Ryan avec son sourire le plus engageant. Est-ce que par le plus grand des hasards vous en auriez un sous la main ?

Nous avons attendu qu'elle nous annonce le résultat de ma performance thermique.

Elle a reporté les chiffres dans son dossier et est partie sans demander son reste.

— Ne t'avise pas de la contrarier ! m'a conseillé Ryan.

— Oh, je ne risque pas. Est-ce que c'est Briel qui m'a envoyé sa charmante lettre anonyme *Rentre chez toi, maudite Américaine* ?

— Non, c'était une petite touche signée Joe.

— Sympa. Je suppose que c'est elle qui a livré le nom de Keiser à la presse.

— Trop belle occasion de faire de l'audimat.

— Mais que s'est-il passé mardi soir ? Où étais-je ?

Les sourcils de Ryan se sont levés.

— C'est à toi de me l'expliquer, mon petit pois de senteur. Tu ne t'en souviens pas ?

Petit pois de senteur ? Celle-là, je ne l'avais encore

jamais entendue ! Mais peut-être était-ce en référence à ma situation médicale ? J'avais un cathéter et une poche à pipi.

J'ai secoué la tête.

— Je t'ai découverte dans une canalisation, en dessous de la rue Alexandre-de-Sève. Tu rampais le long d'un collecteur à demi abandonné vers l'endroit où il rejoint le conduit principal. Tu t'étais échappée d'une ancienne tombe située sous le parc des Vétérans. Les enquêteurs ont découvert ça aujourd'hui.

— C'était une partie de l'ancien cimetière militaire. Mais il avait été transféré ailleurs, voilà des années.

— C'est vrai, bien sûr. Mais, à une époque, a dit Ryan en prenant un ton professoral, le terrain tout autour de ce qui est aujourd'hui le parc des Vétérans a servi de cimetière non seulement à la garnison militaire britannique, mais également à un grand nombre de civils. Quantité de M. et Mme Tout-Le-Monde ont été enterrés là eux aussi, a-t-il enchaîné sur un ton différent, mais très vite il a repris sa voix de *Herr Professor*. De 1797 à la moitié du XIXe siècle, plus d'un millier de soldats et leurs familles ont été ensevelis dans ce qui deviendrait le vieux cimetière militaire. Au fil des ans, négligence et vandalisme ont mis ce lieu dans un tel état qu'en 1944, il a été décidé d'exhumer les soldats britanniques et de les transférer au champ d'honneur à Pointe-Claire.

» Et le fin mot de l'histoire, a-t-il conclu sur son ton bien à lui, c'est que personne ne s'est jamais inquiété de déterrer les M. et Mme Tout-Le-Monde. Les pierres tombales ont disparu, mais les corps d'un grand nombre de citoyens ordinaires sont demeurés en place. – Et de soldats aussi, me suis-je dit en me rappelant les autres occupants de ma tombe. – De temps à autre, un cadavre refait surface, à la terreur des employés de la voirie ou des entreprises de construction.

Ryan a souri, apparemment enchanté de lui-même.

— D'où tires-tu toutes ces connaissances ?

— Nous nous sommes adressés à un archéologue de l'université de Montréal et à un historien du musée McCord. Le premier a bien voulu descendre en bas avec l'Identité judiciaire, le second a refusé. L'archéologue pense que les corps n'ont probablement pas été exhumés à l'époque où les égouts ont été construits, c'est-à-dire vers le tournant du siècle. Son hypothèse, c'est que les ouvriers en avaient marre. Ils ont aménagé une tombe, vite fait bien fait, et y ont enfermé les corps censés être déplacés. Comme cette crypte se trouve à l'écart des autres, elle a été oubliée à l'époque du transfert à Pointe-Claire.

— Tu sais, ai-je dit, au début j'ai cru que c'était Raines qui m'avait attaquée. Il était au courant des tombes historiques et des anciens lieux d'ensevelissement. Puis, j'ai pensé à Joe. Il a dû tomber sur cette sépulture au cours d'une de ses explorations des égouts, n'est-ce pas ?

— Oui.

— Il avait planifié de me faire disparaître, tout simplement. Pas de corps, pas d'explication. Disparue, la fille !

— Oui.

La pression des doigts de Ryan sur mon poignet s'est accentuée, et son pouce a accéléré ses mouvements de massage. Brusquement, il s'est arrêté et nous nous sommes figés tous les deux, de peur que les cristaux de glace n'attaquent mon cœur.

Ouf ! Rien ne s'est produit.

— Est-ce que Joe a agi sur ordre de Briel ?

— Elle soutient que tout est venu de lui. Nie absolument avoir eu connaissance d'un plan visant à te blesser.

— Et où est-il, lui ?

— En cage, en tenue de prisonnier. L'équipe de recherches qui m'accompagnait l'a extrait des égouts pendant que je te cherchais.

— Pour quelle raison a-t-il voulu me tuer ?

— D'après lui, Briel ne faisait pas mystère de ses intentions, même si elle ne les lui a jamais exprimées de façon explicite. Elle répétait à longueur de temps que la vie au labo serait bien plus tranquille si tu n'étais pas là, allant jusqu'à dire, par allusion, que ce serait chouette que tu disparaisses et ne remettes jamais les pieds au LSJML.

— Comment m'as-tu découverte ?

— Vers onze heures, je t'ai appelée à plusieurs reprises. Pas de réponse, ni sur ton fixe ni sur ton portable. J'ai trouvé ça d'autant plus curieux que tu comptais rester chez toi avec ton chat. Au bout d'un moment, j'ai commencé à m'inquiéter. Je me suis dit que tu étais peut-être retombée malade. Une chaussure bloquait la fermeture de la porte de service de l'immeuble. Quant à celle de l'entrée de ton appartement, elle n'était pas fermée. Ta montre traînait par terre, en miettes ; ta parka était dans l'armoire, et toi, tu n'étais pas là.

Ma montre par terre ? Ce devait être à cause de Birdie.

— Tu m'avais parlé de tes soupçons concernant Briel, et tu m'avais dit que Raines était un homme coléreux au passé peu reluisant. Et aussi que tu avais eu une prise de bec avec ton voisin en rentrant chez toi.

Sparky ! J'avais complètement oublié ce détail.

— J'ai appelé Claudel. Je lui ai demandé de coffrer Briel et son mari. Quant à Sparky, je l'ai trouvé endormi dans son fauteuil. Et son patron m'a affirmé qu'il avait réparé des nids-de-poule dans la chaussée de l'autoroute Décarie jusqu'à onze heures ce soir-là. Entre parenthèses, Sparky a reconnu être l'auteur de ton bris de glace de l'autre jour.

— Comment ça ?

— À l'aide d'une batte de base-ball en métal. Il va te rembourser. Mais c'est une autre histoire.

— Ce salopard !

— Au début, Briel et Raines ont tout nié en bloc, mais Claudel n'y est pas allé de main morte. Menacés d'inculpation pour de nombreux chefs d'accusation, ils ont craqué. Briel a accepté de téléphoner à Joe.

» Inutile de te dire que la conversation était enregistrée. Joe a dit à Briel qu'il t'avait vue en train de fouiller dans ses tiroirs. Il lui a rapporté que tu t'apprêtais à faire analyser les dents des victimes du lac Saint-Jean au microscope à balayage électronique ainsi qu'au spectroscope à dissipation d'énergie des rayons X, et il lui a dit qu'il t'avait mise hors circuit. Pour la protéger et assurer son propre avenir chez Corps Découverts. – Les mâchoires de Ryan se sont crispées, la pression de sa main sur la mienne s'est accrue. – Joe s'est vanté de t'avoir enterrée vivante dans un endroit où on ne te retrouverait jamais. Briel lui a demandé où. Il a refusé de le dire. Elle l'a supplié. Il a tenu bon. Puis, comme nous en étions convenus, elle lui a ordonné de venir la rejoindre au labo.

» Quand il est arrivé, elle lui a dit que tu avais sur toi quelque chose qu'elle devait absolument retrouver. Si elle ne remettait pas la main dessus, sa réputation serait ruinée et Corps Découverts réduit à néant. Elle lui a redemandé encore où tu étais. Il a refusé de le dire.

» Jouant la fille paniquée, de façon fort convaincante, je dois dire, Briel l'a supplié de récupérer un sachet contenant des dents que tu avais sur toi, elle le savait en toute certitude.

— Ce crétin a vraiment cru que je me trimbalais avec des scellés dans les poches ? ! me suis-je exclamée, ahurie.

— Briel lui avait dit que tu l'avais appelée et accusée de faute professionnelle. Que tu en avais la preuve dans la poche de ton jean. Elle a dit à Joe qu'elle avait vérifié son armoire à dossiers et constaté qu'il manquait des dents. Ces fameuses dents qui pouvaient l'incriminer. Joe y a cru d'autant plus qu'il t'avait vue prendre quelque chose dans le bureau de Briel.

— Et pendant tout ce temps-là, tu attendais dans les buissons ?

— Oui, madame. C'est Joe qui m'a conduit jusqu'à toi. Tu connais la suite.

— Mais comment est-ce qu'il a réussi à me faire entrer dans cette tombe ?

— Il y a une bouche d'égout située presque au-dessus. Tu ne l'as pas vue parce que tu es partie dans le mauvais sens, mais de toute façon, tu ne l'aurais pas repérée dans le noir.

— Ça tient debout. Avec quoi a-t-il bouché cette porte aussi solidement, et pourquoi ?

— Du ciment à prise rapide pour l'extérieur, a déclaré Ryan très content de lui. – J'ai attendu l'explication. – Ça s'achète dans toutes les quincailleries. Joe en avait un seau de dix litres caché dans le conduit. Il lui a suffi d'apporter de l'eau chaude. Après t'avoir enfermée dans la tombe, il a fait son mélange, a mis la planche en place et a bouché les trous autour. Ce ciment-là prend en l'espace d'une demi-heure. Au bout de deux heures, il peut supporter une pression de deux cents kilos par centimètre cube, et de quatre cents au bout de vingt-quatre heures. À ce moment-là, pour retirer la planche il aurait fallu utiliser une force impressionnante. On peut donc en déduire que tu n'es pas restée enfermée très longtemps. Il l'a probablement cimentée pour éviter qu'un autre petit curieux ne pénètre dans ce conduit et ne tombe sur un corps tout ce qu'il y a de plus contemporain.

J'ai réfléchi un moment.

— Mais pourquoi n'a-t-il pas utilisé cette même bouche d'égout pour revenir ?

— La deuxième fois, quand il est arrivé avant l'aube, des ouvriers de la voirie étaient installés dessus. Sans se démonter, il s'est dépêché d'aller jusqu'à la prochaine bouche d'égout, a enfilé ses cuissardes et est descendu. Ton serviteur sur les talons, bien évidemment.

Une cloche a retenti doucement dans le couloir. Un chariot est passé. Une voix a appelé le Dr Machin-Chose. Derrière moi, les machines émettaient toujours leurs bips réguliers.

— Merci, Ryan, sans toi je ne sais pas où je serais.

— Mais c'est un plaisir.

— Comme plaisir, il y a mieux que les égouts.

— Pas si tu es à l'intérieur.

L'infirmière est entrée avec un vase qu'elle a posé sur ma table de chevet, les lèvres crispées en un rictus qui se voulait sourire. Nous l'avons tous les deux remerciée chaleureusement. Quand elle est sortie, j'ai dit encore :

— Je me rappelle quelque chose.

— Quoi ?

— Que tu portais un bonnet vraiment moche.

— Mon bonnet à gland ? (Sur un ton faussement vexé.)

— À pompon !

— À gland. C'est un bonnet d'homme et je l'adore !

43.

Samedi matin, Ryan est venu me chercher à l'hôpital et m'a ramenée à la maison. Il m'a installée sur mon canapé, a allumé un feu, a préparé à déjeuner.

J'avais toujours mal à la cheville. Ma joue ressemblait à du goudron congelé et ma bosse derrière le crâne aurait pu concourir dans la catégorie poids lourds. Et j'avais dans la tête tout le parc d'attractions de Weeki-Waache en Floride – y compris les chutes d'eau et les sirènes qui font des pirouettes : en forme, la fille.

Bref, j'avais besoin qu'on me dorlote.

Tout en mangeant une soupe à la tomate accompagnée de toast au beurre de cacahouètes, nous avons jeté les bases d'une conversation sans danger.

Ryan m'a dit que les résultats des analyses ADN de mes victimes du lac Saint-Jean étaient arrivés mercredi. Le fémur de la femme adulte recelait suffisamment de matériaux organiques pour qu'on ait pu effectuer un séquençage de l'ADN mitochondrial.

— On a prélevé un échantillon sur son frère ?

— Oui, madame.

— Et alors ?

— Ma gentillesse légendaire a été bien utile. Et comme, de ton côté, tu as la réputation d'être sympa…

— Ryan…

Je lui ai décoché mon fameux regard d'acier, accompagné d'une mimique qui m'a arraché la moitié de la croûte que j'avais sur la joue.

— Eu égard à votre remarquable aventure de ces derniers jours, un agent de la SQ en personne a transporté l'échantillon de Sainte-Monique à Montréal et, là, les gars du département ADN l'ont fait doubler tous les autres pour qu'il soit le premier à faire analyser son truc. Prioritaire, quoi.

— Et alors ? – Un large sourire s'est épanoui sur le visage de Ryan. – Tu vas me le dire, oui ou zut ?

Le sourire s'est accentué.

Je me suis penchée en avant et j'ai donné un petit coup de poing dans le biceps de Ryan.

— La dame mérite une étoile en or.

— J'en étais sûre ! me suis-je écriée en levant le poing en l'air. C'était les Clémenceau et Blackwater, pas les Gouvrard.

Nous avons surtout discuté des preuves de plus en plus accablantes contre Adamski.

Le juge avait ordonné la fouille de l'appartement de Poppy, à Saint-Eustache. Au grand déplaisir de l'occupante.

— Un creux sous le matelas à eau a révélé un sac contenant deux mille dollars.

— Provenant de chez Villejoin ?

— C'est possible. On analyse les empreintes et les traces d'ADN.

— Des empreintes, ça serait bien. Les traces ADN, ça risque de prendre longtemps.

— C'est mieux que…

— … Rien du tout, je sais. Poppy n'était pas au courant, pour le fric ?

— Tu crois qu'elle l'aurait laissé là après l'arrestation d'Adamski ?

— L'Identité judiciaire n'a rien trouvé d'autre ?

— Une pelle dans le garage. Un spécialiste des sols est en train de comparer la terre sur la partie métallique avec les échantillons que tu as récoltés dans la tombe de Christelle à Oka.

— Du sang ?

— Le département de biologie étudie une tache. Une trace avec des cheveux collés dessus. Le garage abritait aussi une ravissante petite tronçonneuse ; un botaniste compare les écorces coincées entre les dents aux bûches de pin entassées dans le jardin des Villejoin.

— Hyperpointilleux.

— Hyperpointilleux.

— Le procureur tient à avoir de la matière, au cas où Adamski reviendrait sur ses aveux.

La sonnette d'entrée a retenti une première fois. Une seconde fois. Ryan est allé répondre et est revenu avec un cadeau. J'avais déjà reçu des millions de fleurs, un télégramme d'Ayers et une corbeille de fruits de Santangelo. Cette fois-ci, c'était un bouquet déjà dans un vase, qui avait bien la taille de Denver.

Ryan l'a posé sur la table et m'a tendu le carton. Je l'ai lu tout haut :

— Claudel.

— Qu'est-ce qu'il dit ?

— Claudel.

— Tu vois, quand je te dis qu'il t'aime bien.

Ryan a emporté nos assiettes dans la cuisine et nous nous sommes attaqués au panier de Santangelo. Une banane pour Ryan, une clémentine pour moi.

— Adamski a reconnu avoir encaissé les chèques de retraite de Keiser. Il les avait découverts tous les trois dans son sac. Ensuite, il a jeté le sac dans une poubelle de la rue Saint-Laurent et il est allé dans un bar.

— Se rincer le gosier aux frais de la défunte, ai-je jeté avec tout le mépris que m'inspirait cet individu.

— Concernant Rose Jurmain, il maintient sa version et nie l'avoir tuée. Il est véhément.

— Autrement dit, les conclusions du premier coroner étaient probablement correctes. Rose est sortie se promener, trop légèrement vêtue. Ivre, elle n'a plus retrouvé son chemin et elle est morte de froid.

— La seule chose qu'Adamski admette, c'est que la disparition de Jurmain lui a donné l'idée de retrouver son ancienne femme. Cette disparition et aussi cette série d'agressions sur des personnes âgées dans le nord de l'État de New York. À l'époque, les médias ne parlaient que de ça.

— Et le fait qu'il s'en était bien tiré pour le meurtre des Villejoin a joué aussi, non ?

— Effectivement.

— Sur le front Joe-Briel-Raines, quoi de neuf ?

— Ils se déchirent les uns les autres, comme des hyènes autour d'une carcasse. Le département balistique vérifie un Browning 32 semi-automatique retrouvé chez Briel. Ils vont tous plonger.

— Est-ce que Raines était impliqué dans toute cette histoire ?

— Indirectement, puisque Corps Découverts était son bébé. C'est lui qui a convaincu Briel de devenir célèbre pour permettre à l'entreprise de prendre son essor. Et c'est lui qui a appelé Edward Allen.

— Quoi qu'il en soit, Briel est une vipère.

— Ne sois pas excessive. Elle n'avait pas l'impression de remettre un coupable en liberté ni d'accuser un innocent. C'est vrai qu'elle a gentiment poignardé dans le dos ses collègues pour monter en grade, mais ça ne fait pas d'elle un Adamski en jupon. À moins que tu ne penses sérieusement qu'elle espérait que Joe te tue.

En tout cas, quand elle a compris que c'était cuit pour elle, elle a tout fait pour faciliter ta libération.

— Pour ne pas être accusée de complicité de meurtre.

— Probablement.

Il ne restait plus que des braises dans la cheminée. Ryan s'est levé pour faire repartir le feu.

— C'est à cause de gens comme elle que la médecine légale a mauvaise réputation, ai-je dit.

— Adamski est dans le bain jusqu'au cou, il passera un long moment derrière les barreaux. Mais les gens comme Briel, ça donne à réfléchir. Combien de coupables ont été libérés et combien d'innocents inculpés à cause d'erreurs commises au cours de l'enquête ou des analyses médicolégales ?

— Tu as entendu parler du projet Innocence ? – Ryan a fait signe que oui. – Au cours des vingt dernières années, on a recensé plus de deux cents cas d'erreurs judiciaires, dont plusieurs impliquaient des condamnés à mort. Dans plus d'un quart de ces cas, très précisément cinquante-cinq et impliquant soixante-six inculpés, il s'agissait d'erreurs dans les analyses médicolégales ou dans les témoignages. Et ces statistiques ne sont qu'un début. – Ryan a ajouté une bûche. Une gerbe d'étincelles a jailli, feu d'artifice lilliputien dans l'obscurité du foyer. – La science médicolégale jouit actuellement d'une grande popularité ; des gens armés d'une expérience minuscule, quand ils n'en sont pas complètement dénués, veulent à tout prix entrer dans le jeu. Briel en est l'exemple type. Quelques vagues connaissances sur les os, et la voilà anthropologue.

— Avec les résultats que l'on sait ! a dit Ryan.

— Quand il est question de sciences, les jurés ne sont pas toujours à même de séparer le bon grain de l'ivraie, que l'erreur résulte de l'emploi d'une méthode inadaptée, d'une pratique pas assez rigoureuse ou d'une véritable intention de nuire. Pour eux, du moment que l'homme porte une blouse blanche, c'est un expert et il exprime la vérité de la science.

Revenu près du canapé, Ryan s'est assis plus près de moi.

— Les flics et les avocats sont confrontés au même problème : comment sommes-nous censés distinguer ce qui est exact de ce qui ne l'est pas, pauvres ignares que nous sommes ?

— D'où la nécessité des certificats d'aptitude. Aujourd'hui, il en existe dans tous les domaines de la médecine légale : anthropologie, ingénierie, entomologie, odontologie, pathologie, toxicologie, etc. Pour obtenir l'accréditation, il faut passer par un processus extrêmement rigoureux. Cela dit, Ryan, le certificat d'aptitude n'est pas la panacée. Des incompétents se faufileront toujours entre les mailles du filet, en médecine comme en droit. Mais c'est un début. Si un scientifique accole un sigle à son nom, ce n'est pas seulement pour faire joli. Ces lettres ajoutées sont un droit qu'il a conquis de haute lutte, après avoir fait l'objet d'un examen scrupuleux de la part de ses confrères. Elles signalent que c'est un expert dans sa partie et qu'il s'attache à respecter des normes éthiques élevées. Cependant, le fait d'avoir reçu l'agrément dans un domaine précis ne fait pas de lui un expert dans le domaine voisin.

— Briel n'avait pas l'agrément en anthropologie légale ?

— Bien sûr que non. Pour présenter sa candidature au bureau d'anthropologie de l'Académie des sciences médicolégales, il faut posséder un diplôme d'État et des années d'expérience. Le fait d'être médecin légiste ne confère aucune autorité en matière d'anthropologie, et vice versa.

Nous sommes restés un certain temps à écouter les bûches craquer et chuinter dans le feu.

Le bouquet posé sur la table de la salle à manger a attiré mon regard. Envoyé par LaManche. Le premier cadeau à m'être parvenu.

— Une histoire comme celle-ci ne serait jamais arrivée du temps de LaManche, ai-je fait remarquer. Il n'aurait jamais recouru aux services d'un expert non agrémenté.

— Le vieux aurait tout de suite vu clair en elle, a renchéri Ryan.

— J'espère qu'il se remet bien.

— Moi aussi.

Ryan a pris ma main. Le feu dansait dans ses prunelles et baignait son visage d'une chaude lueur mordorée.

— Et toi, Boucle d'Or ? Tu te remets bien ?

J'ai hésité et dit avec un sourire :

— Oui, Papa Ours. Très bien, sans aucun doute.

REMERCIEMENTS

Mes remerciements les plus sincères vont aux chercheurs Peter Busch, du Laboratoire de recherche légale d'ontologie médicolégale à l'école dentaire de l'université d'État de New York à Buffalo, pour ses renseignements sur les scanners, les microscopes électroniques et la spectroscopie X à dispersion en énergie, et S. Kelly Sears du Département de recherche en microscopie électronique de l'université McGill, à Montréal.

Que Michael Warns soit assuré de ma profonde gratitude pour toutes les recherches qu'il a effectuées pour moi, comme d'habitude. Qui aurait imaginé que les environs de Chicago recelaient un si grand nombre de carrières ?

C'est à Michael Cook que je dois ma connaissance des égouts et Renate Reichs m'a aidée à m'y retrouver dans Chicago. Jack Kenney m'a fourni toutes sortes d'informations sur le fonctionnement du bureau du médecin légiste du comté de Cook. Quant à William Rodriguez, il m'a apporté une aide efficace pour toutes sortes de détails précis d'anthropologie légale. Michael Bisson s'est attaché à m'expliquer l'utilisation des CRM en archéologie, et Ronnie Harrison a répondu à une foule de questions concernant la police. Et, bien sûr, il y a eu la charmante employée de la Bibliothèque des Archives nationales du Québec qui a répondu à mon coup de téléphone.

Je ne saurais dire combien m'a été précieux le soutien continu que m'a prodigué Philip L. Dubois, recteur de l'université de Caroline du Nord, section Charlotte.

J'éprouve aussi une grande reconnaissance envers ma famille, toujours patiente et compréhensive, même quand je n'étais pas à prendre avec des pincettes ou que je l'abandonnais à son sort une fois de plus. Paul Reichs mérite une mention spéciale pour ses commentaires sur le manuscrit.

L'article de B.C. Smith « Rapport préliminaire : analyse de la face proximale des dents non traitées et repérage des traces éventuelles de matériaux composites » (*Journal of Forensic Sciences*, vol. 35, en date du 4 juillet 1990, p. 873-880) m'a été particulièrement utile.

Du fond du cœur je remercie la merveilleuse Jennifer Rudolph Walsh que j'ai la chance d'avoir pour agent, et les brillantes rédactrices que sont Nan Graham et Susan Sandon. J'en profite pour exprimer ma gratitude à tous ceux qui ont travaillé d'arrache-pied pour que ce livre voie le jour, en particulier : Susan Moldow, Katherine Monaghan, Paul Whitlatch, Emma Rose, Margaret Riley, Britton Schey, Tracy Fisher, Elizabeth Reed et Michelle Feehan. Il va de soi que je suis hautement redevable à l'équipe d'édition canadienne, que je salue ici en la personne de Kevin Hanson et d'Amy Cormier.

Si des erreurs se sont glissées dans ce livre, croyez bien qu'elles sont exclusivement de mon fait ; et si j'ai oublié de mentionner quelqu'un, qu'il sache que je lui présente mes plus plates excuses. Vous connaissez la chanson.

Composé par PCA
à Rezé

Imprimé en Espagne par
LIBERDUPLEX
en janvier 2012

POCKET - 12, avenue d'Italie - 75627 Paris Cedex 13

Dépôt légal : février 2012
S22010/01